गार्डन ऑफ़ ईडन
उर्फ़
साईं सोसायटी

मकरंद साठे

अनुवाद
गोरख थोरात

राधाकृष्ण पेपरबैक्स

मराठी उपन्यास 'गार्डन ऑफ़ ईडन उर्फ़ साईं सोसायटी' का अनुवाद

राधाकृष्ण पेपरबैक्स में
पहला संस्करण : 2025

राधाकृष्ण पेपरबैक्स : उत्कृष्ट साहित्य के जनसुलभ संस्करण

राधाकृष्ण प्रकाशन प्रा. लि.
जी-17, जगतपुरी, दिल्ली-110 051
द्वारा प्रकाशित

शाखाएँ : अशोक राजपथ, साइंस कॉलेज के सामने, पटना-800 006
पहली मंजिल, दरबारी बिल्डिंग, महात्मा गांधी मार्ग, प्रयागराज-211 001
1, अनमोल सोराबजी सन्तुक लेन, धोबी तलाव, मरीन लाइंस, मुम्बई-400 002

वेबसाइट : www.radhakrishnaprakashan.com
ई-मेल : info@radhakrishnaprakashan.com

विकास कंप्यूटर एंड प्रिंटर्स
ट्रॉनिका सिटी-201 102
द्वारा मुद्रित

मूल्य : ₹299

GARDEN OF EDEN URF SAI SOCIETY
Novel by Makarand Sathe
Translated by Gorakh Thorat

ISBN : 978-93-48157-72-0

मकरंद साठे

मकरंद साठे का जन्म 29 अगस्त, 1957 को हुआ। उन्होंने वास्तुकला इंजीनियरिंग में स्नातक करने के बाद पेशेवर वास्तुकार और इंटीरियर डिज़ाइनर के रूप में लगभग पच्चीस वर्ष तक काम किया। फिर पूरी तरह लेखन को समर्पित हो गए। 1996 से आज तक पुणे विश्वविद्यालय के ललित कला केन्द्र विभाग में विज़िटिंग लेक्चरर हैं। इंडियन इंस्टिट्यूट ऑफ़ एडवांस स्टडी, शिमला में नेशनल फ़ेलो रह चुके हैं। नवोन्वेषी नाटककार और लेखक के रूप प्रसिद्ध मकरंद साठे ने मराठी नाटक और साहित्य को नई दिशा दी है। उनकी प्रमुख कृतियाँ हैं—*रोमन साम्राज्याची पडझड, चारशे कोटी विसरभोळे, सापत्नेकराचं मूल, ऐसपैस सोईने बैस, ठोंब्या, सूर्य पाहिलेला माणूस, डब्ल्यू डब्ल्यू डब्ल्यू डॉट गोळायुग डॉट कॉम, चौक, ते पुढे गेले, दलपतसिंग येती गावा, घर, वाढदिवस, आषाढ बार, एक्झिट* (नाटक); *अच्युत आठवले अणि आठवन, ऑपरेशन यमु, काळे रहस्य, गार्डन ऑफ़ ईडन उर्फ़ साई सोसायटी, मेलेल्या लेखकांची चौकशी, त्रिविधा* (उपन्यास); *मराठी रंगभूमीच्या तीस रात्री* (तीन खंडों में मराठी थियेटर का इतिहास)। उनके कई नाटकों का अंग्रेज़ी, फ्रेंच, हिन्दी, उर्दू, कन्नड़ आदि भाषाओं में अनुवाद हुआ है। नाटक-लेखन के साथ-साथ उन्होंने मंच डिज़ाइन और थिएटर-निर्देशन के क्षेत्र में भी काम किया है। कई फ़िल्मों की पटकथाएँ लिखी हैं और फ़िल्मों का निर्देशन भी किया है।

उन्हें *दीनानाथ मंगेशकर पुरस्कार, कलागौरव पुरस्कार, श्री. जे. जोशी पुरस्कार, एच.एस. आप्टे पुरस्कार, जयवन्त दलवी पुरस्कार, महाराष्ट्र फाउंडेशन पुरस्कार, नाट्यदर्पण पुरस्कार, साहनी पुरस्कार* और *गंगाधर गाडगिल साहित्य पुरस्कार* से सम्मानित किया गया है।

ई-मेल : makarand.sathe@gmail.com

गोरख थोरात

गोरख थोरात ने पुणे विश्वविद्यालय से एम.ए. तथा पी-एच.डी. की उपाधि प्राप्त की है। हिन्दी में उनकी कई पुस्तकें प्रकाशित हैं। भालचन्द्र नेमाड़े के उपन्यास *हिन्दू : जीने का समृद्ध कबाड़* के अनुवाद के लिए उन्हें महाराष्ट्र राज्य हिन्दी अकादेमी द्वारा *मामा वरेरकर अनुवाद पुरस्कार* से पुरस्कृत किया गया है। फ़िलहाल सर परशुरामभाऊ महाविद्यालय, पुणे के हिन्दी विभाग में प्राध्यापक हैं।

ई-मेल : gnthorat65@gmail.com

आरम्भ

17 मई, 2018 का दिन। भीषण चिलचिलाती धूप में संयोग से वे दोनों शहर से बाहर रेल की पटरी के पास मिले। दोपहर बाद तीन बजने वाले थे। वह इलाक़ा, जहाँ वे इस तरह पहुँचे थे, पुणे महानगर की सरहद से थोड़ा आगे था। सुनसान। दोनों जो कृत्य करने के लिए बेसब्र हो उठे थे, उसके लिए ज़रूरी प्राइवेसी वहाँ उपलब्ध थी। आजकल भारत में महानगरों की सीमाएँ एक-दूसरे से ऐसी गुत्थमगुत्था हो गई हैं कि पता ही नहीं चलता कि कहाँ एक की हद ख़त्म होती है और कहाँ दूसरे की शुरू। ऐसी जगह मिलना तो लगभग असम्भव हो चुका है जहाँ इर्द-गिर्द इमारतें, कारख़ाने, दुकानें और होटल जैसा कुछ भी न हो; लेकिन अपवादस्वरूप ही सही, कुछ जगहें अब भी हुई बची हैं। नाटककार भवभूति ने कहा था, मेरे नाटक को पसन्द करने वाला, मेरी जीवन-दृष्टि से सहमति रखने वाला कोई पाठक या दर्शक मुझे कभी न कभी अवश्य मिलेगा क्योंकि समय अनन्त है और पृथ्वी का विस्तार विशाल है—'विपुला च पृथ्वी'! इस वचन का अनुसरण करते हुए, अलग अर्थ में ही सही, संयोग से दोनों को 17 मई को ही ख़ुदकुशी के लिए पर्याप्त प्राइवेसी वाली जगह मिल गई थी, और बदक़िस्मती से लगभग एक ही समय पर। इसका एक कारण यह हो सकता है कि उस समय दोनों की स्थिति, तीव्र मानसिक इच्छा एक जैसी थी। दूसरा, जैसा कि मैंने पहले कहा, इत्मीनान से ख़ुदकुशी करने लायक़ जगहें इतनी कम हो गई हैं कि अगर दो लोग एक ही समय ख़ुदकुशी करना चाहें तो उनके एक साथ आने की सम्भावना और भी अधिक हो जाती है। लेकिन चाहे जैसे हो, वे इकट्ठे आए थे, यह यथार्थ था। मानो इस बहाने आधुनिकता से उपजने वाले अनेक जटिल प्रश्न ही इकट्ठा हो गए थे।

कोई कह सकता है कि ऐसे संयोग सिर्फ उपन्यास में ही मिल सकते हैं। ठीक है, यह विचार मुझे अंशतः स्वीकार है। वास्तव में ऐसा हुआ हो या न हुआ हो, लेकिन यह बात सर्वस्वीकृत होनी चाहिए कि आज की आधुनिकता जिस पड़ाव पर खड़ी है, वहाँ ऐसा हो सकता है। एक बात और; आप सोचेंगे कि यह पूरा उपन्यास ऐसे ही संयोगों से भरा पड़ा है और वास्तव में ऐसा नहीं होता। हाँ, इस यथार्थवादी नज़रिए से देखेंगे तो मुझे यह भी स्वीकार होगा। लेकिन मैं एक अलग नज़रिए से लिख रहा हूँ। उसमें मुझे जो दिखाई देता है, वही यथार्थ मैं आपके सामने रखने की कोशिश कर रहा हूँ, जिसके लिए ऐसे संयोगों की रचना उपयोगी है। ऐसे संयोगों को मैं नियति के खेल वग़ैरह की तरह प्रस्तुत नहीं कर रहा, बल्कि यथार्थ का अधिक गहरा अर्थ लगाने के एक माध्यम के रूप में उन्हें रच रहा हूँ। शायद आज के यथार्थ की स्थूल घटनाएँ संयोगों से इतनी भरी हुई नहीं हैं लेकिन यह सच है कि उस यथार्थ का अन्तस्थ स्वरूप, और मेरी समझ में आया उसका यह अर्थ इस रचना के कारण अधिक आसानी से ज़ाहिर हो जाता है।

जब इस मुद्दे पर आ ही गए हैं, तो वर्तमान दौर के एक विशिष्ट मुद्दे की चर्चा भी यहाँ अप्रासंगिक न होगी। आज के दौर को 'आधुनिक' माना जाता है। मॉडर्निटी—आधुनिकता—यानी समकालीन, आज का यह नया नहीं बल्कि एक विशिष्ट जीवन प्रणाली और विचार-व्यूह है। यहाँ इसके बारे में बहुत गहराई से सैद्धान्तिक मन्थन नहीं करना है। लेकिन किसी व्यक्ति के जीवन को पलभर के लिए एक पहेली मान लिया जाए तो मानवीय इतिहास के आधुनिक दौर में यह सम्भावना पहली बार उत्पन्न हुई है कि उसका उत्तर ख़ुदकुशी के रूप में आ रहा है। कम-से-कम इतना तो यक़ीन के साथ कहा जा सकता है कि इस दौर में ऐसी सम्भावना बढ़ी है। दूसरे छोर का, यानी मनुष्य की आदिम अवस्था का उदाहरण लें तो उस अवस्था में कोई व्यक्ति ख़ुदकुशी की कोशिश करता होगा, कम-से-कम मुझे तो ऐसा नहीं लगता। लेकिन यह बात कोई भी स्वीकार करेगा कि आदिम अवस्था में किसी भी व्यक्ति के लिए ऐसी सुनियोजित प्रक्रिया, उसे अलग-अलग तरीक़े से सम्पन्न करने की विधि, और उसमें अपने लिए सहनीय या सर्वाधिक सुगम उपाय के बारे में सोचना और योजना बनाना तो असम्भव ही था। लेकिन मनुष्य जब 'व्यक्ति' बना,

तब उसे अपने लिए कुछ स्वतंत्रताएँ ज़रूरी लगने लगीं और कहा जा सकता है कि तभी यह 'ख़ुदकुशी' का मामला उत्पन्न हुआ होगा। कम-से-कम ख़ुदकुशी करना चाहने वालों की संख्या में बड़ी वृद्धि हुई होगी।

लेकिन मैं यहाँ एक अलग ही मसला पेश करना चाहता हूँ, जो आधुनिकता से ही जुड़ा है और जो उस समय उन दोनों को लेकर उत्पन्न हुआ था। संयोग से साल 2018 की 17 मई को वे दोनों धड़धड़ाती हुई आने वाली रेलगाड़ी के नीचे ख़ुदकुशी करने के लिए एक ही समय पर वहाँ पहुँचे थे। आधुनिक दौर में तिथियाँ, दिन अहम होते हैं इसलिए उनका उल्लेख बार-बार कर रहा हूँ। मसलन, सामान्य नज़र पर देखें तो 17 तारीख़ को आधुनिक भारत की सड़कों पर गाड़ियाँ और दुपहिया वाहन एक ख़ास किनारे पर ही पार्क किये जा सकते हैं। हम जो प्रसंग देख रहे हैं, उसमें यह अहम नहीं होगा लेकिन कई बार अहम हो सकता है। अधिक गहराई में जाकर देखेंगे तो उन दो में से एक व्यक्ति सिर्फ़ अपने पहने हुए कपड़ों के साथ मार्च 2002 की 12 तारीख़ को इन्हीं पटरियों से होकर गुज़री रेलगाड़ी में बैठकर गुजरात से पुणे आया था। इस यथार्थ पर ग़ौर किया जाए तो पता चलेगा कि इस कथन में समय का उल्लेख कितनी अहम जानकारी दे जाता है। इससे यह ध्यान में आता है कि समय का उल्लेख कितना अहम है। आदिम दौर में ऐसे उल्लेखों से कोई फ़र्क़ नहीं पड़ता। इतिहास के प्रति ऐसा एहसास, आधुनिकता का ही परिणाम है। आज की पीढ़ी से तीन पीढ़ी पहले तक कितने लोगों को अपना जन्मदिन याद रहा होगा? शिवाजी महाराज की जन्मतिथि का विवाद हम जानते हैं। उनके दौर में यह तिथि शायद उनके क़रीबी नाते-रिश्तेदारों को भी पता नहीं रही होगी; लेकिन उस दौर में ऐसा विवाद होने का उल्लेख इतिहास में नहीं है। इसके बाद, लगभग दो सदियों तक, शिवाजी महाराज की जन्मतिथि क्या है, यह ठीक-ठीक पता किसी को नहीं था, और उस पर विवाद भी नहीं होता था। अब होता है, यानी भारत में पश्चिम से आई आधुनिकता का प्रचार होने के बाद। लेकिन इस बात को ज़रा अलग रखेंगे। बहरहाल, उन दोनों को ख़ुदकुशी करने की तीव्र इच्छा उस मई महीने की दोपहरी में हुई और वे उस ख़ास जगह पर एक ही समय दाख़िल हो गए। और केवल ख़ुदकुशी करने की इच्छा नहीं बल्कि उससे जुड़े मसलों का भी आधुनिकता से सीधा सम्बन्ध है, जिसे मैं बिलकुल शुरू में बताना चाहता हूँ।

दरअसल, एक बार मृत्यु की चर्चा छिड़ जाने पर सारे विचार ख़त्म हो जाने चाहिए और मानवीय ज़िन्दगी की असीम विसंगतियों से परे, मौन से इतर कुछ भी बचना नहीं चाहिए। लेकिन ऐसा नहीं होता क्योंकि हर कोई बुद्ध नहीं बन सकता। और मृत्यु के भी कितने-कितने रूप, अपरम्पार! और उस प्रक्रिया में मनुष्य द्वारा पैदा की गई जटिलता भी कितनी विलक्षण!

यह हमारे इस प्रसंग से सहज ही साबित होगा। दरअसल, एक-दूसरे की उपस्थिति के कारण वे दोनों ख़ुदकुशी नहीं कर पा रहे थे। ख़ुदकुशी करने के लिए आदमी को मिनिमम प्राइवेसी की ज़रूरत पड़ती है। इसीलिए दोनों उस जगह आए थे। जिस तरह ख़ुदकशी आधुनिकता की एक उपज है, उसी प्रकार प्राइवेसी की आवश्यकता महसूस होना, प्राइवेसी की अहमियत का बेहिसाब बढ़ना भी आधुनिकता का ही एक अभिन्न लक्षण है। आदिम अवस्था में आदमी में कहाँ था प्राइवेसी के लिए आकर्षण? मध्ययुग में तो कुछ व्यक्तिगत बातें भी समाज में खुलेआम होती थीं। मराठी संस्कृति में लड़की के रजस्वला होने का समारोह सम्पन्न होता था, अन्य किसी संस्कृति में विवाह की पहली रात की सफलता सुबह ख़ून-सने कपड़े खिड़की में टाँगकर घोषित की जाती थी। यह बात अलग है कि प्राइवेसी आज भी ग़रीब व्यक्ति की पहुँच से दूर है और आधुनिकता को इसकी परवाह भी नहीं है। आधुनिकता की आँखों पर लगी पूँजीवाद की अँधोटी का ही यह असर है। लेकिन इस बात को भी हम अलग रखेंगे। असल में आधुनिक समाज में प्राइवेसी के प्रति बढ़ रहे आकर्षण का कारण यह है कि सामाजिक रीति-रिवाज मनुष्य को इतना 'गढ़ने' लगे हैं, उसके व्यक्तित्व को इस कदर रचने लगे हैं कि विपरीत लक्षण से अंग्रेज़ी में जिसे 'आयरॉनिकली' कहते हैं, उसकी स्वतंत्रता में आने वाली ऐसी बाधाएँ उसके लिए असहनीय बन गई हैं। इसलिए सार्त्र जैसे विचारक कहने लगे हैं, 'हेल इज अदर्स'—नरक अन्य लोग हैं। ख़ैर, बहुत गहन विषय है यह। हम सामान्य बात देखेंगे। इस आधुनिकता का उद्गम हुआ यूरोप में और इसी कारण उनकी भाषा पर उसका रंग अधिक गाढ़ा हो गया। हिन्दी भाषा में प्राइवेसी के लिए मौज़ूँ शब्द है ही नहीं। (इसलिए, आपने ग़ौर किया होगा, मैं अंग्रेज़ी शब्द का इस्तेमाल कर रहा हूँ।) शब्दकोश में 'प्राइवेसी' के लिए एक प्रतिशब्द है 'एकान्त' लेकिन वह उचित नहीं है।

एकान्त या तो सज़ा होती है या तपस्या वग़ैरह का मार्ग। एकान्त का अभाव, जैसा कि सार्त्र जैसों को लगता है, वैसा नरक नहीं हो सकता। बल्कि प्राइवेसी का सम्बन्ध व्यक्तिगत स्वतंत्रता से है, सज़ा से नहीं। दूसरा प्रतिशब्द दिमाग़ में आता है, 'निजी'। लेकिन 'निजी' यानी प्राइवेट। उसमें सम्बन्धों के 'भौतिक अधिकार' की गन्ध आती है; जैसे, यह निजी जगह है, इस पर कोई अतिक्रमण करेगा तो...' वग़ैरह। प्राइवेसी के अतिक्रमण का कुलगोत्र ही अलग है। इसलिए निजी का मतलब हुआ प्राइवेट, न कि प्राइवेसी। लेकिन प्राइवेसी और प्राइवेट जैसे एक ही जड़ से निकले अंग्रेज़ी शब्दों की बुनावट में समय के साथ काफ़ी अधिक अन्तर आ गया है और इसका कारण है आधुनिकता का दर्शन। मेरी बात यदि किसी को रास नहीं आती हो तो कृपया ध्यान दीजिए कि इस प्रसंग में प्राइवेसी शब्द मुझे अन्य किसी भी हिन्दी शब्द से अधिक मौज़ूँ लगता है इसलिए मैं उसका इस्तेमाल कर रहा हूँ। इसका एक कारण और है और उसके बहाने मुझे आधुनिकता के बारे में कुछ कहना है।

और, प्राइवेसी एक प्राकृतिक, स्वाभाविक प्रेरणा की धारणा की तरह हममें रच-बस गई है। नग्नता से आने वाली शर्म भी तो इसी तरह हममें रच-बस गई है। ख़ैर, उन दोनों को ख़ुदकुशी करने की तीव्र इच्छा हो रही थी। उस दिन घटनाएँ ही कुछ ऐसी घटी थीं! जिन पर वे घटित हुईं, वे किसी को भी वैसी ही लग सकती हैं और आज किसी पर भी घटित हो सकती हैं। आज दुनिया भर में आधुनिकता में जो मोड़ आया है, उससे जो जटिलताएँ उत्पन्न हो रही हैं, उस प्रक्रिया की भी अपनी पृष्ठभूमि है। आजकल कोने-कोने में सिक्योरिटी कैमरे, क़दम-कदम पर आधार नम्बर देने की अनिवार्यता, पुलिसिया जाँच और बॉडी फ्रिस्किंग जैसी बातें ज़रूरी होने लगी हैं। और आज इन्हीं बातों के कारण हमारी प्राइवेसी सिकुड़ने लगी जिससे हम चिन्तित भी हो गए हैं, और यह एक और पेच है। ख़ैर, उन दोनों के इस तरह इकट्ठा आने से जो पेच पैदा हो गया, उसकी कथा सुनाने की मैंने योजना बनाई है। किसी भी विशेष घटना का कोई न्यूनतम अर्थ लगाने के लिए जितना इतिहास पता होना चाहिए, उतना बताने का प्रयास मैं अवश्य करूँगा। लेकिन इससे आगे नहीं जाऊँगा। मेरे सामने मेरा उद्देश्य स्पष्ट है। लेकिन यह ग़लतफ़हमी भी नहीं होनी चाहिए कि मैं जो कहना चाहता हूँ, उसका अर्थ मैं साफ़-साफ़ समझ चुका हूँ।

अब हम सीधे मुद्दे पर आते हैं—

मई 2018 की 17 तारीख़ की दोपहर में उन दोनों में ख़ुदकुशी की अनिवार्य इच्छा जगी थी। लेकिन एक-दूसरे की उपस्थिति के कारण वे ऐसा कर नहीं पा रहे थे। वह जगह उन्हें प्राइवेसी देने वाली थी। यानी ईर्द-गिर्द बस्ती, दुकानें, होटल कारख़ाने आदि नहीं थे और रेलवे ट्रैक पर रेलगाड़ियों की आवाजाही काफ़ी थी। जहाँ वे खड़े थे, घंटे भर में पाँच रेलगाड़ियाँ वहाँ से धड़धड़ाती हुई गुज़र चुकी थीं। ख़ुदकुशी के लिए उन्हें बहुत सारे अवसर उपलब्ध हो गए थे। लेकिन एक-दूसरे की उपस्थिति के चलते दोनों अपना मनचाहा कार्य सम्पन्न नहीं कर पा रहे थे। उन दोनों की असंख्य पहचानों में से, आईडेंटिटीज में से—मसलन उम्र, व्यवसाय, भोजन की पसन्द, जाति, धर्म, रहने की जगह, आर्थिक वर्ग, किसी विचारधारा से प्रतिबद्धता या उसके बारे में कोई मत न होना या विचारधाराओं के निकष के ही ख़त्म हो जाने की धारणा आदि कोई भी परिचय अब महत्त्वपूर्ण नहीं रह गया था। अब एक ही परिचय बचा था, ख़ुदकुशी करने की तीव्र इच्छा। और दोनों के परिचय में यह समानता होने के बावजूद प्राइवेसी आड़े आ रही थी। किसी और की उपस्थिति में ख़ुदकुशी कैसे करें?

और, अनेक रेलगाड़ियाँ दोनों के बीच से धड़धड़ाती हुई गुज़र गईं। सूरज इतना तपने लगा कि दोनों का सिर चकराने लगा, पैरों की ताक़त ख़त्म होने लगी, आँखें भर आईं। फिर बादल घिर आए और छलछलाकर नीचे झुके। मानो उस भीषण धूप में भी उन्हें ख़ुदकुशी करने के लिए एनर्जी चाहिए थी, इसलिए रेलगाड़ी की तरह बरसात भी झमझमाती हुई चली आई। दोनों पूरी तरह से भीग गए, ठंडे पानी के स्पर्श से रोमांचित हुए। उस अवस्था में भी मिट्टी की महक से कुछ खिल-से उठे। हवा अचानक सर्द हो गई थी इसलिए दोनों को ज़ोर से पेशाब आया, जिसे उन्होंने उस दशा में भी अपनी-अपनी आदत के मुताबिक बिना एक-दूसरे को पता चले वहीं पास-पास अंजाम दिया। इस दशा में उन्हें एक-दूसरे का एक और विशेष परिचय मिला। वह था उनके लिंगधर्म में अन्तर। उनमें से एक पुरुष था और एक स्त्री। यह आदिम परिचय आधुनिकता में भी क़ायम था। हर हाल में क़ायम था। लेकिन मानवीय इतिहास में उस पर लिंगधर्म की घनी और जटिल परतें चढ़ गई थीं।

इसलिए उनमें से जो स्त्री थी, भीगने के बाद पल भर के लिए कुछ सकुचायी। इसके लिए उसका इतिहास भी उत्तरदायी था। लेकिन ख़ुदकुशी का आकर्षण इतना तीव्र था कि वह स्त्री अपने रोमांच से, अपने भीषण इतिहास से उभरने वाले डर को पीछे छोड़ आई और पुरुष भी अपनी प्राकृतिक वासना पर विजय प्राप्त कर ख़ुदकुशी के बारे में ही सोचता हुआ अपनी जगह स्तब्ध खड़ा रहा। बाधा और परेशानी थी एक-दूसरे के अस्तित्व की, प्राइवेसी की। क्या करें? दोनों इस उलझन में ज्यों-के-त्यों खड़े रहे। मानो अनन्त समय तक ऐसे ही खड़े रहने वाले थे।

सत्यकाम : 1

6 दिसम्बर, 1992 को, यानी जिस दिन बाबरी मस्जिद जमींदोज की गई, ठीक उसी दिन भारत में उदारीकरण फैल गया। इसके लगभग एक साल बाद दानाबाज़ार इलाक़े में अनुसूया के लड़का हुआ। दानाबाज़ार यानी पुणे की परम्परागत वेश्याबस्ती। दरअसल, दानाबाज़ार को इन दोनों घटनाओं—बाबरी मस्जिद का ज़मींदोज़ होना और उदारीकरण—से सीधा कुछ लेना-देना नहीं था। मोमिन सेठ हर बुधवार और शनिवार को आता था। उसके नियम में कोई खंड नहीं था। उसने हिन्दू लड़कियों पर ख़ास ग़ुस्सा भी नहीं उतारा। लेकिन सुभानिया नामक युवक ने, जो अक्का का ख़ास था और जाने कहाँ-कहाँ से ताजा, कमसिन और ख़ूबसूरत लड़कियाँ चुन-चुनकर लाने में माहिर था; उसने चाय-बिस्कुट लाने वाले लड़के जाफ़र से ज़रा-सा मज़ाक़ किया, "ए भड़ुवे... अब हम सारी मस्जिदें गिरा देंगे तुम्हारी, देखना। फिर चले जाना सऊदी, कटवे।" इसके बाद जाफ़र उससे भिड़ गया। लेकिन आवडाक्का की 'हाँ...' धाकवाली आवाज़ और ज़मीन पर सोए-सोए ही उसने जो पैर झाड़ा, उससे रात के पौवे की दो बोतलें दन-से उड़कर बगल की दीवार से जा टकराईं, और उस आवाज़ से दोनों चुप हो गए। वैसे भी, इस दुनिया के सबसे पुराने व्यवसाय में ऐसी बातों का बहुत ज़्यादा अहम स्थान नहीं होता। कुछ ही मिनटों में, दोनों एक-दूसरे से कुछ कानाफूसी करते हुए माड़ी से उतरकर चले भी गए। निष्कर्ष यह कि दानाबाज़ार पर ऐसी सामाजिक-राजकीय बातों का कोई ठेठ असर नहीं होता है।

लेकिन बाद में सन् 2014 में महाराष्ट्र में भाजपा-सरकार आई और उन्होंने गोहत्या पर पाबन्दी लगा दी। तब काफ़ी उम्रदराज और उस जगह की सर्वेसर्वा बनी आवडाक्का को बीफ़ मिलना मुश्किल हो गया, या कम-से-कम महँगा हो गया।

इसका असर यह हुआ कि वह और ज़्यादा खीजकर लड़कियों को परेशान करने लगी। लेकिन इसका भी तोड़ निकल आया। वहाँ का इंस्पेक्टर बेड़ेकर उसका अज़ीज़ यार था। उसने उसके लिए बीफ़ का इन्तज़ाम किया। इससे यही सिद्ध होता है कि कोई छोटी-मोटी सामाजिक-राजनीतिक घटना दानाबाज़ार पर ख़ास असर नहीं करती। हालाँकि वैश्वीकरण के बाद ऐसी जगह ही नहीं बची कि ऐसी घटनाओं का गाहे-बगाहे भी असर नहीं होता हो। अमेरिका में बुश नाम के सज्जन राष्ट्रपति बने और उन्होंने इराक़ पर हमला किया जिससे तेल की दरें बढ़ गईं। इसका परोक्ष ही सही, लेकिन बहुत बड़ा असर भारत के अम्बानी जैसे अतिसम्पन्न लोगों से लेकर उच्च वर्ग, अध्यापक और छोटे दुकानदारों से लेकर मज़दूर-किसान खेत-मज़दूर और आदिवासियों तक सभी पर हुआ। भारत का आर्थिक उदारीकरण हो या दुनिया का आतंकवाद, कोई भी इनसे आज बच नहीं सकता। लेकिन यह बात भी सच है कि दानाबाज़ार पर ऐसी बातों का विशेष असर सबसे कम होता है।

बाबरी मस्जिद गिराने की तीव्र प्रतिक्रियाएँ भारत भर में, अनेक इलाक़ों या शहरों में हुईं। अनेक जगहों पर दंगे हुए, लेकिन पुणे महानगर पर इसका बहुत ज़्यादा असर नहीं हुआ। पुणे में कुल मिलाकर मुसलमानों की संख्या इतनी कम है कि 'कटवा लोगों को हमने पहले ही उनकी औक़ात दिखा दी है', लोगों का ऐसा मत बनना सहज सम्भव है। तिलकजी के जमाने से लेकर आज तक दंगों का इतिहास भी रहा है जो इस मत को थोड़ा-बहुत बढ़ावा देता है। सबसे अहम बात, सामाजिक-राजनीतिक मसले पर महात्मा फुले और बाद में तिलक-आगरकर के दौर से नेतृत्व कर रहे इस शहर को देखकर यह शंका उत्पन्न हो सकती है कि आज़ादी के बाद इस शहर ने कहीं इंजीनियर, डॉक्टर और बाद में आई.टी. क्षेत्र के पेशेवर पैदा करने का कारख़ाना बनना तो तय नहीं किया है? दरअसल सन् 1991 की आर्थिक उदारीकरण की नीति को भी पुणे ने पुरज़ोर तरीक़े से अपनाया और यहाँ के अधिकांश लोगों का मत बन गया कि सारी बातों को केवल पैसे के पैमाने पर ही आँकना चाहिए। ऐसी मेरी, मतलब जन्म से ही इस शहर में रहने वाले एक नागरिक की, राय बनी। अन्य मत भी हो सकते हैं। मतभिन्नता चाहे जितनी हो, लेकिन यह सच्चाई है कि बाबरी मस्जिद के ध्वस्त होने के बाद पुणे में कोई ख़ास हलचल नहीं हुई।

जब पुणे शहर की यह स्थिति है, तो स्पष्ट है कि दानाबाज़ार पर कुछ भी असर नहीं पड़ा होगा।

लेकिन भारत पर इस घटना का बहुत ज़्यादा असर पड़ा। माहौल ही बदल गया। समाज में धार्मिक और जातिगत खाइयाँ बढ़ गईं, हिंसा बढ़ गई। उदारीकरण के बाद आए वैश्वीकरण और उत्तर-पूँजीवाद से उसकी मुठभेड़ हुई। यहाँ तक कि सन् 2014 में भाजपा की भारी बहुमत वाली सरकार बनी जिसके सर्वेसर्वा थे मोदीजी। फिर गाहे-बगाहे ही सही, उसका पूरा-पूरा असर भारत के सभी नागरिकों की तरह, उस दिन अनसूया वेश्या की कोख से जन्मे बच्चे के जीवन पर भी पड़ना था। लेकिन ये काफ़ी बाद की बातें हैं।

उस दिन दानाबाज़ार पर बाबरी मस्जिद ढहाने का तो कुछ ख़ास असर नहीं पड़ा, लेकिन अनसूया के प्रसव होने का बहुत ज़्यादा असर पड़ा था। प्रसव घर पर ही, अगर उसे घर कहा जाए तो, कराने के कारण कम-से-कम उस दिन पूरा धन्धा ठप हो गया। यल्लव्वा, सुन्द्री, सोना, चम्पा कोई भी धन्धे के मूड में नहीं थीं। सभी जच्चा के पास मँडरा रही थीं। शाम के आसपास आवडाक्का ने बहुत गाली-गलौज की, उनका भोजन रोकने और उनके ख़ास अंग में मिर्च भरने की धमकी दी, तब जाकर वे विवशता में तैयार होकर खिड़की में खड़ी हो गईं। लेकिन बस इतना ही। अनसूया तो आवडाक्का की सोने का अंडा देने वाली मुर्ग़ी थी। लेकिन जब वही अलग ढंग से अंडे देने लगी, तब बीते कुछ महीनों से आवडाक्का का मानसिक सन्तुलन ध्वस्त होने लगा था। वैसे एक अर्थ में इस बात से उसे थोड़ा दिलासा भी मिल गया था कि अनसूया अब प्रसव से उबरकर कुछ दिनों में दोबारा काम में जुट जाएगी। लेकिन बीते कुछ दिनों का ग़ुस्सा और नन्ही जान को प्रत्यक्ष देख लेने के बाद 'उस पर नये सिरे से ख़र्च' की बात सोचकर वह सुलग उठी थी। अनसूया का बच्चा मरा हुआ जनम सकता है, यह आशा भी ख़त्म हो गई थी। लेकिन अनसूया भी बहुत ही गरम दिमाग़ की थी। 'अबे-तबे' ही नहीं, बल्कि समय आने पर हाथ-पैर चलाने को भी तैयार रहती थी। कुछ-कुछ सनकी भी थी। लेकिन सुन्दर थी और हर किसी के साथ ठंडेपन से बर्ताव करने के लिए मानो शुरू से ही तैयार थी। विलक्षण मनमौजी, किस पल क्या करेगी, कोई गारंटी नहीं। बीच में चार-चार दिन धन्धे के लिए खड़ा रहने से इनकार कर देती, चाहे जितनी मारपीट करो।

लेकिन इसके बावजूद आवडाक्का की लगभग आधी आमदनी वह अकेली ही खींचती थी। और वह युवा भी थी। इसलिए आवडाक्का ने उसका ग़ुस्सा दूसरों पर अधिक उतारा। और फिर, नन्ही जान भी तो कुछ भाव जगाता है! उसका विलक्षण, अनुपम और मुलायम स्पर्श, जहाँ स्पर्श के ही दाम चुकाए जाते हैं, वहाँ कुछ अलग संवेदनाएँ भी जगाता है। उस दिन दानाबाज़ार के उन विशिष्ट कमरों में इन सब भावनाओं का मिला-जुला वातावरण तैयार हुआ था।

अनसूया के स्तनों से दूध का झरना फूट पड़ा और दाई ने उसे नवजात शिशु के ओंठ से लगा दिया। अनसूया के मन में कुछ पलों के लिए एक अलग ही रोमांच उत्पन्न हुआ; लेकिन दूसरे ही पल उसका चेहरा लाल हो गया, वह क्रोध से काँपने लगी। यल्लव्वा, जिसे आवडाक्का ने अनिच्छा से ही अनसूया की मदद के लिए वहाँ छोड़ा था, डर गई कि कहीं हमेशा की तरह उस पर मिरगी का दौरा तो नहीं पड़ गया? वह प्याज लाने के लिए दौड़ी भी, लेकिन उस दिन अनसूया ने बहुत जल्द अपने आप पर काबू पा लिया था और सभी को झुग्गीनुमा कमरे से बाहर खदेड़कर वह अकेली बच्चे के साथ लेट गई थी। सभी के बाहर जाने के बाद उसने आसपास देखा। कल शाम को जैसे ही उसे पहली टीस उठी, वह समझ गई कि प्रसव का वक़्त आ गया है। पटरे और कार्डबोर्ड को जोड़कर जैसे-तैसे बनाए गए झोपड़े की सफ़ाई का आश्वासन उसने पहले ही सुन्द्री से ले लिया था, दो पौए का लालच देकर। सुन्द्री ने उसे निभाया भी। लेकिन जहाँ लम्बे समय से अनेकों का वीर्य, पसीना गिरता रहा हो, वहाँ से उनकी और तम्बाकू और शराब की बदबू का पूरी तरह से जाना सम्भव नहीं था, चाहे जितनी सफ़ाई की जाए। ऊपर से आवडाक्का ने सुबह-सुबह मिस्सी भुनने का व्रत शुरू कर रखा था। उसकी उग्र गन्ध भी उसमें मिल रही थी। अनसूया को अपने साणगाँव के झोंपड़े की याद आई। वह झोंपड़ा इससे ज़रा-सा बड़ा था। वहाँ भी बहुतेरे गन्ध भरे रहते थे। लेकिन वे अलग थे। अनसूया को आज न जाने कितने साल पहले मरी और कई सालों से विस्मृति में चली गई अपनी माँ की याद आई। कितने समय बाद उसे उसका चेहरा साफ़-साफ़ याद आया। लेकिन उसकी आँखें सूखी ही रहीं। उनका भर आना कभी का थम चुका था। बीते चार सालों से वे बाप के प्रति क्रोध से अंगार की तरह जल रही थीं। उसकी आँखों से उसके मन का भाव बहने लगता कि

एक न एक दिन लौटकर मैं खूसट का लिंग काट लाऊँगी, वरना मेरा नाम भी अनसूया नहीं। उस दिन भी उसके मन में यही भाव उमड़ा था, लेकिन पास सोई नन्ही जान का अति कोमल स्पर्श उसकी आँखों में अनेक वर्षों के बाद अचानक दो बूँद आँसू ढुलका गया। प्रसव-वेदना से भी उसकी आँखों में आँसू की एक बूँद तक नहीं आई थी। आँखों में आँसू आने के बाद बाहर से आने वाली हमेशा की आवाज़ें, हमेशा की बदबू, कमरे के ठीक सामने सड़क पर फड़फड़ाती ट्यूबलाइट का उजाला, लगातार चूने वाले नल की टप-टप, इन सभी का मानो पहली बार उसे जाग्रतावस्था में अहसास हुआ। और इस बात का भी कि अब यहाँ से छुटकारा नहीं है। एक त्रिकालाबाधित सत्य उसे स्पर्श कर गया कि बाप से प्रतिशोध अब एक दिवास्वप्न है। उसने अपने बच्चे की नन्ही देह को सीने से लगा लिया। इतना कसकर कि वह शिशु भी जगकर रोने लगा। यल्लव्वा दौड़ती हुई आई। उसने बच्चे को उठाया और अनसूया की दिशा में ग़ुस्से से भरे कुछ शब्द फेंक उसे लेकर बाहर चली गई। वे शब्द अनसूया को सुनाई भी नहीं दिये। उसकी आँखों के सामने दोबारा उसके बाप चेहरा उभरा। गन्दा, दाढ़ी बढ़ी हुई, सामने के दो दाँत गिरे हुए। यही चेहरा 'उस रात' अनचाहे कितना क़रीब आया था! उसने जानबूझकर उसे याद करने, बाहर की दुनिया का वह अन्तिम दिन याद करने का प्रयास किया। ऐसा करेगी तभी वह अपना ग़ुस्सा, अपने प्राण मानो ख़ुद में लौटा पाएगी। इसी आशा में उसने उस दिन से जुड़ा हुआ सब कुछ याद करने का तीव्र प्रयास शुरू किया।

लगभग रोज़ ही जिसका दर्शन होता था, उस सुभानिया का चेहरा भी साफ़-साफ़ उसे याद नहीं आ रहा था। सुभानिया ने क्या किया, फिर उसके जन्मदाता बाप ने क्या किया, इन्हें वह अलग-अलग नहीं कर पा रही थी। एक बेहद गन्दी, सड़ाँध-भरी वेदना उसकी देह में भर गई थी। उसके सामने एक साथ जमा हो जाने की तरह उन दो हफ़्तों का समय खड़ा हो गया। वह उलझन में पड़ गई। आख़िर में काफ़ी देर के तीव्र प्रयास के बाद वह उन घटनाओं को कुछ अनुपात में अलग-अलग कर याद करने लगी। उसे याद आया, चार साल पहले वह सोलह-सत्रह साल की थी। एक-डेढ़ एकड़ ज़मीन का टुकड़ा उसके पिता के हिस्से में आया था, जिसे लगातार पड़ते अकाल और बाप के अनेक शौक़ों के कारण साहूकार निगल चुका था।

रोज़गार के नाम पर उसका बाप और बाप का एक दोस्त उसे साणगाँव से अम्बाजोगाई होते हुए पुणे लाए थे। जब वह पुणे में बाप के दोस्त के ससुराल में रह रही थी, तभी बाप के दोस्त ने सुभानिया से उसका परिचय कराया था। सुभानिया था बड़ा सजीला। अनिल कपूर जैसा दिखता था और बातें भी वैसी ही करता था। उसने उसे घुमाना शुरू किया। अनसूया ख़ुश हो गई। उसने उसे कई हिन्दी फ़िल्में दिखाईं—'संसार', 'वतन के रखवाले', 'औलाद' वग़ैरह। सिनेमा के दौरान वह उसके सीनों और जाँघों से खेलता था। उस स्पर्श से दिमाग़ तक फैलने वाली झुरझुरी, घर छोड़ने से पहले बाँहों में भरते समय पेडू को महसूस होता उसका ठोसपन, उसे अब भी याद था। फिर एक-दो बार लॉज पर उसके साथ देह का खेल तो ग़ज़ब रहा! उसके साथ देखी फ़िल्मों में से एक थी 'मिस्टर इंडिया'। फ़िल्म देखकर सुभानिया बोला था, "तुम श्रीदेवी जैसी दिखती हो और...यह सब, तुम्हारा माल, ज़ाया हो रहा है री। किसी के काम आना चाहिए।" उस दिन वह उसे अपनी 'बहन से मिलाने' के बहाने आवडाक्का से मिलाने ले गया और अनसूया दहल गई। घर आने पर उसने बाप को बताया, लेकिन बाप ने सभी के सामने उसे बेल्ट से पीटा और एक कमरे में बन्द कर दिया। फिर रात में वह उस कमरे में आया और दरवाज़े की सिटकनी लगाकर बोला, "कल तुम्हें ऐसी जगह जाना है, जहाँ जाने के बाद हमारी सारी परेशानियाँ ख़त्म हो जाएँगी...और कम्बख़्त, तुम्हारी माँ को गए दस साल हो गए हैं...उस छोटे गाँव में कौन मिलता मुझे? आँ? मर्द के शरीर की भूख मिटनी चाहिए कि नहीं? आँ? आओ, क्लास लेता हूँ आज तेरी... कल से तुझे यही करना है...आ जा। साली, माँ को निगल गई...बेसवा!" और उसने उसका ख़ूब उपभोग किया था। वह तड़प-तड़पकर चिल्लाती रही, "नहीं बापू नहीं..." बहुत चिल्लाई वह लेकिन घर के लोग शान्ति से दूसरे कमरे में सोए रहे। शायद वे ऐसी बातों के पूरे अभ्यस्त थे।

दूसरे दिन, सूखी आँखों से वह आवडाक्का के पास दाख़िल हुई। बाद में वे आँखें कभी पसीजी ही नहीं। पहले दिन से ही वह ठंडे मिज़ाज से धन्धे पर बैठ गई। चार महीने के बाद उसका बाप आवडाक्का से आख़िरी हफ़्ता लेने के लिए आया। उसके 'अनसूया से मिलना है' कहने पर उसे बुलाया गया। वह छुरी लेकर दौड़ पड़ी उस पर, "तुम्हारा लौड़ा नहीं काटा तो माँ का नाम नहीं लगाऊँगी।"

इस तरह चीखते हुए उसने उसकी धोती पकड़कर खींची। तीन-चार लोगों ने जैसे-तैसे उसे पकड़ा और उस बूढ़े को बचाया। पहले से ही मरियल बूढ़ा पूरी तरह से बिखर गया। अनसूया ने सोचा, "उसी रात यह करती तो? बूढ़े के सड़े-गले शरीर में लड़की के साथ सोने के अलावा ताक़त कहाँ? उसी दिन घर छोड़कर भाग जाती तो?" लेकिन बाद में उसको ध्यान में आया कि उसकी जैसी लड़की घर छोड़कर भागती भी तो कहाँ? इस महानगर में करती भी तो क्या? अनपढ़, अकेली लड़की का इस समाज में और क्या हश्र होता? अन्य लड़कियाँ बताती हैं कि आवडाक्का चाहे जितनी चिल्लाए, मगर अन्य मौसियों से ठीक ही थी...

बाप जिस रात मिलने आया, उसी रात उसे पहली बार मिरगी का दौरा पड़ा था। उसके बाद उसे बीच-बीच में दौरे पड़ने लगे। दौरा पड़ने के बाद तीन-चार दिन तक वह किसी की कोई बात नहीं मानती थी, चाहे जितनी मारपीट करो। वैसे उसे कोई मर्द पसन्द नहीं आता—और कोई पसन्द न आने के लिए उसे किसी विशेष कारण की दरकार भी नहीं थी। वह उसके साथ जाती ही नहीं। आवडाक्का और किसी के ऐसे नख़रे बर्दाश्त नहीं करती। मर्द यानी मर्द, बस यही है यहाँ का पहला नियम। ग्राहक के साथ सोते समय अनसूया कई बार बिलकुल साधारण कही जाने वाली बातों यानी कंडोम का इस्तेमाल वग़ैरह की भी सावधानी नहीं बरतती थी। यह प्रसव उसी का परिणाम था। आवडाक्का को भी पता नहीं था कि कई बार वह इस तरह अजीब बर्ताव क्यों करती है। अनसूया तब तक उसकी सोने का अंडा देने वाली मुर्ग़ी थी, लाखों में एक थी! उसके कारण आवडाक्का के ग्राहकों का क्लास ही बदल गया था। ग्राहक द्वारा बख़्शीश में दिये गए पैसे भी वह आवडाक्का को लाकर थमा देती थी। मानो उसे किसी बात की फ़िक्र ही नहीं थी, किसी चीज़ का मोह नहीं बचा था। मन में एक ही इरादा था और उससे उसके बाप को ही परेशानी होने वाली थी। इसलिए अधिकांश बार उसका यह बर्ताव चल जाता था।

यह सब याद करने बावजूद, सब कुछ अलग-अलग कर मन-ही-मन दोहराने के बावजूद आज अनसूया के मन में बदले की आग नहीं जल रही थी। कहीं बच्चे के जन्म के कारण तो उसका ऐसा नहीं हुआ? यह ध्यान में आते ही वह पस्त हो गई। कुछ समय बाद उसे किसी ने उसका रोता हुआ शिशु लाकर दिया।

उसने उसे अपने सीने से लगा लिया लेकिन उस दिन से अनसूया बदल गई। मानो उस बच्चे को उसने अपना मानने से ही इनकार कर दिया। शिशु को लेकर वह बस ज़रूरी कर्तव्य निभाती रही। शिशु को उसकी मौसियों ने ही पाला। कुछ दिनों बाद उसका नाम रखने की बात उठी, तब भी उसने किसी तरह की पहल नहीं की। आख़िर में सुन्द्री ने ही नाम सुझाया—आकाश। अभी-अभी उसने अपने लाड़ले सलमान खान की 'साजन' फ़िल्म देखी थी और उसमें सलमान का नाम था आकाश।

आकाश ने सोलह साल बाद अपना नाम बदलकर 'सत्यकाम' रख लिया। लेकिन इसकी तरफ़ हम बाद में आएँगे।

विभाकर : 1

सन् 1993 में, यानी सत्यकाम के जन्म के एक साल बाद, जब बाबरी मस्जिद गिराने के विरोध स्वरूप हुए प्रदर्शनों के जवाब में हुए दंगों के जवाब, और उसमें मारे गए क़रीब नौ सौ लोगों की मौत के बदले के रूप में मुम्बई में बम विस्फोट किये गए, उसी साल और ठीक उसी दिन मुम्बई के एक अनाथालय में विभाकर का विवाह हुआ। उतने ही ठाठ से, जो ऐसी जगह पर हो सकता है। जब उम्र बढ़ने लगती है तब यह ध्यान में नहीं रहता कि कौन-सी घटना किस साल हुई है। भारत में इसके लिए एक अच्छी सुविधा है। बस यह याद रखना है कि वह ख़ास घटना किस दंगे के आसपास हुई। फिर गूगल से उस दंगे की तारीख़ वग़ैरह आसानी से ढूँढ़ी जा सकती है। विकसित और विविधताविहीन देशों में यह सुविधा नहीं होती। सन् 2014 के भाजपा की विजय के बाद दंगे और उनको खाद-पानी देने वाले नेताओं के भड़काऊ भाषण और नीतियों में इतनी वृद्धि हुई कि यह डर ही ख़त्म हो गया कि तारीख़ों को याद रखने का यह भारतीय नुस्ख़ा नज़दीकी भविष्य में कहीं कम तो नहीं हो जाएगा। इसके अलावा जिस कारण हम सम्बद्ध घटना की बात कर रहे हैं, उस दौर का सामाजिक-राजनीतिक माहौल समझने में भी हमें सहायता मिलती है। हमारा सैद्धान्तिक, बौद्धिक उन्नयन होता है, उस घटना के प्रति हमारी संवेदना गहरी होती है, कम-से-कम हम ऐसा दिखावा कर सकते हैं। लेकिन विभाकर के विवाह का उल्लेख करते समय दंगे का साल बताने के पीछे केवल यही दो कारण नहीं हैं। इसके पीछे एक कारण और है। विभाकर ठहरा विलक्षण शान्त और सन्तुष्ट मनुष्य। उसके जैसा दूसरा मनुष्य मिलना बिलकुल मुश्किल है। लेकिन उसकी ज़िन्दगी की सारी महत्त्वपूर्ण यानी जन्म से लेकर मृत्यु तक की घटनाएँ दंगे के आसपास ही घटित हुईं और यह उसी की तो कहानी है।

मसलन, उसका जन्म हुआ 25 जनवरी, 1948 को। यानी महात्मा गांधी की हत्या के पाँच दिन पहले। और जन्म भी हुआ कोल्हापुर में और एक ब्राह्मण-परिवार में। इसलिए नामकरण से पहले ही बालक विभाकर को आगज़नी का सामना करना पड़ा। इसके ननिहाल का घर जलाया गया। परिवार के लोग सिर्फ पहने हुए कपड़े लेकर ही बाहर निकल पाए। बालक साथ था, लेकिन उसका पालना जला दिया गया था। एक तरह से ऐसी हिंसा सहने की जन्मघुट्टी उसे बचपन में ही मिल गई थी।

उस समय, उसके पिता सीतामाऊ नामक छोटी-सी रियासत के महाराज के मुख्य दीवान थे। यह रियासत आज के मध्यप्रदेश में और राजस्थान की सरहद पर अवस्थित थी। वे उस दौर के हिसाब से काफ़ी यानी एम.ए. पढ़े-लिखे थे। देश आज़ाद होने से पहले उन्हें सौ रुपए राजकोष से और सौ रुपए महाराज के व्यक्तिगत खाते से, कुल दो सौ रुपए, यानी उस दौर के लिहाज़ से देखें तो अच्छा-ख़ासा वेतन मिलता था। लेकिन भारत के आज़ाद होने के बाद एक-दो सालों में यानी 1949 में रियासतें बर्ख़ास्त हो गईं और रियासतों का राजकोष ख़त्म हो गया। रियासती इलाक़ों का सारा लगान और कर भारत सरकार को मिलने लगा और इसके बदले सरकार से रियासतदारों के लिए तनख़्वाहें शुरू हुईं ताकि वे पहले जैसे भोग-विलास में रह सकें। भारत-सरकार ने रियासतों के कर्मचारियों को पेंशन पर भेज दिया और उनके वेतन की आधी रकम बतौर पेंशन देना शुरू की। विभाकर के पिता को भी पचास रुपए पेंशन मिलने लगा। असल में, बाक़ी कर्मचारियों का रियासती वेतन पेंशन में तब्दील होकर आधा हो गया था, लेकिन नौकरशाही की किसी स्तर की गड़बड़ी के चलते विभाकर के पिता का पेंशन यथावत यानी सौ रुपया ही जारी रहा! मगर भाऊसाहब, यानी विभाकर के पिता ने ख़ुद पहल कर उसको पचास रुपया करवाया! कुछ हद तक यह समय की महिमा थी, लेकिन काफ़ी हद तक इसमें उस ख़ास शख़्स की ईमानदारी भी थी। इससे प्रभावित होकर महाराज ने अपने व्यक्तिगत खाते से उन्हें सौ के बजाय डेढ़ सौ रुपए देना शुरू किया और इस तरह उनकी महीने की आमदनी दो सौ रुपए बरक़रार रही। लेकिन सीतामाऊ रियासत ठहरी इतनी-सी! इसलिए उनके मरने तक और इन्दिरा गांधी द्वारा रियासतदारों की तनख़्वाहें बन्द करने तक, हालाँकि ये दोनों बातें एक ही

साल हुईं, यानी 1971 तक यह आमदनी ज्यों-की-त्यों रही। लेकिन तब तक रुपए की क़ीमत काफ़ी गिर चुकी थी। इसलिए उनके अन्तिम दौर में उनके परिवार को एक हद तक आर्थिक तंगी से भी जूझना पड़ा।

उनके कुल आठ बच्चे हुए, जिनमें से चार ही ज़िन्दा रहे। इसके पीछे कुछ तो उस दौर का और उस पिछड़े इलाक़े की पिछड़ी चिकित्सा-सुविधाओं का हाथ था, और कुछ उनकी पत्नी सत्यभामाबाई के कमज़ोर सेहत का भी। ऐसी सेहत वाली स्त्री आठ प्रसवों तक ज़िन्दा रही! भाऊसाहब के बाद 1984 तक, यानी सिखों के हत्याकांड तक! इन चार सन्तानों में एक लड़की थी और तीन लड़के। तीन लड़कों में बड़े दोनों गूँगे-बहरे थे। शायद इसके लिए भी सत्यभामाबाई क़ा कमज़ोर स्वास्थ्य ही एक कारण रहा होगा। क्योंकि दोनों परिवारों में खानदानी तौर पर ऐसा कुछ नज़र नहीं आता था। हमारे लिए अहम बात यह है कि हमारा नायक विभाकर, इन गूँगे-बहरे भाइयों में मँझला था। सबसे छोटा था प्रभाकर। उसमें, आज की भाषा में कहें तो कोई 'स्पेशल एबिलिटी' नहीं थी, यानी वह ठीक से सुनता-बोलता था। विभाकर का बड़ा भाई कमलाकर उससे आठ साल बड़ा था और वह भी गूँगा-बहरा था। इन आठ सालों के बीच और तीन भाई पैदा हुए लेकिन बच नहीं पाए। उनमें से एक लड़की काफ़ी बड़ी होने के बाद गुज़र गई। वह भी गूँगी-बहरी थी। ख़ैर।

सीतामाऊ का स्कूल छोटा था। कॉलेज तो था ही नहीं। इसलिए बड़े भाई कमलाकर और बड़ी बहन कमल को कॉलेज की पढ़ाई के लिए पुणे में रखा गया, सत्यभामाबाई की बहन के पास। वहाँ कमलाकर ने बहुत कुछ सीखा। उसने स्कूली पढ़ाई बहुत ज़्यादा नहीं की, लेकिन जिन कामों के सहारे जिया जा सकता है, ऐसे सिलाई, हिसाब-किताब, बैंक-व्यवहार जैसे काम वह सीख गया। संक्षेप में, आत्मनिर्भरता के आधुनिक दौर में जिन बातों का न्यूनतम ज्ञान होना ज़रूरी है, वह उसने सीखा। बहरे-गूँगों के विशेष स्कूल में जाकर लिप रीडिंग, हाथ के संकेतों की भाषा, और कुछ-कुछ बोलना भी उसने सीखा। पुणे में उसकी मौसी का उच्च शिक्षित परिवार उससे विशेष आत्मीयता से पेश आता था, और ख़ास बात यह कि वह सामाजिक-राजनीतिक दृष्टि से भी सजग था। इस कारण कमलाकर अख़बारों से लेकर विभिन्न विषयों की किताबें पढ़ने लगा और उसकी जीवन-दृष्टि भी कुछ-कुछ व्यापक हो गई।

पुणे की अपनी बहन पर कितना भार डालें, इस झिझक और धीरे-धीरे बिगड़ रही आर्थिक परिस्थिति के चलते विभाकर को पुणे नहीं भेजा गया। वह सीतामाऊ के स्कूल में कुछ समय जाता रहा। लेकिन वहाँ किसी तरह की ख़ास सुविधा न होने के कारण वह अधिकांशत: घर पर ही रहता था। थोड़ा-बहुत अक्षर-ज्ञान, हिसाब-किताब बस। मित्र भी नहीं थे। वह घर पर बैठे-बैठे ऊब जाता था इसलिए उसकी माँ उसे घरेलू काम में लगा देती थी। लेकिन इससे उसे बहुत खीज होती थी। सीतामाऊ के बस अड्डे से रोज़ सुबह एक बस पास के ज़रा बड़े गाँव मन्दसौर जाती थी। वह नहा-धोकर, कपड़े वग़ैरह पहनकर बस के निकलने से पहले बस अड्डे पर जाता और भीड़ को निहारता रहता। यही उसका एकमात्र मनोरंजन था। किसी वजह से इस सिलसिले का क्रम टूट जाने पर विभाकर का पूरा दिन मायूसी में गुज़र जाता। बहुत हुआ तो दोपहर में गैलरी से नीचे सड़क पर खेलने वाले बच्चों का खेल देखने लगता, यह उसका एक और दिल-बहलाव था। संक्षेप में, जैसी हम जंगल में भेड़िए या भालू द्वारा पाले गए इनसानी बच्चे की काल्पनिक और रसपूर्ण कहानियाँ पढ़ते हैं, उसका बचपन वैसा ही था। यानी अच्छे कपड़े पहनना वग़ैरह छोड़ दें तो आधुनिक मानवीय व्यवहार से उसका बहुत ज़्यादा सम्बन्ध नहीं था।

कमलाकर पुणे से लौट आया और विभाकर की स्थिति में बुनियादी और बहुत बड़ा अन्तर आ गया। उस समय कमलाकर बीस साल का था और विभाकर बारह का। तब तक विभाकर को पता भी नहीं था कि उसका एक बड़ा भाई है और वह भी गूँगा-बहरा है। जब से वह बड़ा हुआ, तब से कमलाकर कभी सीतामाऊ आया ही नहीं था। एक गूँगे-बहरे लड़के को यह बात कैसे बताई जाए, ऐसा ही कुछ हुआ होगा। शायद माँ-बाप ने यह बताने का बहुत ज़्यादा प्रयास भी नहीं किया होगा। चाहे जिस कारण हो, विभाकर के लिए यह एक सदमा था। लेकिन कमलाकर ने उसे अपने मार्गदर्शन में ले लिया और पुणे में उसने जो कुछ सीखा था, वह सब कुछ विभाकर को देने का जी-जान से प्रयास किया। उसे सिलाई सिखाई; लिप रीडिंग और काम चलाने लायक़ बोलना सिखाया; अख़बार पढ़ने में दिलचस्पी जगाई। लेकिन पुणे के माहौल में—जिनकी जीवन-दृष्टि व्यापक है और जिनके जीवन में गूँगे-बहरेपन की बाधा नहीं है, ऐसे लोगों के सान्निध्य में पढ़ना—

और छोटे गाँव में, स्वयं गूँगे-बहरे भाई से पढ़ना, दोनों स्थितियों में बहुत बड़ा अन्तर था और वही हुआ। इस कारण दो भाइयों की संवेदनाओं में, विचारों में, जीवन की व्यापकता में हमेशा फ़र्क़ बना रहा। कमलाकर विज्ञान से लेकर मार्क्सवाद तक से—प्राथमिक स्तर पर ही सही, भिड़ चुका था। विभाकर का सम्पर्क सीतामाऊ में दूसरे दिन आने वाले स्थानीय अख़बार और कमलाकर जो कुछ बताता था, उससे आगे नहीं बढ़ सका था। इसलिए उनकी विनोद-बुद्धि की प्रौढ़ता में भी अन्तर महसूस होता था। दोनों भाई हँसी-मज़ाक़ पसन्द करते थे। लेकिन बचपन में टीन के बक्से में देखे चैप्लिन की लघुफ़िल्मों के नि:शब्द विनोद याद करने, सुनाने और ऊपरी विरोधाभास पर दिल खोलकर हँसने से आगे विभाकर की विनोद-बुद्धि कभी नहीं गई। इसके विपरीत, कमलाकर के हास-परिहास में एक तरह का बौद्धिक तेज होता था, सामाजिक विसंगतियों और जीवन की असंगति को पकड़ने का कौशल होता था, शाब्दिक खेल होते थे। आख़िरकार किसी भी तरह का विनोद महसूस होना, एक विशुद्ध बौद्धिक प्रक्रिया है! और जिसके सामने भाषा की बाधा है, साफ़ है, उसकी सीमाएँ होंगी।

लेकिन दूसरी ओर देखें तो इस बड़ी दुनिया से न टकराने के कारण ही विभाकर मूलत: सन्तुष्ट हो गया था। उसे इस बात का बिलकुल भी अहसास नहीं था कि अन्यों की तुलना में उसने क्या खोया है। इसके विपरीत, कमलाकर को इसका तीव्र एहसास था। दोनों भाइयों ने मिलकर सीतामाऊ में दर्ज़ी की दुकान खोली और वे उस लीक पर अच्छे-से चलने लगे। लोग पुणे के नये फैशन की तरफ़ आकृष्ट होने लगे, उनकी तरफ़ आने लगे। विभाकर पूरी तरह से सन्तुष्ट था, लेकिन कमलाकर नहीं। मेरी ज़िन्दगी इस एक छोटे-से गाँव में इसी तरह गुज़र जाएगी? मेरे पुणे के मौसेरे भाइयों में से एक भाई कनाडा में वैज्ञानिक और दूसरा एयरफ़ोर्स में पायलट, और मैं बुद्धिमान होने के बावजूद इस तरह दर्ज़ी का काम करता हुआ सड़ता रहूँगा!... इन विचारों से वह बहुत निराश हो जाता था। यहाँ तक कि दो बार उसने ख़ुदकुशी का असफल प्रयास भी किया था। इसके विपरीत विभाकर सन्तुष्ट था। उसका एक ही शौक़ था, अच्छे ढंग से ज़िन्दगी बिताना। सफाचट दाढ़ी बनाकर अलग-अलग पोशाकों में तस्वीरें खिंचवाना। थोड़े-से पैसे जमा होते ही वह कपड़ा ख़रीद लाता, अपने लिए नये कपड़े बनाता और सीतामाऊ की एकमात्र फ़ोटो की

दुकान में जाकर शानदार फ़ोटो खिंचवाता। दाढ़ी बढ़ाना, उसे अलग-अलग आकार में काटना, यानी कभी बुल्गॉनिन तो कभी ऋषि-मुनियों जैसी घनी और कभी मुसलमानों जैसी नुकीली। इसमें उसे मज़ा भी आता था। लेकिन अपने इसी शौक़ के कारण बाद में वह भयंकर संकट में आने वाला था, शायद इसी कारण उसे... लेकिन यह सब हम उचित समय पर देखेंगे।

कमलाकर और विभाकर की कदकाठी समान होने के बावजूद उनमें काफ़ी अन्तर भी था। दोनों मँझोले कद के थे लेकिन शायद मानसिक परेशानियों के चलते कमलाकर पतला था और उसके कन्धे झुके हुए होते थे। विभाकर ऐसी तनी हुई रीढ़ का था कि सहज ही नज़रों में भर जाता। बैठना, खड़े रहना, चलना सभी क्रियाओं में उसका यह तनना मुखर हो उठता था। कमलाकर के कपड़ों यानी झुर्रियों वाला पाजामा और वैसी ही क़मीज़ से उसकी बेचारगी अधिक झलकती थी। इसके विपरीत, विभाकर कभी बेचारा नहीं लगा, यहाँ तक कि घरेलू पाजामा या बनियान में भी नहीं। लेकिन कमलाकर की आँखों में बुद्धि की एक विलक्षण चमक थी जो विभाकर में नहीं थी। विभाकर की आँखें यानी शान्त, खोई-खोई-सी। ठीक से देखें और अंग्रेज़ी में 'डल' सी, विशेष कर तब जब वह किसी की तरफ़ देख नहीं रहा होता था। और यह 'खोया-खोयापन' काफ़ी समय तक बना रहता क्योंकि बचपन के अकेलेपन के कारण ही उसे शून्य में देखते रहने की आदत हो गई थी। कमलाकर की शारीरिक विकलांगता उसकी आँखों से पता नहीं चलती थी लेकिन विभाकर की आँखों में—कम-से-कम उस समय, उसका स्पष्ट प्रतिबिम्ब नज़र आता। अपवाद तब होता, जब वह खिलखिलाकर हँसता, या किसी की ओर प्यार से देखता। तब उसकी आँखें छोटे बच्चों की आँखों की तरह मासूम, ऊर्जावान और मोहित करने वाली होतीं। और अधिकांश व्यक्तियों की तरफ़ वह इसी तरह देखता था। कमलाकर की आँखों में अधिकांशतः स्थायी प्रौढ़ सहानुभूति होने के बावजूद, जैसा दर्शनशास्त्र के अध्ययन से आता है वैसा, 'अलूफनेस' था। इस कारण अनजान लोग कमलाकर की अपेक्षा सहज ही विभाकर से जुड़ जाते। सड़क पर, दुकान में, बस में अपने बगल में बैठे व्यक्ति से सहज ही उसका सम्पर्क शुरू हो जाता। गूँगे-बहरेपन से वहाँ कोई परेशानी नहीं होती थी। उसके इसी गुण के कारण उपन्यास के 'उस' ख़ास दिन वह बस में अपने

बगल में बैठे व्यक्ति के सम्पर्क में आया और उनकी बातें शुरू हुईं। दोनों के बीच कुछ आत्मीयता उत्पन्न हुई और आफ़त आ गई।

कमलाकर और विभाकर के बीच एक और महत्त्वपूर्ण अन्तर यह था कि कमलाकर बहुत बार ऊब जाता था और विभाकर लगभग कभी नहीं ऊबता था। शायद यह भी कहा जा सकता है कि कमलाकर आधुनिक बनने की प्रक्रिया के अधिक पास पहुँच गया था। लेकिन यह भी सभी दृष्टियों से सच नहीं था।

विभाकर के इतिहास की तरफ़ लौटते हैं। यथासमय कमलाकर का एक अत्यन्त ग़रीब घर की लड़की से विवाह हुआ। उसने भी ग़रीबी के कारण गूँगे-बहरे लड़के को पति के रूप में स्वीकार किया, और बिना किसी आनाकानी के गृहस्थी चलाई। कमलाकर पचास की उम्र में ही किडनी की बीमारी से चल बसा। वह चाहे जितना प्रबुद्ध हो, मगर उसकी धारणाओं में भी दरारें रह गई थीं जो उस समय के उसके एक सवाल से साफ़ हुईं और यह स्पष्ट हुआ कि गूँगे-बहरों की ज़िन्दगी नेत्रान्ध व्यक्तियों की ज़िन्दगी की तुलना में कितनी दूभर होती है। अपनी मृत्यु को क़रीब देखकर उसने अपने सबसे छोटे भाई प्रभाकर से, जो अत्यन्त बुद्धिमान होने के कारण तब तक आईआईटी से पढ़ाई करने एक प्राइवेट कम्पनी में बड़े पद पर कार्यरत था, पूछा, "मेरे मरने के बाद जब मुझे जलाएँगे, तब मैं कितना झुलसूँगा, मुझे कितना दर्द होगा!" इससे यही स्पष्ट हुआ कि भाषा का अभाव या भाषा समझने में कमज़ोर होना आधुनिक मानवीय जीवन की सबसे बड़ी परेशानी है। नेत्रान्धों के सामने अन्य बड़ी-बड़ी बाधाएँ हों, लेकिन आधुनिक दौर में शायद इसी कारण वे शिक्षा पाकर अन्य अनेक क्षेत्रों के गूँगे-बहरे लोगों से आगे छलाँग लगाते नज़र आते हैं। ख़ैर।

कमलाकर की मृत्यु के बाद उसका परिवार—पत्नी और तीन बच्चे—बड़े शहर इन्दौर में बस गया। उसके बच्चों की काफ़ी ज़िम्मेदारी प्रभाकर ने उठाई, लेकिन कमलाकर की पत्नी भी आधुनिक बड़े शहरों में सम्भव होने वाला व्यवसाय, भोजन के टिफ़िन बनाना वग़ैरह से सहायता करती रही। लेकिन विभाकर निश्चयपूर्वक सीतामाऊ में ही रहा। इस बीच विभाकर के विवाह में बाधाएँ आईं। छोटे गाँव में उसके लिए लड़की नहीं मिल रही थी। इसलिए बहुत ज़्यादा देर हो रही थी। हमने शुरू में देखा है कि सन् 1993 में मुम्बई के अनाथ महिला-आश्रम में पली-बढ़ी एक लड़की से उसका विवाह हो गया।

विभाकर ने उसी छोटे गाँव में अत्यन्त सन्तुष्टि से गृहस्थी चलाई। उसके एक लड़की हुई। विभाकर की जिस ग्रामदेवी पर बहुत आस्था थी, उसी की कृपा से और कुछ प्रभाकर की मदद से वह पढ़-लिख गई, आत्मनिर्भर हुई। इससे पहले यानी सन् 2002 में जब गुजरात में बड़ा दंगा हुआ और मुसलमानों का क़त्लेआम हुआ उसी साल विभाकर आख़िरकार प्रभाकर का आग्रह मानकर इन्दौर में बस गया। तब तक प्रभाकर भी किडनी की बीमारी से परेशान होकर समय से पहले रिटायरमेंट लेकर इन्दौर चला आया था। प्रभाकर साफ़-साफ़ हिन्दुत्ववादी था, वह सावरकरजी का भक्त था। पूरा परिवार ही वैसा था, लेकिन गुजरात-कांड उसे भी अच्छा नहीं लगा। सामान्य मनुष्य को जब तक भड़काया नहीं जाता, वह इतना हिंसक नहीं बनता, यही इसके पीछे की वजह होगी। इस बहाने प्रभाकर ने विभाकर को गुजरात के दंगे के बारे में और उसके जन्म के समय गांधी-हत्या के बाद हुए दंगे के बारे में कुछ मौलिक और व्यावहारिक जानकारी देने का प्रयास किया। लेकिन आधुनिक भारत से दूर एक छोटे-से गाँव में ज़िन्दगी बिताने वाले विभाकर ज़्यादा कुछ समझ नहीं पाए। उसके गाँव में तो सभी मिलजुलकर रहते थे। दंगा नामक घटना को लेकर उसकी अनभिज्ञता का बड़ा घातक परिणाम बाद में होने वाला था।

मुझे बात करनी है, सन् 2018 की दो घटनाओं की। लेकिन उन घटनाओं का अर्थ लगाने के लिए उनमें सम्मिलित पात्रों का इतिहास मालूम होना ज़रूरी है। मैं जानता हूँ कि इस प्रकार सरसरी तौर पर सुनाए जाने वाले इतिहास में काफ़ी कुछ छूट जाता है। ऐसा लग सकता है कि पात्रों का चरित्रांकन पर्याप्त नहीं हुआ। लेकिन यह ख़तरा मुझे उठाना होगा, क्योंकि अगर मैंने ऐसा नहीं किया तो मैं जो कहना चाहता हूँ, वही छूट जाने या उसकी तीव्रता कम होने का बड़ा ख़तरा खड़ा हो सकता है। विभाकर-जैसे का इतिहास भी दिलचस्प लगता है लेकिन इसलिए इतिहास की बारीकियों में जाना हमारे विषय की दृष्टि से अनुचित होगा। इसलिए इस मोह को त्यागना होगा। बतौर मनुष्य वह कितना शान्त और सन्तुष्ट था, उसका आधुनिकता और समकालीन सामाजिक-राजनीतिक यथार्थ से ठीक-ठीक क्या रिश्ता था, यह समझने के लिए मुझे उसका और थोड़ा-सा इतिहास बताना होगा। लेकिन जिस विषय के बारे में मैं बताना चाहता हूँ, 'उन' घटनाओं से जुड़े अनेक अहम पात्रों के बारे

में अब तक मैंने कुछ भी नहीं कहा है। इससे कृति का सन्तुलन बिगड़ जाता है। आशय के साथ-साथ सौन्दर्यशास्त्रीय समस्याएँ भी बेवजह खड़ी होती हैं। मैंने आपसे संयोगों को स्वीकार करने की विनती की है। लेकिन यह देखना भी मेरा ही काम है कि बतौर कलाकृति उपन्यास का सन्तुलन बिगड़ना नहीं चाहिए। इन सभी पात्रों के जरिए अन्य पात्रों के बारे में कुछ कहने का दबाव मुझे बेचैन कर रहा है। इसलिए सुनियोजित तरीक़े से आगे बढ़ते हुए मैं आपको आश्वासन देता हूँ कि अगले एक प्रकरण में विभाकर का बचा हुआ इतिहास आपको सुनाऊँगा। अब आगे बढ़ता हूँ।

सत्यकाम और अगस्ति : 1

'आरम्भ' में हमने दो व्यक्तियों को ख़ुदकुशी की कोशिश करते हुए देखा है। इस घटना के लगभग तीन महीने पहले यानी सन् 2018 के मार्च महीने में आकाश उर्फ़ सत्यकाम की अगस्ति नामक मनुष्य से पहली बार मुलाक़ात हुई। सत्यकाम था अनसूया नामक वेश्या, आज की भाषा में कहें तो सेक्स वर्कर का लड़का। अब तक वह पच्चीस साल का हो चुका था और उच्च शिक्षा से विभूषित होने के बावजूद एक सोसायटी में बतौर चौकीदार काम करने लगा था। यह कैसे हुआ, वह सब हम बाद में देखेंगे ही, फ़िलहाल मैं उसकी और अगस्ति की मुलाक़ात के बारे में बता रहा हूँ।

सत्यकाम और अगस्ति पूर्ण रूप से परस्पर-विरोधी व्यक्तित्व थे। सत्यकाम युवा, लम्बा और पतला था और अगस्ति वयस्क, मँझोला, तनिक मोटा और तोंदिल। सत्यकाम का शरीर छरहरा था, उसमें एक लोच थी और उस पर उसका भी काबू था। अगस्ति को देखकर लगता था कि उसकी देह उसके नियंत्रण में नहीं है और उसकी हलचलें भी बेतरतीब हैं। सत्यकाम के बाल काले, घने और लम्बे थे। उसने पीछे पोनीटेल बाँधी थी। उसकी दाढ़ी घनी थी और आँखों पर चश्मा था। उसके कपड़े चाहे सलवटों से भरे हों, लेकिन उसमें एक इंटेलेक्चुअलपन की झलक थी। संक्षेप में, वह सहज ही उस दशक के दिल्ली के जवाहरलाल नेहरू विश्वविद्यालय का छात्र मान लिया जाता। इसके विपरीत, अगस्ति के बाल विरल और सफ़ेद तो थे ही, उसने उन्हें बारीक करवा भी रखा था। उसकी दाढ़ी भी ठिंगनी थी। कपड़े सत्यकाम के कपड़ों की तरह सलवटों से भरे थे। इसके पीछे उसकी बेफ़िक्री नज़र आती थी, लेकिन उसमें इंटेलेक्चुअलपन की झलक नहीं थी। कपड़ों के रंगों का मिश्रण भी अजीबोग़रीब, उसकी उम्र के अनुरूपन था लेकिन कपड़े थे ऊँचे ब्रांड के;

सत्यकाम के कपड़ों-जैसे किसी ग़रीब छात्र के नहीं थे। सत्यकाम अगस्ति से मिला। इसके बाद उनमें जो बातें हुईं उससे बाहर से देखने वाले को और भी कुछ बातें साफ़-साफ़ महसूस हो जातीं। सत्यकाम स्थिरचित्त था, उसका शरीर भी स्थिर था। लेकिन अगस्ति के कई अंग यूँ ही हिलते रहते थे। वह मानो अपनी उम्र और देह को न सुहाने वाली नर्वस एनर्जी से भरा था और किसी जगह स्थिर नहीं रह सकता था। उसकी आँखें और गर्दन इस प्रकार हिल रहे थे, जिसे अंग्रेज़ी में 'ट्विच' होना कहते हैं।

सत्यकाम किसी बात से ऊबा हुआ नहीं था, लेकिन अगस्ति प्राय: ऊबा हुआ लगता था। उन दोनों में यह अन्तर केवल उम्र के कारण नहीं था, वह उनके स्वभाव का अंग था। सत्यकाम स्थिरता से अगस्ति की आँखों में आँखे डालकर बात करता था और अगस्ति सत्यकाम की नज़रों से बचने कोशिश करता था। लेकिन नज़रें चुराने में किसी तरह का अपराधबोध का भाव नहीं होता था, बल्कि दृढ़ उद्‍दंडता और दूसरे की बात सुने बिना अपनी ही बात चलाने की ज़िद होती थी।

सत्यकाम का चेहरा शान्त था, लेकिन वह इम्पैसिव यानी कुछ-कुछ भावहीन था। लेकिन अगस्ति के चेहरे की नसों की बनावट ऐसी थी कि लगता, वह हमेशा धीमे-धीमे मुस्कुरा रहा है। लेकिन वह हँसी स्थिर नहीं होती थी, बल्कि उसमें सयानेपन और पागलपन के बीच लगातार आँखमिचौली महसूस होती थी। सत्यकाम की आँखें, लगता था, एक-दूसरे से कुछ फ़ासले पर हैं और अगस्ति की आँखें एक-दूसरे से ज़रा पास। वे अस्थिर थीं लेकिन उस अस्थिरता में भी वे अवकाश के किसी एक बदलते बिन्दु पर लगातार केन्द्रित होने जैसी लगतीं और इससे सामने का मनुष्य उलझन में पड़ जाता।

उस दिन की दोनों की मुलाक़ात का कारण कुछ ऐसा था : अगस्ति उस सोसायटी के उस ख़ास गेट के बाहर अपनी अलीशान होंडा गाड़ी पार्क कर सोसायटी में आया, जहाँ सत्यकाम बतौर चौकीदार काम करता था। सोसायटी की इमारतों के इर्द-गिर्द की सड़कों के किनारे बरसात का मौसम शुरू होने से पहले यानी छह-आठ महीने पहले एक कतार से पेड़ों के पौधे लगाए गए थे। अगस्ति आया और उन पौधों को उखाड़कर आसपास के खुले अहाते में उल्टी-सीधी जगहों पर लगाने लगा।

वह जानबूझकर ऐसी जगहें चुन रहा था, जो उल्टी-सीधी हों, एक सीध में न हों। ताकि वे पौधे पेड़ बनने के बाद ऐसे दिखाई दें, जैसे वे प्राकृतिक रूप से जंगल में पनपे हों। सत्यकाम कुछ देर विचारों में खोया यह दृश्य देखता रहा। यह कृत्य करने वाला मनुष्य वयस्क था, आलीशान गाड़ी से आया था इसलिए दुनिया भर का अनुभव पाए सत्यकाम को उसे तुरन्त टोकना ठीक नहीं लगा। क्या पता, कोई बड़ा आदमी निकल आए! क्या पता उस नई सोसायटी की पूरी इमारत ही उसने ख़रीद ली हो और उसी के बगल के पौधे उखाड़कर दोबारा लगा रहा हो। यदि ऐसा कुछ होता तो उसे टोकने से सत्यकाम की नौकरी ख़तरे में पड़ जाती।

लेकिन दस-बारह पौधे उखाड़ने के बाद सत्यकाम से रहा नहीं गया। उसने आगे बढ़कर अगस्ति को रोका। सत्यकाम बोला, "बाबूजी, ये क्या कर रहे हैं आप...हाँ?"

अगस्ति हड़बड़ा-सा गया। मतलब, उसकी देह में वैसी हरकत हुई। उसके चेहरे पर डर का भाव नहीं था, बल्कि उसमें एक दृढ़ता, और अपने कृत्य के प्रति पूरा विश्वास था। वह तना हुआ था। हाथ की खुरपी लगभग तानता हुआ वह बोला, "क्या कर रहा हूँ मतलब?...दिखाई नहीं देता?"

उसका तना हुआ हाथ आहिस्ता से नीचे करते हुए सत्यकाम उसे समझाने के सुर में बोला, "आप पेड़...मतलब मैं देख रहा हूँ कि आप लगे हुए पौधों को उखाड़कर दोबारा दूसरी जगहों पर लगा रहे हैं। लेकिन बाबूजी, आप हैं कौन और ऐसा क्यों कर रहे हैं? आपको सोसायटी ने या बिल्डर ने ऐसा करने की परमिशन दी है क्या?"

इस पर अगस्ति की दाईं आँख फड़कने लगी। गर्दन को झटका देकर लेकिन सत्यकाम की नज़रों से बचते हुए वह बोला, "बिल्डर? उसकी परमिशन किसलिए? मैं चाहे जो कर सकता हूँ।"

सत्यकाम को शक हुआ कि शायद बूढ़े ने दिमाग़ी सन्तुलन खो दिया है। फिर भी वह अपनी आवाज़ पर काबू रखते हुए बोला, "अरे बाबूजी, आप समझ भी रहे हैं आप क्या बोल रहे हैं? ये प्राइवेट जगह है। यहाँ आने की किसी को परमिशन नहीं है...यानी सिवा उनके, जिन्होंने यहाँ फ़्लैट ख़रीदा है। और वे ज़्यादा लोग नहीं हैं और उन सबको मैं पहचानता हूँ। आपका पौधे उखाड़ना तो क्या,

यहाँ अन्दर आना भी ग़ैरक़ानूनी है...कुछ समझ रहे हैं? हाँ? चलिए...कहीं और जाकर कीजिए आपको जो करना है...समझे?"

इस पर बिलकुल तैश में आकर अगस्ति बोला, "क़ानून? मैं क़ानून वग़ैरह कुछ नहीं जानता...क़ानून है ही नहीं...नहीं, नहीं, नहीं चाहिए क़ानून... नहीं, नहीं...नहीं चाहिए क़ानून...क़ानून का प्रकृति का क्या ताल्लुक? ये सारे आधुनिकता से उपजे चोंचले हैं...आधुनिकता ने ही किया है ये सारा सत्यानाश... नहीं, नहीं, वैसा नहीं चाहिए मुझे...मुझे चाहिए ही नहीं ऐसा..." अब उसकी आँख और गर्दन और ज़्यादा फड़कने लगी थी। फिर एक क्षण रुककर वह गूँजने जैसी आवाज़ करता हुआ बोला, "लेकिन तुम नहीं समझोगे...तुम नहीं समझोगे कि आधुनिकता ने मनुष्य का क्या कर डाला है...इस तरह कतार में पेड़ होते हैं कभी प्रकृति में? होते हैं प्रकृति में? मुझे नहीं चाहिए इस तरह। नहीं चाहिए लाइन में...और नहीं रहने दूँगा उन्हें कतार में...सब कुछ मशीनी हो गया है तुम्हारा।"

सत्यकाम बिलकुल चकित हो गया। अनजाने में उसकी उँगली उसके मुँह में चली गई। कुछ पल का विराम रहा। इस बीच अगस्ति ने एक और पौधा उखाड़ा। सत्यकाम होश में आया और अगस्ति से बोला, "बाबूजी, आप इधर आइए ...इस पेड़ के नीचे आइए...धूप कितनी बढ़ गई है।" उसे वहाँ ले जाने के बाद बोला, "आप विश्वास नहीं करेंगे लेकिन आप जो कह रहे हैं, मैं समझ रहा हूँ। मैं दर्शनशास्त्र का छात्र हूँ...भरोसा कीजिए। लेकिन आधुनिकता का अर्थ वैसा नहीं है, जैसा आप समझ रहे हैं...हाँ, आप जो कह रहे हैं उसमें भी दम है। लेकिन आपको ऐसा नहीं लगता कि आप अति कर रहे हैं?"

अगस्ति बोला, "अति हम नहीं कर रहे हैं। अति कर रहे हैं टेक्नोलॉजी वाले, और धरम-करम वाले भी...ईश्वरत्व भी नहीं चाहिए...नहीं-नहीं...नहीं चाहिए ऐसा कुछ। प्रकृति ही ईश्वर है और उसको ही होना चाहिए। ऐसा ही होना चाहिए, वरना सब गड़बड़-सड़बड़...नहीं चाहिए वो..."

फिर उन दोनों में आधुनिकता के मुद्दे पर पाँच मिनट तक कोई संवाद या विवाद हुआ। सत्यकाम भाँप गया कि बूढ़ा शाब्दिक अर्थ में सनकी नहीं है, लेकिन उसके व्यक्तित्व में कुछ तो विलक्षण है और उसकी ज़िन्दगी में कोई-न-कोई त्रासद घटना ज़रूर हुई है, जिसके कारण बूढ़े ने कहीं से

आधी-अधूरी जानकारी जुटाकर दिमाग़ में कुछ पागलपन भर लिया है। बूढ़े ने आधुनिकता सम्बन्धी बिलकुल ही प्राथमिक जानकारी के आधार पर कुछ ठोस धारणा बना ली थी। ऊपर से वह बताना चाह रहा था कि वह किसी और दर्शन को मानता है और मर जाएगा लेकिन उसी के अनुसार बर्ताव करेगा। उस विवाद को देखते हुए कुछ समय बाद सत्यकाम को विख्यात रूसी लेखक दोस्तोयेव्स्की के उपन्यास 'द इडियट' (बौड़म) की याद आई। उसका प्रिंस मिश्किन नामक एक पात्र आस्तिक मनुष्य और नास्तिक मनुष्य के बीच ईश्वर के अस्तित्व को लेकर चल रहे विवाद के बारे में कहता है, "ऊपरी तौर पर लगता है कि ये दो लोग एक विषय के दो पक्ष प्रस्तुत कर रहे हैं, लेकिन असल में दोनों अलग-अलग विषय पर बात कर रहे होते हैं।" सत्यकाम को भी लगने लगा कि हम दोनों एक ही विषय पर बात नहीं कर रहे हैं। इसलिए वह भी तनिक उलझन में पड़ गया।

उलझन की उस अवस्था में उसने क्या कहा, यह बताने से पहले, उस जगह के बारे में जहाँ ये दोनों मिले, यानी उस सोसायटी के बारे में कुछ जानकारी देना ज़रूरी है। क्योंकि मैंने जो 'उस' दिन की कुछ घटनाओं का उल्लेख किया, सामान्यत: तीन महीने के बाद वे इसी जगह पर घटित हुई थीं। हमारी बात की दृष्टि से ही नहीं, बल्कि आशय की दृष्टि से भी उस जगह का स्वरूप क्या था और ऐसी जगहें आज मानवीय व्यवहार में और सामाजिक मानसिकता में क्या भूमिकाएँ निभाती हैं, यह समझने के लिए, मुझे लगता है, उस जगह के बारे में यहीं कुछ जानकारी देना उचित होगा।

दरअसल, लगभग बीस साल पहले यानी सन् 1999 में महाराष्ट्र के मुख्यमंत्री को यह महसूस हुआ कि भविष्य में पुणे का हवाई अड्डा छोटा पड़ जाएगा, इसलिए तुरन्त नया, आधुनिक और अन्तरराष्ट्रीय हवाई अड्डा तैयार करना चाहिए। हालाँकि महसूस पहले ही हुआ था, और इस पर उन्होंने उसी समय कार्यवाही भी शुरू की थी। उन्होंने घोषित किया कि यह नया प्रस्तावित हवाई अड्डा पुणे शहर के पश्चिम में बनेगा, और उसके वहाँ बनने के कारण अमुक-तमुक हैं। नतीजा यह हुआ कि पुणे के पश्चिम की जगहों के दाम एक रात में ही कई गुना बढ़ गए। संयोग से ठीक वहीं मुख्यमंत्री के रिश्तेदारों और विपक्षी दल के प्रमुख के लड़के की कुछ एकड़ ज़मीनें थीं।

लेकिन यह मात्र संयोग था। महाराष्ट्र में सभी दल एक-दूसरे को सँभाल लेने का तरीक़ा जानते हैं। इसलिए कुछ खड़ूस पत्रकारों ने कहा भी कि सभी दलों ने पहले ही एकत्रित मीटिंग वग़ैरह करके सर्वसम्मति से यह तय किया है। लेकिन ऐसी छिटपुट बातें छोड़ दें तो बहुत ज़्यादा विरोधी आवाज़ें नहीं उठीं। जैसा कि मैंने पहले कहा, पुणे व्यावसायियों और आईटी वालों का शहर है। इस कारण यहाँ के नागरिकों को डेवलपमेंट में ही बहुत ज़्यादा दिलचस्पी है, बाक़ी बातें उनके लिए गौण होती हैं। इसलिए सभी ख़ुश हो गए। हालाँकि खड़ूस पत्रकारों के साथ कुछ किसानों ने भी आवाज़ें उठायीं, लेकिन आप जानते हैं कि ऐसी आवाज़ों का क्या हश्र होता है। अनेक किसानों ने अपनी ज़मीनें ख़ुशी-ख़ुशी ऊँचे दामों पर बेच भी डालीं क्योंकि हमेशा घाटे में जाने वाली खेती करना भी कौन चाहता था? अगले दस सालों में, उन्हें पहले जो रकम बहुत बड़ी लगी थी, वह कैसे उड़ गई, यह केवल आधुनिक पूँजीवाद से उपजे विलासितावाद को ही पता है। किसानों को, बेचारों को क्या हुआ यह समझ में आने से पहले ही वे दोबारा कंगाल हो गए। तब तक उन जगहों के दाम उनको मिले दाम से दस गुना ज़्यादा हो गए थे। लेकिन यह हमारा विषय नहीं है, इसलिए हम आगे बढ़ेंगे।

पश्चिम दिशा का इस तरह कल्याण हो जाने से पूरब दिशा में काफ़ी आवाज़ें उठने लगीं। तब मुख्यमंत्री ने पूरब में एक बड़ा आईटी पार्क बनाने की घोषणा की। सरकार ने ज़मीनें भी अधिगृहीत कीं; आसानी से समझ में आने वाली भाषा में कहें तो अक्वायर कीं। लेकिन हवाई अड्डा पश्चिम में था और आईटी पार्क पूरब में था। दोनों को बीच चालीस किलोमीटर का फ़ासला था, जिसके कारण कोई भी आईटी वाला वहाँ आने को तैयार नहीं था। इसलिए वह जगह वैसी ही पड़ी रही। वैसे पहले के निर्णय की तरह इस निर्णय की भी मीडिया द्वारा आलोचना हुई, लेकिन कुछ दिनों बाद एक बहुत बड़ा दंगा हुआ, दो बलात्कार हुए और ये बातें पीछे छूट गईं। इस बीच हवाई अड्डा प्राधिकरण के ध्यान में आया कि पश्चिम की जगह हवाई अड्डे के लिए ठीक नहीं है, क्योंकि वहाँ की ज़मीन बहुत उबड़-खाबड़ है। इसलिए मूल निर्णय के दस साल बाद तत्कालीन मुख्यमंत्री ने, पहले के मुख्यमंत्री से पूछकर ही, हवाई अड्डे को शहर के उत्तर में स्थानान्तरित कर दिया। इसमें उन दोनों के

परिवारों की ज़मीनों का कैसा नुकसान हुआ, ऐसे भी समाचार आए और कुछ अन्य नेताओं ने अपना उल्लू भी सीधा कर लिया। लेकिन महाराष्ट्र की प्रथा के अनुसार सभी ने एक-दूसरे को सँभाल लिया। उसी समय पूरब में बने, लेकिन बूम लाने में नाकाम आईटी पार्क में बूम लाने के लिए भूतपूर्व मुख्यमंत्री ने माँग की कि उस ओर मेट्रो बनाया जाए। केवल माँग नहीं थी, बल्कि समाज के ऊपरी तबके द्वारा आवाज़ बुलन्द की गई। संक्षेप में, मेट्रो का काम अगले चार वर्षों में तेजी से शुरू भी हुआ और हम इन्फ्रास्ट्रक्चर खड़ा करने में कितना तत्पर और प्रयत्नशील हैं, इसका श्रेय दोनों प्रमुख पार्टियों ने ले लिया।

लेकिन दूसरी ओर, आईटी पार्क में किसी को दिलचस्पी नहीं थी इसलिए वह ज़मीन वैसी ही पड़ी रही। इसलिए यह निर्णय लिया गया कि पड़ी रहने के बजाय उसमें से थोड़ी ज़मीन गृह-संकुल बनाने के लिए बेची जाए, ताकि सरकार के पैसे वसूल हो जाएँ। इससे एक और काम होगा। जब भी आईटी पार्क बनेगा, इसके कर्मचारियों के निवास का भी प्रबन्ध वहाँ हो जाएगा। उस समय पूर्व मुख्यमंत्री का भतीजा उपमुख्यमंत्री और संसाधन मंत्री बन गया था। इस निर्णय के अनुसार पहले आईटी पार्क के लिए अधिगृहीत की गई ज़मीनों में से पचास एकड़ सर्वोत्तम ज़मीन एक बिल्डर को बेची गई। लेकिन उस समय आसपास कोई इंडस्ट्री न होने के कारण सवाल था कि इस जगह को कितना दाम मिलेगा? असल में, वह बिल्डर पूर्व मुख्यमंत्री का मित्र था, इस कारण और मित्र के पूर्व-निर्णय की बहुत ज़्यादा आलोचना न हो, मित्रता की इस भावना से ही उसने ज़मीन ख़रीदी। इसीलिए ज़मीन उसे कौड़ियों के दाम दी गई। हालाँकि सारी ज़मीनें नहीं दी गईं। कुछ पर आईटी पार्क बनाने की भी योजना थी। कुल मिलाकर पचास एकड़ ज़मीन में से पच्चीस एकड़ पर अगले पाँच वर्षों में उसने 'गार्डन ऑफ़ ईडन' (ईसाई पुराण के अनुसार, स्वर्ग का बगीचा) नाम से एक बड़ा आलीशान गृहसंकुल बना डाला। उसका अनुमान था कि ऐसा नाम फॉरेन रिटर्न आईटी वालों को अच्छा लगेगा। बिल्डर साईं बाबा का परम भक्त था। इसलिए भीतर एक कोने में उसने उनका एक मन्दिर भी बनवाया और कम्पाउंड वॉल पर अनेक ताखे बनाकर उनमें उनकी मूर्तियाँ रखने का आईडिया भी लगाया। उसका अनुमान था कि ऐसा करने से विदेश से लौटे, नई पीढ़ी के आईटी वाले आकृष्ट होंगे। आधुनिक युग में श्रद्धा और

व्यापार इसी तरह गलबहियाँ डाले चलते हैं। लेकिन हुआ यह कि आसपास के लोग उसे 'गार्डन ऑफ़ ईडन' के बजाय 'साईं सोसायटी' कहने लगे और उस मन्दिर में आने लगे।

इस जगह पर किन लोगों ने फ़्लैट ख़रीदे, यह भी एक बहुत बड़ी पहेली थी। सुनने में आया कि अधिकतर फ़्लैट भूतपूर्व मुख्यमंत्रियों ने औरों के नाम पर, यानी बेनामी ख़रीदे थे और बाक़ी कुछ ख़ास जमात ने इंवेस्टमेंट के लिए। वहाँ एक भी फ़्लैट बचा नहीं था, लेकिन अधिकतर में कोई रहता भी नहीं था। सारे फ़्लैट खाली थे। इसलिए ख़ास कर रात में वहाँ मरघट जैसी ख़ामोशी फैली रहती थी। सोसायटी की एक तरफ़ से एक्सप्रेस-वे गुज़रता था। उससे गुज़रने वाले लोग इस सोसायटी की तरफ़ अचरज से देखते थे। जिसमें वीरान भूमि और चौकीदार के अलावा किसी का चिह्न दिखाई नहीं पड़ता था। दूसरी तरफ़ मेट्रो का काम भी पूरा हो गया था। दुर्भाग्य से, मेट्रो भी हर दस मिनट बाद लेकिन खाली-खाली ही दौड़ती थी क्योंकि जहाँ से जहाँ तक फ़िलहाल वह दौड़ रही थी, उस रूट पर जाने में किसी को दिलचस्पी नहीं थी। इन सारी बातों पर समझदार नागरिक हँसते थे, सरकार के पागलपन पर फब्तियाँ कसते थे। लेकिन असली समझदार कौन है, यह राज बाद में खुलने वाला था। उस सोसायटी में छह बड़ी-बड़ी इमारतें थीं। उनके नाम थे—करुणा, ममता, आत्मीयता, माया, सुख और अन्तरंग। इन सभी इमारतों का निर्माण यूरोप की तर्ज़ पर किया गया था। बची हुई जगह पर दफ़्तरों के लिए दो विशालकाय टावर खड़े करने का काम चल रहा था। उनके नाम थे, 'मातृकृपा' और 'पितृकृपा'। सन् 2014 से, यानी मोदी की सरकार जब से आई, तब से बीचोबीच सामने की हरियाली पर देश का झंडा शान से लहरा रहा था। उसमें भी ऑफ़िस की सारी जगहें निर्माण-कार्य के दौरान ही किराए पर दी जा चुकी थीं। लेकिन कम-से-कम 2018 तक वे कभी इस्तेमाल में नहीं आई थीं। क्योंकि वे टावर जब भी पूरे होने को आते, उनका कुछ हिस्सा गिराकर दोबारा निर्माण-कार्य शुरू कर दिया जाता था। दरअसल वे जगहें जिन कम्पनियों ने किराए पर ली थीं, वे कम्पनियाँ ही बेच दी जाती थीं या उनकी ज़रूरतें बदल जाती थीं। मज़े की बात यह कि ऐसा करने से किसी का कोई नुकसान नहीं होता था। सारी कम्पनियाँ, बिल्डर सभी फ़ायदे में थे।

इस बीच केन्द्र में नई सरकार आ गई और महाराष्ट्र के 'वे' पहले वाले मुख्यमंत्री अब रक्षा मंत्री बन गए। इसके तीन साल बाद, यानी इसी प्रकरण में जो सत्यकाम और अगस्ति की मुलाक़ात हुई उससे दो महीने पहले ही घोषित किया गया कि हवाई अड्डे का लोकेशन पश्चिम से बदलकर उत्तर की तरफ़ ले जाया जाएगा। लेकिन एयरफ़ोर्स उस जगह पर हवाई अड्डा बनाने के ख़िलाफ़ था। एयरफ़ोर्स के अनुसार, इससे उसकी सुरक्षा ख़तरे में पड़ रही थी। यह पता चलने के बाद चर्चा का कोई तुक ही नहीं रहा। फिर हवाई अड्डा पूरब की तरफ़ यानी 'गार्डन ऑफ़ ईडन' उर्फ़ 'साईं सोसायटी' के पीछे ही स्थानान्तरित किया गया। वैसे भी वहाँ आईटी पार्क था, एक्सप्रेस वे भी पास ही था, मेट्रो भी अपने आप आ गई थी। किसी को आलोचना करने के लिए कोई कारण नहीं था। और, पुणे के व्यावसायिक तब तक 'चाहे जो कीजिए, मगर हवाई अड्डा बनाइए' की उतावली मचाने लग गए थे। पश्चिम से उत्तर, और वहाँ से पूरब, इस बदलाव के कारण हर चरण में किस तरह कुछ तत्वों को लाभ हुआ और असल में यह सब कैसे एक नाटक था—इस तरह की कुछ क्षीण आवाज़ें इसके ख़िलाफ़ उठी थीं, मगर जिन चैनलों या अख़बारों में ऐसी आवाज़ें उठी थीं, उनके असल में भ्रष्ट होने के कारण उन पर सीबीआई और ईडी की कार्रवाई भी शुरू हो गई और वे आवाज़ें लापता हो गईं। इस तकनीक को उस समय की सरकारों ने कैसे ऊँचे दर्ज़े तक पहुँचाया है, यह हम सब जानते हैं। डेवलपमेंट चाहिए, बस। हवाई अड्डे के लिए जो जगह अब निश्चित हुई थी, उससे अधिक समुचित और कौन-सी हो सकती थी? इसलिए दो साल के भीतर वहाँ हवाई अड्डे का काम शुरू भी हो गया।

इस सोसायटी के पीछे एक छोटा टीला था, बरसात में उस पर अनेक झरने बहते रहते थे। बिल्डर को बेची गई जगह में से बची हुई पच्चीस एकड़ ज़मीन का कुछ समतल हिस्सा इस टीले से लगा हुआ था और कुछ टीले में भी था। उस पच्चीस एकड़ ज़मीन के इर्द-गिर्द एक ऊँची चहारदीवारी पहले ही बनाई जा चुकी थी। कहा जाता था कि इसके लिए अलग से शस्त्रधारी सुरक्षाकर्मी तैनात थे और भीतर एक अतिविशाल फ़ार्म हाउस बनाया गया था। उसमें 'भीतर क्या है' इसकी दिलचस्प कहानियाँ सुनाई जाती थीं,

लेकिन उनमें हमारी दिलचस्पी होने का कोई कारण नहीं है। उस टीले के ठीक उस पार बिलकुल तलहटी में रेलवे ट्रैक था। वहाँ से बड़ी संख्या में गाड़ियाँ गुजरती थीं। टीले पर जाने के लिए रास्ता सोसायटी से ही होकर गुजरता था। इसलिए कोई भी बाहरी आदमी ऊपर नहीं जा सकता था। वह टीला मानो सोसायटी और फ़ार्म हाउस की प्राइवेट प्रापर्टी ही बन गया था। टीले पर जाने के बाद उसके झरने, एक ओर यह विशिष्ट यूरोपीय आर्किटेक्चर वाली सोसायटी, दूसरी ओर एक्सप्रेस वे और उसके ओवर ब्रिज, क्लोवर लीफ जंक्शंस, उसके उस पार अत्याधुनिक क्रिकेट स्टेडियम, तीसरी ओर मेट्रो, उसके उस पार रेलवे ट्रैक और ऊपर से अत्यन्त सीमित लोगों का संचार। इस तरह मानो आधुनिक यूरोप का पिक्चर पोस्टकार्ड जैसा दृश्य दिखाई देता था। जिस दिन हवा साफ़ रहती थी, दिखता था कि कुछ फ़ासले पर हवाई अड्डे का काम चल रहा है। सिर्फ लगातार हवाई जहाज़ों के उड़ने-उतरने की ही कमी थी, जो कुछ दिनों में दूर होने वाली थी और अनेक भारतीयों के अनेक सपने साकार होने वाले थे।

सोसायटी के सामने की तरफ़ छह शानदार फाटक थे, जिनके इर्द-गिर्द कमानें थीं और हर फाटक पर तीन शिफ़्टों में सुरक्षाकर्मी तैनात होते थे। पीछे की ओर एक छोटा-सा फाटक था। वह क्यों था, इसका अन्दाज़ा लगाना कठिन था। वह इतनी एकान्त जगह पर था कि दिखाई भी नहीं देता था। उस फाटक पर चौबीसों घंटे एक ही चौकीदार चाहिए था। वह जगह इतनी सुनसान थी कि वहाँ चौकीदारी करने के लिए कोई भी तैयार नहीं होता था। आख़िरकार एक बन्दा तैयार हो गया जिसका नाम था—सत्यकाम। उसकी नियुक्ति करते समय उसे समझाया गया था कि उस फाटक से आने-जाने वालों की सूची उसे दी जाएगी। उनकी आईडेंडिटी का वेरिफिकेशन करने के बाद सिर्फ उन्हीं को भीतर छोड़ना है। दूसरी शर्त थी, कान और ख़ास कर मुँह बन्द रखना। उसकी ज़िन्दगी का वह दौर ही कुछ ऐसा था कि उसने वह नौकरी स्वीकार कर ली। वह कैसे, यह हम आगे देखेंगे।

पुणे के पूरब में ग़ज़ब के लोकेशन वाली ऐसी सोसायटी में अगस्ति पिछले दरवाज़े से कैसे दाख़िल हुआ और उसकी सत्यकाम से कैसे मुलाक़ात हुई, यह हम देख चुके हैं। ऐसी जगह, अगस्ति और सत्यकाम की पहली मुलाक़ात और ऐसा विवाद! सत्यकाम बिलकुल चकित हो गया।

ऐसा नहीं कि उसमें विवाद का कीड़ा नहीं था। इस मामले में वह बिलकुल जवाहरलाल नेहरू विश्वविद्यालय के छात्रों जैसा ही था। लेकिन वह ठीक से समझ नहीं पा रहा था या विवाद की पक्की राह उसे मिल नहीं रही थी। यही नहीं, बल्कि किसी बात से न डरने वाला सत्यकाम अगस्ति के कारण कुछ-कुछ घबरा-सा गया था। क्योंकि अगस्ति की बातें विवेक, तर्क और युक्ति से परे थीं। वह केवल आधुनिकता के ही विरोध में नहीं था, बल्कि आधुनिकता की सारी रचना जिस साइंटिफ़िक युक्ति के पैरों पर खड़ी है, उसके विरोध में भी था। यह भी ठीक है लेकिन विवाद करते समय कुछ तो तर्क हों? जैसे, किसी को लगता है कि जीवन बेतुका है और यह उसे दूसरे को बताने की इच्छा होती है, तब उसे कुछ तर्कों के सहारे ही यह सिद्ध करना पड़ता है। यह आधुनिकता का विरोधाभास है, लेकिन उसे स्वीकार करना पड़ता है। एक ओर सत्यकाम कुछ घबरा-सा गया था, लेकिन दूसरी तरफ़, उसे इस बहस को जारी रखकर यह देखने की तीव्र जिज्ञासा भी थी कि आगे क्या होता है? यही नहीं, बल्कि उसमें कुछ रहस्यमयता थी जिसके कारण उसे दुबारा उस बूढ़े से मिलने की, उसे जानने की इच्छा हो रही थी। सत्यकाम अपनी इस भावना का पूरा अर्थ समझ नहीं रहा था। उसके ध्यान में आया कि यह केवल अगस्ति को समझने का भी सवाल नहीं है बल्कि उसे जानने से समकालीन यथार्थ के प्रति उसका बुनियादी अहसास बढ़ेगा। वैसे अगस्ति कोई बहुत ज़्यादा गम्भीरता से लेने लायक़ रिबेल यानी विद्रोही नहीं था, लेकिन उसके पागलपन में ऐसा कुछ ख़ास था जो किसी को भी उससे मिलने के लिए प्रेरित कर सकता था ताकि यथार्थ के बारे में उसकी अनुभूति बढ़ सके। लेकिन सत्यकाम को ऐसा लगा कि ऐसा कुछ होने के लिए, उससे भिड़ने के लिए पहले कोई दिशा मिल जानी चाहिए, तभी चर्चा होगी। उसके सौभाग्य से यह सब होने तक ज़ोरदार बरसात शुरू हो गई। मार्च का महीना था, बारिश की कोई उम्मीद नहीं थी। लेकिन इस महीने में भी कभी-कभी दौंगरा पड़ जाता है और उसमें आम वग़ैरह फसलों का नुकसान भी होता है। उस साल भी यही हुआ। (सबको याद होगा कि उस साल आम कम ही आए थे।) सत्यकाम हाथ पकड़कर अगस्ति को सोसायटी के उस ख़ास गेट की तरफ़ आहिस्ता-आहिस्ता खींचकर लाता हुआ बोला, "बाबूजी, तेज़ बारिश हो रही है...जल्दी चलिए अब। दुबारा आइए...फिर बात करेंगे...क्यों?"

लेकिन इतनी-सी बात पर अगस्ति कहाँ मानने वाला था। वह अपना हाथ छुड़ाता हुआ बोला, "नहीं-नहीं, रोज़ दस पेड़ लगाने ही चाहिए। नियम मतलब नियम। दस पेड़ लगाने ही चाहिए...नहीं..."

अब तक सत्यकाम समझ चुका था कि अगस्ति एक ही वाक्य को बार-बार दोहराता है। इसलिए कुछ अधीरता से उसे रोकते हुए वह बोला, "चिन्ता मत कीजिए। आठ हो गए हैं न आपके? बचे हुए दो पौधे मैं लगाता हूँ। और प्रॉमिस करता हूँ कि अगली बार मैं आपको रोकूँगा नहीं...अजी, बरसात में भीगकर बीमार पड़ जाएँगे। फिर सोचिए, कितने ही दिन बरबाद हो जाएँगे? आँ? थोड़ा सोचिए।"

शायद अगस्ति को यह बात रास आई। वह पल भर के लिए शान्त हो गया। फिर गर्दन को अधिक ज़ोर से झटका देता हुआ और सत्यकाम की नज़रों से बचता हुआ बोला, "शिट्...ऊब गया...ऊब गया। ऊब गया मैं... शिट्!" अब आँखों के साथ-साथ उसका दायाँ हाथ भी एक बार ट्विच हुआ। दाहिने हाथ की कुदाल उसने बाएँ हाथ में ली। बारिश अच्छी-ख़ासी तेज़ हो गई थी। फिर साथ लाई खुरपी, कैंची, कुदाल आदि औजार लेकर अगस्ति गेट से बाहर निकला और गाड़ी में बैठकर चला गया।

अगस्ति : 1

अगस्ति का जन्म गूँगे-बहरे विभाकर के जन्म के दो साल बाद, यानी 1950 में हुआ था। उस साल भारत में कुछ ख़ास उल्लेखनीय दंगे नहीं हुए, लेकिन उस साल भारत का संविधान लागू हुआ और देश लोकतांत्रिक गणराज्य बन गया। लेकिन उस घटना की पृष्ठभूमि में बँटवारे के समय बड़े पैमाने पर हुआ विस्थापन और भीषण ख़ूनख़राबा था। कुछ सिन्धी और पंजाबी शरणार्थियों के आगमन के अलावा महाराष्ट्र पर इस घटना का सीधा असर बहुत ज़्यादा नहीं हुआ। लेकिन उन दिनों अगस्ति के पिता कोलकाता में नौकरी में थे जहाँ इसके विरोध में बहुत उग्र प्रतिक्रियाएँ आ रही थीं, और यह महत्त्वपूर्ण है। अगस्ति के पिता पहले से हिन्दू महासभा के समर्थक थे। ऊपर से ऐसी घटनाएँ यानी आग में घी! तो ऐसे साल में और ऐसे प्रान्त में अगस्ति नामक बालक का जन्म हुआ जिसमें कोई शारीरिक दोष नहीं था।

शिशु का जन्म होने के बाद उसकी नानी ने कोंकण से पंडितजी को बुलवाकर उसकी जनमपत्री बनवाई। पंडितजी ने सुझाया कि शिशु का नाम 'अ' अक्षर से शुरू होने वाले शब्द से रखें। उस समय मिलिटेंट हिन्दुत्व से विशेष रूप से प्रभावित पिता ने बहुत ज़्यादा सोच-विचार नहीं किया और सीधे एक अहम ऋषि के नाम पर इसका नाम रखा—अगस्ति। ऋषि अगस्ति असुरों से संघर्ष में देवताओं के लिए उपयोगी रहे थे और मौजूदा दौर में मुस्लिम-विरोध के लिए कारगर हो सकते थे। लेकिन इस नाम पर पाठशाला में उसका मज़ाक़ उड़ाया जाता था। लेकिन यह मुद्दा ज़्यादा अहम नहीं है। अगस्ति की ज़िन्दगी को आगे जो विशिष्ट दिशा प्राप्त हुई, उसमें यह नाम ख़ास भूमिका निभाने वाला था। अगर पिताजी पहले ही यह जान जाते कि ऐसा होगा तो वे यह नाम देते समय अधिक सोच-विचार करते। वैसे इतिहास पता होता तो 'नाम में क्या रखा है' और

'गुलाब को किसी भी नाम से पहचाना जाए तो भी वह उतनी ही ख़ुशबू देता है' जैसे विश्वविख्यात वाक्य कहते समय श्रेष्ठ अंग्रेज़ी नाटककार शेक्सपियर भी थोड़ा बहुत सोच-विचार करता। अगस्ति बचपन से ही सामान्य से कुछ अलग बर्ताव करता था। यानी वह सनकी था। अचानक से कोई आवाज़ आती, जैसे, बाहर से अचानक मोटर का हॉर्न सुनाई देता तो वह ज़ोर-ज़ोर से रोने लगता। उसका सबसे पहला मानवीय सम्पर्क था—ज़ोर से गर्दन हिलाकर 'ना-ना-ना' कहते रहना। कुछ महीनों में यह 'ना-ना-ना' 'नहीं-नहीं-नहीं' में परिणत हो गया। उसका इनकार अत्यन्त तीव्र होता था और उसे किसी भी क़ीमत पर यह मंज़ूर नहीं होता था कि किसी का कोई अन्य मत भी हो सकता है। मसलन, उस विशिष्ट समय में भात का माँड़ खिलाएँ या नहीं। उसके थोड़ा बड़ा हो जाने के बाद भी उसे आम लोगों को पसन्द आने वाली बहुत-सी बातें पसन्द नहीं थीं। जैसे, आम या आलू और पसन्द नहीं मतलब पसन्द नहीं। उसका एक निवाला भी वह नहीं खाता था। आईसक्रीम खानी हो तो उसे एक ख़ास जामुनी रंग की ही चाहिए। अन्य रंगों की बात छोड़िए, जामुनी रंग की ज़रा अलग शेड भी उसे बर्दाश्त नहीं होती थी। संक्षेप में, सबका मत बन गया कि वह भयंकर ज़िद्दी है। उसके पिता ने उसका यह ज़िद्दीपन ध्वस्त करने का बीड़ा उठाया था। एक तो वे पहले से अत्यन्त गुस्सैल थे। पिता का ऐसा होना उस समय के पुरुषप्रधान समाज की ज़िद का, 'शोवनिजम' का ही एक अंग था। ऊपर से उसमें हिन्दुत्व की मिलावट थी, फिर कहना ही क्या! पिता को कभी मंज़ूर ही नहीं था कि अगस्ति के इस बर्ताव के पीछे कुछ और कारण भी हो सकते हैं। उन्होंने अगस्ति की अनेक आदतें केवल ताक़त और अधिकार के बल पर ध्वस्त करने की कोशिश क़ी। इन प्रयासों का असर यह हुआ कि कुछ आदतें कुछ अनुपात में अवश्य कम हो गईं, लेकिन कुछ अन्य आदतें उनमें जुड़ गईं। जैसे, कई बार वह छत की तरफ़ देखता हुआ सिर धुनने की तरह आवाज़ें करता और कभी सामने वाले से नज़रें मिलाकर बात नहीं करता था। अन्य लोगों ने इसका यह अर्थ निकाला कि पिता की दहशत के कारण वह ऐसा बर्ताव करता है। लेकिन किसी ने भी इस बात की तफ़्तीश नहीं की कि इसके पीछे कोई कारण भी हो सकता है। थोड़ा-बहुत यह समय का भी दोष था। चाइल्ड साइकोलॉजी के फैशन की बात जाने दीजिए, तब वह गम्भीरता से लेने का भी विषय नहीं था।

और यह भी नहीं कहा जा सकता कि उसके ऐसा बनने में उसके पिता का कोई हाथ था ही नहीं। पुरुषप्रधान संस्कृति की ज़िद तो एक मुद्दा हो गया। पिता का इतिहास भी उनके इस स्वभाव के लिए उत्तरदायी था। ऐसा होता ही है। आधुनिक दौर में, मनुष्य एक कन्सट्रक्ट बन गया है। उसकी 'पहचान' उसके सांस्कृतिक संस्कारों से ही बनती है और इसीलिए दूसरी ओर, व्यक्ति-स्वतंत्रता, अस्तित्व-स्वतंत्रता, 'हेल इज अदर्स'—जैसे उद्घोष करने पड़ते हैं। ख़ैर! अगस्ति के पिता का नाम था दामोदर, जो ब्राह्मण-परम्परा के अनुकूल ही था। उनके पिता स्वातंत्र्यवीर सावरकर के क़रीबी सहयोगी थे। सावरकरजी सज़ा-ए-कालापानी से मुक्त होने के बाद जब रत्नागिरी में नज़रबन्द थे, तब सारा कामधाम छोड़कर वे कुछ समय के लिए रत्नागिरी में जाकर रहे थे। दामोदर की माँ उनके बचपन में ही गुज़र गई थी। स्वाभाविक रूप से परिवार की दुर्दशा, ग़रीबी आदि हमेशा की बातें हो गईं। दामोदर भोजन के लिए प्रतिदिन वार लगाकर (सप्ताह के हर दिन अलग-अलग घर में भोजन पाना, जो उस समय ब्राह्मण-समाज में प्रचलित था) नहीं, लेकिन सावरकरजी की पहचान से मुम्बई के एक बड़े असामी के पास आश्रित जैसा रहकर पढ़-लिख गया था। उसकी इच्छा थी कि वह डॉक्टरी पढ़े, लेकिन आर्थिक परिस्थिति के कारण वह डॉक्टर की पढ़ाई नहीं कर पाया। जीवविज्ञान में एम.ए. कर उसने कोलकाता के महाविद्यालय में नौकरी स्वीकार कर ली। इन सभी कारणों से दामोदर के पहले से ग़ुस्सैल स्वभाव में एक धार आ गई और उसे नैतिक आधार मिल गया। यानी कम-से-कम उसके अनुसार, ग़ुस्सा करना उसका अधिकार था। उस पर हुए अन्याय और माँ की मृत्यु से उपजी स्थिति के कारण उसे यह अधिकार प्राप्त हो गया था। घर के बाहर दामोदर का रूप बिलकुल अलग था। घर के बाहर वह अनेक सामाजिक कार्यों में मग्न होता था। अनेकों के साथ उसका सम्पर्क था, ख़ास कर शरणार्थी लोगों के लिए काम करने वालों से। वह थोड़ा-बहुत ऐसा व्यक्ति था जिसे 'सामाजिक प्रतिबद्धता को मानने वाला' कहते हैं। उस समय तत्कालीन पूर्व पाकिस्तान से आई बलात्कारित हिन्दू स्त्रियों को गैर देने के लिए हिन्दू महासभा ने अजीबोग़रीब भूमिका रखी थी कि भारत के हिन्दू पुरुष सामने आकर उनसे विवाह करें, चाहे पहले उनका विवाह हुआ हो या नहीं। तब उसने अपना नाम स्वयंसेवकों की सूची में लिखवाया था।

उसके परिवार के और शायद ऐसी किसी स्त्री के सौभाग्य से भी ऐसी नौबत नहीं आई। बाहर वह मिलनसार था, लेकिन घर पर जमदग्नि ही बनता था और इस पर उसे गर्व भी था। उसकी पत्नी कोंकण से आई एक सीधी-सादी, बी.ए. होने से पहले ही पढ़ाई छोड़ चुकी, स्त्री थी। इस अधिकार के विरुद्ध एक शब्द कहने की उसकी हिम्मत नहीं थी। फिर भी जितना उससे होता, करती रहती थी।

मतलब, जब दामोदर महाविद्यालय से घर लौटता, तब घर में उसे पसारा बिलकुल भी नहीं सुहाता था। छोटा घर, दो बच्चे, दामोदर की माँ, दामोदर के सामाजिक सम्पर्क के कारण आने-जाने वाले लोग; ऐसे में घर का हमेशा सलीके से सँवारा हुआ होना असम्भव ही था। कई बार दामोदर की चिड़चिड़ाहट और उठापटक सुनने के बाद एक बार अगस्ति की माँ पति के सामने दृढ़ता से खड़ी हो गई और बोली, "देखिए, बच्चे हैं तो पसारा होगा ही। कुछ लोगों के बच्चे नहीं होते तो फिर उनके घर में पसारा भी नहीं होता, इसलिए वे रोते रहते हैं। क्या आप ऐसा चाहते हैं?" इस पर दामोदर निरुत्तर होकर न केवल चुप हुआ बल्कि दुबारा कभी उसने इस बात के लिए ग़ुस्सा नहीं किया। मतलब, वह बुरा आदमी नहीं था, लेकिन उसकी हर भावना का रूपान्तरण ग़ुस्से में ही हो जाता था। यहाँ तक कि प्यार के कारण उपजी चिन्ता का भी। अगस्ति का एक भाई था। बचपन में उसे एक बार अचानक बहुत ज़्यादा बुख़ार हुआ, जो आगे टाइफाइड साबित हुआ। अचानक एक सौ चार डिग्री बुख़ार आने के कारण दामोदर चिन्तित हो गया और उस पर ही चिल्लाने लगा। शाम हो चुकी थी। इसलिए बेचारे लड़के ने डरकर घर सँवारना शुरू किया, बिस्तर बिछाना शुरू किया। माँ ने दुबारा बीच-बचाव किया और उस कांड पर पर्दा पड़ गया। पुरुष का ऐसा होना, अभिमान का विषय था।

अगस्ति को लेकर तो कई बार ऐसा हुआ। लेकिन अगस्ति का बड़ा भाई अनुशासन, बाप की बात मानने आदि में अव्वल नम्बर से पास हो जाता था। किसी बात पर किसी के कोई अन्य विचार हो सकते हैं, यह बात अगस्ति के ध्यान में ही नहीं आती थी, जिसके तार्किक परिणाम के रूप में वह पिताजी की बात नहीं मानता था। दामोदर स्केल से लेकर कमर के बेल्ट तक, अनेक 'हथियारों' का इस्तेमाल करता था। लेकिन शरीरशास्त्र के अध्ययन के कारण

वह समझ चुका था कि टाँगों के अलावा शरीर पर अन्य कहीं भी नहीं मारना चाहिए। इसलिए शारीरिक दृष्टि से यह पिटाई उतनी ख़तरनाक नहीं होती थी। दामोदर के लिए चिन्ता का एक और विषय था, उसकी आँखें। उसकी आँखों पर बड़े नम्बर का चश्मा चढ़ा था और डॉक्टर ने बताया था कि उसे रेटाइनल डिजनरेशन का भी ख़तरा है। इसलिए वह आँखों का बहुत ख़याल रखता था। उसे यह डर लगातार सताता था कि वह अन्धा हो जाएगा, उसका परिवार सड़क पर आ जाएगा और उसने बचपन में जैसी ग़रीबी भोगी है, वह दुबारा उनकी क़िस्मत में आ जाएगी। ऊपर से उसका व्यवसाय था पढ़ाने का। इसलिए आँखों पर ज़ोर डालने के अलावा और कोई विकल्प नहीं था। एक बार अगस्ति ने, जब वह तीन-चार साल का था, माता-पिता के बीच में सोने की ज़िद की। पहली बार दामोदर ने उसकी ज़िद मानी और रात में नींद में अगस्ति जब लोट रहा था, तब उसका हाथ दामोदर की दाईं आँख पर लग गया। लेकिन इस कारण छोटे-से अगस्ति को बहुत पिटाई सहनी पड़ी। सन् 2018 में अगस्ति 68 साल का हो गया, लेकिन तब भी उसके दिमाग़ से यह याद नहीं गई थी।

स्कूल में अगस्ति बुद्धिमान था। खासा बुद्धिमान भी कहा जा सकता है, लेकिन उसे विज्ञान, और उसमें भी इंजीनियरिंग आदि विषय ही पसन्द थे। भौतिकविज्ञान और रसायनविज्ञान जैसे बुनियादी विज्ञान उसे बहुत ज़्यादा पसन्द नहीं थे। जीवविज्ञान में तो उसे बिलकुल दिलचस्पी नहीं थी। भाषा विषय तो इतना नापसन्द था कि उसमें वह जैसे-तैसे ही पास होता था। स्कूल में उसके बहुत ज़्यादा दोस्त नहीं थे और ऐसा भी नहीं कि उसके ध्यान में नहीं आया कि वह अन्यों से कुछ अलग बर्ताव करता है। वह किसी से बहुत ज़्यादा बात नहीं करता था। लेकिन बड़ा होने के बाद यह टालना असम्भव था। उसके बड़े होने के बाद जब उसके सनकी बर्ताव से अन्य लोग बौखला या चिढ़ जाते, तब वह सीधे-सीधे कहता, "मेरा ऐसा ही है। मुझे चीज़ें इसी ढंग से चाहिए। विशिष्ट ढंग से ही...आइ कांट हैव देम एनी अदर वे...वैसी ही चाहिए वे मुझे...हाँ...हाँ...मेरा कोई बस नहीं है इस पर। मैं समझ सकता हूँ, लेकिन आइ कांट हेल्प इट। नहीं, नहीं...वैसी ही चाहिए बिलकुल...।" और बात को टाल देता। वह तब तक ऐसा कहता, जब तक उसे अपने बारे

में कुछ अलग समझ में नहीं आता या जब तक वह ख़ुद को अलग दिशा में नहीं ले जाता। बाद में इसके बारे में भी वह बेफ़िक्र हो गया। लेकिन यह प्रसंग उचित समय आने पर बताऊँगा।

बचपन में किसी ने उसके नाम का मज़ाक़ उड़ाया था। इस पर उसने माँ से पूछा, "मेरा नाम अगस्ति क्यों रखा?" माँ ने बताया कि "तुम्हारी नानी ने कहा इसलिए।" (माँ को भी यह नाम पसन्द नहीं था। उससे किसी ने कुछ पूछा ही नहीं, इसलिए वह कुढ़ रही थी, यह पाठकों के ध्यान में आ जाएगा।) हमेशा के अपने स्वभाव की तरह छोटे अगस्ति ने इस बात को अपने दिमाग़ में रख लिया और कुछ सालों बाद जब नानी कोंकण से मिलने आई, तब उससे यह सवाल किया। नानी ने बताया कि अगस्ति कैसे बहुत बड़े ऋषि थे और हिन्दू पुराणों में, रामायण-महाभारत में कैसे उसका आठ महान ऋषियों में स्थान है। नानी भी बहुत ज़्यादा बातूनी नहीं थी। वह भी ज़्यादा मिलने-जुलने से बचती थी। इसलिए नानी द्वारा नवासे को कहानियाँ वग़ैरह सुनाने जैसी बातें, इस जोड़ी के सन्दर्भ में दोनों ओर से सम्भव नहीं थीं। लेकिन जब नवासा ज़िद पर उतर आया, तब उसने संक्षेप में अगस्ति की कहानी सुनाई—अगस्ति जंगल में, एकान्त में रहने वाले बहुत महान ऋषि थे। वे लोगों से बहुत ज़्यादा घुलते-मिलते नहीं थे, अपने ही विद्याध्ययन में मग्न रहते थे। वे बिलकुल निःसंग व्यक्ति थे। उन्हें किसी प्रकार का लोभ नहीं था। कुछ लोग कहते हैं कि अगस्ति नाम का अर्थ है वह जो पापी नहीं है। कुछ और लोग कहते हैं, अगस्ति यानी वह जो पर्वत को भी हिला सकता है। अगस्ति ऋषि यानी लोगों में न घुलने-मिलने वाला, किसी भी मोह में न पड़ने वाला ऋषि।

बालक उम्र के अगस्ति की दृष्टि से अगस्ति ऋषि यानी कपड़ों में बहुत ज़्यादा रुचि न रखने वाला महात्मा। छोटे अगस्ति को सिलवटों वाले कपड़े ही अच्छे लगते थे। वह उनकी तरफ़ ज़्यादा ध्यान नहीं देता था। और पापी न होना या पर्वत को हिलाने की बात सुनकर तो अगस्ति को अपने आप पर बहुत विश्वास हो गया। उसे यक़ीन हो गया कि उसका नाम अगस्ति उचित ही है। वह नैतिक व्यवहार करता है, इस बात पर उस उम्र में भी उसे विशेष गर्व था। इस विषय में वह सोचता रहता था और उस उम्र में ही उसकी दृढ़ धारणा बन गई थी कि सभी को नैतिकता से ही आचरण करना चाहिए।

नैतिक यानी क्या, इसे लेकर उसके कुछ ठोस मत थे और उसकी चर्चा सम्भव नहीं थी। लेकिन इस जगह पर हमारे लिए अहम यह है कि वह अगस्ति नामक ऋषि के साथ ख़ुद को जोड़कर देखने लगा था और उसे अपने अगस्ति नाम पर शर्म नहीं बल्कि गर्व महसूस होने लगा था। फिर उसकी नानी ने उसे अगस्ति के महात्म्य के बारे में एक कथा सुनाई :

एक बार देवताओं का राजा इन्द्र और वृत्र राक्षस के बीच युद्ध शुरू हो गया। उस समय सारे राक्षस समुद्र में जाकर छिप गए। इसलिए देवता उन्हें ढूँढ़ नहीं पा रहे थे। सभी देवता मदद पाने के लिए अगस्ति ऋषि के पास आए। अगस्ति ऋषि ने अपने योग-सामर्थ्य से सारे महासागरों का पानी पी लिया और उनमें छिपे बैठे राक्षस अनावृत्त होकर देवताओं को नज़र आने लगे। देवताओं ने राक्षसों का वध किया। इसके बाद 'अब फिर से समुद्र को पानी से भर दो' यह कहने पर अगस्ति ने सू-सू किया और समुद्र दोबारा पानी से भर गया। इसीलिए समुद्र का पानी खारा होता है। इस पर अगस्ति ने नानी से सवाल किया कि क्या समुद्र का पानी सचमुच खारा होता है? इस पर नानी ने जवाब देना टाल दिया। लेकिन अगस्ति ने उसकी पुष्टि करने के लिए और अपने सू-सू को चखने का प्रयोग किया और तसल्ली कर ली। इससे यह ध्यान में आना चाहिए कि अगस्ति ऐसे ही किसी की भी बातों में नहीं आता था।

लेकिन तब तक अगस्ति ने यह देखा नहीं था कि समुद्र कैसा होता है। पूछने के बाद कोंकण वाली नानी ने उसे बड़े गर्व से बताया कि समुद्र उनके शहर की हुगली नदी से, यानी गंगा से भी विशाल यानी प्रचंड होता है और महासागर तो उससे भी प्रचंड होता है। यह सुनकर अगस्ति के मन में समुद्र के बारे में प्रचंड कुतूहल पैदा हो गया और बिना उसे देखे उसके मन में उसके प्रति प्रेम ही नहीं बल्कि एक तरह से अधिकार की भावना जागृत होने लगी। अपने हमेशा के स्वभाव की तरह यह भावना भी चरमकोटि की थी। उसने समुद्र देखने की ऐसी ज़िद पकड़ ली कि अगली छुट्टियों में उसे उसके ननिहाल भेज दिया गया। समुद्र को साक्षात देखकर, उसमें तैर रहे विशालकाय जहाज़ देखने के बाद प्यार और अधिकार की यह भावना और बढ़ गई और उसके मन ने ठान लिया कि समुद्र ही उसका मित्र, समुद्र ही उसका परिवेश होना चाहिए। लेकिन इसी से अगली बहुत सारी समस्याएँ उत्पन्न हुईं।

पहली बात, उसने पूरी ज़िन्दगी जहाज़ पर ही बिताने का निश्चय कर डाला। उसने जहाज़ों के मॉडल बनाने की एक क्लास ज्वाइन की और घंटों वह उसमें ही खोया रहने लगा। एस.एस.सी. में आने तक उसने इसकी पूरी जानकारी निकाल ली थी कि मर्चेंट नेवी में दाख़िल होने के लिए क्या करना पड़ता है। जिस दौर में इंटरनेट नहीं था, उस दौर में लोकसम्पर्क से दूर रहने वाले अगस्ति के लिए यह बात आसान नहीं थी। लेकिन उसने पूरा ज़ोर लगाकर यह प्रयास किया, ग़ुस्सैल पिता के ख़िलाफ़ जाकर किया। संक्षेप में, उसने अपने भविष्य को लेकर एक सपना बुनना शुरू किया था। एक ऐसा सपना जो उसकी तब तक की ज़िन्दगी से सम्बन्धित नहीं था। ऐसा सपना आधुनिकतापूर्व दौर में कुछ विशेष मनुष्यों का ही होता था, जैसे कि शिवाजी महाराज। आधुनिक दौर में यह प्रत्येक में होता है या सर्वमान्य धारणा है कि ऐसा होना अच्छी बात है। लेकिन अपने दोनों बच्चों के भविष्य को लेकर उनके पिता का अलग ही सपना था, जो उनके अपने सपने के साकार न होने के कारण उत्पन्न हुआ था। उन्हें लगता था कि उनके दोनों बच्चे डॉक्टर बनें। उनका मत था कि जो उनसे सम्भव नहीं हुआ, वह उनके बच्चे करें। सुना है, सभी प्राणियों में 'सेल्फ़िश जीन' होता है। इस सिद्धान्त के अनुसार, उद्‌विकास की प्रक्रिया में जिनके वंशज अधिक अच्छे बनते हैं, जो अपने वंशजों के लिए जितना विशेष ख़याल रखते हैं, उनका वंश बरक़रार रहने की सम्भावना उतनी ही अधिक रहती है। वंश की निरन्तरता एक आदिम अवधारणा है। जब उसका आधुनिक सपने से मेल कराया जाता है, तब अगली पीढ़ी पर अपने सपने लादने के मामले उठ खड़े होते हैं। जब तक बालक अगस्ति जहाज़ों के मॉडल बना रहा था, 'मैं समुद्र में जाऊँगा' कहकर नाच रहा था तब तक उसे अनदेखा किया जा सकता था। लेकिन जब कॉलेज में दाख़िला करने का समय आया, करियर कोर्स में एडमिशन करने का समय आया तब इन दो सपनों के बीच महायुद्ध शुरू हो गया। तब तक उसका बड़ा भाई डॉक्टर बनने के सफ़र में पहले ही आगे बढ़ चुका था। यानी उसे मेडिकल में एडमिशन मिल चुकी थी, जो अगस्ति की दृष्टि से थोड़ी-बहुत लाभदायी बात थी। फिर भी कॉलेज के पहले साल पिता ने अगस्ति को जीवविज्ञान विषय लेने के लिए बाध्य किया, जिसके कारण अगस्ति का अकेलापन और सनकी बर्ताव और ज़्यादा बढ़ गया।

अपने भाई के साथ एक कमरे में रहना भी अब उसने दुष्कर बना लिया। उसकी ज़िद होती कि उनके छोटे-से कमरे की रचना और व्यवस्था ऐसी ही हो, बिस्तर की तहें ख़ास ढंग की ही हों, वग़ैरह। इसलिए उनके झगड़े होने लगे। लेकिन जब पहले साल अगस्ति को जीवविज्ञान में जैसे-तैसे पास होने लायक़ अंक मिले, तब पिताजी ने यह आशा छोड़ दी। इसके बाद उन्होंने मानो उसे मनुष्य की श्रेणी से ही बेदखल कर दिया। उन्होंने स्वयं से और यथाअवसर दूसरों से भी कहना शुरू किया कि मेरा यह लड़का निर्बुद्ध और कर्तृत्वहीन निकला। पहले से ही लोगों से मिलने-जुलने में असहज अगस्ति इससे और अकेला होता गया। पिता के प्रति ग़ुस्सा उसके लिए असहनीय बन गया। लेकिन कोई भी भावना अभिव्यक्त करने में अक्षम अगस्ति के पास यह भावना दबाए रखने के अलावा और कोई उपाय नहीं था। इसी दौर से उसे एक आँख और गर्दन को ट्विच करने की आदत लगी, जो ज़िन्दगी भर बरक़रार रही।

लेकिन अगस्ति बुद्धिमान ही था। मर्चेंट नेवी के कोर्स में उसे मेरिट के आधार पर एडमिशन मिल गया। कॉलेज मुम्बई में था इसलिए वह हॉस्टल में रहने गया और पिता के साथ लगातार चल रहे उसके युद्ध में कुछ कमी आई। अब तक पिता भी यह बात जान चुके थे कि मर्चेंट नेवी में काम करने वालों को बहुत पैसा मिलता है। इसलिए इस युद्ध की धार और कम हो गई। अगस्ति कॉलेज में दूसरे साल में था, तब उसके पिता का हार्ट अटैक से अचानक निधन हो गया। अगस्ति माँ से बोला, "आदमी मरता ही है, आसपास डॉक्टर होने के बावजूद। आदमी मरता ही है...नहीं-नहीं...कुछ को लगता है, बहुत सारे लोग डॉक्टर बन जाएँगे तो मृत्यु टल जाएगी। ऐसा नहीं होता। होता ही नहीं। मृत्यु आ ही जाती है।" उसकी बातों में तर्क का अभाव या अलग ही ढंग का तर्क, और पति की मृत्यु का सदमा, इन दो बातों के कारण माँ निरुत्तर हो गई। दो दिनों के लिए कोलकाता आकर अगस्ति दोबारा कॉलेज लौट आया।

अगस्ति की पढ़ाई हमेशा की तरह ख़त्म हुई। इंटर्नशिप आदि औपचारिकताएँ पूरी कर सन् 1973 में उसने एक ग्रीक जहाज़ पर बतौर जूनियर इंजीनियर ज्वॉइन कर लिया। मर्चेंट नेवी के अत्यन्त कठिन और एकाकी जीवन में अगस्ति अन्यों के मुकाबले बहुत जल्द और अत्यन्त सन्तोष के साथ एकाकार हो गया।

ज़्यादातर समय ज़मीन पर, लोगों के साथ बिताने के बजाय महासागर में, पानी के सान्निध्य में जहाज़ पर बिताने लगा। विशेष बात, उसके ध्यान में यह आई कि मनुष्यों के बजाय यंत्रों के सान्निध्य में जीना उसके लिए ज़्यादा आसान है। यंत्र ही मानो उसके सखा-साथी बन गए। लेकिन ऐसा होने पर कुछ बाधाएँ भी उत्पन्न होती हैं और कई वर्षों बाद वे उसके लिए भी उत्पन्न हुईं। उसके बाद का उसका सफ़र, उसके स्वभाव के अनुसार, मुँह फेरकर बिलकुल विपरीत दिशा में शुरू हो गया। हालाँकि तब भी उसकी मनुष्य से परहेज़ करने की प्रवृत्ति ख़त्म नहीं हुई, लेकिन उसके विषय में उचित समय पर बात करेंगे। बहरहाल, वह जहाज़ी जीवन के एकाकीपन का आसानी से अभ्यस्त हो गया। यह सिलसिला चला सीधे सन् 2002 तक, यानी गुजरात में जो दंगे हुए और उसमें झुलसी एक स्त्री के पुणे में दाख़िल होने तक। आजकल मर्चेंट नेवी के लोग आमतौर पर लगातार चार-छह महीनों से ज़्यादा जहाज़ पर नहीं रहते। वैसे सन् 1970 के दशक में वे ज़्यादा यानी आठ-नौ महीनों तक रहते थे। लेकिन अगस्ति तो सीधे साल-डेढ़ साल तक ज़मीन पर लौटता नहीं था। माँ ने जब शिकायत के सुर में कहा कि 'तुम इतनी देर तक जहाज़ पर रहते हो' तब उसने 'करना क्या है ज़मीन पर आकर?' कहकर माँ को ही निरूत्तर कर दिया था। ज़मीनी ज़िन्दगी की अनेक परेशानियों, मसलन, लोगों के सम्पर्क में आना आदि में से अधिकांश जहाज़ी ज़िन्दगी में नहीं थीं। इसके अलावा उसे अच्छी लगने वाली अनेक विशेष बातें वहाँ थीं। जैसे, इंजन की निरन्तर लयबद्ध आवाज़ें। ऐसी लयबद्ध आवाज़ें उसे पहले भी बहुत पसन्द थीं। अब उसे वे इतनी अच्छी लगने लगीं कि वह जो भी थोड़ा-बहुत समय ज़मीन पर गुज़ारता, उसमें इन आवाज़ों के बिना उसे नींद नहीं आती थी। फिर वह सर्दियों में भी एसी लगाने जैसे लगातार लयबद्ध आवाज़ों वाले उपाय ढूँढ़ने लगा। उसका अपने परिवार के साथ, दादी, माँ, भाई, भाई का परिवार आदि से सम्बन्ध और कम हो गया। उसकी माँ ने शादी के बाद अपने पति के ग़ुस्सैल स्वभाव के चलते अधिकांश बातों को लेकर उससे विशेष उम्मीदें रखना छोड़ ही दिया था। लेकिन उस समय की प्रचलित प्रथाओं के अनुसार ज़िन्दगी की चाहे सारी अपेक्षाओं को तिलांजलि दे दी जाए, मगर अपने लड़के का विवाह करना किसी भी गृहिणी की इच्छा होती थी।

इसलिए उसकी माँ के मन में भी यह इच्छा थी कि अपने लड़के का यानी अगस्ति का विवाह हो। उस दौर में जहाज़ से ज़मीन पर सम्पर्क करना अत्यन्त अपवादात्मक परिस्थिति को छोड़कर, मुश्किल, महँगा और असम्भव था। जहाज़ किसी बन्दरगाह पर लगता और अगस्ति का मन हुआ तो वह घर पर सम्पर्क करता। ऐसे सम्पर्क के दौरान उसकी माँ सारा समय उसके विवाह के बारे में बातें करती। इससे ऊबकर अगस्ति ने यह सम्पर्क भी कम कर दिया था। लेकिन उसके भी कुछ शारीरिक आकर्षण थे। केवल थे नहीं, बल्कि अन्य भावनाओं की तरह तीव्र भी थे। कुछ सालों में उसे यह डर सताने लगा कि वह हस्तमैथुन बहुत ज़्यादा करता है और इसका उस पर बहुत ख़तरनाक असर हो सकता है। साथ ही, एक तरह से नैतिक चुभन भी होती थी। किसी डॉक्टर से वह बात करता तो यह चुभन दूर भी हो जाती। लेकिन किसी से बात करना और वह भी डॉक्टर से, उसके मामले में सम्भव नहीं था। इसका परिणाम यह हुआ कि देर से ही सही, लेकिन वह विवाह के लिए राज़ी हो गया। सन् 1982 में जब वह यमन के तट पर था, अपराधबोध से भरी आवाज़ में और हमेशा से कुछ अधिक हकलाते हुए और एक ही बात बार-बार दोहराते हुए उसने माँ को बताया कि वह विवाह के लिए राज़ी है। फिर वह जहाज़ से हमेशा से जल्द ज़मीन पर आया। तब तक माँ ने कई जगहों पर लड़कियाँ देख रखी थीं। लेकिन अगस्ति को एक भी लड़की पसन्द नहीं आई। अगस्ति के बारे में थोडा-बहुत जानने वाले किसी भी व्यक्ति को यह पता चल जाएगा कि ऐसा क्यों हुआ होगा। इसलिए उस पर मैं ज़्यादा समय ज़ाया नहीं करूँगा। दो साल बीत गए। अगस्ति की माँ ने आख़िरकार ऊब कर एक लड़की के बारे में अगस्ति को अल्टीमेटम दे दिया, "यह लड़की अच्छी है। अब तुम्हारी उम्र भी चौंतीस की हो गई है। मैं थक चुकी हूँ। लड़की सुन्दर है। अच्छे घर की है। यह पसन्द न हो तो तुम अपना-अपना देख लेना।"

सचमुच लड़की सुन्दर थी, लेकिन अगस्ति को ज़रा फूहड़ लगी। लेकिन सुन्दर थी, इसमें कोई सन्देह नहीं था। अगस्ति ने हामी भर दी। लड़की वालों की ओर से भी हामी भरी गई और सन् 1984 में, यानी जिस साल सिख-विरोधी दंगे हुए, जिसमें तीन हज़ार से ऊपर सिखों का क़त्ल हुआ, उस साल उनका विवाह हो गया।

उसकी पत्नी का नाम था मृदुला। मृदुला के घर का माहौल अगस्ति के घर के माहौल से पूरी तरह से अलग था। उसके पिता पेशे से आर्किटेक्ट थे और माँ समाज विज्ञान की प्रोफ़ेसर। घर का माहौल अत्यन्त उदारवादी था—स्त्री और पुरुष में भेद न करने वाला, वक़्त से तनिक आगे होने की अनुभूति करने वाला खुलापन और स्वतंत्रता। घर में लेखकों-चित्रकारों की आवाज़ाही होती थी और उसकी माँ के अन्य किसी से सम्बन्ध हैं, ऐसी कानाफूसी भी चलती थी। लेकिन असल में ऐसा कुछ नहीं था। उसकी एक चित्रकार के साथ ख़ास दोस्ती थी, बस। पु.ल. देशपांडे की पत्नी के जी.ए. कुलकर्णी नामक लेखक से जैसे सम्बन्ध थे, वैसे ही। भारत का माहौल इस परिवार के खुलेपन के लिए सुसंगत नहीं था। इसे गाँव की अफ़वाहों का असर कहा जा सकता है। ऐसी प्रतिकूल पृष्ठभूमि में, खुले माहौल से अलग प्रकार का और इस कानाफूसी के विरोध वाला दूसरे प्रकार का, दोनों का असर मृदुला के मन पर पड़ा था और उसका व्यक्तित्व ऐसा बना था, जिसे 'हमेशा उलझन में पड़ी स्त्री' कहा जा सकता है। यानी वह हमेशा हड़बड़ाई रहती थी। लेकिन उसे इस तरह हड़बड़ाई, सिटपिटाई, सिड़ी-सी देखकर ऐसा सन्देह किया जा सकता था कि कहीं वह ग्लैमर के लिए जानबूझकर तो ऐसा नहीं करती थी। वैसे वह अत्यन्त बुद्धिमान थी। इसलिए उसके पिता कहते थे कि वह ऐसा दिखाती है कि हमेशा हड़बड़ाई हुई है। लेकिन विवाह तक उसे यह पता नहीं था कि फूहड़ कहलाकर अन्यों से, ख़ास कर पुरुष वर्ग से सहानुभूति प्राप्त की जा सकती है। सुन्दर और कुछ-कुछ फूहड़ स्त्री अनेक पुरुषों को अच्छी लगती है। यह सोचकर कि ऐसी स्त्री 'उपलब्ध' होती है, फ़्लर्टिंग का आनन्द उठाया जा सकता है और बदले में विशेष स्थान पाया जा सकता है। असल में, उसकी हड़बड़ाहट सच्ची थी, यह पता चल गया था। और इस फूहड़पन के कारण ही खुले माहौल में रहकर भी वह अपना विवाह तय नहीं पाई थी। हममें से अनेकों का यह अनुभव होगा कि स्मार्ट माँ-बाप की सन्तानें कई बार स्मार्ट नहीं होतीं। उसके माता-पिता 'इतने साल तक कॉलेज में पढ़कर भी उसका किसी से प्रेम कैसे नहीं हो सका' इसे भी मज़ेदार कहानी की तरह अपने मित्रों-परिचितों को सुनाते थे और मृदुला भी हँसकर हामी भरती थी। लेकिन देखुआ बनकर देखने आए लड़के से विवाह करने की कल्पना भी उसे सहन नहीं होती थी।

इसलिए सामने आए हर लड़के को वह अस्वीकार करती आई थी। आख़िरकार अगस्ति का नम्बर आया तब ऊबकर उसके माता-पिता ने उससे कहा, "यह लड़का अच्छा है। अब तुम्हारी उम्र भी तीस की हो गई है। हम थक चुके हैं। लड़का अच्छा कमाता है। बात करने में ज़रा-सा अजीब लगता है, लेकिन भरोसे का लगता है। अच्छे घर का है। यह भी पसन्द न हो तो तुम अपना देख लो।"

उसकी हड़बड़ाहट के कारण अनेक प्रकार की गड़बड़ियाँ होती थीं। जैसे, इसी कारण उसे कहीं जाने के लिए देर हो जाती थी। कॉलेज जाने के लिए उसे रोज़ कैसे देर हो जाती है और सभी उस पर कैसे हँसते हैं, यह वह ख़ुद ही बड़े उत्साह से सुनाती। उनका विवाह निश्चित होने के बाद, उस समय के सामाजिक संकेतों के अनुसार दोनों घूमने और कॉफी पीने के लिए जाने जैसे अगले चरण पर पहुँचे और पहली मुलाक़ात में ही मृदुला नियत समय से पन्द्रह मिनट देर से पहुँची, जिससे दोनों में झगड़ा हो गया। समय का पालन अगस्ति के लिए नैतिक दृष्टि से बेहद बड़ा मुद्दा था। इस मुद्दे पर उन दोनों में, मृदुला की मृत्यु तक कितनी बार झगड़ा हुआ, इसका हिसाब रखना असम्भव हो जाता। बाद में अन्तर इतना ही आया कि सीधे झगड़ने के बजाय अगस्ति कुछ मिनट छत की तरफ़ देखता हुआ इस तरह बुदबुदाता रहता, या अन्य कोई साथ हो तो अत्यन्त आजिज़ी से उसे सुनाता रहता "ये ऐसी ही है...ये ऐसी ही है...कभी नहीं सुधरेगी...भारत में सभी ऐसे ही। कोई चारा नहीं। भारत में रहना है तो यू हैव टू लर्न टू एक्सेप्ट इट...आइ हैव टू लर्न टू सफ़र इट... शिट...पता नहीं ये कौन-से दौर में जीते हैं...देर-ही-देर...आइ हैव टू लर्न टू सफ़र इट...।" लेकिन ख़ैर।

अगस्ति की ज़िद थी कि विवाह के बाद मृदुला तुरन्त उसके साथ जहाज़ पर जाए। असल में मृदुला की इच्छा नहीं थी। लेकिन किसी की ज़िद का विरोध करना उसका स्वभाव नहीं था और अगस्ति की ज़िद भी तो सामान्य नहीं थी। इसलिए वह जहाज़ पर चली गई, लेकिन जैसा उसे डर था, उसे जहाज़ का सफ़र सुहाया नहीं। पूरे दो महीने उसने उस छोटी-सी केबिन में उल्टियाँ करते-करते और सोते हुए बिताए। दरअसल, आधुनिक जहाज़ों में फाइव स्टार जैसी सुविधाएँ होती हैं। एसी केबिन, बढ़िया मेस, जिम। यही नहीं, छोटा-सा स्वीमिंग पूल भी होता है। लेकिन कुछ भी हो, आख़िरकार है तो वह जहाज़,

और उस पर जगह भी छोटी-सी, बदली न जा सकने वाली, जो मनुष्य को अहसास कराती है कि हम घुट रहे हैं, बन्दी हैं। ऊपर से मतली और उल्टियाँ। और अभी-अभी ज़िन्दगी में आए पति में सहानुभूति का पूरा अभाव; यह मिश्रण भी भयानक था। "जहाज़ का सफ़र अच्छा न लगना केवल मानसिक मसला है। मृदुला मानसिक दृष्टि से असमर्थ है", अगस्ति बस यही कभी ज़ोर से तो कभी अपने-आप से बुदबुदाता रहा। दूसरों की संवेदनाएँ हमारी संवेदनाओं से अलग हो सकती हैं; मानसिक हो या शारीरिक, मृदुला को जहाज़ का सफ़र सुहाता नहीं है, यह यथार्थ स्थिति थी और इस पर उसका बस नहीं था। लेकिन यह समझने में वह मानो वह असमर्थ था। दो महीने के बाद आख़िरकार जब मृदुला के लिए जहाज़ पर रुकना असम्भव हो गया और जहाज़ भी यूरोप के किनारे पर लगा, मृदुला को नियत समय से पहले लौटाना पड़ा। इसके बाद अगस्ति तीन महीने जहाज़ पर ही रहा। इस दरमियान अगस्ति ने बस एक बार उससे सम्पर्क किया और बस यह जानने के लिए कि मृदुला पुणे पहुँची या नहीं।

इससे पहले भी मृदुला को कुछ फोबिया थे। जैसे उसे कीड़ों से बहुत डर लगता था। लेकिन इसके बाद तो उसे और भी तकलीफ़ें शुरू हुईं। अब उसे लिफ़्ट में जाने से बहुत डर लगने लगा। रात के दस बजे के बाद उसे नींद नहीं आती थी। मतलब, चाहे रात के बारह बजे हों, लेकिन उससे कहा जाए कि अब साढ़े नौ बजे हैं तो उसे नींद आ जाती थी। लेकिन साढ़े नौ बजे अगर उसे कहा जाए कि दस बजकर पाँच मिनट हुए हैं तो उसकी नींद ग़ायब हो जाती थी। ऐसे मामले यानी फोबिया और मैनिया वग़ैरह, ख़ास कर उनकी विविधता, तीव्रता और विशिष्टता भी आधुनिक दौर का असर है। मेरी विनती है, इस पर आप ग़ौर करें।

अगस्ति की नौकरी को देखते हुए मृदुला के माता-पिता समझ गए कि ज़िन्दगी में वह काफ़ी समय तक अकेली रहेगी। इसलिए उन्होंने उन्हें सलाह दी कि वे पुणे में ही फ़्लैट ख़रीदें। अगस्ति को वैसे भी कोलकाता से आत्मीयता नहीं थी। उसने उनकी सलाह मानी और तुरन्त एक फ़्लैट ख़रीदा। उसे ख़रीदते समय भी उसकी विशिष्ट धारणाएँ थीं। मसलन, बड़ी खिड़कियाँ नहीं चाहिए, परदे थोड़े-से सरकाए जाने पर भी बाहर का दृश्य ढक जाना चाहिए।

बैठक के कमरे के अलावा बेडरूम, टॉयलेट, किचन, डायनिंग रूम सभी तरफ़ फर्श सफ़ेद और सादा ही चाहिए। इस वजह से फ़्लैट पाने में काफ़ी परेशानियाँ हुईं। फर्नीचर बनाते समय तो डिजाइनर से और मृदुला से उसके अनेक विवाद हुए क्योंकि उसे सारा फर्नीचर वूड फिनिश का या विशेष विनियर लगा हुआ, विशेष मोल्डिंग वाला ही चाहिए था। बैठक का कमरा उसे जहाज़ के डेक की तरह बल्कि वूडन फ़्लोअरिंग की तरह चाहिए था और बेडरूम केबिन की तरह। अपनी इस ज़िद के लिए चाहे जितना पैसा ख़र्च हो, उसे कोई परवाह नहीं थी। और उसके पास ये चोंचले पूरे करने के लिए भी पैसे थे। पहले-पहल मृदुला और उसके माँ-बाप ने कुछ सुझाव दिये, ख़ास कर पिता ने। क्योंकि वे स्वयं आर्किटेक्ट थे और उनका घर उनकी और लोगों की दृष्टि से बहुत सुन्दर था। लेकिन जब उसने कहा कि, 'मुझे और कुछ नहीं चलेगा...', इसके बाद उन्होंने इन छोटी बातों की अनदेखी की। इससे हुआ यह कि विवाह के समय ही पुणे में उनकी अपनी रहने की जगह तैयार हो गई थी। यह फ़्लैट पाँचवीं मंजिल पर था। उसे ख़रीदते समय मृदुला को लिफ़्ट से डर नहीं लगा था। लेकिन बाद में ज़िन्दगी भर वह उस डर को चुपचाप, हर दिन घर से बाहर निकलते और लौटते समय सहती रही।

जहाज़ से लौटने के बाद मृदुला उस नये घर में जाने के बजाय तीन महीने मायके के अभ्यस्त माहौल में ही रही। लेकिन अगस्ति के लौट आने के बाद उसका उस घर में जाना ज़रूरी हो गया। यानी कुछ असहज स्थिति में ही वह नई गृहस्थी में जुट गई। उनकी गृहस्थी का चित्र खींचता मेरा उद्‌देश्य नहीं है, इसलिए संक्षेप में इसे समेटता हूँ। शुरुआती कुछ दिन उनके जीवन में रोमांस नहीं था, ऐसा भी नहीं था। उस दिशा में उन्होंने प्रयास ज़रूर किया था। लेकिन दोनों का स्वभाव और उसकी जटिलता को देखते हुए उस प्रयास में तुरन्त बाधाएँ आने लगीं। मृदुला की रसोई हर बार अलग होती थी और अगस्ति तो कचूमर भी विशेष ढंग से ही बनाया हुआ चाहता था। मृदुला को हर बार अलग ढंग से बनाया चिकन अच्छा लगता था, लेकिन अगस्ति चिकन के टुकड़े भी ख़ास नाप के ही चाहता था। इस कारण जहाज़ पर भी उसका कई बार विवाद होता था और कभी-कभी तो वह स्वयं ही रसोई बना लेता था। घर पर आने के बाद उसने यह घोषित ही

कर दिया कि कम-से-कम नॉनवेज भोजन वही बनाएगा। यह भी ठीक ही था, लेकिन उसके इस स्वभाव ने सबसे ज़्यादा प्रभावित किया उनकी सेक्स लाइफ को। बेशक पहली रात उनका सम्भोग सफल रहा। लेकिन एक बार वैसा होने के बाद अगस्ति ने ज़िन्दगी के पूरे दौर में उस एक पोजीशन से अलग कुछ करना चाहा ही नहीं। मृदुला आधे कपड़े उतारकर और वह पूरे कपड़े उतारकर बेडरूम में आते, मृदुला का बेडसाइड लैम्प जलता रहता और वे डेढ़ मिनट के लिए आलिंगनबद्ध होते। फिर मृदुला उसकी तरफ़ पीठ करती और वह उसे पीछे से कसकर पकड़कर उसका ब्रेसियर उतारता, उसके कूल्हे और जँघाओं पर हाथ फेरता। इतनी और इसी प्रस्तावना के बाद मृदुला नीचे और वह ऊपर, ऐसी दशा में उनका सम्भोग शुरू होता। फिर डेढ़ मिनट के बाद वे कुछ समय तक उसी अवस्था में दाईं करवट लेटे रहते, फिर वह उसका बायाँ स्तन हाथ में पकड़कर और दायाँ स्तनाग्र ओठों में लेकर चूसता और फिर सीधा होते-होते चरम तक पहुँचता। इसके बाद विराम। अगस्ति ने इस प्रक्रिया में आख़िर तक कोई बदलाव स्वीकार नहीं किया और मृदुला के लिए यह प्रक्रिया मात्र औपचारिकता बन गई।

अन्य मामलों में भी उसका बर्ताव मृदुला को अधिक पीड़ादायी लगने लगा था। इतने साल जहाज़ पर बिताने के कारण अगस्ति और ज़्यादा सनकी हो गया था। अब उसे लगातार किसी एक लय वाली आवाज़ की ज़रूरत पड़ती थी। कोई भी बात उसे ख़ास ढंग से ही चाहिए। यह सनक और ज़्यादा बढ़ गई थी। कोई अटूट लयबद्ध आवाज़ उसे बहुत अच्छी लगती थी। लेकिन अचानक आई आवाज़ उससे सही नहीं जाती थी। यह एक नया ही बखेड़ा शुरू हो गया था। यहाँ तक कि एक दिन सुबह चाय बनाते समय मृदुला के हाथ से ग़लती से चिमटा छूटकर नीचे किचन के फर्श पर गिरा और वह भड़ककर खड़ा हो गया। मिक्सर या कूकर की सीटी की आवाज़ से भी वह कभी-कभी हड़बड़ा जाता। इसलिए मृदुला ऐसे काम यथासम्भव तभी कर डालती जब वह घर के बाहर होता। लेकिन सबसे बुरी बात यह थी कि उसे समुद्र, जहाज़ और उसके मॉडल और कभी-कभी स्वयं चिकन की विभिन्न रेसिपी बनाने के अलावा अन्य किसी बात में दिलचस्पी ही नहीं थी। मृदुला को साहित्य, संगीत और ख़ास कर अच्छी फ़िल्में देखने में बड़ी दिलचस्पी थी।

लोगों को घर पर बुलाकर गम्भीर चर्चा करना और गपशप करना भी उसे अच्छा लगता था। इन सारी बातों से अगस्ति का विरोध नहीं था लेकिन उसका सहयोग भी नहीं था। सहयोग की बात छोड़िए, उसका घर में या लोगों के साथ अस्तित्व ऐसा था कि जब वह ज़मीन पर होता, तब ऐसा कुछ भी करना मृदुला के लिए मुश्किल हो जाता। उसके घर आने पर यह सब बन्द हो जाता और चले जाने पर दुबारा शुरू होता। मृदुला की खींचातानी होने लगी। इससे उनके बीच की खाई बढ़ती गई। उसके जहाज़ पर होने और घर पर होने से मृदुला की ज़िन्दगी में इतना अन्तर आने लगा—उसे लगने लगा कि वह सिजोफ्रेनिक हो गई है। पहले से हड़बड़ाई मृदुला और ज़्यादा बदहवास-सी हो गई। जब वह नहीं होता, तब वह अपना सामाजिक जीवन या अन्य शौक़ या रुचियाँ पूरा कर लेती थी, लेकिन जब वह घर आता तब उसमें अवरोध हो जाता। नतीजतन उनमें शुरू से ही जो फ़ासला था वह और ज़्यादा बढ़ता गया।

इस कारण सन्तान-प्राप्ति में कुछ विलम्ब हो गया। इसके लिए अगस्ति की दीर्घकालीन अनुपस्थिति भी एक कारण थी। लेकिन अन्ततः सन्तान-प्राप्ति हुई। उनके विवाह के चार साल बाद यानी सन् 1988 में उनके लड़की हुई। लड़की का नाम मृदुला के आग्रह पर रखा गया—'काव्या'। आग्रह वग़ैरह में अगस्ति को कोई दिलचस्पी नहीं थी इसलिए यह कहना ज़्यादा सही होगा कि इसी कारण उनमें कोई बहस नहीं हुई। उसने बस कन्धे उचकाते हुए स्वीकार कर लिया। दुबारा विवाद तब शुरू हुआ जब लड़की का पाठशाला में दाख़िला करने का वक़्त आया। पैसों की कमी नहीं थी, इसलिए मृदुला चाहती थी कि उसे अच्छे-से स्कूल में पढ़ाएँ। लेकिन अगस्ति ने यह ज़िद की कि वह निपट सरकारी तो नहीं मगर सामान्य पाठशाला में ही पढ़े, और उसने अपनी यह ज़िद पूरी भी की। एक बात अच्छी रही कि पाठशाला ठीक-ठाक थी, वरना मृदुला को और मानसिक यातनाएँ होतीं। लेकिन बाद में प्रश्न उपस्थित होने लगे। पाठशाला से काव्या के अध्यापकों से बार-बार सन्देश आने लगे कि काव्या का बर्ताव सामान्य बच्चों जैसा नहीं है। उसे विशिष्ट बातें ही अच्छी लगती थीं। पढ़ते समय भी वह कुछ ही मामलों में दिलचस्पी दिखाती थी। पाठशाला में किसी के साथ उसकी दोस्ती नहीं थी और किसी से सम्पर्क बनाने

में उसे परेशानी होती थी। कोई उसके साथ बात करने लगता तो वह बीच में ही छत की तरफ़ देखकर सिर धुनने जैसी आवाज़ें करने लगती। अध्यापकों के हिसाब से यह ऑटिस्टिक होने की सम्भावना थी लेकिन अगस्ति को यह स्वीकार नहीं था। और हमेशा की तरह नहीं था मतलब बिलकुल स्वीकार नहीं था। उसके अनुसार ऐसा कुछ नहीं होता, उसका अपना व्यक्तित्व भी कुछ मात्रा में ऐसा ही था और इससे उसका कुछ नहीं बिगड़ा था। उन्होंने उसकी पाठशाला बदल दी।

इस बीच एक और महत्त्वपूर्ण घटना हुई। मृदुला की डिलीवरी के समय अगस्ति जहाज़ पर ही था। मृदृला की माँ भी बीमार पड़ गई थी, काव्या के जन्म के आसपास उसे प्लीहा का कैंसर हुआ था। नतीजतन मृदुला के पास उसके गाइनेकोलॉजिस्ट डॉ. नाडकर्णी के अलावा सहारे के लिए कोई नहीं था। डॉ. नाडकर्णी तकनीकी दृष्टि से अच्छे डॉक्टर तो थे ही, साथ ही वे मरीज़ मानवीय दृष्टि से, सहानुभूति से देखते और काम के परे जाकर मदद करते थे। मृदुला उन्हीं पर निर्भर रहने लगी। उनके पास जाने के लिए कुछ सच्चे, और डिलीवरी के बाद होनेवाले कई कारण तो थे ही, वह कुछ और कारण भी खोजने लगी। काव्या के सम्बन्ध में भी उसने उनसे बात की। उनका भी मत बना कि काव्या को एक बार सायकिएट्रिस को दिखाना चाहिए। लेकिन अगस्ति ने किसी की बात नहीं मानी। अगस्ति और मृदुला के बीच की खाई अधिकाधिक गहरी होने लगी।

उसका बर्ताव मृदुला के माँ-बाप को भी खटकता था। लेकिन अगस्ति अपने ढंग से काफ़ी स्नेहिल था। मृदुला के पिता से तो वह अत्यन्त आत्मीयता से पेश आता था। जब कभी वह अपने हाथों से चिकन की कोई नई डिश बनाता, उनके लिए स्वयं ले जाता। वह अपने लिए ऐसा ही पिता चाहता था और यह उसकी उसी भावना की अभिव्यक्ति थी। मृदुला से चाहे उसकी जितनी नाराजगी हो और उसमें पागलपन हो, लेकिन उसमें हिंसा नहीं थी। मृदुला के माता-पिता को उसकी घुटन दिखाई दे रही थी। इसी कारण उन्होंने कभी उससे अलग होने का विषय नहीं छेड़ा था। इसके पीछे शायद यह भाव भी था कि हमारा पक्ष भी कुछ मात्रा में कमज़ोर है। नतीजतन काव्या के जन्म के चार-एक साल बाद वह रिश्ता मृदुला के लिए बड़ा बोझिल बन गया।

काव्या के जन्म से कुछ दिन पहले ही मृदुला की माँ का कैंसर पता चला, जिससे वह ऊबर ही नहीं पाई। कैंसर लीवर में पहुँच गया और दो सालों में ही उसका निधन हो गया। मृदुला के पिता भावनात्मक दृष्टि से पूरी तरह अपनी पत्नी पर निर्भर थे। पुरुष कई बार, सुभीते से कहिए या आनुवांशिक तौर पर, ऐसे ही होते हैं। इसलिए वे पस्त हो गए। मृदुला को डॉ. नाडकर्णी के अलावा और किसी का सहारा नहीं रहा। जिस तरह मृदुला की माँ के एक चित्रकार के साथ रिश्ते की चर्चा थी, उसी तरह धीरे-धीरे इन दोनों के रिश्ते की चर्चा भी आसपास के दायरे में होने लगी। यह चर्चा अगस्ति के कानों तक नहीं गई थी। पति के कानों तक ऐसी बातें वह हमेशा देर से ही जाती है। लेकिन उसकी माँ के कानों पर चली गई थी।

ऐसा नहीं है कि काव्या से अगस्ति को प्यार नहीं था, लेकिन उसके प्यार करने का ढंग ही निराला था। वह उसे चाहे जितनी देर गोदी में लेने को तैयार होता था, लेकिन नन्ही काव्या की लाड़ से भरी चुम्मी लेना उससे सहा नहीं जाता था। उसका शी, शू साफ़ करने में उसे कोई परेशानी नहीं थी, लेकिन उसे कहानी सुनाकर सुलाने का मामला उसकी सहनशीलता से परे था। उसका अचानक रोना भी उससे सहा नहीं जाता था, लेकिन ज़िन्दगी में कभी उसने उस पर हाथ नहीं उठाया। यही नहीं, अन्य किसी के द्वारा उस पर हाथ उठाना भी उसे अच्छा नहीं लगता था। इसके पीछे यक़ीनन उसके पिता की यादें जुड़ी रही होंगी। थोड़ी बड़ी होने के बाद तो बाप और बेटी, दोनों एक साथ ज़िद पर उतर आते। तब कई कठिन प्रसंग उभर उठते। बाप की पीठ पर सवार होकर घोड़ा-घोड़ा खेलना काव्या को अच्छा लगता था लेकिन अगस्ति को यह पसन्द नहीं था। एक बार उसने बहुत ज़िद की लेकिन अगस्ति ने बात नहीं मानी। काव्या ने छत की तरफ़ देखते हुए सिर धुनना शुरू किया। अगस्ति बोला, "कुछ नहीं होता। धुनने दे। वह जान गई है कि उसके ऐसा करने से हम उसकी बात मान लेते हैं। इसीलिए वह हमें एक्सप्लॉइट कर रही है। नहीं, नहीं...कुछ नहीं...करने दे। रुक जाएगी थोड़ी देर में...मैं भी करता था बचपन में, जब पिताजी मुझे पीटते थे। अब करता हूँ क्या? रुक गया, मेरा रुक गया अपने आप। और इससे कुछ बिगड़ा मेरा? नहीं, नहीं...बिलकुल नहीं...कोई उसकी लल्लो-चप्पो नहीं करेगा।"

लेकिन काव्या का शान्त होना तो दूर, बल्कि लगा, कहीं उसकी साँस तो नहीं घुट रही है! मृदुला भी डर गई, इसलिए उस दिन अगस्ति ने घोड़ा बनना स्वीकार कर लिया, लेकिन कई बार अपनी नाराज़गी जताने के बाद। इस तरह उनकी पारिवारिक ज़िन्दगी कुछ-कुछ आधुनिक भारत के किसी भी उच्च मध्यवर्गीय परिवार की तरह, या ज़रा-सा अलग कुछ समय तक चलती रही।

नर्सबेन

गुजरात में हुए दंगों के दौरान अहमदाबाद, ख़ास कर नरोदा पाटिया में मुसलमानों का जो बड़े पैमाने पर क़त्लेआम हुआ, मुसलमान स्त्रियों का बलात्कार किया गया; उसके दो दिन बाद यानी 2 मार्च, 2002 को फेसबुक के संस्थापक महाशय जुकरबर्ग को लगा कि उन्होंने 'इस किस्म की' दुनिया को क़रीब ला दिया है। लेकिन हमारे उपन्यास के दो पात्रों, सत्यकाम और अगस्ति को लगता है कि असल में उसने दुनिया को एक-दूसरे से अलग कर दिया है और उसको सौंपी गई जानकारियाँ सुरक्षित नहीं हैं। सन् 2018 में दुनिया को लगने लगा कि प्राइवेसी नामक जिस आधुनिक प्रकरण का शुरू में ही उल्लेख किया है, उसका उल्लंघन हो रहा है। लेकिन जिस फेसबुक के बिना दुनिया जी नहीं सकती, उसके लांच होने के दो साल पहले, सुबह-सुबह अहमदाबाद से पुणे आई एक रेलगाड़ी से उतरती हुई भीड़ के रेले के साथ तीस की उम्र की एक स्त्री लगभग बाहर फेंकी गई। उसके चेहरे पर, बदन पर और कपड़ों पर ऐसे धब्बे थे कि वह दिखने में कैसी थी, यह जानना कठिन था। यह भी समझना मुश्किल था कि वे धब्बे कैसे थे और उनमें ख़ून कितना था। वह स्त्री गुजराती साड़ी पहने हुई थी। उसके माथे पर सिन्दूर नहीं था। हाथ में, गले में कोई गहना नहीं था। एक पैर में, टखने के पास एक पतली-सी पैंजनी थी। दूसरे पैर की पैंजनी कहीं गिर चुकी थी जिसका उसे होश नहीं था। दरअसल, उसे किसी बात का होश नहीं था। डिब्बे से बाहर फेंकी जाने के कारण उसे फिर एक बार तुरन्त छिपने के लिए कोई जगह चाहिए थी। लेकिन यह गाड़ी का आख़िरी पड़ाव था इसलिए जिन्हें भयानक जल्दी नहीं थी, जल्दी न होने के बावजूद जो आगे घुसने का मोह छोड़ने में असमर्थ थे और जल्दबाज़ी के बावजूद शारीरिक बीमारी या बढ़ती उम्र के चलते जो उतर नहीं पाए थे,

ऐसे कई लोग काफ़ी देर तक गाड़ी से धीरे-धीरे उतरते रहे। फेंकी गई स्त्री गर्दन झुकाए इधर-उधर देखती हुई प्लेटफ़ार्म पर छिपने के लिए कोई सुरक्षित जगह ढूँढ़ रही थी। लेकिन वैसी जगह उसे नज़र नहीं आ रही थी और वह दरवाज़े से दूर भी नहीं हो रही थी। इसलिए उतरने वाले यात्रियों और कुलियों के पैर उससे टकरा रहे थे और गालियाँ भी पड़ रही थीं। आख़िरकार सारे यात्री उतरकर चले गए और वह जल्दबाज़ी में दुबारा डिब्बे में चढ़ गई। शायद छिपने के लिए यही एक जगह उसे नज़र आई थी।

प्लेटफॉर्म पर यूनिफॉर्म पहने, हाथ में लाठी लिए खड़ा एक पुलिस वाला उसे निहार रहा था। जब काफ़ी देर बाद भी वह बाहर नहीं आई, तब उसके भीतर अलग-अलग, यानी पुलिस-पेशे से सम्बन्धित, आधुनिक मनुष्य की उत्सुकता मात्र से उत्पन्न और सदा-सर्वदा जागृत यौन-भूख से पीड़ित मर्द वाली अनेक उत्सुकताएँ जागृत हुईं। उसने आगे बढ़कर डिब्बे में झाँका तो टॉयलेट के बगल में, दूसरे तरफ़ के दरवाज़े के पास, वह स्त्री देह की गठरी बनाए लेटी हुई नज़र आई। उसने अपने हाथ की लाठी से कोंचकर उसे जगाया। वह भयानक चौंककर उठ बैठी और थर-थर काँपने लगी। उसे दायाँ कन्धा उचकाने और उसी समय झटके से ठोड़ी और ओंठ उसकी तरफ़ मोड़ने की आदत होगी, क्योंकि उसने बार-बार ऐसा किया और पल्लू को और ज़्यादा खींचकर सिर से पैर तक अपनी देह को उसमें समेटकर ढकने का जी-तोड़ प्रयास करने लगी। उसकी साड़ी कई जगहों पर फटी हुई थी इसलिए उसके कुछ अंग बाहर झाँक रहे थे। एक को ढकती तो दूसरा अनावृत्त हो जाता। इस बीच उसे लाठी से कोंचता हुआ पुलिस हवलदार उसकी तरफ़ उत्सुकता से देख रहा था, अब उसमें ऊपर उल्लिखित उत्सुकताओं में से आख़री यानी केवल एक मर्द वाली उत्सुकता बची थी और उसकी इस उत्सुकता के खुलेआम प्रदर्शन के पीछे पुलिसिया पेशे से आया उसका आत्मविश्वास था। स्त्री गदरायी-सी लग रही थी, इसलिए उसकी उत्सुकता और ज़्यादा बढ़ गई। वैसे वह स्त्री अत्यन्त ग़रीब और बेसहारा लग रही थी। उसके गले में मंगलसूत्र और माथे पर सिन्दूर या गोदने का निशान भी नहीं था इसलिए मुसलमान लग रही थी। इन सारी बातों से कुल मिलाकर हवलदार का आत्मविश्वास और ज़्यादा बढ़ गया। वह उसे हाथ से पकड़कर खींचता हुआ प्लेटफ़ार्म पर ले आया और गाड़ी के दरवाज़े से दूर,

प्लेटफ़ार्म के एक फ़ोन-बूथ में बने आधे-अधूरे आड़ की तरफ़ ले गया। उसका हाथ छोड़ते ही वह उसके पैरों के पास ढह गई। साफ़ था कि उसकी देह में ज़्यादा ताक़त नहीं थी। प्लेटफ़ार्म की भीड़ भी तब तक काफ़ी छँट चुकी थी।

उसने उस पर एक के बाद एक सवालों की झड़ी लगा दी और लाठी से कोंचता हुआ उसे खड़ा होने का इशारा करने लगा। लेकिन या तो वह समझ नहीं पा रही थी या उसमें खड़े होने की ताक़त नहीं थी। हवलदार बार-बार उससे यही सवाल पूछा था, "कौन है री तू? आँ? कहाँ से आई है? आँ? कुलटा?...माँ की जनी, जवाब क्यों नहीं देती रे तू? आँ...ए रंडी? ए? अरे... कितनी बार पूछूँगा? मराठी नहीं आती? उर्दू आती है उर्दू, आँ? उधर माँ चुद जाने के बाद बराबर आ गए न तुम लोग इधर...आँ? यहाँ भी उछलकर मारता हूँ तुम्हारी। माँ के जने...पाकिस्तानी साले!" फिर उसको हाथ पकड़कर उसने खड़ा किया और उसे निहारा। स्त्री साँवली थी। उसकी नाक, आँखें ठीक जगह पर थीं, कभी उसने आँखों में सुरमा लगाया होगा, जिसके चिह्न उसकी आँखों से बाहर झाँक रहे थे और कुछ आँखों में भी थे। साफ़ था कि वह स्त्री मुसलमान थी। उसकी आँखों में, समूचे अंग-अंग में डर समाया हुआ था। अब हवलदार ने वही सवाल टूटी-फूटी हिन्दी में पूछने शुरू किये, "कौन है तू?...आँ? कहाँ से आया तुम?...चल पुलिस थाने पर फिर दिखाता हूँ तुमको पूना क्या होता है...या लेके जाऊँ बजरंग दल के ऑफ़िस में? आँ?...उधर बराबर...मारी गई न!" वह बोल ही रहा था कि स्त्री दोबारा भरभराकर उसके क़दमों के पास ढह गई। उसने परेशान होकर उसके कूल्हे पर एक प्रहार किया और उसे दोबारा उसे उठाने लगा। लेकिन तभी दूसरी तरफ़ से एक स्त्री की अधिकार से भरी दबंग आवाज़ सुनाई दी, "क्या हो रहा है? कौन है ये?"

हवलदार ने झटके से पीछे मुड़कर देखा। उसके बिलकुल पीछे एक तीस की उम्र की सलवार-क़मीज़ पहनी स्त्री तनकर खड़ी थी और उसके पीछे एक बूढ़ा आदमी व्हीलचेयर पर बैठा हुआ था। शायद वह उसका दादा रहा होगा। बढ़ी हुई सफ़ेद दाढ़ी, मुसलमानी ढंग से कटी हुई। इन लोगों को देखने पर भी हवलदार का स्वर नरम नहीं हुआ। वह उतनी ही उद्दंडता से लेकिन ज़रा कम आक्रामकता से बोला, "ओ बाई, आप बढ़ो आगे...चलो...अपना रास्ता नापो। पुलिस को अपनी ड्यूटी करने दो।"

इस पर वह स्त्री बोली, "ये ड्यूटी चल रही है तुम्हारी? मुझे सिखा रहे हो?" और अपनी जेब से उसने अपना पहचान-पत्र निकाला। वह महाराष्ट्र पुलिस की कर्मचारी थी और बतौर पुलिस इंस्पेक्टर नासिक में नियुक्त थी। उसका नाम था इमराना अख़्तर। यह देखकर हवलदार की अकड़ कुछ ढीली हो गई, लेकिन पूरी तरह से बदली नहीं। उसने उसे सलाम ठोंका और बोला, "मैं हवलदार थोरात हूँ मैडम। ये कौन है, कुछ नहीं बता रही। मैडम, अभी अहमदाबाद की गाड़ी से आई है। कुछ बोल ही नहीं रही है...नाम-धाम कुछ भी नहीं...सौ बार पूछा...पागल लग रही है...।"

इमराना ने पीछे बैठे अपने दादाजी की तरफ़ देखा और बोली, "अब्बू, देखा आपने...अहमदाबाद से आई है। दो दिन से हम जो सुन रहे हैं, पढ़ रहे हैं, उसका सबूत है ये कि वो सब सच था...।"

दादाजी माथे को हाथ लगाए कुछ पल खोए-खोए से रहे। फिर दुआ माँगने की तरह हाथ जोड़ते हुए बोले, "या अल्लाह। पचपन बरस पहले...ऐसी औरतें और मरदों से भरी हुई गाड़ियाँ गईं इधर से उधर और उधर से इधर... कुछ तो लाशों से भरी हुईं...कोई फ़र्क़ नहीं आया इतने सालों में? ...कुछ तो करना पड़ेगा इसके लिए बेटी...बाद में जाएँगे हम अस्पताल।"

इमराना ने अपनी थैली से पानी की बोतल निकाली। फिर उस ज़मीन पर आधी-सी कोहनी पर टिकी बैठी उस स्त्री को ठीक से बिठाया और उसके बगल में उकड़ूँ बैठकर उसे पानी की बोतल दी। स्त्री ने इमराना और पीछे दादाजी की ओर देखा। उसका थोड़ा-सा धीरज बन्धा होगा। उसने काँपते हाथों से बोतल ली और पानी पीने लगी। लेकिन जैसे ही उसने पहला घूँट लिया, उस पर उल्टी का दौरा पड़ने जैसा हुआ। पानी भीतर जा ही नहीं रहा था। शायद वह अनेक घंटों बाद पानी पी रही थी। दादाजी पीछे से बोले, "आराम से बेटी...आराम से।" फिर उसने आराम से दूसरा घूँट लिया, फिर पूरी बोतल ख़त्म की।

इमराना ने उससे पूछा, "कौन हो तुम?"

वह लगभग सुनाई न देने वाली अस्पष्ट आवाज़ में बोली, "औरत।"

इमराना ने कुछ न समझकर फिर से पूछा, "कौन?"

वह दोबारा बोली, "औरत छूँ।"

इमराना ने गर्दन हिलाते हुए पूछा, "वो तो मैं समझ गई। वो तो दिखाई दे ही रहा है। लेकिन कौन हो?"

वह बोली, "मुसलमान।"

"अच्छा...वो भी पहचानना मुश्किल नहीं है बहन...लेकिन कौन हो? कुछ नाम, कुछ...।"

इस पर वह बोली, "हूँ घाँची तेली छूँ।"

"कौन?"

"घाँची तेली।"

इमराना सोच में पड़ गई। उसके माथे पर रेखाएँ उभरी देखकर उसका दादा बोला, "घाँची तेली बेटा, घाँची तेली...जाति है उसकी।"

लेकिन चुप न रहकर थोरात हवलदार बोला, "झूठ बोल रही है वो... अजी घाँची तेली जाति हिन्दू लोगों में होती है, वो गुजरात से आई है और ग़ुजरात के मुख्यमंत्री मोदी साहब की ही जाति बता रही है...परसो ही पेपर में छपा था उनका बचपन से लेकर सारा परिचय...अजी मैडम, मैं देखता हूँ न इसका क्या करना है, आँ?"

दादाजी बोले, "सही है, लेकिन मुसलमानों में भी होती है वो जाति...हमारे यहाँ महाराष्ट्र में भी होते हैं तेली मुसलमान...तुम्हारी पीढ़ी नहीं समझेगी कुछ बातें...आख़िरकार एक ही हैं हम। बुरी प्रथाओं में हिन्दुओं से पीछे क्यों रहेंगे हम भी?...लेकिन फिर भी ऐसे लोग और आ रहे रेलगाड़ियों से।"

हवलदार थोरात चिढ़कर कुछ बोलने जा रहा था, पर इमराना की तरफ़ देखकर उसने अपने आप को रोका। उसने जलती हुई आँखों से बूढ़े की तरफ़ देखा। वह कुछ बोलता, तभी इमराना ने दुबारा उस स्त्री से पूछा, "हाँ, पर कुछ नाम, कुछ पता? क्या करती हो तुम? आदमी क्या करता है तुम्हारा?"

स्त्री ने जवाब दिया, "मुसलमान...औरत...तेली।"

दो-तीन बार यही सवाल अलग-अलग ढंग से पूछने के बाद भी वह यही कहती रही, "मुसलमान...औरत...घाँची तेली।" लिंग, धर्म, जाति—बस!

यह उपन्यास है इसलिए हम समय से थोड़ा आगे बढ़ने की छूट ले सकते हैं। ऐसा करने से इस जवाब का और ज़्यादा महत्त्व हमारे ध्यान में आएगा। मैं यहीं बताना चाहता हूँ कि हमारे उपन्यास के मर्मस्थल में जिस

साल 2018 के, यानी इस संवाद वाले दिन के सोलह साल बाद की घटनाओं तक, वह स्त्री अपने बारे में बस यही बता पा रही थी "मुसलमान...औरत... तेली।" इसके अलावा वह गुजराती थी। उसकी ज़िन्दगी में ऐसा कुछ हुआ था, जिसके कारण बस ये ही तीन पहचानें उसके पास बची थीं। आधुनिकता और वैश्वीकरण ने मनुष्य के बारे में यह सम्भावना उत्पन्न की थी कि एक ही समय में उसकी अनेक पहचानें हो सकती हैं। मसलन, मनुष्य एक साथ जन्म से पुरुष, भारतीय, मराठी लेकिन लन्दन निवासी, हिन्दू, ब्राह्मण लेकिन नाइज़ीरियन इसाई होमोसेक्शुअल पार्टनर वाला, आई.ए.एस. अधिकारी का लड़का, आर्किटेक्ट, नाटकों में दिलचस्पी रखने वाला, मराठी लेखक व. पु. काले की किताबों का मुरीद, फिज़िकल कंजरवेटिव, फिर भी राजनीतिक दृष्टि से मोदी-समर्थक, स्त्रीवादी, साईंभक्त, पुरानी घड़ियाँ जमा करने का शौक़ीन, डोमिनोज़ पिज़्ज़े का मुरीद, पाश्चात्य शास्त्रीय संगीत का प्रशंसक, मोटरसाइकिलों का शौक़ीन, जिसका पार्टनर व्यवसाय से दुकानदार है, आदि-आदि हो सकता है। लेकिन उस स्त्री की ज़िन्दगी में कुछ भीषण घटित हुआ था, जिसके कारण अनेक पहचानों में से उसे बस तीन ही याद थीं, या तीन ही अहम लग रही थीं। आधुनिकता के नये चरण में, पोस्ट-ट्रूथ के शुरुआती चरण में ऐसा होना स्वाभाविक ही है। मनुष्य की पहचानें सिकुड़कर साल 2018 तक फिर एक बार मुसलमान, हिन्दू, अमेरिकी, चीनी, पुरुष, स्त्री बनने लगी है। लेकिन भारत में इस प्रक्रिया की ज़ोरदार शुरुआत सन् 2002 में हुई थी, बस। हालाँकि असली शुरूआत 1984 में ही हो गई थी, फिर भी उसमें अन्तर था। लेकिन यह कहा जा सकता है कि सन् 2018 तक यह अन्तर दुबारा मिट गया था। इस स्त्री की ज़िन्दगी में भी दोबारा ऐसे प्रश्न आने वाले थे, लेकिन हम बाद में देखेंगे।

लेकिन उस समय इन जवाबों से इमराना चकरायी थी। वह पहले से जल्दी में थी। वह अपने दादाजी को एक स्पेशलिस्ट डॉक्टर के पास ले जाने के लिए आई थी। छह-छह महीने उस डॉक्टर की अपॉइंटमेंट नहीं मिलती। इसलिए आज उसे टालना सम्भव नहीं था।

दादाजी बोले, "बेटा, इन्हें ऐसे छोड़कर नहीं जा सकते...तुम्हारे पुलिस में जाने पर कितना फख़्र हुआ था हमें। अब ऐसी औरतों को छोड़कर चले जाएँगे तो...अल्लाह भी माफ नहीं करेगा बेटी..."

दूसरी तरफ़, "मैं देखता हूँ सब...चाहें तो आप भी चलिए, साहब से मिलिए, उन्हें भी अच्छा लगेगा आपसे मिलकर...जोशी नाम है उनका...मैं ले जाता हूँ इसे चौकी पर..." यह सब कहता हुआ हवलदार पीछे पड़ गया था। लेकिन उस स्त्री को हवलदार के भरोसे छोड़कर जाने से इमराना को डर लग रहा था। उसका अनुमान था कि उसके साहब से मिलकर भी शायद कुछ लाभ नहीं होगा। वह अपने ज्युरिडिक्शन से बाहर थी और पुलिस प्रोटोकॉल का एहसास भी उसे था। रेलवे पुलिस और आम पुलिस में ज़िम्मेदारी एक-दूसरे पर धकेलने के लिए अक्सर झगड़े हुए करते हैं। इसलिए यहाँ यह ज़िम्मेदारी अपने ऊपर लेकर अलग ही मामले में फँसने को वह तैयार नहीं थी।

वह दादाजी से बोली, "अब्बू, आपकी बात सही है, लेकिन यह मेरे ज्युरिडिक्शन में नहीं आता...क़ानून हाथ में नहीं ले सकते...आप भी तो सरकार में काम करते थे, पुलिस में नहीं थे तो क्या हुआ!"

इस बीच वह स्त्री जैसे-तैसे उसके पास खड़ी हो गई। उसके हाथ में अब पानी की खाली बोतल थी। दादाजी इमराना से कुछ कहते, तब तक वह स्त्री ज़मीन पर ढह गई। दादाजी समझ रहे थे कि इमराना की बातों में दम है, लेकिन अब कुछ-न-कुछ करना ज़रूरी था। उधर हवलदार थोरात तकाज़ा कर रहा था कि वह ही उसे ले जाएगा। अब उसका बर्ताव ऐसा था, मानो उसकी अन्य उत्सुकताओं की तरह इस स्त्री को ले जाना भी उसकी इज्जत का सवाल हो।

दादाजी को इसमें एक रास्ता नज़र आया। वे इमराना से बोले, "एक चीज़ हो सकती है बेटी। यहाँ की एक दरगाह मैं जानता हूँ। जब मैं नौकरी में था, तब आया था यहाँ किसी काम से। तब दरगाह देखने के लिए भी गया था। शेख सल्लो दरगाह कहते हैं उसे। इसे वहाँ ले चलेंगे। दरगाह में मुसलमान को आसरा न मिले, ऐसा नहीं होगा। कुछ दिन के लिए तो पनाह मिल ही जाएगी। फिर इसके जात वाले देखेंगे...कोई न कोई तो होगा यहाँ भी घाँची तेली...वो दरगाह वाले देख लेंगे..."

इस पर हवालदार थोरात कुछ आक्रामक होता हुआ बोला, "ऐसे कैसे हो सकता है...? इसे पुलिस थाने ही ले जाना पड़ेगा...मैडम, मैं आपसे कैसे कहूँ...लेकिन प्रोसीजर के हिसाब से...किसी को भी थाने में ही..."

इमराना ने अब आला पुलिस अधिकारी की आवाज़ में कहा, "हवालदार, क्या चल रहा है यहाँ? गुनहगार को चौकी पर ले जाना ठीक है, लेकिन इसका गुनाह क्या है? क्या किया है इसने? पाकिट मारा है या ख़ून किया है?... जानती हूँ तुम किसलिए इसे चौकी पर ले जाना चाहते हो...और बाद में कहाँ ले जाओगे, वो भी। मैं इसे यहाँ से ले जा रही हूँ। आपके साहब से मैं बाद में बात कर लूँगी...रोकने की हिम्मत हो तो रोको—"

उसने उस स्त्री को कन्धे से पकड़कर उठाया, लेकिन उसे मदद की ज़रूरत थी। दादाजी भी व्हिल चेयर में थे। इसलिए उन्हें भी धकेलते हुए ले जाना ज़रूरी था। साथ में सामान भी था। फिर टैक्सी पकड़नी थी। इसलिए किसी न किसी की मदद की ज़रूरत थी। हवलदार की मदद उसे नहीं चाहिए थी। उसे यह कल्पना भी सही नहीं जा रही थी कि वह हवलदार उस स्त्री के शरीर को हाथ लगाए। इमराना ने इधर-उधर देखा। तब तक दो-चार लोग और काम न मिले कुलियों की भीड़ जमा हो ही गई। कुछ को दो पुलिस वालों का झगड़ा देखकर मज़ा आ रहा था और कुछ को उस स्त्री के लिए सचमुच सहानुभूति लग रही थी। इमराना ने भीड़ की तरफ़ देखा। हालाँकि सहानुभूति है इसलिए कोई भी मदद के लिए आगे बढ़ने वाला नहीं था। आख़िरकार यह एक महानगर था और पुणे जैसा आधुनिक व्यावसायिकों से भरा महानगर, और सवाल 2002 के अहमदाबाद दंगे से आई एक स्त्री का था। इसलिए कोई ख़ुद सामने आएगा, ऐसी सम्भावना नहीं थी। बल्कि यह मामला हल होता हुआ देखकर भीड़ बिखरने लगी थी। लेकिन उनमें भी एक कुली कुछ अधिक संवेदनशील लग रहा था। इमराना ने अधिकारी की आवाज़ में उसे पास बुलाया। वह आगे आया। उसने अपने एक साथी को भी बुलाया। उन दोनों की मदद से इमराना ने वह स्त्री, दादाजी, व्हिल चेयर और सामान सब कुछ एक टैक्सी में लादा। शायद टैक्सी वाला और कुली एक-दूसरे को जानते थे। क्योंकि कुली उसके कानों में बुदबुदाया, "शायद पुलिस की बड़ी अफ़सर है- देखना।" इसलिए उसने भी धैर्यपूर्वक यह समय खाने वाली औपचारिकता पूरी की।

टैक्सी में बैठने के बाद इमराना ने दादाजी से पूछा, "कौन-सा दरगाह कहा आपने अब्बू?"

अब दादाजी को दरगाह का नाम याद नहीं आ रहा था। आगे-पीछे भीड़ और हॉर्न के शोरगुल के बीच दो पल मनुष्य को हड़बड़ा देने के लिए पर्याप्त थे। टैक्सी वाला कुछ परेशान-सा हुआ। अब तक वह समझ चुका था कि उसकी टैक्सी में बैठी हुई सवारियाँ मुसलमान हैं और उसमें से एक स्त्री खुलेआम अत्याचार का शिकार हुई है। वह सावधान हो गया था। उसकी बेचैनी भाँपकर इमराना बोली, "आप गाड़ी आगे बढ़ाइए। अगले चौक तक बताती हूँ पता।"

लेकिन दादाजी को नाम ही याद नहीं आ रहा था। अब क्या करें? इमराना भी पसोपेश में पड़ गई। अब थोरात हवलदार के पास लौटना भी सम्भव नहीं था। वह कुछ बेचैन-सी होती हुई बोली, "अब्बू...नाम?"

लेकिन बूढ़ा तो ब्लैंक हो गया था। लेकिन अचानक उसका चेहरा खिल उठा और वह बोला, "शेख सल्लो...शेख सल्लो दरगाह!"

इमराना ने नि:श्वास छोड़ते हुए ड्राइवर को सम्बोधित किया, "शेख सल्लो दरगाह...पहले उधर चलो...फिर दीनानाथ मंगेशकर अस्पताल.. और भैया, जल्दी करो। डॉक्टर की अपॉइंटमेंट है ग्यारह बजे।" और अपने पति को यह बताने के लिए कि वे पुणे पहुँचे चुके हैं, उसने पर्स से अपना मोबाइल बाहर निकाला। गाड़ी पहले ही लेट आई थी। उसे जैसे-तैसे छुट्टी मिली थी। कभी भी उसका तबादला हो सकता था और नक्सली एरिया में होने की सम्भावना थी। इसलिए उसका पति परेशान था। तबादले की जगह बदलना ज़रूरी था और इसके लिए यहाँ से लौटते ही कुछ-न-कुछ हाथ-पैर मारने की ज़रूरत थी। शायद मुम्बई जाकर जात-जमात गोटियाँ बिठाने की भी कोशिश करनी थी। उसकी बेटी के इम्तिहान सिर पर थे। उस दिन शायद कामवाली बाई काम पर नहीं आने वाली थी। वैसे पति मदद करता है, लेकिन उसकी भरपाई भी कहीं न कहीं करनी पड़ती थी। दादाजी की बीमारी भी आसान नहीं लग रही थी। ऊपर से यह स्त्री मिल गई थी। परेशानियाँ-ही-परेशानियाँ! वह अचानक बोझिल-सी हो उठी। उसने मोबाइल निकाला। तीन मिस्ड कॉल आ चुके थे, उनमें से एक साहब का था। कुछ पल के लिए वह सोच में पड़ गई कि सबसे पहले किससे भिड़े। लेकिन पहले पति से बात करने का निश्चय कर उसने नम्बर लगाया।

यह सब उसके दिमाग़ में एक पल में कौंध गया। तभी ड्राइवर ने पूछा, "छोटा या बड़ा?"

इमराना उसका मतलब नहीं समझी। उसने परेशान होकर पूछा, "क्या?"

अब परेशान होने की बारी ड्राइवर की थी। उसके पीछे भी झंझट कम नहीं थे। एक दिन पहले ही उसकी लड़की घर से चली गई थी और वह भी ताल ठोंककर, एक मुसलमान के साथ। उसकी बीवी धसक गई थी। भीड़ में अपनी पुरानी गाड़ी में ब्रेक लगा-लगाकर उसका दायाँ घुटना बेकार होने को आया था और ब्रेक लगाते ही हर बार एक हल्की-सी टीस उसके दिमाग़ की तरफ़ उठती जाती थी। कल ही उसकी यूनियन ने उन्हें हाईकोर्ट से आया फ़रमान दिखाया था कि अब पुरानी गाड़ियाँ शहर में नहीं चला सकेंगे। वह चिन्ता में था कि अब पेट के लिए क्या करें। पीछे से स्कूटर पर कुछ लड़के ज़ोर-ज़ोर से हॉर्न बजाते हुए आगे जाने की ज़िद पर अड़े थे, और इन कटुवा लोगों को पता भी ठीक से मालूम नहीं था! ऊपर से ये औरत ठहरी पुलिसवाली, चिल्ला भी नहीं सकते। स्त्री, पुलिस और मुसलमान, इन तीन पहचानों से वह एक साथ भिड़ ही नहीं पा रहा था इसलिए झुँझला उठा था। फिर भी अपने ज़ज़्बातों पर और आवाज़ पर कुछ-कुछ काबू करता हुआ वह बोला, "अरे बहनजी, दो दरगाह हैं न...शेख सल्लो के...छोटा और बड़ा...उनमें से कहाँ जाना है आपको?"

इमराना और ज़्यादा फ्रस्टेट हुई। उसने बस दादाजी की तरफ़ देखा। उन्हें तो बस नाम ही जैसे-तैसे याद था। फिर उन्होंने बिना बहुत ज़्यादा सोचे कह दिया, "बड़ा...बड़ा शेख सल्लो दरगाह!" और ड्राइवर ने बड़ा निःश्वास छोड़ते हुए गाड़ी उधर मोड़ी।

दरगाह पुणे के पुराने इलाक़े में यानी कसबा पेठ में था। शहर का यह हिस्सा यानी पुराने दौर में दंगों के लिए अत्यन्त उर्वर इलाक़ा। उसकी तरफ़ जाने वाला रास्ता पहले से सँकरा था, ऊपर से सुबह दस बजे की भयानक भीड़ और दरगाह मुख्य सड़क से भीतर एक छोटी-सी गली में था इसलिए वहाँ तक टैक्सी पहुँचने में बहुत सारा झंझट था। सभी बहुत परेशान हुए। लेकिन आख़िरकार दरगाह आ गया। बाहर पार्किंग के लिए जगह न होने के कारण ड्राइवर ने 'जल्दी उतरिए' की विनतीनुमा धमकी दी। इमराना उस स्त्री को लेकर उतरी। उसे सहारा देती हुई भीतर ले गई। कूचे के दाईं ओर टीन-शेड के नीचे हरे रंग की तख़्ती लगी थी जिस पर मुखर अक्षरों में लिखा था—

गार्डन ऑफ़ ईडन उर्फ़ साईं सोसायटी

हजरत ख़्वाजा शेख सलाहुद्दीन दरगाह
सिद्दिकी चिश्ती निजामी अलगारी रहे!
कसबा पेठ मुस्लिम जमात
मौलाना अबुल क़लाम आज़ाद फ्रेंड्स सर्कल

तख़्ती की अन्तिम पंक्ति में 'मौलाना अबुल' से पहले और थोड़ा-सा ऊपर, छोटे अक्षरों में 'भारत रत्न' लिखा गया था। शायद यह बाद में जोड़ा गया था। दायीं ओर 'हजरत सैयद शमसुद्दीन कादरी रहे' लिखा था। उसके आगे '512वाँ उर्स मुबारक' और नीचे मोहसिन चिश्ती के कव्वाली के कार्यक्रम की और अनेक मेहमानों के नामों की सूची के साथ विज्ञापन का बोर्ड भी लगा हुआ था। इस कार्यक्रम के निमंत्रक उस दरगाह के प्रमुख मुज़ावर अब्बास भाई सैयद थे। वहाँ और भी कई तख़्तियाँ थीं। उनमें एक खिड़की के नीचे यह बोर्ड था, 'आदमी हो या औरत, मैयत का पूरा सामान मिलेगा, 24 घंटे खुला।' और नीचे उस व्यक्ति का फ़ोन नम्बर भी दिया हुआ था। दरगाह के फाटक के छोटे दरवाज़े के पास एक सफ़ेद छोटी-सी मीनार थी। लेकिन प्रवेशद्वार बिलकुल सँकरा था और उसकी दायीं ओर बांग देने वाले आदमी, बांगी का रहने का कमरा था। दरवाज़े के बाहर साठ साल की उम्र का एक आदमी बैठा था। वह जिस ढंग से बैठा था, उससे इमराना को लगा, शायद वही बांगी हो। सचमुच वह बांगी ही था। इमराना के साथ वाली स्त्री की दशा, उसकी गुजराती ढंग की फी साड़ी को देखते हुए बांगी सब कुछ समझ गया। वह तुरन्त उठा और उसकी मदद से इमराना उस स्त्री को दरगाह में ले आई। बाहर से काफ़ी भीड़-धचक्के वाली जगह होने के बावजूद, दरगाह भीतर से काफ़ी बड़ा था। दरवाज़े के पास वाले नल पर वजू कर तीनों भीतर गए। भीतर कई लोग थे, फिर भी ग़ज़ब की ख़ामोशी थी। दाहिनी ओर सलाहुद्दीन पीर की कब्र थी। उस पर काफ़ी कलाकारी की चादर बिछाई हुई थी और सामने उदी जल रही थी। ऊपर वाली छतरी की कगार पर लिखा हुआ था, अल्लाहुम मुफ़्तहली आब्बाब रहमतिक—या अल्लाह, मेरे लिए अपनी रहमत के दरवाज़े खोल दे। इमराना को लगा, कम-से-कम उस स्त्री के लिए तो यह बहुत ज़रूरी है। अल्लाह की बात छोड़ दीजिए, दरगाह के मुज़ावर इस स्त्री को आसरा दे तो भी बहुत बड़ी बात है, वरना उस स्त्री पर भी आफ़त आती

और इमराना की भी परेशानी बढ़ जाती। दाईं ओर कब्रिस्तान था। जाली से उसके पार अनेक कब्रें और उसके इर्द-गिर्द खड़े लोग दिखाई दे रहे थे। शायद इसी कारण आज दरगाह में भीड़ ज़्यादा होगी। दरगाह भीतर से काफ़ी बड़ा था। वहाँ ग़ज़ब का सुकून पहुँचाने वाला माहौल था। फ़र्श ठंडा था। उन्होंने उस स्त्री को भीतर एक कोने में बिठाया। भीतर से देखने पर दरगाह अमीर लग रहा था। एक पल के लिए इमराना को सन्तोष हुआ। क्योंकि ऐसे में उस दरगाह के लिए एक स्त्री की देखभाल मुश्किल नहीं होगी। दूसरे पल चिन्ता भी हुई। चिन्ता का कारण कुछ जटिल था। असल में ये दरगाह यानी पीरों के मज़ार होते हैं। ये पीर सूफ़ी सम्प्रदाय के होते हैं। इसलिए यहाँ का माहौल रूढ़िवादी इस्लामिक जगहों की तुलना में अधिक उदारतावादी होता है। इसीलिए यहाँ औरतों के आने की, नमाज़ पढ़ने की अनुमति होती है। कट्टर मजहबी जगहों पर ये बातें स्वीकार नहीं थीं। लेकिन भारत में यह सब पहले के दौर में बिलकुल सामान्य और सर्वस्वीकृत था। रूढ़िवादी, पॉलिटिकल इस्लाम के उदय के बाद उन्होंने इसका विरोध करना शुरू किया। भारत में भी ऐसी हिकमतें शुरू हुईं। लेकिन अनेक दरगाह अमीर थे। उनके पास महँगी ज़मीनें थीं। बड़े-बड़े अनुयायी भी थे। इसलिए उनका ठेठ विरोध करने के बजाय कट्टरपन्थियों ने धीरे-धीरे उन पर अपनी धाक जमाना शुरू की थी। यह सब इमराना को पता था इसलिए एक पल के लिए वह चिन्तित हो गई।

वह स्त्री भी कुछ-कुछ आश्वस्त होने जैसी लगी। क्योंकि यह माहौल उसके लिए परिचित था। लेकिन हम में से बहुतों के लिए परिचित नहीं होगा, इसलिए यह मग़ज़मारी करनी ज़रूरी थी। बहरहाल, बांगी, जिसका नाम अनवर था, जल्दबाज़ी में जाकर मुज़ावर सैयद भाई को ले आया और साथ में अपनी पत्नी को भी। इमराना ने सारी हकीकत उसे बयान की। उसने उन्हें यह भी बताया कि शायद उस स्त्री पर अत्याचार हुए हैं और शायद अहमदाबाद के दंगे में हुए हैं। लेकिन वह स्त्री है कि कुछ बोल ही नहीं रही है। इमराना आगे बोली, "मैं पुलिस अफ़सर हूँ। दरअसल, जिन्होंने उस पर अत्याचार किये हैं, उनके ख़िलाफ़ शिकायत दर्ज करनी चाहिए। लेकिन आज के माहौल में उसे गुजरात भेजने का कोई मतलब नहीं है। यहाँ मेरा ज्युरिडिक्शन नहीं है। क़ानून के राज्य में ज्युरिडिक्शन का बहुत महत्त्व होता है। कोर्ट में मुक़दमा दाख़िल करना हो

तो कोर्ट को भी पहले यह देखना पड़ता है कि मैटर उसके ज्युरिडिक्शन में है। मैं ठहरी मामूली पुलिस अफ़सर...और ये तो कुछ भी बात नहीं कर रही है। इसलिए इस वक़्त मेरे सामने और कोई विकल्प नहीं है। लेकिन मेरा यह कार्ड रख लीजिए। ये जब बोलेगी, तब अगर मेरी ज़रूरत पड़ती है तो मुझे फ़ोन कीजिए। मैं यथासम्भव सारी सहायता करने की कोशिश करूँगी।

और उसने अपना विजिटिंग कार्ड देते हुए स्त्री को उनके हवाले कर दिया। सैयद भाई और अनवर ने अत्यन्त आत्मीयता से उसे स्वीकार किया, जिससे पल भर के लिए इमराना के मन में उभरी चिन्ता दूर हुई और वह जल्दबाज़ी में टैक्सी में बैठे हुए अपने बीमार दादाजी की तरफ़ चली गई।

अनवर की पत्नी उस स्त्री को लेकर अपने कमरे में गई। उसने उसे नहलाया और ज़बरदस्ती कुछ खिलाया भी। उसकी देह पर अनेक ज़ख़्म थे और बलात्कार की निशानियाँ भीं। वह जिस हालत में थी, उससे देखने वाले को यह महसूस होता कि हिन्दू हो या मुसलमान, ब्राह्मण हो या घाँची तेली, देह पर सारे बातों के परिणाम एक-से ही होते हैं। लेकिन कई बार, "तुम कौन हो आपा?" पूछने के बाद भी वह यही उत्तर दे रही थी, "औरत, मुसलमान, घाँची तेली।" न अपने बारे में कुछ और बता रही थी और न ही अपने रिश्तेदारों के बारे में। और कुछ बोलने के लिए, यहाँ तक कि कराहने के लिए भी मुँह नहीं खोलती थी। बहुत ज़्यादा कुरेदने पर एक ही जवाब, "औरत, मुसलमान, घाँची तेली।"

डॉक्टर को भी बुलाया गया। उसने अपने तरीक़े से इलाज़ किया, लेकिन वह भी चकराया। उस दिन से लगभग तीन सप्ताह तक वह बस लेटी रही। उसमें हिलने-डुलने की ताक़त ही नहीं बची थी। लेकिन बीच-बीच में जब उसे ताक़त महसूस होती, वह बस अपनी देह को धोती रहती। कई दिनों तक यही चला। कुछ दिनों बाद जब उसकी देह में कुछ ताक़त आई, तब वह उठकर अनवर की पत्नी को उसके घरेलू कामों में थोड़ी मदद करने लगी। लेकिन उनके बीच भाषा की दीवार थी। अनवर की पत्नी को उर्दू भी नहीं आती थी। वह केवल मराठी बोलती थी और यह स्त्री गुजराती और टूटी-फूटी उर्दू। कुछ दिनों बाद उसे घर से बाहर चलने का आग्रह करने पर वह काँपकर बोली, "नहीं-नहीं, डर लागे छे...मने डर लागे छे।" और घर में ही बैठी रही।

वैसे तीन-एक सप्ताह बाद उसके माहवारी आई, और उसने एक बड़ी निःश्वास छोड़ी। यानी अनवर की पत्नी को ऐसा आभास हुआ। इसके बाद वह स्त्री थोड़ी निश्चिन्त-सी हुई, लेकिन उसके बर्ताव में ज़्यादा फ़र्क़ नहीं आया। मगर अब कभी-कभी वह घर के दरवाज़े से बाहर निकलकर पड़ोस वाले दरगाह के दरवाज़े से भीतर जाकर बैठने लगी। बाहर से भी लोग, विशेष कर औरतें आकर आत्मीयता से उससे पूछताछ करने लगीं। लेकिन इसका एक ही जवाब था, "औरत, मुसलमान, घाँची तेली।"

अनवर और सैयदभाई मुज़ावर के सामने सवाल खड़ा हुआ कि अब इसका क्या करें, किससे पूछें? वह हमेशा के लिए तो वहाँ रह नहीं सकती थी। किसी न किसी को उसकी ज़िम्मेदारी लेना ज़रूरी था।

एक दिन दरगाह के सामने वाली गली में, अनवर के दरवाज़े के सामने बिलकुल रात के समय तेज़ रफ़्तार की एक गाड़ी ने एक मोटरसाइकिल सवार को टक्कर मारी और चूँकि उस समय बहुत ज़्यादा भीड़ नहीं थी, इसलिए गाड़ी वाला भाग गया। मोटरसाइकिल सवार ज़बरदस्त ज़ख़्मी हो गया था। लुंज-पुंज पड़ा हुआ था। आवाज़ें सुनकर आसपास के घरों से सारे लोग बाहर दौड़े चले आए। वह स्त्री भी दरवाज़े में आकर खड़ी हो गई। कोई पानी लाया। किसी ने एम्बुलेंस को फ़ोन किया। फिर अन्य दो-चार लोग उस सवार को उठाकर दरगाह में लाने की कोशिश करने लगे। वे उसे उठाते, तभी वह स्त्री आगे बढ़ी और चीख-पुकार करते हुए उन्हें रोकने लगी। उसकी बात किसी की समझ में नहीं आ रही थी। लेकिन वह उस नीचे पड़े हुए सवार को उठाने से जी-जान से रोक रही थी। अनवर और उसकी पत्नी चकित हुए। उसे रोकने की कोशिश करने लगे। लेकिन वे भी उसे रोक नहीं पा रहे थे और वह किसी को भी उस नीचे पड़े सवार को हाथ लगाने नहीं दे रही थी। तभी एम्बुलेंस आई। उससे डॉक्टर नीचे उतरा। उसने उस सवार की तरफ़ देखा और उसने भी सभी को उस सवार को उठाने से रोका।

वह बोला, "रुकिए...ज़रा देखिए तो सही कि ये किस स्थिति में पड़ा है...दिखाई नहीं देता आपको कि उसकी रीढ़ की हड्डी में चोट आई है? उसे उल्टा-सीधा हिलाया तो वह अपाहिज हो सकता है...ज़रा रुकिए...क़िस्मत अच्छी है उसकी जो आपने उसे बिलकुल हाथ नहीं लगाया।

फिर उसने और उसके सहायक ने स्ट्रेचर निकालकर उस सवार की गर्दन को विशिष्ट ढंग से पकड़कर उस पर रखा और ख़ास तरीक़े से उसकी गर्दन जकड़ डाली। एम्बुलेंस चली गई। लोगों ने इधर-उधर देखा, मगर वह स्त्री पहले ही चली गई थी। सभी चकित हो गए थे। इसे कैसे पता चला? वह डॉक्टर तो थी नहीं। अनवर ने उसे दोबारा पूछा, "बच्ची, कौन हो तुम? तुमने कैसे जाना कि उसे उठाना नहीं चाहिए? कुछ तो बोलो बेटी...।" उसका एक ही जवाब था, "औरत, मुसलमान, घाँची तेली।"

बाद के कुछ दिनों में दो घटनाएँ और हुईं। एक दिन देर रात एक ग़रीब परिवार अपने छोटे बच्चे को लेकर दरगाह में आया। वहाँ उन्होंने मत्था टेका और उस बच्चे की माँ फूट-फूटकर रोने लगी। उसके लड़के को तेज़ बुख़ार था, वह थरथर काँप रहा था और उसके हाथ-पैर अकड़ने लगे थे। हमेशा का डॉक्टर भी वहाँ उपलब्ध नहीं था और बड़े अस्पताल में जाने के लिए उनके पास पैसे भी नहीं थे। उस बच्चे को वे काफ़ी कपड़ों में लपेटकर लाए थे। पुराने चलन के अनुसार अनवर की पत्नी ने ओढ़ने के कुछ कपड़े लाकर उस पर डाल दिये। लेकिन उस स्त्री ने जल्दी से आकर सारे कपड़े न केवल हटाए बल्कि उस लड़के को नंगा कर ऊपर से पंखा चलाने के लिए कहा। उससे भी बात नहीं बनी तो उसने उसे अपनी गोद में लेकर गुनगुने पानी से नहलाया। पहले वाला अनुभव देखते हुए अनवर ने उस बच्चे के माँ-बाप को समझाकर स्त्री को अपने मन मुताबिक करने दिया। थोड़ी देर बाद बच्चे का बुख़ार काबू में आया। सुबह वह बोली, "डॉक्टर...पछी जल्दी डॉक्टरनू पास ले जावानू..." और उसने उन्हें डॉक्टर के पास दौड़ाया। शाम को बच्चे के माँ-बाप उसके पैर पकड़ने लगे। असल में बच्चे को बहुत ज़्यादा बुख़ार था इसलिए लड़का ससून सरकारी अस्पताल में एडमिट था। लेकिन डॉक्टर ने उनसे बताया कि ऐसा बुख़ार दिमाग़ में जाकर हमेशा के लिए कुछ भी भयानक असर कर सकता था। उसका बुख़ार उस स्त्री ने सही-सही उतारा दिया था। माँ-बाप ने बताया, "डॉक्टर ने कहा कि ऐसे समय बहुत ज़्यादा कपड़े ओढ़ाना बिलकुल ग़लत बात है। वह स्त्री ऐसा नहीं करती तो बच्चा हाथ नहीं आता। ध्यान रखना इसके आगे।"

कुछ ही दिन बाद की बात है। दरगाह में काफ़ी भीड़ होने के कारण वज़ू करने की जगह पर पानी गिर गया था। उससे पैर फिसलकर एक बूढ़ी औरत गिर पड़ी और उसके हाथ में काफ़ी चोट लगी। फ्रैक्चर हो गया था। उस समय इसी स्त्री ने एक तख़्ती लेकर उस पर उसका हाथ इस तरह बाँध दिया कि डॉक्टर के पास ले जाने के बाद डॉक्टर ने उसकी समझदारी की तारीफ़ की। उसे समाज की स्वीकृति मिलने के लिए इतना पर्याप्त था। साफ़ था कि वह डॉक्टर नहीं है, लेकिन शायद वह नर्स रही होगी। उस दरगाह के इर्द-गिर्द बड़े पैमाने पर ग़रीबों की बस्ती थी। दिन-रात लोग छोटी-मोटी बीमारियाँ लेकर उसके पास आने लगे। कुछ लोग अपनी हैसियत के हिसाब से उसे पैसे भी देने लगे। दरगाह की मैनेजिंग कमेटी, उसके सर्वेसर्वा मुज़ावर सैयद भाई और अनवर ने निर्णय लिया कि वह स्त्री अब दरगाह में ही, यानी अनवर के घर में ही रहेगी। उसे कहीं और जाने की ज़रूरत नहीं है।

वह अपना नाम नहीं बताती थी इसलिए लोग उसे 'नर्सबेन' कहने लगे। फिर कई साल बीत गए। साल 2018 आया, अनवर बूढ़ा हो गया था, उसकी बीवी भी मर चुकी थी। नर्सबेन काफ़ी कुछ मराठी बोलने लगी थी, लेकिन उसे कभी याद नहीं आया कि वह कौन है। इसलिए जब भी उससे पूछा जाता, "तुम कौन हो?" इस प्रश्न का वही जवाब देती थी, "औरत, मुसलमान, घाँची तेली।"

हमारे उपन्यास की केन्द्रीय घटना तक नर्सबेन वहीं रही। अब वह थोड़ी-थोड़ी मराठी बोलने लगी थी। हर रोज़ अनेक ग़रीब बीमार लोग उसके पास आते थे। छोटी-छोटी बीमारियों के लिए वह उनकी मदद करती थी और गम्भीर मसले डॉक्टर के पास भेजती थी। समाज में उसका बड़ा मान था, लेकिन वह किसी भी समारोह में शामिल नहीं होती थी। दरगाह का उर्स यानी उस पीर की पुण्यतिथि या बरसी। सूफ़ी सम्प्रदाय की प्रथा के अनुसार वह दिन ख़ुशी का होता है। ऐसा माना जाता है कि उस दिन पीर का परमात्मा के साथ विवाह हुआ था। उसी विवाह का वह जुलूस होता है और रात में कव्वाली या जलसा। नर्सबेन न कभी इसमें शरीक हुई और न वह कभी किसी व्यक्ति के शादी-विवाह में गई। वह दरगाह के बाहर तभी निकलती थी, जब किसी के घर कोई बीमार होता था और उसका इलाज़ करना ज़रूरी होता था।

इसका एक अर्थ यह हुआ कि प्रचलित अर्थ में वह 'अकेली' नहीं रही, लेकिन थी 'अकेली' ही। आज की घड़ी का अकेलेपन का अभिशाप उसके लिए कुछ ज़्यादा ही तीव्र था।

इस तरह नर्सबेन अपनी ज़िन्दगी का अभिशाप भुगतती रही। वह सन्तुष्ट हुई हो, ऐसा कभी नहीं हुआ। लेकिन अब वह कुछ-कुछ निश्चिन्त हो गई थी। कम-से-कम वह अब इनसानों के बीच आ गई थी...जैसे-जैसे समय बीतने लगा, वैसे-वैसे वह और ज़्यादा इनसानों के बीच आने लगी। कभी-कभी हँसने भी लगी। ख़ुद से नहीं, लेकिन कोई कोशिश करता तो आसानी से संवाद भी करने लगी। उसका दायाँ कन्धा और ठोड़ी एकदम झटके से जो एक-दूसरे की तरफ़ आते थे, वह उसकी आदत ज्यों-की-त्यों रही, लेकिन उसकी तीव्रता और संख्या में कमी आ गई। शायद यह बहुत पुरानी आदत थी। उसके कन्धे कुछ झुके हुए और एक-दूसरे की दिशा में कुछ-कुछ आगे आए हुए होते थे, जिससे उसके सीने का उभार ओझल हो जाता था। यह आदत नई थी, जिससे हमेशा के लिए उसका पीठ दर्द शुरू हुआ।

लेकिन 2014 में केन्द्र में मोदी-सरकार आने पर वह कई दिन तक बहुत बेचैन रही। दरगाह से बाहर निकलने से उसने पूरी तरह से इनकार कर दिया। बोली कुछ नहीं, लेकिन कई दिन वह बेहद बेचैन रही। अन्य लोगों को डर सताने लगा कि कहीं वह दुबारा अपनी पहली जैसी दशा में न पहुँच जाए। लेकिन कुछ दिनों बाद वह उसकी भी आदी हो गई। यथासम्भव दरगाह के परिसर में घुलमिल गई। फिर एक बार इनसानों के बीच आई। लेकिन इन सबके कारण उसके चेहरे पर उसकी उम्र दोगुना दिखने लगी। पहले वह बुर्क़ा नहीं पहनती थी, लेकिन अब आसपास कहीं किसी के पास जाना हो तो बीच-बीच में बुर्क़ा भी पहनने लगी। और ज़रा दूर जाते समय तो बुर्क़ा पहनने के बजाय वह कभी-कभी सिन्दूर भी लगाने लगी। इसकी भी अपनी एक वजह है, जिसे हम बाद में देखेंगे।

विभाकर : 2

जैसे कि हमने पहले देखा है, सन् 2002 में यानी जिस साल नर्सबेन पुणे आई, उसी साल अपने छोटे भाई प्रभाकर के आग्रह पर विभाकर इन्दौर का निवासी बन गया। इस बीच प्रभाकर भी किडनी की बीमारी से बीमार रहने लगा था इसलिए वह समय से पहले रिटायरमेंट लेकर इन्दौर में आ गया।

इन्दौर में एक सोसायटी थी जिसमें मराठी अधिकांश ब्राह्मण तथा उच्च जाति के, लोग रहते थे। यहाँ अधिकांश बंगले थे। प्रभाकर ने वहीं एक प्लॉट पर अच्छा-ख़ासा आलीशान, यानी इन्दौर शहर की उस सोसायटी के अन्य बंगलों की तुलना में आलीशान बंगला बनाया। प्रभाकर ने विभाकर के पैसों में अपने कुछ पैसे जोड़कर उसे एक छोटा-सा फ़्लैट ख़रीदकर दिया। वह फ़्लैट इतना क़रीब था कि वे दोनों पैदल तीन मिनट में एक-दूसरे के घर पहुँच सकते थे। प्रभाकर के अपने बाल-बच्चे नहीं थे। इसलिए उसने अपने दोनों गूँगे-बहरे भाइयों के बच्चों की ज़िम्मेदारी उठाई थी। उनकी पढ़ाई भी उसी के घर पूरी हुई थी। आपको याद होगा कि बड़े भाई कमलाकर का पहले ही निधन हो चुका था। उसके तीनों बच्चों के विवाह भी हो चुके थे। सभी अपने-अपने काम-धन्धे में अच्छे-ख़ासे सेटल हो गए थे। बड़ा लड़का तो अमेरिका में था। सॉफ़्टवेयर में ख़ूब पैसा कमा रहा था। उसकी माँ, जिसने भोजन के टिफ़िन बनाकर उन्हें पाल-पोसकर बड़ा किया था, और वह चाची जिनके घर में उसने कॉलेज के कई साल गुज़ारे थे, उन्हें वह अमेरिका घुमाकर लाया था। विवाह के बाद विभाकर के एक लड़की हुई। उस समय उसकी और उसकी पत्नी की उम्र अधिक हो चुकी थी। अन्य परिस्थितियाँ भी थीं जिनके चलते प्रभाकर ने विभाकर को समझाया कि और बच्चे होना ठीक नहीं है और विभाकर भी हमेशा की तरह बड़ी ख़ुशी से मान गया था।

यह लड़की अधिकांशतः अपने चाचा के पास ही रहती थी। संक्षेप में, विभाकर को भी अब पैसों की फ़िक्र नहीं थी।

लेकिन फ़िक्र नहीं थी मतलब खाने-पीने की फ़िक्र नहीं थी। लेकिन ग़रीबी तो थी ही। बीमार पड़ने पर क्या करेंगे? बुढ़ापे के सहारे के लिए एक ही बच्चा और वह भी लड़की थी। प्रश्न तो थे ही। विभाकर वैसे स्वस्थ था। केवल घर पर बैठे-बैठे भी क्या करता? इसलिए उसने अपने फ़्लैट में दर्ज़ी का व्यवसाय शुरू किया। दरअसल, ब्रांडेड कपड़ों का ज़माना कब का शुरू हो चुका था। लेकिन वह सोसायटी एक अलग दौर में जीने वाले लोगों की सोसायटी थी। कुल मिलाकर वहाँ का माहौल 1960 के दशक में फ्रीज़ हुआ था। इसलिए सोसायटी की विभाकर की हमउम्र और उससे भी वयस्क मंडली पहले के दौर में ही जी रही थी। और सोसायटी में ऐसी ही मंडली अधिक थी। इन ब्राह्मण परिवारों में से अधिकांश की अगली पीढ़ी के लोग अमेरिका में और बचे हुए पुणे-मुम्बई में थे। उनकी दिनचर्या ऐसी होती थी : सुबह उठना, दरवाज़े पर आने वाले सब्जी-तरकारी वाले से सब्ज़ियाँ ख़रीदना, इसी दौरान एक-दूसरे से सम्पर्क करना, ज़्यादा धूप चढ़ने से पहले बुढ़ापे वाले बैंक के काम निपटाना, दोपहर के भोजन के बाद थोड़ा-सा ऊँघना, शाम को सोसायटी के बड़े मन्दिर में भजन या गीतापाठ के क्लास के लिए जाना, रात में राजनीति पर थोड़ी-सी बात कर बाद में अमेरिकी बन चुके अपने लड़कों के साथ स्काइप पर नाते-पोतों को देखना और बहू-बेटियों को मराठी रसोई की रेसिपियाँ बताना इत्यादि। लेकिन हमारे लिए महत्त्वपूर्ण यह है कि इनमें से अनेक लोग 'कैलिफोर्निया', 'न्यू जर्सी', 'न्यूयॉर्क' वग़ैरह नाम अंकित अमेरिका से आए टी-शर्ट और शॉर्ट वग़ैरह पहनकर रोज़ सुबह या शाम को वॉक पर जाते थे, लेकिन इन्हें अपने कपड़े दर्ज़ी द्वारा नाप लेकर सिले हुए लगते थे। इसलिए विभाकर का धन्धा भी ठीक-ठाक चलने लगा, और कुल मिलाकर सांस्कृतिक दृष्टि से छोटे गाँव से बड़े शहर में आकर भी उसे बहुत ज़्यादा फ़र्क़ महसूस नहीं हुआ।

उसने भी अपनी दिनचर्या उपर्युक्त ढंग से शुरू की। अन्तर बस यही था कि उसे दिन में कम-से-कम चार-छह घंटे दर्ज़ी काम करना होता था और रोज़ सुबह वह अपने ग्राउंड फ़्लोर के फ़्लैट के सामने के हरसिंगार या अन्य

कोई फूल चुनकर अपने छोटे भाई के बंगले पर ले जाता, भाभी द्वारा बनाई चाय पीते-पीते पेपर पढ़ता और घर लौट आता। उसका काफ़ी वक़्त तल्लीनता से पूजा करने में गुज़रता। पूजा करना उसने अपनी माँ से सीखा था। सुबह सब्ज़ी-तरकारी ख़रीदते वक़्त काफ़ी देर तक बेआवाज़ और इत्मीनान से सब्ज़ी का मोल-भाव करना उसे अच्छा लगता था। सावधानी और इत्मीनान से सफाचट दाढ़ी बनाना या उस समय दाढ़ी बढ़ाने के जिस फ़ेज में हो, उसके अनुसार ठीक से उसे मनचाहा आकार देना, बालों को ठीक से बिठाना आदि बातें उसे अच्छी लगती थीं। दाढ़ी और मूँछों से खेलना तो उसे बालकों जैसा पसन्द था, यानी अगर बालकों के दाढ़ी-मूँछ होते तो। कभी भगत सिंह जैसी नोक वाली मूँछें, तो कभी तिलक जैसी लच्छेदार और कभी हिटलरी मूँछें। दाढ़ी भी कभी बुल्गॉनिन पद्धति की छोटी, कभी मौलाना अबुल क़लाम जैसी नुकीली, तो कभी ऋषि-मुनियों जैसी ख़ूब घनी। कभी-कभी तो मुसलमानों जैसी अक्खड़बाज़ भी। कपड़े धुलकर आने के बाद वह उनकी तहें बनाकर सोने के गद्दे के नीचे रख देता। दूसरे दिन उसकी कुछ-कुछ इस्त्री हो चुकी होती। अपने घर के पाजामा-कुर्ते के लिए भी वह यह काम करता था। उसकी कुछ अन्य अत्यन्त पसन्दीदा बातें यानी अपने छोटे घर का सारा सामान और ख़ास कर सिलाई मशीन धो-पोंछकर साफ़ करना। यह काम करते समय उसकी सभी हरकतों में एक शान्त, संयत और सन्तोष का भाव होता। बोलने-सुनने में अक्षम होने के कारण शान्ति तो होती ही थी। उसकी एक और विशेषता यह थी कि वह कभी ऊबता नहीं था। उसके पास कुछ-न-कुछ काम होता ही था और जब नहीं होता, तब वह चाहे जितनी देर तक अपने घर की पुरानी लकड़ी की आराम-कुर्सी पर बैठकर हवा से हिल रहे सामने के पर्दों को निहारता ख़ामोश बैठ सकता था। अकेलापन तो बचपन से ही उसे जनमघुट्टी में मिला था। उसके अकेलेपन की सम्बन्ध आज की विघटन की स्थिति से नहीं है। इस कारण कम-से-कम बाहर से देखने पर ऐसा ही लगता था कि वह अकेलेपन में भी शान्त और स्वस्थ है। लेकिन सड़क पर चलते समय कभी-कभी बेआवाज़ ही सही, उसे हाथों के हावभाव से ख़ुद से बात करने की आदत थी। शाम को या रात में वह घर का ब्लैक एंड व्हाइट टीवी देखता था। देखता यानी सचमुच देखता था। क्योंकि सुनाई देने का तो सवाल नहीं था। आँखों के सामने हिलते-डुलते

चित्र उसके लिए पर्याप्त होते थे। उसका दिमाग़ तेज़ था। शारीरिक स्थिति और अपने इतिहास के कारण वह कुछ मामलों में अधिक आगे बढ़ा भी हो, मगर कुछ मामलों में बिलकुल बाल्यावस्था में रह गया था।

इस तरह उसकी सारी दिनचर्या एक अर्थ में कालबद्ध थी, बिलकुल घड़ी की सुई पर चलने वाली। लेकिन दूसरी ओर वह इतनी धीमी और क्रियाओं को बार-बार दोहराने वाली होती थी कि दिन-रात के अलावा समय का कोई अर्थ ही नहीं बचा था। उसकी इस दिनचर्या में कुछ समय के लिए दरार पड़ गई। हुआ यह कि प्रभाकर के डॉक्टर ने उसे बताया कि उसकी किडनी ख़राब हो गई है और इसका एकमात्र उपाय है किडनी बदलना। इससे सारे परिवार का स्वास्थ्य खो गया। शुरू के कुछ दिनों तक विभाकर बस यही जानता था कि उसका भाई प्रभाकर कुछ ज़्यादा बीमार है। उसे किडनी बदलने की क्रिया समझाना एक बड़ा सवाल तो था ही, लेकिन "क्या तुम मुझे अपनी किडनी दान में दोगे", यह पूछने की प्रभाकर की हिम्मत नहीं हुई। इस केस में किसी क़रीबी रिश्तेदार की किडनी मैच होने की सम्भावना अधिक होती है। इसलिए घर के ही किसी व्यक्ति ने, शायद बड़े भाई कमलाकर की बेटी ने बड़ी मशक़्क़त से विभाकर को—किडनी क्या होती है, शरीर से जहरीले द्रव छानकर बाहर फेंकने का अहम काम वह कैसे करती है, कहाँ होती है, प्रकृति ने प्रत्येक शरीर में किडनी की एक जोड़ी ही कैसे बिठा दी है, उनमें से आदमी के लिए एक भी कैसे पर्याप्त हो सकती है, प्रभाकर की बीमारी क्यों ठीक नहीं होती, लेकिन कैसे कोई किसी को किडनी दान में दे सकता है, आदि समझाया और परोक्ष रूप से यह भी सुझाया कि तुम भी प्रभाकर को अपनी एक किडनी दे सकते हो। यह समझ में आने के बाद प्रभाकर को किडनी देने के लिए वह एक टाँग पर तैयार हो गया। उसने बस एक ही सवाल पूछा, "क्या मैं एक किडनी पर जी सकता हूँ?" इस सवाल का डॉक्टर ने 'हाँ' में जवाब दिया, फिर उसके मन में किसी प्रकार की कोई शंका कभी उत्पन्न नहीं हुई। डॉक्टर के पास जाने पर डॉक्टर ने भी यह तसल्ली कर ली कि वह सब कुछ ठीक से समझ गया है और गूँगा-बहरा होने के कारण कोई उसका ग़लत लाभ नहीं उठा रहा है। फिर किडनी मैच होने के सारे टेस्ट किये गए। सौभाग्य से वह मैच कर रही थी। विभाकर का सन्तुष्ट चेहरा और अधिक सन्तुष्ट हो गया।

ऑपरेशन सफल रहा और दोनों भाइयों ने एक-दूसरे को कसकर गले लगाकर ख़ूब रो लिया।

कमलाकर जिस मौसी के पास पुणे में रहता था, उसका पोता, यानी इन तीनों भाइयों का मौसेरा भांजा 2016 में इन्दौर आया। वह उम्र में इनसे कुछ ही छोटा था। विभाकर की ज़िन्दगी अधिकांशत: सीतामाऊ नामक दूरदराज़ के एक छोटे से गाँव में बीती थी। इसलिए उसका भांजा उससे बहुत बार मिल नहीं पाया था। लेकिन प्रभाकर की काफ़ी ज़िन्दगी मुम्बई में बीतने के कारण और उनकी उम्र में बहुत ज़्यादा अन्तर न होने के कारण मामा-भांजा का रिश्ता होने के बावजूद उनकी बहुत अच्छी बनती थी। भांजा फ़िल्म निर्देशक था। उसमें भी प्रायोगिक यानी जिसे आर्ट फ़िल्म कहते हैं, वैसी फ़िल्में वह बनाता था। उसकी कुछ फ़िल्में कलात्मक फ़िल्मों की छोटी-सी परिधि में, लेकिन राष्ट्रीय स्तर पर अच्छी ख़ासी चर्चित थीं। इस क्षेत्र की—लार्जर देन लाइफ जैसी अनन्त बाधाओं के कारण कहिए, कला क्षेत्र की राजनीति के कारण कहिए, उसकी अपनी व्यक्तिगत ज़िन्दगी की जटिलता के कारण कहिए, मुम्बई जैसे शहर में और आज के पूँजीवादी दौर की कभी न मिटने वाली भौतिक सुखों की—कंज्यूमरिज़्म की भूख के कारण कहिए, या कला क्षेत्र में उसे मनचाही स्वीकृति न मिलने के कारण कहिए, यह भांजा डिप्रेशन और विफलता से परेशान था। सन्तुष्टि के कई मार्ग अपनाकर उन पर चलने के प्रयासों से वह थक चुका था। वह आया, उसने विभाकर को देखा, उसके साथ कुछ दिन बिताए और फिर उसे बड़े-बड़े सवाल परेशान करने लगे। विभाकर को सन्तुष्टि किस चीज़ से होती है? उसमें कुछ अधूरा होने की, कुछ न मिलने की, विफलता की, या रिझेंटमेंट की कोई भावना क्यों नहीं है? क्या इसलिए कि उसे इस बात का अनुमान ही नहीं कि उसकी दुनिया ही छोटी है, दुनिया में आज क्या-क्या हो सकता है, क्या-क्या किया जा सकता है? या उसे पता ही नहीं है कि इस कारण उसका क्या छूटा-खोया है, और वह अपने व्यक्तित्व को यथासम्भव विकसित नहीं कर पाया है? उसे आधुनिकता की हवा नहीं लगी है इसलिए? अगर ऐसा है तो ये इनोसेंस उसका अपना कमाया नहीं है। यह सन्तुष्टि उसकी कमाई हुई चीज़ नहीं है। यह मात्र क़िस्मत से उसके हिस्से में आई है, एक दुर्घटना है। और फिर यही कहना होगा कि उसने खोया अधिक है।

और यह सच भी था। उसे क़िस्मत ने ही इस असन्तुष्टि से बचाया था। कमलाकर का, उसके बड़े भाई का क्या हुआ? उसने ख़ुदकुशी की कोशिश कैसे की, हमने देखा है। ऐसे उपायों से असन्तुष्टि को टालना ठीक नहीं है। लेकिन उसी समय भांजे को यह भी महसूस हो रहा था कि विभाकर की सन्तुष्टि इस नेगेटिव सन्तुष्टि से परे की चीज़ है। जितनी आसानी से उसने अपने भाई को किडनी दान में दे दी थी, वह इसका सबूत था। यही क्यों, इस भांजे से मिलने के बाद उसका फ़िल्म बनाना, उस क्षेत्र की सफलता पाना इत्यादि बातें जानकर विभाकर के चेहरे पर जो निर्मल कौतुक की हँसी फूटी थी, उससे तो भांजे को पूरा यक़ीन हो गया। दूसरे की ख़ुशी में अन्य कोई इतना कैसे ख़ुश हो सकता है? विभाकर को ख़ुश होने के लिए किसी का कुछ अच्छा होना भी पर्याप्त था। अतीत के छोटे-छोटे आनन्ददायी पलों की यादें भी पर्याप्त हो जाती थीं। उसे ईर्ष्या वग़ैरह बातें मालूम ही नहीं थीं। विभाकर की यह सन्तुष्टि और उसके पीछे के सकारात्मक-नाकारात्मक दोनों कारणों की जटिलता भांजे को अपूर्व लगी और उसने विभाकर पर—विशेष कर आधुनिक दौर की सर्वव्यापी असन्तुष्टि के परिप्रेक्ष्य में मुखर होने वाली विभाकर की सन्तुष्टि पर एक डॉक्यूमेंट्री बनाना तय किया। अगले महीने सारा सामान लेकर वह इन्दौर पहुँच भी गया।

शूटिंग के उन दस दिनों में विभाकर का रूटीन पूरी तरह से बदल गया। उसके लिए सारी बातें अपूर्व थीं। लेकिन इससे उसके अपने रोज़मर्रा की जीवन-चर्या में, हमेशा के आचरण में बहुत ज़्यादा अन्तर नहीं आया। एक अलग अनुभव से वह उसी तरह सहजता से भिड़ गया, जितना वह अपने जीवन से भिड़ता था। उसने अत्यन्त चाव से उसमें काम किया। वह अत्यन्त ख़ुशी से और छोटे बच्चे-जैसी उत्सुकता से उस सारे प्रोसेस से गुज़रा। उसकी ख़ुशी में भी बचकानापन, औत्सुक्य और किसी को जो चाहिए हो, वह करने से मिलने वाली सन्तुष्टि वग़ैरह बातों का मेल था। वह उस डॉक्यूमेंट्री में अत्यन्त सहजता से विचरता रहा।

विभाकर दिखने में ज़रा-सा उग्र था, लेकिन था सुन्दर। नुकीली नाक, बड़ा माथा और मुख पर अद्‌भुत गुलाबी कांति और तरल त्वचा उसे प्रकृति ने ही दी थी। उसके दाँत तनिक पीले, तनिक बड़े और तनिक टेढ़े-मेढ़े थे,

लेकिन अधिकांशत: वे दाढ़ी-मूछों से ढक जाते थे। उसकी आँखें भूरी थीं और जब वह ख़ामोश बैठा होता, तब महसूस होता कि उसकी वह शान्ति और सन्तुष्टि कुछ खोखली है। लेकिन जब हँसने लगता, तब वे आँखें किसी छोटे बच्चे की तरह दमक उठतीं, जिसे हमने पहले ही दर्ज किया है। यही जटिलता उस भांजे को टीपनी थी और उसमें वह अच्छी तरह से सफल भी हो गया। डॉक्यूमेंट्री जल्द ही तैयार हो गई।

डॉक्युमेंट्री के अनेक शॉट उसके विषय को बढ़िया तरीक़े से खोलकर दिखाने वाले बन पड़े थे। उसके एक शॉट में पूजा करते हुए विभाकर से भांजा यह पूछते हुए दिख रहा था, "भगवान पर तुम्हारी इतनी आस्था है। लेकिन उसी भगवान ने तुम्हें गूँगा-बहरा बना दिया, क्या इस पर तुम्हें ग़ुस्सा नहीं आता?"

विभाकर ने कुछ बोलकर और कुछ हाथों के इशारे की भाषा में उससे कहा, "नहीं, अनेक लोग तो लूले-लंगड़े होते हैं। अपनी ज़िन्दगी भी ठीक से जी नहीं पाते। दूसरों पर निर्भर होते हैं। वे लगते भी हैं कितने दुर्भाग्यशाली। लेकिन मैं कितना अच्छा हूँ। मुझे ऐसी कोई परेशानी नहीं है। कमाता हूँ... बीवी, लड़की, घर, आत्मसम्मान है...ख़ुश हूँ।"

दूसरे शॉट में विभाकर अपने घर के बाहर गेट के पास खड़ा नज़र आया। आगे एक अन्धा आदमी भजन गाता हुआ आता है। आसपास के लोग उसे अपने पास बिठा लेते हैं क्योंकि वह अद्‌भुत आवाज़ में भजन गाता है। विभाकर को कुछ भी सुनाई नहीं देता, फिर भी अन्य लोगों के साथ वह शान्ति से खड़ा रहता है। अन्य लोग अनेक हरकतें करते हैं और कुछ बीच में ही चले जाते हैं। विभाकर गाना ख़त्म होने तक इधर-उधर ठंडी नज़र से देखता हुआ खड़ा रहता है। कुछ लोग गाने वाले को पैसे देते हैं। विभाकर भी उसे पैसे देता है और उत्साहपूर्वक उसकी पीठ पर प्यार से हाथ फेरता है।

डॉक्यूमेंट्री बहुत अच्छी बनी और मर्मस्पर्शी भी। वह देश-विदेशों के अनेक महोत्सवों में दिखाई गई। विभाकर ज़्यादा कहीं गया नहीं। लेकिन ख़ास उसके लिए इन्दौर और मुम्बई में उसका प्रदर्शन किया गया। दोनों प्रदर्शनों में विभाकर उपस्थित था। दोनों प्रदर्शनों के समय फ़िल्म के अन्त में दर्शकों ने तालियों की गड़गड़ाहट से उसका अभिनन्दन किया और किसी अभ्यस्त, सफल बड़े नेता या अभिनेता के अन्दाज़ में उसने उसका स्वीकार भी किया।

उसके लिए ये सुनहरे दिन थे जिसे उसने ख़ूब जिया। प्रदर्शन ख़त्म होने के बाद वह दोबारा इन्दौर लौटा और अपनी ज़िन्दगी इस ढंग से यानी पहले जैसे सन्तोष के साथ ही जीने लगा, मानो कुछ हुआ ही नहीं। यह भी भांजे के लिए एक बहुत बड़ी पहेली बन गई! अचानक मिली मान्यता का, कीर्ति का, चाहे देर से ही सही, इतना सहज स्वीकार और उसके बाद दोबारा उतनी ही सहजता से पहले वाली ज़िन्दगी! इससे तो विभाकर उसके लिए एक पहेली ही बनकर रह गया।

पुणे के एक महोत्सव में इस डॉक्यूमेंट्री को पुरस्कृत किया गया। इस बहाने पुणे में उसका एक ख़ास शो आयोजित किया गया। इसमें विभाकर को भी बतौर विशेष रूप से आमंत्रण देकर बुलाया गया। वह रेलगाड़ी का सफ़र भी उसने अपनी हमेशा की बालसुलभ मस्ती से किया। और उसके इसी पुणे-प्रवास के दौरान हमारे उपन्यास की वह अहम घटना घटी।

अगस्ति : 2

सन् 1990 से 2000 तक केवल देश में ही नहीं, बल्कि अगस्ति और मृदुला के रिश्ते में और जीवन में भी बड़ा अन्तराल आ गया था। काव्या का बर्ताव अधिकाधिक पेचीदा होता गया। इतना कि शी, शू अमुक जगह पर करने चाहिए, जैसे सामाजिक संकेत भी उसे मानो स्वीकार नहीं थे। बाहर जाते समय अच्छे कपड़े पहनने के लिए भी वह ज़िदपूर्वक मना करने लगी। उसके हाथ की हरकतें 'क्लम्जी' यानी बेडौल पहले से थीं। उनकी मात्रा बढ़ गई। सामान्य-सी बात, चम्मच से खीर खाना भी उसके लिए भारी पड़ने लगा। उसके स्नायु उसके आपे से बाहर थे। ऐसा होने पर वह हँसने लगती और अगस्ति ज़रूरत से ज़्यादा चिढ़ जाता। स्कूल में उसका परफॉर्मेंस बहुत ख़राब होने लगा। वह स्कूल जाने से डरने लगी। आख़िरकार जब उसने स्कूल जाने से ही मना कर दिया, तब अगस्ति उसे साइकिॲट्रिस्ट के पास ले जाने को तैयार हुआ। वहाँ जाने के बाद यह साफ़ हो गया कि काव्या को मध्यम से तीव्र श्रेणी की ऑटिज़्म की बीमारी है। साइकिॲट्रिस्ट ने ऑटिज़्म के लक्षण इस प्रकार बताए :

1. ऐसे लोग दूसरे व्यक्ति के साथ सम्पर्क स्थापित नहीं कर पाते। पहली नज़र में वे शर्मिले लगते हैं, लेकिन बात ऐसी नहीं होती। इसलिए सामाजिक सम्पर्क, दोस्ती उनके लिए कठिन होती है। वे अकेलेपन में ही सन्तुष्ट रहते हैं।
2. ख़ुद को क्या हो रहा है, यह उन्हें ठीक से समझ में नहीं आता।
3. दूसरे का विशिष्ट दृष्टिकोण ध्यान में ही न आना।
4. विशिष्ट प्रकार के इस्त्री किये हुए कपड़े पहनना, किसी से मुलाक़ात के बाद अभिवादन करना, भाषा का कुत्सित या व्यंग्यात्मक प्रयोग

इत्यादि सामाजिक संकेत ऐसे लोग स्वीकार नहीं करते या यह उनके ध्यान में ही नहीं आना।

5. इसलिए अन्यों को लगता है कि ऐसे लोग उद्दंड होते हैं।
6. ऐसे लोग एक ही बात बार-बार करते हैं, एक ही क्रिया बार-बार दुहराते हैं।
7. डिप्रेशन, घबराहट महसूस करते हैं।
8. कुछ विशिष्ट बातों में ही दिलचस्पी लेते हैं।
9. 'क्लम्ज़ी' होना। असन्तुलित हरकतें करना, तालमेल न बैठा पाना।
10. किसी आवाज़ या बात के बारे में अतिसंवेदनशील होना।
11. एक ही दिनचर्या पसन्द आना।
12. ऐसे व्यक्तियों की नैतिक भावनाएँ अत्यन्त तीव्र हो सकती हैं।

साइकिऑट्रिस्ट ने आगे बताया कि ऐसे व्यक्तियों के लिए सामान्य ज़िन्दगी जीना कई बार असम्भव हो जाता है। इनका डिप्रेशन बढ़ जाए तो ये ख़ुदकुशी तक कर सकते हैं। इस बीमारी का पूरा इलाज़ आज उपलब्ध नहीं है, लेकिन वह काबू में रहे, काव्या का कुछ अनुपात में सामान्य और स्वतंत्र तरीक़े से जीना सम्भव हो, इतना इलाज़ यक़ीनन उपलब्ध है। मेडिकल साइंस तेज़ी से उन्नति कर रहा है। आने वाले कुछ वर्षों में शायद कुछ ब्रेक थ्रू भी मिले। इस बीमारी पर ज़ोरदार अनुसंधान हो रहा है। इससे उबारने के लिए लम्बी चिकित्सा की और अन्य लोगों को मरीज़ के प्रति अपनी धारणा और आचरण में बदलाव करने की आवश्यकता है।

अगस्ति कुछ समय के लिए ढह गया। उसने अपने ससुर के सामने स्वीकार किया कि उससे ही ग़लती हुई है कि उसे पहले ही काव्या को डॉक्टर के पास ले जाना चाहिए था। डॉक्टर द्वारा दी गई दवाई उसने तुरन्त शुरू की। सवाल था, उसके साथ के आचरण में परिवर्तन का। यह उसके लिए मुश्किल था। इसके बारे में बिना कुछ ज़्यादा बात किये अगस्ति सीधे जहाज़ पर चला गया।

असल में, उसे यह सन्देह होने लगा कि कहीं वह ख़ुद तो ऑटिस्टिक तो नहीं है? कहीं ऐसा तो नहीं कि उसके पिता ज़्यादा कठोर थे, इसलिए उसका बर्ताव कुछ अलग है? उसकी भी कहाँ दोस्ती होती है किसी से? उसे भी तो कुछ बातें ख़ास ढंग से ही चाहिए होती हैं? उसका सेक्स भी तो सालोंसाल

वैसा ही...लेकिन वह स्वतंत्र जी सकता है, स्कूल में वह तेज़ था, मर्चेंट नेवी का एक सफल इंजीनियर है, उसके पास इस उम्र में इतनी सम्पत्ति है, जितनी बहुत कम लोगों के पास होती है। शेयर मार्केट में वह इतने बढ़िया ढंग से निवेश कर सकता है कि उसके ससुर और उनके कुछ मित्र भी उसकी सलाह लेकर निवेश करने लगे हैं। (और यह सब सच ही था।) उसने सोचा, फिर मेरा ऑटिस्टिक होना कैसे सम्भव है? लेकिन दूसरी ओर क्या मैं सचमुच सनकी भी हूँ? मेरा सेक्स भी सालों से वैसा ही...जैसा हम सुनते, पढ़ते हैं, उसके अनुसार कोई विविधता, वैचित्र्य नहीं...(और एकाकी रूप से जहाज़ पर रहने वालों के भावसंसार में और इसलिए बातों में सेक्स बहुत महत्त्वपूर्ण विषय होता है।) तो क्या मैं माइल्डली ऑटिस्टिक हूँ? माइल्डली ऑटिस्टिक ऐसा कुछ होता भी है?.. करता भी क्या? उस जहाज़ पर बात करने के लिए आसपास भी कोई नहीं था। जो थे वे लगभग सभी अर्जेंटीना के थे। भाषा की भी समस्या थी। ऊपर से अगस्ति की दोस्त बनाने की ऐसी अपार क्षमता! लेकिन दुनिया भर में एक भाषा समान होती है, सेक्स की। इस मामले में मैं ऐसा क्यों हूँ, यह जानने, ऑटिस्टिक रूप में अपना टेस्टकेस करने की अगस्ति की तीव्र इच्छा होने लगी। उसे इन विचारों ने मानो बावला ही कर दिया। वह ऐसा सुलग उठा कि जहाज़ रूस के किनारे पर लगते ही ऐसे मामले में विशेषज्ञता रखने वाले एक अर्जेंटीनी साथी के साथ वह सीधे वेश्या के पास पहुँचा। यह सम्भव हो इसलिए उसने अपने दिल पर पत्थर रखकर उस साथी जैसी सामान्यतः दुष्कर लगने वाली सारी बातें कीं। जेब में ख़ूब पैसे थे। इसलिए उन्हें वेश्याएँ भी आला दर्ज़े की मिलीं। वरना अगस्ति कुछ भी सह नहीं पाता। इस बार भी वह थोड़ा मुश्किल में ही रहा, लेकिन वह रूसी स्त्री कुशल थी। वह अगस्ति की मनोदशा देखकर उसे खोलने में आख़िरकार सफल रही और उन्होंने अलग आसनों में, वह ऊपर और यह नीचे की स्थिति में भी सेक्स किया। अगस्ति को यक़ीन हो गया कि वह ऑटिस्टिक नहीं है।

दूसरे दिन उसके ध्यान में आया कि इस तरह अलग ढंग से सेक्स करना उसके ऑटिस्टिक होने न होने का सबूत नहीं हो सकता। सवाल यह है कि क्या मुझे ऐसा बदलाव पसन्द है? लेकिन इस सवाल से परेशान होने से पहले एक और प्रश्न उपस्थित हुआ। वह यह कि उसके लिंग के इर्द-गिर्द दाने उभर आए।

उसे सन्देह हुआ कि कहीं उसे गुप्तरोग तो नहीं हो गया? एड्स? वह सोच रहा था, मैंने तो पूरी सावधानी बरती थी। उसने कहीं पढ़ा था कि कंडोम में छेद होने से या लार से भी ऐसा हो सकता है।

उसकी ख़ुशक़िस्मती से उसके जहाज़ के दिन ख़त्म हो गए थे। वह पुणे आया। अगस्ति की एक और ख़ासियत थी, वह चाहे जैसा हो लेकिन उससे झूठ नहीं बोला जाता था। भावनात्मक दृष्टि से कोई भी अनैतिक कृत्य उससे सहा ही नहीं जाता था। अमुक एक अनैतिक कृत्य है, ऐसा उसे लगा और बात ख़त्म। और उसे यह पता ही था कि वेश्या के पास जाना अनैतिक है। इसलिए जो कुछ हुआ, उसने वह सब मृदुला से कह दिया। मृदुला उसे लेकर एक विशेषज्ञ डॉक्टर के पास गई। वहाँ यह साफ़ हुआ कि अगस्ति को वैसा कुछ नहीं हुआ है और ये उभरे हुए दाने मामूली फ़ंगल इन्फ़ेक्शन है और यह ऊमस भरी हवा से हो सकता है। यह पता चलने के बाद दोनों ने राहत की साँस ली।

लेकिन इस घटना ने अगस्ति को लगभग ध्वस्त कर दिया। अन्य किसी का दृष्टिकोण स्वीकार न करने का उसका स्वभाव तो बिलकुल भी नहीं बदला, लेकिन उसका आत्मविश्वास मानो ख़त्म हो गया। अपनी ही चलानी हो तो आत्मविश्वास का होना, मानो एक पैथोलॉजिकल आवश्यकता होती है, लेकिन वही ग़ायब हो चुका था। नैतिक मामले में वह अत्यन्त संवेदनशील था और इस घटना से वह अपराधीभाव से भर गया, जिसका रूपान्तरण हुआ ग़ुस्से में। अधिकाधिक ग़ुस्से में। मृदुला का हृदय सदैव काव्या की चिन्ता से कुतरने लगा था। इसलिए वह लगातार उसके बारे में बात करने लगी। उसके पिता और बहन उसकी सारी बातें सुनते और उससे सहानुभूति दर्शाते। लेकिन अगस्ति के जहाज़ से लौट आने के बाद जब वह इस बारे में उससे कुछ कहती, अगस्ति झल्लाता, "बस करो...बार-बार बोलने से क्या होगा? धत्, मत बोलो ऐसा। कुछ नहीं होगा। सब नॉर्मल है। किसी का कुछ होता है, किसी का कुछ...बार-बार बोलकर बात बढ़ाने में क्या पॉइंट है? मत बोलो लगातार ऐसा।" इस प्रहार से और उसे हमेशा "वह बेवकूफ़ है, उसे समझ नहीं है" जताया जाने से मृदुला हमेशा की तरह चुप हो गई थी, आहत हो गई थी। ऐसा भी नहीं कि अगस्ति को कोई फ़िक्र नहीं थी। लेकिन दोनों के तरीक़े अलग थे और कोई सम्पर्क भी नहीं हो सकता था। मृदुला ने हमेशा की तरह उसका प्रतिवाद नहीं किया।

आक्रामकता का सामना करना उससे सम्भव नहीं होता था। वह भी विवश थी। लेकिन अब तक के सारे इतिहास से वह परेशान हो गई थी। अब उसके दबाकर रखे गए फ्रस्ट्रेशन में मानो आवाज़ फूट आई थी। ऊपर से अगस्ति का चिढ़ना! ऊपर से वह दोबारा जहाज़ पर जाने का नाम भी नहीं ले रहा था। इसलिए वह मनचाहे ढंग से डॉ. नाडकर्णी के पास भी नहीं जा पा रही थी। अब उसे अपनी माँ का भी सहारा नहीं था। वह पूरी तरह से अकेली पड़ गई और लगातार डिप्रेशन में जाने लगी। एक बार मृदुला काव्या के साथ उसके साइकिऑट्रिस्ट के पास गई और वहाँ ख़ुद को संयत नहीं रख पाई, उसके सामने ही फूट-फूटकर रोने लगी। साइकिऑट्रिस्ट ने व्यावसायिक कुशलता से उससे सारी बातें जान लीं और उसके लिए भी कुछ दवाइयाँ शुरू कीं। उन्होंने अगस्ति को भी बुलाया लेकिन वह कभी नहीं गया। यह बात घर में छिपी रहने वाली नहीं थी। मृदुला के पिता को काव्या की चिन्ता होने लगी। अब वह सयानी हो गई थी। मृदुला की बड़ी बहन का पति डॉक्टर था—अत्यन्त सामाजिक और सहायता में तत्पर। उसकी बहन भी स्वयं आर्किटेक्ट थी। दोनों का मुम्बई में बहुत बढ़िया चल रहा था। पिता के कहने पर मृदुला की बहन काव्या को कुछ दिन हवा बदलने के लिए अपने घर ले गई।

अगस्ति की माँ के ध्यान में आ गया कि कुछ गड़बड़ है और वह कुछ दिन उनके पास रहने के लिए आई। जब वह वहाँ थी, तब भी काव्या की ज़िम्मेदारी उसे नहीं दी गई बल्कि मृदुला की बहन काव्या को लेकर चली गई। इससे वह और आहत हो गई। डॉ. नाडकर्णी और मृदुला के रिश्ते का मामला उसके कानों तक भी आया था। हमने पहले ही देखा है कि मृदुला को साहित्य, नाटक आदि में दिलचस्पी थी। जब अगस्ति नहीं होता था, तब उसका वह दायरा सक्रिय हो उठता था और उस में पुरुषों की संख्या स्त्रियों से अधिक होती थी। उन्मुक्त बर्ताव की जन्मघुट्टी मृदुला को घर से ही मिली थी। अगस्ति की माँ ने मृदुला की सुन्दरता और उसके बावलेपन के कारण अनेक पुरुषों को उसकी तरफ़ आकृष्ट होते देखा था। लेकिन किसी के साथ उसके रिश्ते का सबूत उसे नहीं मिला था। हालाँकि ऐसा मामला था भी नहीं। कुल मिलाकर, वह पुराने चलन की स्त्री थी। उसे स्त्री-पुरुष के मुक्त रिश्ते का अभ्यास नहीं था। उसने अपने हिसाब से निष्कर्ष निकाला और अगस्ति को बताया।

लेकिन इससे अगस्ति और ज़्यादा पस्त हो गया। उसने जब सीधे-सीधे मृदुला से पूछा, तब वह सुलग उठी। उसने अपने हाथ का बर्तन फेंककर उसे दे मारा, मगर बोली कुछ नहीं। यह सब झूठ होने के बावजूद उसने इससे इनकार नहीं किया। दो दिन वह कमरा बन्द किये बैठी रही। तीसरे दिन वह सीधे डॉ. नाडकर्णी से मिलने गई और उनसे बोली, "पुरुष वेश्या के पास भी जा सकता है और अकेली स्त्री किसी पुरुष के साथ केवल हँसते हुए दिख जाए तो भी उसे बदनाम किया जाता है।"

संयोग से पनामा का एक जहाज़ आठ ही दिनों में मुम्बई बन्दरगाह से प्रस्थान करने वाला था। लेकिन उसका चीफ़ इंजीनियर अचानक बीमार पड़ गया उन्हें तुरन्त ऐसे इंजीनियर की आवश्यकता थी जो जहाज़ पर जाने के लिए तैयार हो। पनामा जैसे देश के जहाज़ बहुत ही रद्दी माने जाते हैं। उन पर सुविधाएँ भी पर्याप्त नहीं होतीं और पैसे भी कम मिलते हैं। इसलिए इन जहाज़ों पर जाने के लिए अच्छे लोग तैयार नहीं होते। लेकिन अगस्ति परेशान होकर जहाज़ पर चला गया। जाने से पहले पति-पत्नी में कोई बात नहीं हुई। उसके जाने के समय मृदुला उससे बोली, "मैं ऊब गई हूँ।" इस पर उसने जवाब दिया, "मैं भी, लेकिन आज के दौर में इसमें नया क्या है?" और वह जहाज़ पर चला गया।

उसके जाने के बाद मृदुला ने डॉ. नाडकर्णी के पास जाना भी बन्द कर दिया। उसने अपने सारे सामाजिक सम्पर्क बन्द कर दिये। उसके फ़ंड क्लब के सदस्यों ने भी कई बार पूछा कि वह क्यों नहीं आती है? लेकिन उसने कोई उत्तर नहीं दिया। उसके पिता अब बहुत ज़्यादा चल-फिर नहीं सकते थे। इसलिए उसकी बहन उन्हें अपने साथ मुम्बई ले गई थी। मृदुला ने चार-छह महीनों के बाद काव्या को दोबारा पुणे बुलाया लेकिन काव्या ने लौटने से मना कर दिया। वह अब मुम्बई में अच्छे से सेटल हो गई थी। उसके इलाज़ का अच्छा असर दिख रहा था। इसलिए मृदुला की बहन ने भी आग्रह किया कि काव्या वहीं रहे। इससे मृदुला और ज़्यादा परेशान हो गई, भीतर ही भीतर टूटती गई, 'इम्पलोड' होती गई। अगस्ति के जहाज़ पर चले जाने के बाद हमेशा उसे अकेलापन सताता था। लेकिन तब पिता और बेटी का सहारा होता था। अन्य सांस्कृतिक बातें भी थीं, लेकिन अब उसे किसी प्रकार की दिलचस्पी नहीं बची थी।

वैसे भी, अगस्ति के जहाज़ से लौटने पर वह उससे अलग हो ही जाती थी। इसलिए उसके इस तरह अदृश्य होने के वे अभ्यस्त थे। इसलिए उन्होंने भी उसकी अनुपस्थिति का बहुत ज़्यादा संज्ञान नहीं लिया। यह ओढ़ा हुआ अकेलापन असामान्य था। उसके डिप्रेशन का अब कोई ओर-छोर नहीं था। उसने शराब पीना शुरू कर दिया। कई-कई दिनों तक घर में कैद रहने लगी। सारे भौतिक सुख होने के बावजूद सन्तुष्टि नामक चीज़ से उसका ज़िन्दगी भर कभी पाला नहीं पड़ा था। अब तो वह अत्यन्त तीव्र असन्तोष से भर गई। असन्तोष उसके अस्तित्व से उफनकर इस तरह बाहर गिरने लगा, जैसे दूध उफनकर बर्तन से बाहर गिरता है। हर दो-चार दिन बाद सुबह-सुबह मुम्बई से काव्या का फ़ोन आता। उस समय वह काव्या से, पिता से और बहन से बातें करती। दुनिया से उसका यही सम्पर्क बचा था, लेकिन उससे भी अब उसे किसी प्रकार का दिलासा नहीं मिल रहा था।

अगस्ति वैसे भी लगातार सम्पर्क नहीं रखता था। नौ-दस महीनों में उसने एक बार भी फ़ोन नहीं किया, ई-मेल तक नहीं किया। मृदुला ने भी सम्पर्क नहीं किया इसलिए वह भी एक अजीब मनोदशा में उतरने लगा। जहाज़ का चालक-दल अन्तरराष्ट्रीय था। उसमें अधिकांश इंडोनेशिया या अफ़्रीका के मुसलमान थे। उसका अधीनस्थ इंजीनियर जर्मन था। वह इन सबसे कटा-कटा सा रहता था। अगस्ति के साथ ही वह कुछ ठीक से पेश आता था। लेकिन वह कुछ-कुछ जिसे 'रेडनेक्स' कहते हैं, वैसा नियो-नाज़ी विचारों का था। कुछ दिनों से उसमें और इन अन्य लोगों में तनाव पैदा हो गया था। कैप्टन या तो उस दल के लिए अनुकूल था या फिर उसका उन पर कोई नियंत्रण नहीं था। अगस्ति वैसे भी किसी से बहुत ज़्यादा सम्पर्क रखने का आदी नहीं था। इस चालक-दल के साथ सम्पर्क करने की तो उसकी बिलकुल इच्छा नहीं थी और उसकी तत्कालीन मनोदशा में उसने ऐसा कुछ किया भी नहीं, बल्कि वह अधिकाधिक अकेला होता गया। लेकिन इसमें आश्चर्य की कोई बात नहीं थी। यह समझ में आने के बाद कि गोरा इंजीनियर अगस्ति से कुछ अच्छा बर्ताव करता है, उस दल ने अगस्ति के साथ भी अघोषित असहयोग का रास्ता अपनाया। नतीजतन, तत्कालीन मनोदशा में उसका लहजा जैसे, आँख और गर्दन ट्विच होना, एक ही बात को बार-बार बोलना, आवाज़ में खीज

वग़ैरह जैसी बातें बढ़ती गईं और उसका खुलेआम मज़ाक़ उड़ाया जाने लगा। अगस्ति के स्वभाव के कारण इससे पहले भी उसका जहाज़ के साथियों से कई बार झगड़ा हो गया था। लेकिन वह दूसरे के मामले में टाँग नहीं अड़ाता था। अपने काम में उस्ताद था इसलिए कैप्टन और अन्य भी उसे सँभाल लेते थे। अधिकांशत: जहाज़ पर कोई न कोई ऐसा व्यक्ति होता है, जो सभी को सँभाल लेता है। लेकिन इस जहाज़ पर ऐसा कोई नहीं था। इससे 'आईडेंटिटी' का टेन्शन बढ़ता गया। 9/11 के बाद दुनिया भर में ऐसी घटनाएँ बढ़ गई थीं। साल 2002 का जनवरी महीना था और दुनिया भर में ज़मीन पर जो हो रहा था, जहाज़ पर भी वही हो रहा था। भारत-भूमि के गुजरात प्रान्त में भी कुछ इसी तरह कुछ तनाव बढ़ रहा था और कुछ दिनों बाद उसका विस्फोट होने वाला था। इस बढ़ते तनाव के कारण जहाज़ पर रोज़ कुछ-न-कुछ घटनाएँ घटित होने लगीं। जहाज़ का जीवन पहले भी सनकी बनाने वाला होता है। ऊपर से तनाव, यह बुरी बात थी। उसमें ऐसे सामूहिक, वांशिक टेंशन और ज़्यादा ख़तरनाक थे। दिन-ब-दिन स्थिति और ख़राब होती जा रही थी।

इस बीच, मेक्सिको के तट के पास एक अंग्रेज़ी कम्पनी के जहाज़ से तेल का रिसाव शुरू हुआ, जिससे आसपास के पर्यावरण पर बड़ा प्रतिकूल असर पड़ा। इस समाचार पर दुनिया भर से कड़ी प्रतिक्रियाएँ आने लगीं। उनका जहाज़ इसी बड़े तेल-रिसाव से गुज़रते समय बन्द हो गया। डेक से कहीं भी नीचे देखें तो दूर-दूर तक सभी तरफ़ मतली लाने वाला तेल और उसमें मरी हुई तैरती मछलियाँ, यही दृश्य था। ज़िन्दगी में पहली बार अगस्ति को जहाज़ के सफ़र में तकलीफ़ होने लगी। उसे भी मतली आने लगी। जहाज़ तो बन्द हो चुका था इसलिए उस जगह से हिल भी नहीं सकते थे। उसे चालू करने की ज़िम्मेदारी अगस्ति और उस जर्मन आदमी की थी। जहाज़ का इंजन भी बाबा आदम के ज़माने का था। इंजन काम नहीं कर रहा था लेकिन पूरी तरह से बन्द नहीं था। दरअसल उससे पर्याप्त शक्ति तैयार नहीं हो रही थी। उससे कुछ अजीबोग़रीब आवाज़ें आने लगीं और उन आवाज़ों ने अगस्ति को मानो पागल बना दिया। फिर भी उसने इंजन को ठीक करने का काम दृढ़ता से जारी रखा। काम के दौरान इंजन बन्द किया गया था और जर्मन इंजीनियर अगस्ति के सुपरविजन में उसकी जाँच कर रहा था। तभी किसी ने इंजन चालू कर दिया।

किसी ने जानबूझकर, उस इंजीनियर को तकलीफ़ देने के लिए चालू किया या ग़लती से हुआ, बाद में इसकी जाँच-पड़ताल भी हुई वह अलग बात है, लेकिन उस समय आधे-अधूरे खोले गए इंजन के पहिए अचानक और अनपेक्षित रूप से ज़ोरदार आवाज़ के साथ घूमने लगे। इसके साथ ही इंजन में उस जर्मन इंजीनियर का हाथ फँस गया और कोहनी से टूट गया। इंजीनियर ने भौचक्क होकर कुछ देर अपने टूटे हाथ की तरफ़ देखा और फिर बेहोश हो गया। उसके ख़ून के फव्वारे से अगस्ति नहा उठा। किसी के स्पर्श से भी परहेज़ करने वाला अगस्ति पूरी तरह से दहल गया। तेल में डूबा, मृत मछलियों के बीच तैरता उसका जहाज़ और ख़ून से नहाया उसका शरीर...सारी चीज़ों से उसे बेतरह घृणा होने लगी। उसे उस जहाज़ से ही नहीं, बल्कि सारी तकनीकी से, सारी दुनिया से ऊब महसूस हुई। अब वह यंत्र से भी बिछड़ गया। केवल बिछड़ नहीं गया बल्कि उससे ग़ज़ब का दूर हो गया; दूसरे छोर तक जा पहुँचा।

जहाज़ पर इमरजेंसी घोषित हो गई। ख़ुशक़िस्मती से मेक्सिको का किनारा पास ही था इसलिए हेलीकॉप्टर से उचित दस्ता जहाज़ पर आया और अगली कार्यवाही ठीक-ठाक हुई। उसी रात उसने मृदुला से सम्पर्क करने का प्रयास किया। लेकिन बार-बार कोशिश करने के बाद भी मृदुला ने फ़ोन नहीं उठाया।

मेक्सिको पहुँचते ही अगस्ति ने स्वास्थ्य का हवाला देकर जहाज़ छोड़ दिया। उसने ज़मीन से भी मृदुला को कई बार फ़ोन करने की असफल कोशिश की। फिर उसने उसकी बहन को फ़ोन मिलाकर बताया कि वह लौट रहा है और मृदुला फ़ोन नहीं उठा रही है। बहन ने यह बात मृदुला के कानों में डाली और अगस्ति को बताया। लेकिन मृदुला उसका फ़ोन क्यों नहीं उठा रही थी, इसका बहन के पास कोई जवाब नहीं था। लेकिन दोनों को पता था कि मृदुला उससे बात नहीं करना चाहती है। ज़िन्दगी में पहली बार अगस्ति को किसी दूसरे व्यक्ति की बेहद ज़रूरत महसूस हो रही थी और लौकिक अर्थ में उसका सबसे क़रीबी व्यक्ति ही उसे रिस्पॉन्स नहीं दे रहा था। वह मेक्सिको में हवाई जहाज़ में बैठा। लेकिन लौटने की राह पर फ्रैंकफर्ट हवाई अड्डे पर उसे दोबारा मृदुला की बहन का फ़ोन आया। उसकी आवाज़ में ग़ुस्सा और दुःख का भीषण मेल था। वह इतनी मानसिक तनाव में थी कि उसकी सारी बातें समझ में नहीं आ रही थीं। उसे बस यही पता चला कि कुछ घंटे पहले

मृदुला ने ख़ुद को जलाकर ख़ुदकुशी कर ली है। उसने चिट्ठी लिखकर रखी थी, "मैं ज़िन्दगी से ऊब गई हूँ इसलिए ख़ुदकुशी कर रही हूँ।" यह अगस्ति के लौटने की ख़बर मिलने के बाद का कांड था। उस समय उसे पता नहीं था कि जहाज़ पर यह उसकी आख़री ट्रिप है।

मृदुला की ख़ुदकुशी के बाद के दो सप्ताह कैसे बीते, अगस्ति को कभी याद नहीं आया। दो सप्ताहों बाद पुलिस वग़ैरह जैसे आधुनिक दौर से सम्बन्धित मामले तो ख़त्म हो गए, लेकिन रिश्तेदार, मृदुला के आत्मीय वग़ैरह सभी बिखर गए। मृदुला की बहन दोबारा काव्या और पिता को लेकर मुम्बई चली गई। काव्या पुणे में रहने के लिए कभी नहीं लौटी। फिर तो अगस्ति पूरी तरह से अकेला हो गया और पहली बार उसे अकेलेपन से थोड़ी परेशानी हुई। अकेलेपन की चाह रखने वाला अगस्ति जब 'अकेला रह गया', तब उसे अकेलेपन की आँच महसूस होने लगी।

इसका एक महत्त्वपूर्ण कारण यह था कि उसके मन में अनेक प्रश्न उपस्थित हुए थे जिनके उत्तर उसके पास नहीं थे—ऐसा कैसे हुआ? मृदुला ने ख़ुदकुशी क्यों की? क्यों किया उसने ऐसा? मेरी ही ज़िन्दगी इस तरह क्यों बीती? मैं थोड़ा-सा हटकर हूँ, ऑड हूँ इसलिए? क्या मैं ऑड हूँ? क्या सचमुच मैं माइल्ड ऑटिज़्म का शिकार हूँ? सचमुच? हूँ मैं ऑटिज़्म का शिकार? मेरे पिता ग़ुस्सैल थे क्या इसलिए ऐसा हुआ? इस तरह परवरिश पाने वालों का, सभी का ऐसा होता है? नहीं-नहीं...बिलकुल नहीं...उस जर्मन शख़्स का हाथ क्यों कट गया? मुसलमानों और काले लोगों से वह बुरी तरह से पेश आया इसलिए? ऐसा बर्ताव करने वाले तो न जाने कितने लोग होते हैं, लेकिन उनके साथ तो नहीं होता ऐसा? उनके साथ ऐसा नहीं होता, सो क्यों? दुष्ट बर्ताव करने वाले या अनैतिक आचरण करने वालों को प्रकृति से कुछ सज़ा वग़ैरह मिलकर न्याय वग़ैरह नहीं होता। बिलकुल नहीं होता। इसके बारे में सारे धर्म क्या कहते हैं? क्या इसीलिए धर्म होते हैं? मैंने कभी धर्म के बारे में सोचा नहीं...क्या इसी कारण लोग धर्म मानते हैं? इसी कारण मानते हैं धर्म? और भगवान को भी मानते हैं, साला...भगवान को इसीलिए मानते हैं, मानते हैं भगवान को सभी...नहीं-नहीं...कम-से-कम आजकल तो

भगवान को मानने वालों की कुछ अलग ही चाहत होती है, परीक्षा में नम्बर या पैसा या अच्छी बीवी...लेकिन नहीं, धर्म से क्या होगा अब? कहाँ कुछ हुआ है धर्मों से? जर्मन का हाथ तोड़ने के लिए मुसलमानों ने धर्म को ही कारण बताया न? तो ऐसा है! यानी केवल अभी की दो-चार घटनाएँ नहीं, बल्कि मेरी सारी ज़िन्दगी...ऐसी क्यों बीती? ऐसी क्यों बीती सारी की सारी...इस तरह? सभी कारण जानना चाहते हैं...नहीं है? सभी की कारण पता होने आना चाहिए? यही तो मैं स्कूली जीवन से मानता आया हूँ। नहीं हैं क्या कारण? सब जो होता है, वैसा ही क्यों होता है? समझने की कोशिश न करें? समझ में न आए तो जिएँ कैसे? कैसे जिए? अब कैसे जिए? कोई भी कैसे जिए और क्यों? ऐसा क्यों होता है सब?...सभी का कोई कारण होता है?...और सारे यंत्र...वे सब किसलिए? हाथ तोड़ने के लिए, मारने के लिए, ख़ुदकुशी करने के लिए? दुनिया में यह सब ऐसा क्यों है...ऐसा क्यों हुआ है?...इसका कोई-न-कोई जवाब आदमी को मिलना नहीं चाहिए क्या?...नहीं-नहीं...मिलना ही चाहिए जवाब...लेकिन वह होता ही नहीं है। किसी बात के लिए कोई कारण ही नहीं होता। ऐसा होता तो अर्थ नहीं लगता? नहीं लगता अर्थ? और ऐसा होता तो क्या दुनिया नैतिकता से भरी नहीं होती? ऐसा है इसलिए वैसा हुआ, यानी किसी ने बुरा बर्ताव किया और उसे सज़ा हुई, ऐसी दुनिया होती तो आज जो है, वैसा होता ही नहीं...होता ही नहीं वैसा...बिलकुल नहीं... नहीं-नहीं...नहीं होता। मैं बेकार में बहुत ज़्यादा सोचता हूँ...बुरा, बिलकुल बुरा...इन सारी बातों का कोई मतलब नहीं है...नहीं...बिलकुल नहीं...किसी बात का कोई मतलब नहीं, प्रकृति में किसी बात का कोई मतलब नहीं...

उसके विचार इस तरह आदिम युग के मनुष्य के ज़हन में उत्पन्न हुए त्रिकालबाधित और प्राथमिक सतह के प्रश्नों के इर्द-गिर्द घूमते रहे। उसने इस तरह कभी सोचा ही नहीं था। जीवन के खोखलेपन को लेकर उसमें कभी कोई भावनाएँ नहीं जगी थीं। इस विषय में अन्य लोगों ने जो अनेक दशकों तक सोच-विचार किया, उसने उसे न कभी पढ़ा था और न कभी सुना था। आधुनिक दौर के भारत में, यानी भारत की विशेष आधुनिकता में, इंजीनियरिंग या डॉक्टरी जैसी उच्च शिक्षा के पाठ्यक्रमों में भी जीवन का खोखलापन इत्यादि विषय नहीं होते। लेकिन इस मामले में अगस्ति निरूपाय था।

जीवन के खोखलेपन से इतना परेशान होने के पीछे यह एक कारण था। दूसरी बात, उसकी ज़िन्दगी में घटी घटनाएँ भी सचमुच हमेशा से ज़्यादा ख़तरनाक थीं। तीसरी बात, उसकी भावनाएँ दूसरों की तुलना में अधिक तीव्र थीं। एक बार कोई धुन सवार हुई, फिर वह दिमाग़ से जाती नहीं थी, फिर इसके चाहे जो भी कारण हो, या जैसा उस समय उसे लग रहा था, कोई कारण न भी हो। इसी कारण एक बार यह विचार उसके दिमाग़ में आने के बाद वह अन्त तक बाहर नहीं गया और उसकी ज़िन्दगी ही बदल गई।

मतलब यह कि अगस्ति के बुनियादी स्वभाव में परिवर्तन नहीं हुआ, भावनाओं की तीव्रता में कमी नहीं आई, अचानक वह लोगों से मिलने-जुलने वग़ैरह से बचने लगा, विशिष्ट बातें विशेष प्रकार से ही चाहिए, उसकी यह चाहत भी कम नहीं हुई, कपड़ों में इस्त्री भी उसने शुरू नहीं की, उसकी आँख और गर्दन का ट्विच होना नहीं रुका। इसका सबूत यह है कि उसने हमेशा की तरह तैश में आकर घर सँवारना शुरू किया। अब जब जीवन में ही कोई सार नहीं रहा, तो घर भी क्यों सँवारे, यह सवाल उसके ज़हन में नहीं उभरा, यह बात अलग है। असंगति की और अर्थहीनता का अहसास होने के बावजूद इसी के जरिए मनुष्य अनेक सदियों से अपना मनुष्यपन साबित करता आया है; उसने भी यही किया। हालाँकि मृदुला को जब अर्थहीनता का अहसास हुआ, उसने आख़िर में कई दिनों तक घर नहीं सँवारा था, यह विरोधाभास है। लेकिन जीवन विरोधाभासों से भरा होता है, इसके लिए मनुष्य निरूपाय होता है। और शायद यह भी कह सकते हैं कि मृदुला को कुल मिलाकर मानवीय जीवन की अर्थहीनता महसूस नहीं हुई थी, बल्कि उसे केवल अपने जीवन की अर्थहीनता महसूस हुई थी और इसीलिए उसने घर नहीं सँवारा, लेकिन ख़ुदकुशी की। यानी यह भी यक़ीन से नहीं कहा जा सकता कि जीवन की अर्थहीनता के अहसास से गुज़रे लोग ख़ुदकुशी नहीं करते। कम-से-कम आधुनिक दौर में। मानवीय इतिहास में अर्थहीनता का एहसास मनुष्य को केवल आधुनिक युग में नहीं हुआ है। लेकिन आधुनिक दौर में ही उसे पहली बार ऐसा लगा कि अब सभी अर्थ उसे मिल गए हैं, जो पहले कभी नहीं लगा था। और अर्थ देने या होने के इतने प्रयास के बाद ही हमें यह एहसास हुआ, यह आधुनिकतापूर्व और आधुनिक दौर में एक बहुत बड़ा अन्तर ज़रूर आया है। इस तरह फिर एक

बार महसूस हुई अर्थहीनता की बुनावट यक़ीनन अलग होगी। यानी अर्थहीनता की नहीं, बल्कि उन संवेदनाओं और उससे उत्पन्न भावनाओं की बुनावट अलग होगी। लेकिन फिर आधुनिक या उत्तर-आधुनिक दौर में जीवन की निरर्थकता समझ में आने के बाद, पहले के दौर में अर्थहीनता जिन लोगों को समझ आई थी, उनसे अलग बर्ताव क्यों करते हैं? वे ख़ुदकुशी क्यों करते हैं? ये अगस्ति के मन में उत्पन्न प्रश्न नहीं थे, बल्कि उसके बहाने हमारे सामने उपस्थित हुए प्रश्न थे। अगस्ति के सामने कोई दूसरा व्यक्ति ऐसे अनेक प्रश्न पेश करने वाला था और अर्थहीन बनी उसकी ज़िन्दगी में मानो कुछ अर्थपूर्ण विमर्श करके अलग ही स्तर के प्रश्न उसके सामने उपस्थित करने वाला था। उसने तब तक इस तरह अर्थहीनता से भिड़कर अधिकाधिक वैचारिक ऊँचाई पर जाना, उससे आनंद प्राप्त करना और फिर एक बार 'इसमें क्या अर्थ है' जैसा कुछ भी अनुभव नहीं किया था। अब यह उसकी क़िस्मत में आने वाला था। उसका समापन कैसे हुआ? अगस्ति की भावनाएँ अत्यन्त तीव्र थीं। तो क्या वह यह सहन न कर सका? यही अब हमें देखना है।

लेकिन इस चरम छोर पर पहुँचने से पहले उसे अपने तात्कालिक सवालों के जवाब मिलने ज़रूरी थे। वरना उसका अगला सफ़र होता ही नहीं। उसकी ज़िन्दगी में न सही, लेकिन कम-से-कम विचारों में कुछ तो आश्वासन होना ज़रूरी था और वह हुआ। कुछ ऐसा—

अगस्ति ने बिखरा हुआ घर सँवारना शुरू किया। मृदुला ने ख़ुद को रसोईघर में जलाया था। वहाँ का और उससे फैला पसारा किसी और ने साफ़ किया था, फिर भी उसकी निशानियाँ बची हुई थीं। उन्हें हटाना सबसे कठिन काम था। फिर उसने पूरा रसोईघर रँगाने का निश्चय किया। दूसरा सवाल था, मृदुला के व्यक्तिगत सामान का। लेकिन यह समस्या उसकी बहन ने जाने से पहले काफ़ी हद तक हल कर दी थी। मतलब, कुछ चीज़ें वह अपने लिए, काव्या के लिए और पिता के लिए बतौर स्मृति अपने साथ ले गई थी। बची हुई चीज़ें, मसलन कपड़े इत्यादि उसने एक एन.जी.ओ. को दान में दे दिए, जो ग़रीबों में ऐसी चीज़ें बाँटता था। फिर भी कई चीज़ें बची हुई थीं और उनमें थीं कुछ किताबें। अगस्ति को उनमें कोई दिलचस्पी नहीं थी इसलिए उसने उन्हें सीधे रद्दी में दे दिया। लेकिन देते समय कुछ किताबों ने उसका ध्यान

आकर्षित किया और उसने उन्हें रोक लिया। उनमें एक पुस्तक थी, 'इंट्रोडक्शन टू रोमांटिसिज़्म'—रोमांटिसिज़्म की प्रस्तावना।

मृदुला रोमांटिसिज़्म के बारे में क्यों पढ़ रही थी, इसके बारे में उसे जिज्ञासा हुई। क्योंकि रोमांटिसिज़्म के बारे में उसकी धारणा भी एक आम भारतीय व्यक्ति की तरह ग़लत ही थी। सामान्य मनुष्य के लिए 'रोमांटिक' यानी स्त्री-पुरुष प्रेम से सम्बन्धित कुछ; बहुत हुआ तो ऐसा कुछ जो यथार्थ से कटा, स्वप्निल है। मृदुला इस उम्र में ऐसा क्यों पढ़ना चाहती होगी, इस जिज्ञासा से उसने उसे पढ़ना शुरू किया और वह दहल गया। दरअसल वह पुस्तक दर्शनशास्त्र की रोमांटिसिज़्म नामक एक शाखा के बारे में थी और उसमें उन अनेक प्रश्नों की चर्चा थी, जो उसे सता रहे थे। दरअसल, होता यह है कि जब कोई मनुष्य नया-नया पढ़ने लगता है, तब वह उस पढ़े हुए पर तेजी से मोहित हो जाता है। उसे लगने लगता है कि उसके सभी प्रश्नों के उत्तर उसी में हैं और ये बातें उस व्यक्ति के ध्यान में ही नहीं आतीं कि इसके बारे में अन्य कुछ मत भी हो सकते हैं, या अन्य किसी ने भी इसके बारे में और अधिक सोच-विचार किया होगा, या हमें इस विषय की पूरी जानकारी नहीं होगी और होगी तो भी हमें उस विशिष्ट पुस्तक के विचार भी ठीक से समझ में नहीं आए होंगे, या उस विषय के कुल ज्ञान-संचय में उस पुस्तक का स्थान इसका हमें ठीक-ठीक पता नहीं है। अगस्ति का भी वही हुआ। भारत में, कम-से-कम महाराष्ट्र में ऐसी ऐसा रिवाज है। दर्शन के बारे में कुछ भी पता न होने के बावजूद केवल नीत्शे की एक पुस्तक या किसी विशिष्ट उपनिषद का अनुवाद पढ़ते हैं और उससे हुई अनुभूति को अन्तिम समझते हैं। अनेक लेखक भी ऐसा करते हुए नज़र आते हैं तो इसमें अगस्ति का क्या दोष? और उस समय वह जिस विशिष्ट मनोदशा में था, उसे देखते हुए ऐसा होना स्वाभाविक ही था।

अगस्ति बुद्धिमान था और संगति को पसन्द करने वाला भी। जीवन की असंगति चाहे जितनी महसूस हुई हो, मगर उसकी संगति छूटी नहीं थी। दो-चार पन्ने पढ़ते ही उसके ध्यान में आया कि मामला थोड़ा अलग है। इस प्रकरण के पीछे न जाने कितने महत्त्वपूर्ण लोग लगे थे। मसलन, रूसो, वैगनर, बायरन, शेली, कीट्स, वर्ड्स्वर्थ, थोरो, विक्टर ह्यूगो, गोएथे इत्यादि; उनमें से कुछ नाम तो उसने स्कूल में भी सुने थे और उससे भी वह प्रभावित हो गया।

फिर उसने नोट्स बनाना शुरू किया। ख़ास कर मनुष्य के जिन गुणों को रोमांटिसिज़्म महत्त्व देता है, वे गुण और रोमांटिसिज़्म के महत्त्वपूर्ण सिद्धान्त उसके ध्यान में आए। उन्हें उसने एक जगह पर लिखा। वे इस प्रकार थे—

1. विचारों की अपेक्षा भावनाएँ श्रेष्ठ होती हैं। आधुनिकता की बुनियाद बने वैज्ञानिक तर्कों की न केवल सीमाएँ हैं, बल्कि उन्हें दिशा भी ग़लत मिल सकती है। इसलिए भावना श्रेष्ठ होती है। नैतिक निर्णय भी तर्क के सहारे नहीं बल्कि भावना के सहारे करना अधिक उचित है।
2. छोटे गाँव, बस्तियाँ अच्छे और अधिक मानवीय होते हैं। शहर, यांत्रिक, बुरे और अमानवीय हैं। वे मनुष्यों को यंत्र बना देते हैं।
3. सामाजिक संकेत, जैसे कपड़े विशिष्ट ढंग से पहनना, एक-दूसरे से मिलने पर ख़ास ढंग से अभिवादन करना; इनमें कोई तथ्य नहीं होता।
4. मनुष्य की ज़िन्दगी में सबसे बड़ा अधिष्ठान प्रकृति का है और वह भी केवल मधुर, सुन्दर नहीं बल्कि रौद्र भी होती है। ठीक वैसी ही जैसी अगस्ति ने कई बार अपने पसन्दीदा समुद्र को देखा था—कभी शान्त तो कभी खौलता हुआ।
5. नैतिक निर्णय जन्मजात, अन्त:प्रेरणा से लिए गए और तीव्र होने चाहिए।
6. आधुनिकता में भी व्यक्ति-स्वातंत्र्य का सिद्धान्त बुनियादी है, लेकिन रोमांटिसिज़्म में चरम व्यक्ति-स्वातंत्र्य अपेक्षित है और समुदाय में रहना, सामाजिक जीवन आदि का दोयम स्थान, अकेलेपन का तीव्र आकर्षण अकेलेपन का ग्लैमर है।
7. भावनाओं का अधिक महत्त्व तो है ही, लेकिन भावनाएँ भी कैसी? तीव्र, अन्यों की कद्र न करने वाली। ऐसी भावनाओं वाला व्यक्ति अन्यों को उद्दंड लगे, तो भी कोई बात नहीं।
8. ऐसा व्यक्ति ही कई बार जीनियस होता है लेकिन दुनिया उसकी कद्र नहीं करती।
9. भौतिक संसार, उसकी कमॉडिटियाँ, उसका ढिंढोरा पीटने वाला पूँजीवाद, प्रौद्योगिकी, औद्योगिकरण आदि बातें इस मनुष्य के पैरों की बेड़ियाँ हैं।
10. और अन्तिम बात यह कि प्रकृति ही असल है, प्रकृति ही ईश्वर है।

अगस्ति को यक़ीन हुआ कि इनमें से प्रथम आठ सिद्धान्तों में वह फिट बैठता है। वह ऑटिस्टिक नहीं है, बल्कि एक महान विचारधारा का जन्मजात वारिस है और इसमें शर्म करने जैसी कोई बात नहीं है, बल्कि गर्व की बात है; इस बारे में उसे पूरा यक़ीन हो गया। और इस निश्चय के साथ कि अब अन्तिम दो सिद्धान्त आचरण में लाने हैं और यही उसका प्रेय और श्रेय है, वह कई दिनों के बाद शान्ति से सो गया।

घटना घटित हुई सन् 2002 में, गुजरात दंगे के समय लेकिन हमारे उपन्यास के केन्द्र में जो घटनाएँ हैं और जिनके बारे में मैं कहना चाहता हूँ, वे हैं सन् 2018 की। इस बीच के सोलह सालों में अगस्ति ने अपने फ़्लैट के दरवाज़े, खिड़कियाँ बन्द कर सम्भवत: एकाकी ज़िन्दगी बिताई। बिना कुछ और किये, इस तरह सहज जी पाने लायक़ पैसे उसके व्यवसाय ने उसे पहले ही दिये थे। काव्या भी अब अच्छे-से सेटल हो गई थी। अपने पैरों पर कुछ-कुछ खड़ी रहने की आशा करने लायक़। वैसे भी उसकी और उसकी मौसी की भी इच्छा नहीं थी कि वह अगस्ति के साथ बहुत ज़्यादा सम्पर्क रखे। अगस्ति के लिए भी यही सुविधाजनक था। इसलिए लौकिक अर्थ में उसकी व्यक्तिगत-नैतिक ज़िम्मेदारियाँ ख़त्म हो गई थीं।

तब से वह घर से बाहर निकलता तो बस रोज़मर्रा की ज़रूरतें पूरी करने के लिए, प्रकृति के सान्निध्य और उसके संवर्धन के लिए। पुणे के बीचोबीच के हनुमान टीले का एक हिस्सा कुछ सालों में उसने पेड़ों से हरा-भरा कर डाला था। पुणे की सरहद पर जाकर भी वह पेड़ लगाकर जंगल बनाने का एकाकी प्रयास कर रहा था। 'गार्डन ऑफ़ ईडन' सोसायटी में उसने मार्च 2018 से यह प्रयास शुरू किया था, यह हम पहले प्रकरण में देख चुके हैं। उसने आधुनिक पाश्चात्य दवाइयाँ लेना बन्द कर दिया। उसके दाँत कभी भी तन्दुरूस्त नहीं थे। लेकिन बाद में दाँतों में दर्द होने पर भी वह कभी किसी डेंटिस्ट के पास नहीं गया। इसलिए जैसे-जैसे साल बीतते गए, वैसे-वैसे उसके चार दाँत और दो दाढ़ें गिर गईं। वह और ज़्यादा बूढ़ा दिखने लगा। उसकी बातें पहले से तीव्र होने और बीच-बीच में वही-वही शब्द या वाक्य होने के कारण दूसरों को समझने में वैसे भी परेशानी होती थी। अब मुँह ही कुछ मात्रा में पोपला हो जाने के कारण औरों के लिए उसकी बातें समझना और ज़्यादा मुश्किल होने लगा।

इसलिए उसकी चिड़चिड़ाहट भी कुछ-कुछ बढ़ गई। क़रीबी सोहबत के लिए वह एक नल चालू रखने लगा। उससे झरते पानी की टप्-टप् की आवाज़ों से उसे सुकून मिलता था।

यंत्रों से सम्पर्क उसने यथासम्भव कम कर लिया था। अपना मोबाइल तो फेंक ही दिया था। दो-चार लोग टीले पर आकर एक-दूसरे से बातें करने के बजाय या प्रकृति में मगन होने के बजाय फ़ोन पर बातें करते तो उनके पास जाकर वह अत्यन्त तीव्र भाव से उन्हें मना करता। इस कारण एक-दो पुलिस केस भी उसने अपने ऊपर डलवा लिए और एक-दो थप्पड़ भी खा चुका था। ये बातें छोड़ दें तो एकान्तवास ही उसका उद्योग बन गया था। बातें लगभग ख़त्म हो चुकी थीं। बीच-बीच में वह अपने आप से ही 'ऊब गया' बड़बड़ाता था। कभी-कभी किसी पूरे सप्ताह भर में यही उसके उच्चारित शब्द होते थे। इस एकान्त जीवन ने उसकी पहले से तीव्र भावनाओं को और तीव्र बना दिया। अत्यन्त क्वचित् रूप में ही उसका कुछ अन्य लोगों से सम्बन्ध बना और उनके मिलाप से कुछ विलक्षण घटनाएँ घटित हुईं, जो मैं आगे सुनाने वाला हूँ।

सत्यकाम : 2

आकाश का जन्म 1992 में हुआ और जन्म के बाद ही माँ और बच्चे का पहला परस्पर 'बाह्य-स्पर्श' हुआ। पेट में माँ को बालक का अस्तित्व महसूस होता है, मगर 'सूक्ष्म स्पर्श' का ज्ञान नहीं होता। इसलिए माँ को बच्चे का स्पर्श और बच्चे को माँ का स्पर्श सही मायने में बच्चे के जन्म के बाद ही होता है, जो अत्यन्त सुखदायी और आनन्ददायी भी होता है। लेकिन यह नियम सामान्य परिस्थितियों में और सामान्य व्यक्तियों पर लागू होता है। आकाश के जन्म के बाद यल्लव्वा ने उसे उसकी माँ को सौंपा। उसकी माँ ने उसे सीने से लगाया। कुछ पल के लिए उस स्पर्श से वह रोमांचित भी हुई। बाद में भी क्वचित, 'लापरवाह' पलों में वह उस स्पर्श से रोमांचित अवश्य होती रही, लेकिन इन अपवादात्मक क्षणों के अलावा उसके मन में उस स्पर्श के लिए ख़ुशी की अनुभूति तो दूर की बात, लगभग मतली जैसी भावना ही पनपी थी। इसका एक कारण यह था कि वह हमेशा 'चौकन्नी' रहती थी। सभी वेश्याओं का ऐसा ही होता है, सो बात नहीं। लेकिन अनसूया थी ही अलग। उसकी ये भावनाएँ उसके बच्चे में भी पहुँची होंगी। आकाश तीसरे ही साल अन्य बच्चों से अधिक ख़ामोश, स्वयंस्फूर्त और 'समझदार' बन गया था। वह बालकोचित उत्साह में बेवजह भागदौड़ नहीं करता था। रोता तो बिलकुल नहीं था। उसमें उच्छृंखलता लगभग नहीं थी। लेकिन उसकी यह ख़ामोशी सन्तुष्टि नहीं थी, बल्कि दुनिया से ठीक-ठीक क्या उम्मीद की जा सकती है, इस एहसास से आया सयानापन था। बच्चे के तीसरे साल तक, हमें लगता है कि बच्चा कुछ नहीं समझता, मगर आधुनिक मनोविज्ञान यही कहता है कि उस पर तब तक हुए संस्कार अत्यन्त महत्त्वपूर्ण होते हैं। आकाश मानो इसी बात का प्रमाण था।

आकाश का सबसे ज़्यादा ख़याल यल्लव्वा ने ही रखा। जब वह तीन साल का था, 'शोषित विकास' नामक एक एन.जी.ओ. के प्रबन्धक श्री दिवेकर उसे देखने के लिए आए थे, तब यल्लव्वा ही उनसे मिली थी। जब अगले सप्ताह सभी माँओं को अपने-अपने बच्चों को लेकर उस संस्था के कार्यालय में बुलाया गया, उस वक़्त अनसूया को उसी ने आग्रहपूर्वक वहाँ भेजा। संस्था वेश्याओं के बच्चों के लिए एक हॉस्टल चलाती थी, जहाँ वह बच्चों का स्कूल में दाख़िला कराने से लेकर रहने-भोजन तक सब कुछ उन्हें उपलब्ध कराती थी। अनसूया के बिना कुछ ना-नुकुर किये तीन साल के आकाश को वहाँ ले जाने के पीछे यह भी एक कारण था कि लड़का वहाँ चला जाएगा तो एक संकट टल जाएगा। उस दिन उसके साथ कई वेश्याएँ अपने-अपने बच्चों को लेकर वहाँ हाज़िर हो गई थीं। उनमें से कइयों को तो यह भी ठीक से पता नहीं था कि उन्हें यहाँ किसलिए बुलाया गया है। कइयों को तो वह धन्धे की ही एक और जगह लग रही थी। इसलिए संस्था के दफ़्तर में लापरवाही से अस्त-व्यस्त-सी बैठी थीं। कुछ स्त्रियाँ प्रतीक्षा करते-करते जहाँ जगह मिले वहाँ और अपनी दैहिक दशा की लापरवाही में लेट भी गई थीं। थकान तो उनकी क़िस्मत में हमेशा लिखी होती है। थकान तो भारत की तमाम स्त्रियों की क़िस्मत में लिखी होती है। ख़ास कर श्रमजीवी स्त्रियों की; लेकिन श्रमजीवी न समझी जाने वाली कुछ स्त्रियों की भी क़िस्मत में लिखी होती हैं। इस व्यवसाय में तो और भी ज़्यादा। इसलिए उनमें से कई स्त्रियाँ जहाँ जगह मिली वहाँ लेट गईं। अनेक तो खुलेआम पल्लू हटाकर अपने नन्हों को दूध पिला रही थीं। आधुनिकता से जन्मी प्राइवेसी की अवधारणा इसी तरह कुछ को लाँघकर आगे बढ़ी चली जाती है। लेकिन प्रबन्धक दिवेकर और उनके सहयोगी इन सारी बातों के आदी होंगे। उन्होंने इससे अभ्यस्त होने के कारण पहले सबको 'ठीक से' बैठने के लिए कहा। फिर उनसे कहा कि हम आपके बच्चों को हॉस्टल में भर्ती कर उनका ख़याल रखेंगे, उन्हें पढ़ाएँगे और ज़िन्दगी में आप पर जो कुछ गुज़रा है, उसकी आँच से उन्हें बचाएँगे। यह भी बताया कि लड़कों को बारह साल तक और लड़कियों को कॉलेज की पढ़ाई ख़त्म होने तक सँभालेंगे। उन्होंने उन्हें अपना 'विहार' नामक छात्रावास भी दिखाया। अधिकांश माँओं ने ख़ुशी से और कुछ ने दबाव के चलते यह स्वीकार किया।

वैसे भी, उनकी मौसियों ने उन्हें 'वहाँ बच्चों को छोड़कर आओ' का आग्रहनुमा आदेश और 'वरना' की धमकी भी दी थी। अपने बच्चों को वहाँ छोड़कर जाते समय अनेक माँओं की आँखें नम हुईं। हालाँकि उनमें कुछ सूखी आँखों वाली भी थीं। उन्हीं में से एक थी अनसूया।

आकाश 'शोषित विकास' के 'विहार' छात्रावास में दाख़िल हुआ और उसी रात उसे पहली बार मिरगी का दौरा पड़ गया। संस्था के कार्यकर्ताओं को लगा कि छोटा बच्चा अपनी माँ से बिछड़ गया है, इसलिए ऐसा हुआ होगा। लेकिन लगता नहीं था कि आकाश को अपनी माँ से बिछड़ने का कोई विशेष दु:ख हुआ है। वह ऐसा बच्चा था, जो बिलकुल नहीं रोता था। तीसरे दिन भी जब उसे दुबारा मिरगी का दौरा पड़ गया, तब उन्हें कुछ सन्देह हुआ। पूछताछ के बाद पता चला कि आकाश को उम्र के दूसरे साल से ही मिरगी के दौरे पड़ते हैं। न केवल उसे, बल्कि उसकी माँ को भी। फिर उन्होंने आकाश के लिए डॉक्टर को बुलाया और उसका इलाज़ शुरू किया। लेकिन अठारह साल तक उसे मिरगी के दौरे पड़ते ही रहे और एक अपवाद छोड़, उसे चाहे जितनी तकलीफ़ हो, उसने कभी अपनी आँखों से आँसू की एक बूँद तक नहीं निकाली। उसे तकलीफ़ भी काफ़ी हुई। क्यों, यह हम आगे देखेंगे।

संस्था के दो हॉस्टल थे। एक लड़कों के लिए और एक लड़कियों के लिए। भोजन कक्ष भी था। हॉस्टल के भोजन की एकरसता या घरेलूपन का अभाव यहाँ भी था। लेकिन यहाँ इन बच्चों को पहली बार ठीक-ठाक भोजन मिलता था। अब तक अधिकांश बच्चों को सड़क पर मिलने वाले मिसल, वड़ापाव, पकौड़ी, कच्छी दाबेली, कीमा पाव जैसे चटपटे किन्तु हानिकारक व्यंजनों की ही आदत थी। कइयों के लिए यह सात्विक भोजन भारी पड़ जाता था, लेकिन और कोई रास्ता नहीं था। शनिवार-रविवार को उन्हें अपनी माँओं के पास जाने या उनकी माँओं को यहाँ आकर उनसे मिलने की अनुमति थी। अनसूया शायद ही कभी आकाश से मिलने आई होगी। यल्लव्वा ही आती थी। यहीं से आकाश के अन्य लड़कों से अलग-थलग होने की शुरुआत हुई।

इन बच्चों के अपने पहले वाले खेल भी अलग थे। मसलन, लड़कियाँ 'ग्राहक-ग्राहक' का खेल खेलती थीं और लड़कों की दिलचस्पी गुंडा बनने या गुंडागर्दी करने में होती थी। थोड़ा बड़ा होने पर वे आपस में 'सेक्स' खेलते थे।

गाली-गलौज की तो कोई गिनती ही नहीं थी। 'मादरचोद' शब्द से प्रत्येक वाक्य की शुरुआत करने और 'बहनचोद' शब्द से समाप्त करने की प्रथा थी। इन सारी बातों का अर्थ अपनी छोटी उम्र के कारण वे समझते भी नहीं थे, लेकिन छोटी उम्र में ऐसी अनेक बातों से मुठभेड़ हो जाने के कारण कुछ-कुछ ऐसी अधकचरी बातें उन्हें समझ में आ गई थीं। कुछ अजीबोग़रीब घालमेल था। इस माहौल में, गालियों में नवीनता लाने के लिए कुछ अत्यन्त रचनात्मक गालियाँ और धमकियाँ भी यहाँ जन्म लेती थीं। जैसे, 'गांड में डंडा घुसेड़ दूँगा' के बजाय 'मोबाइल पर गाना बजाकर उसे गांड में डालूँगा और उसके ताल पर नचाऊँगा' जैसी गाली की धमकी छह साल के एक लड़के ने तैयार की थी और वह लोकप्रिय भी हो गई थी। उन्हें ऐसी चीज़ों से दूर करने और अधिक 'सामान्य' आचरण सिखाने के लिए संस्था ने कुछ अध्यापकों और स्वयंसेवकों को नियुक्त किया था। वे स्कूल के समय के अतिरिक्त समय में आकर यह काम करते थे। संस्था द्वारा दी जानेवाली इन सुविधाओं का लाभ लड़कियाँ अधिक उठाती थीं। अनुभव यह था कि लड़के बहुत बड़े पैमाने पर गुंडागर्दी के चक्कर में पड़े रहते थे। उनमें अपनी बस्ती के गुंडों का बड़ा आकर्षण था। उनके लिए वे ही हीरो थे। ये बच्चे जब शनिवार-रविवार घर जाते, तब बस्ती के गणेशोत्सव जैसे अवसरों पर, या नई लड़कियों को लाने के बाद उन्हें अभ्यस्त कराते समय गुंडों का रौब अपनी आँखों से देखते और उन्हें वैसा ही करने के लिए ललचाते। लड़के बारहवें साल में संस्था छोड़कर चले जाते। आर्थिक कारणों से संस्था के लिए उन्हें अधिक समय तक रखना सम्भव नहीं होता था। लड़कियों का अधिक ख़याल रखा जाता था। इसके पीछे संस्था का विचार था कि कम-से-कम वे इस विशेष धन्धे से मुक्त हो पाएँ।

आकाश इन सबसे अलग निकला, जिसके कई कारण थे। ऐसा भी नहीं कि वह ऐसे खेल बिलकुल नहीं खेलता था या गालियाँ नहीं देता था। लेकिन उसका अनुपात पहले से ही बहुत कम था। एक और बात, उसे मिरगी का दौरा पड़ता था और बाक़ी बच्चे उसका मज़ाक़ उड़ाते थे, इसलिए भी वह अन्य लड़कों से कुछ अलग रहता था। जब भी आकाश खेल में शामिल होने के लिए आता, बच्चे उसके मिरगी का दौरा पड़ने की नकल उतारते।

आकाश बात करते समय कई बार बीच-बीच में अटकता था। वह तनिक तोतला भी था और स्कूल में भी वह मज़ाक़ का विषय बन गया था। कक्षा में उपस्थिति दर्ज करने के लिए अध्यापक जब भी उसका नाम पुकारते, उससे उत्तर के रूप में झट् से 'येस सर' या 'हाज़िर हूँ सर' कहते ही नहीं बनता था। फिर ख़ूब हँसी के फव्वारे छूटते। इसे टालने के लिए आकाश बहुत कोशिशें करता। बिलकुल जी-जान से 'उस' पल की प्रतीक्षा करते हुए वाक्य का कन्स्ट्रक्शन करता ताकि उस समय 'उन' शब्दों का उच्चारण कर सके। और इसमें कभी-कभी वह सफल भी हो जाता। लेकिन वह सफल न हो इसलिए बाक़ी बच्चों द्वारा उसी पल उसकी क़मीज़ खींचने जैसी हरकतें की जातीं। वह फिर से अटकता और ज़ोर से हँसी के फव्वारे छूटते। अध्यापक कभी किसी सवाल का जवाब पूछते, तब भी यही होता। साल 2002 में जब वह दस साल का था, उसने इन बातों से ऊबकर स्कूल ही छोड़ना चाहा। लेकिन दिवेकरजी ने बाक़ी लड़कों को डाँटा जिससे उनकी इन हरकतों में कमी आई और वह स्कूल में बना रहा। ऐसी नकारात्मक बातों और उसकी मिरगी की बीमारी के कारण संस्था उसका ख़ास ख़याल रखती थी। इसलिए भी आकाश उन लड़कों से अलग-थलग पड़ गया। लेकिन इससे एक तरह से उसी का लाभ हुआ। उसे सप्ताह के अन्त में माँ से मिलने जाने की कोई इच्छा नहीं होती थी। इसलिए 'उस माहौल' से भी वह दूर रहा। अधिकांश शनिवार-रविवार को वह स्कूल की लाइब्रेरी से लाई गई किताबें पढ़ता रहता या संस्था के दफ़्तर के अख़बार। प्रबन्धक दिवेकरजी ने उसमें अख़बारों के सम्पादकीय और विश्लेषण पढ़ने की दिलचस्पी जगाई। संस्था में आए अध्यापक या कार्यकर्ताओं से भी वह बातचीत करता रहता। संस्था का लेन-देन, सामाजिक कार्य के तनाव और नैतिक प्रश्न, राजनीति जैसे विषयों पर उनकी चर्चाएँ होतीं। इनमें एक चर्चा उस समय बड़ी ज़ोरदार थी—वेश्यावृत्ति को क़ानूनी मान्यता दी जाए और वेश्याओं को सेक्स वर्कर कहकर पुकारा जाए। इन सब चर्चाओं में शुरू-शुरू में वह एक मूक श्रोता था, लेकिन बाद में उनमें प्रत्यक्ष हिस्सा लेने लगा। इस अकेलेपन के कारण छोटी उम्र रो ही उसमें एक तरह की ख़ुद्दारी, ख़ामोशी और सब्र की भावना विकसित हो गई। जब आकाश बारह साल का हुआ, उसकी मिरगी की बीमारी के कारण उसे घर भेजने के बजाय संस्था के होटल

के बगल में एक स्वतंत्र कमरा लेकर वहाँ उसका प्रबन्ध किया गया। इससे भी उसमें और अन्य लड़कों के बर्ताव में बहुत बड़ा अन्तर आया। संस्था ने उसके लिए यह विशेष इन्तज़ाम इसलिए किया था, क्योंकि उपर्युक्त सारी बातों के कारण आकाश स्कूली परीक्षा में बढ़िया नम्बरों से और कई बार अपनी कक्षा में अव्वल नम्बर से पास होता था। भले ही समूह से अलग-थलग पड़ने के कारण हो, लेकिन उसमें पढ़ने की ऐसी दिलचस्पी जगी कि उसने पाठशाला की सारी किताबें पढ़ डालीं। निबन्ध प्रतियोगिता में भी वह हर साल अव्वल आता था।

इसका एक और असर हुआ। उसे सारी बातें तर्क की कसौटी पर परखने की आधुनिकता वाली विशेष आदत लग गई। राजनीति से लेकर अच्छा आचरण क्या होता है, और यह सुनिश्चित करने का अधिकार किसका है, जैसे विषयों पर वह उम्र के तेरहवें साल से बहस करने लगा। संस्था के एक कार्यकर्ता सत्यसाईं बाबा के भक्त थे। 'ईश्वर की संकल्पना और उससे साईं बाबा का नाता' विषय पर आकाश और उनके बीच हुई बहस विशेष चर्चित रही।

लेकिन ऐसी बहस पहली बार नहीं हुई थी। बचपन में माँ से कट जाने और अन्य किसी क़रीबी आत्मीय व्यक्ति के अभाव से दो-तीन बातें हो गई थीं। एक तो वह कभी रोता नहीं था। उसकी माँ के आँसू भी सूख गए थे, हम यह देख चुके हैं। बिना हो-हल्ला किये अपने मत पर दृढ़ रहना, उसका स्वभाव बन गया था। जब उसे स्कूल में डाला गया, तभी इसका अनुभव हुआ। अधिकांश प्रसंगों में पिता का नाम मालूम न होने के कारण संस्था ने नियम बनाया था कि स्कूल में ऐसे लड़कों के नाम के आगे पिता के बजाय माँ का नाम लगाया जाए। लेकिन इससे स्कूल के अन्य बच्चे उनका मज़ाक़ उड़ाते थे। इससे आकाश के भीतर भी कोलाहल मच गया। उसने ज़िद की कि मुझे भी मेरे पिता का नाम चाहिए। इतनी कि उसी रात उसे मिरगी का दौरा पड़ गया। आख़िरकार अनसूया से पूछा गया। वह परेशान होकर बोली, "तुझे बाप क्यों चाहिए? आँ? माँ काफ़ी नहीं है भड़वे? नाना के ही चाल-चलन पर...उसी का नाम लगा ले...अपनी बेटी को बरबाद करने वाले का नाम लगा ले...इसे नाम चाहिए न...लिख लीजिए, आकाश सोमा ढमाले।" स्कूल में आकाश का यही नाम दर्ज कर लिया गया।

लेकिन आगे जाकर यह मामला भी उलट गया। आकाश आठवीं कक्षा में पढ़ रहा था, तभी पता चला कि अनसूया के एड्स हो गया है। यह उसकी लापरवाही का असर था। एड्स होने की बात पता चलने के बाद तो वह पूरी लापरवाह हो गई। उसने दवाइयाँ लेना भी बन्द कर दिया। धन्धा तो पहले ही ठप हो गया था। इस कारण दो साल के अन्दर ही, जब आकाश दसवीं कक्षा में था, उसका निधन हो गया। इस घटना का आकाश पर बहुत ज़्यादा असर नहीं हुआ। लेकिन कल्लव्वा ने जब उसकी सूखी आँखें देखीं, तब सब्र खोकर उसने उसे अनसूया की बदक़िस्मती की कहानी सुनाई और पहली बार और केवल एक बार आकाश की आँखों में आँसू आए। वह इतना निराश हुआ कि तीन दिन तक उसने-अपने आप को कमरे में बन्द रखा। आख़िरकार दिवेकरजी ने स्वयं जाकर उसे समझाया और उसे बाहर ले आए। लेकिन अब उसने ज़िद पकड़ ली कि उसका नाम बदल दिया जाए। उसने कभी सत्यकाम-जाबाली की पुराण-कथा पढ़ी थी। वह कहानी इस प्रकार थी: जाबाला नामक वेश्या के एक लड़का था। उसका नाम था सत्यकाम। जाबाला ने उसे गौतम ऋषि के पास शिक्षा प्राप्त करने के लिए भेजा। उसके वहाँ जाने पर गौतम ऋषि ने उससे उसका गोत्र पूछा। उसने लौटकर अपनी माँ से पूछा। इस पर माँ ने बताया, "बेटा, जब मुझे तुम्हारे पिता कौन है, यही पता नहीं, उनका गोत्र कहाँ से पता होगा? तुम जाकर ऋषि को सच्चाई बता देना।" सत्यकाम ने यही किया। इस पर ख़ुश होकर गौतम बोले, "तुम सच बोल रहे हो, यानी तुम उच्चकुल के, उच्च वर्ण के हो। तुम्हारा स्वागत है।"

इस कथा के अनुसार सत्य बोलने वाला केवल उच्च वर्ण में होता है। इस सिद्धान्त के आधार पर गौतम ने सत्यकाम को उच्चवर्ण का बना दिया। लेकिन इससे ध्वनित होने वाली वर्ण-व्यवस्था द्वारा किये जाने वाले शोषण के प्रश्न पर और गोत्र पिता की ओर से आता है, इस सिद्धान्त के कारण उत्पन्न होने वाले लिंगभाव सम्बन्धी प्रश्न पर सोचने की आकाश की उम्र नहीं थी। आकाश को बस यही महसूस हुआ कि सत्यकाम ने अपनी माँ को अस्वीकार नहीं किया है, लेकिन मैंने किया। जिस स्त्री पर भीषण अन्याय हुआ था, ऐसी स्त्री का उसने अस्वीकार किया। वह दिवेकरजी से बोला, "चाहे जो कीजिए, पर मेरा नाम बदल डालिए। मेरा नाम 'सत्यकाम अनसूया' दर्ज कीजिए।"

उस समय दिवेकरजी ने भी बहुत ज़्यादा ना-नुकुर नहीं की। अब तक आकाश उर्फ़ सत्यकाम का स्वभाव वे समझ चुके थे। एस.एस.सी. की अर्ज़ी पर उसका नाम 'सत्यकाम अनसूया' लग गया। लेकिन बाद में जब सत्यकाम के ध्यान में आया कि पुराण की बातों के अन्वयार्थ कितने जटिल होते हैं, और हमने इस कथा के केवल एक ही हिस्से की तरफ़ ध्यान दिया है, तब उसे इस घटना का पश्चाताप हुआ। लेकिन उसका लगाया गया अर्थ भी बिलकुल ग़लत नहीं था, यही उसने अपने-आप को समझाया। दरअसल तब तक उसकी धारणा बन चुकी थी कि कुल मिलाकर नाम बदलने जैसी हरकतों से बहुत सतही सामाजिक परिवर्तन या क्रान्तियाँ होती हैं। इसलिए उसके बाद उसने यह विषय मन से निकाल दिया। लेकिन उसका नाम जो 'सत्यकाम अनसूया' बन गया, वह हमेशा के लिए रह गया।

इस समूचे दौर में, और विशेष कर इस घटना के बाद दो और घटनाएँ हुईं। एक, उसके ज़हन में मनुष्य के नैतिक आचरण को लेकर, सामाजिक धारणा और व्यवस्था को लेकर अनेक सवाल उत्पन्न होने लगे जिससे वह पसोपेश में पड़ गया और दो, वह कुछ-कुछ निराशा से भर गया और सनकी होने लगा।

2007, जिस साल भारत में एक भी बड़ा दंगा नहीं हुआ, उस साल सत्यकाम तमाम उलझनों से घिरा और निराश होने के बावजूद बढ़िया अंको से एस.एस.सी. पास हुआ। यूँ तो नेहरू की मृत्यु के बाद, यानी 1964 से लेकर 2018 तक के सरकारी आँकड़ों के अनुसार भारत में मोटे तौर पर पन्द्रह हज़ार छोटे-बड़े दंगे हुए, यानी हर साल लगभग दो सौ अस्सी। इसलिए यह कहना ग़लत होगा कि 2007 में दंगे हुए ही नहीं। उस साल भी उड़ीसा में हिन्दू और ईसाइसों के बीच दंगे शुरू हुए जो दक्षिण के अनेक राज्यों में फैल गए। हिन्दू कट्टरपन्थियों ने अनेक चर्चों पर हमले किये और उनको जला दिया। एक पुलिस स्टेशन भी जला दिया। इसलिए जब हम कहते हैं कि दंगे नहीं हुए, तब इसका मतलब यही होता है कि भारत में दंगे इतने बड़े पैमाने पर होते हैं कि हम उनमें से अधिकांश दंगों को अनदेखा करना सीख गए हैं। सत्यकाम ये सारी बातें अख़बारों में पढ़ते-पढ़ते ही बड़ा हुआ। बहरहाल, हमारे लिए महत्त्वपूर्ण यह है कि उस साल जिसका नाम सत्यकाम किया गया, उस लड़के को पुणे के अत्यन्त प्रतिष्ठित फर्ग्युसन कॉलेज में दाख़िला मिला।

उसे इंजीनियर वग़ैरह बनने में कोई दिलचस्पी नहीं थी। तब तक के अपने जीवनयापन के कारण उसे मानवीय जीवन के सामाजिक, राजनीतिक आयामों में अधिक दिलचस्पी थी। धीरे-धीरे उसके ध्यान में आया कि इन सबके पीछे जो दार्शनिक चिन्तन होता है, यानी समाज-विज्ञानों में एक विषय राजनीतिशास्त्र होता है जिसकी बुनियाद 'राजनीतिशास्त्र का दर्शन' जैसा कुछ होता है, उसमें उसे सबसे ज़्यादा दिलचस्पी है। इसलिए उसने दर्शनशास्त्र विषय लेकर सन् 2012 में बी.ए. किया। तब तक उसकी तुतलाहट लगभग चली गई थी। यहाँ तक कि दो बार उसे डिबेट की प्रतियोगिता में प्रथम पुरस्कार भी मिला। दसवीं में और कॉलेज में मिली सफलता और उससे आए आत्मविश्वास का यह असर था। वह आगे पढ़ता रहा। 2002 में, यानी जिस वर्ष गुजरात में दंगे हुए उस साल स्कूल में जिसका हमेशा मज़ाक़ उड़ाया जाता था और जिसके कारण उसकी स्कूल छोड़ने की इच्छा होने लगी थी, सत्यकाम पढ़ता रहा और 2014 तक यानी मोदीजी के सेंटर में आने की तरक्की करने तक सत्यकाम की प्रगति पीएच.डी. करने के लिए 'नेट' की परीक्षा से मिलने वाली 'जे.आर.एफ.' छात्रवृत्ति पाने तक हुई।

इस दौर के सामाजिक-राजनीतिक परिवर्तन सत्यकाम सजगता से और दर्शनशास्त्र के छात्र के नाते देखता था और उसके ज़हन में अनेक प्रश्न उपस्थित हो रहे थे। बीच-बीच में वह कुछ निषेध-प्रक्रिया में भी हिस्सा लेता था। लेकिन उसका कोई असर न देखकर, बल्कि दूर-दूर तक प्रतिगामी विचारों को ही समर्थन मिल रहा है, यह देखकर अन्य अनेकों की तरह वह प्रत्यक्ष कृति से कुछ बाहर रहने वाला, ठीक-ठीक क्या करें इसके वैचारिक उलझन में फँसा, और कुछ-कुछ निराशाग्रस्त-सा बन गया। साथ ही, आसपास दुनिया में सन्तोष का इतना सारा अभाव देखकर उसकी हड़बड़ाहट बढ़ती जा रही थी। वह जितना अधिक ज्ञान प्राप्त करता था, उसकी परेशानी का दायरा कम होने के बजाय बढ़ता जा रहा था। परिवेश और स्वयं के बीच के रिश्ते को लेकर भी उसके ज़हन में अनेक सवाल उभरने लगे थे। उसके मित्र पहले ही कम थे, जो और कम हो जाने से वह अधिकाधिक सनकी बनने लगा। कभी-कभी लगातार कुछ दिनों तक वह बहुत बेचैन होकर बिना किसी से बात किये बैठा रहता। समय बीतता गया, लेकिन ऐसे दिन कम होने के बजाय बढ़ते चले गए।

फिर भी वह युवा था इसलिए पूरी तरह से निराश नहीं हुआ। अपनी ज़िन्दगी, अपना जन्म-स्थान भूलकर मैं कर्तृत्व से अपने जीवन का निर्माण करूँगा, यह आधुनिक ज़िद कम-से-कम तब तक उसमें क़ायम रही। अपने अतीत के कारण वह स्त्री-सम्बन्धी प्रश्नों के प्रति अधिक सजग था। 2009 में बैंगलोर में श्रीरामसेना ने जब पब में गई लड़कियों पर हमले किये और बाद में भाजपाशासित राज्यों में उसको जो समर्थन मिला, उससे सत्यकाम व्यथित हो गया था, वह दहल गया था। भारत के सांस्कृतिक-वैचारिक इतिहास और आधुनिकता के यूरोपीय मूल्यों के आपसी सम्बन्धों के प्रति उसमें विशेष आस्था उत्पन्न हुई। भारतीय परम्परा का नये सिरे से अर्थ लगाना चाहने वाली भारतीय आधुनिकता का पोत यूरोप से अलग कैसे बना है, इसकी खोज कर रहे सुदीप्तो कविराज, पार्थ चटर्जी जैसे विचारक एक ओर और इस इतिहास की चुनिंदा बातों को फिर से जीवित करने की मंशा रखने वाले कुछ प्रवाह दूसरी ओर, दोनों के बीच के संघर्ष का स्वरूप खोजने में उसकी दिलचस्पी पैदा हुई।

उसने अपने पीएच.डी. के प्रबन्ध के लिए विषय चुना 'हिन्दू षड्दर्शन में पुरुष प्रधानता और उसका उन्नीसवीं-बीसवीं शती के औपनिवेशिक भारत की वैचारिकी पर परिणाम'। यह विषय उसने सिनॉप्सिस के साथ विधिवत् विश्वविद्यालय की रिसर्च एंड रिकग्निशन कमेटी के पास अनुमति के लिए भेजा और उत्साह से काम में जुट गया। इस बीच नई सरकार आ गई और उसने पुरानी कमेटी बरख़ास्त कर दी। नई कमेटी आने में कुछ समय लग गया। सत्यकाम अपना काम करता रहा। नई सरकार ने ऐसी कमेटी बनाई, जो उसकी विचारधारा की समर्थक थी। वैसे इसमें सिद्धान्ततः आपत्ति करने लायक़ कुछ भी नहीं था। सत्यकाम की अपने गाईड से बात भी हो गई कि लोकतंत्र में प्रत्येक सरकार का यह अधिकार होता है और होना भी चाहिए। इससे सिस्टम की प्रवाहशीलता बनी रहती है। लेकिन परेशानी तब हुई, जब उस कमेटी ने सत्यकाम के विषय पर ही आपत्ति जताई। इतिहास यही कहता है कि यह कमेटी आमतौर पर ऐसा नहीं करती। लेकिन यह दौर तमाम बातों को बुनियादी रूप से बदलने वाला दौर था। उसके पीएच.डी. के गाईड प्राध्यापक, अन्तरराष्ट्रीय ख्यातिप्राप्त थे। उन्हें अनेक बड़े-बड़े सम्मान प्राप्त हुए थे। सत्यकाम को यक़ीन था कि वे उसके लिए सिस्टम से लड़ेंगे और कुछ रास्ता निकालेंगे। लेकिन ऐसा नहीं हुआ।

क्या अनेक सदियों के विचार-मन्थन का यही फल है? सब कुछ सापेक्ष और व्यक्तिनिष्ठ? वस्तुनिष्ठता से कुछ भी समझ में न आने जैसा? और चाहे जिसे देखिए, सभी असन्तुष्ट। फिर यह ज्ञान भी मैं किसलिए प्राप्त कर रहा हूँ? और क्यों कोई उसे मुझ तक पहुँचने नहीं दे रहा? यह आधुनिक विचारों का कैसा पेंच है कि किसी को किसी तरह की कोई सन्तुष्टि नहीं? ओरहान पामूक ने कहा था कि आधुनिक दौर 'स्पिरिच्युअली हॉलो' है—आत्मिक रूप से रिक्त। तो क्या इसी कारण ऐसा है? क्या है यह रिक्तता, यह शून्य? किससे बनता है? पहले तो वह चार बातों से बनता था : 1. भावनात्मक उथल-पुथल, जैसे कि प्रचंड दु:ख, बीमारी, 2. बुढ़ापा और मृत्यु, 3. संसार की अर्थहीनता का अहसास, और 4. फिर भी भौतिक बातों के प्रति मोह। उसमें बाद में उपभोक्तावाद से उपजी अमिट आसक्ति, कमोडिटी फेटिशज्म और बुभुक्षा से उपजी निराशा भी जुड़ गईं। तर्क से कुछ भी हाथ नहीं आता, इस अहसास से सामान्य मनुष्य को घेरने वाला बेतुकापन, आज की उत्तराधुनिक दुनिया में विखंडन और उससे उत्पन्न होने वाला भीषण अकेलापन भी उससे जुड़ गईं। जिससे यह शून्य उत्पन्न होता है। इससे मुक्ति पाने के लिए आत्मिकता के प्रति आकर्षण होना चाहिए, ऐसे कारण मनुष्य के इतिहास में घटने के बजाय, इस आधुनिकता के दौर में निरन्तर बढ़ते जा रहे हैं! असल में आधुनिकता भारत में सभी स्तरों में ठीक से कहाँ पनपी है?...और आधुनिकता पूरी तरह से आने से पहले, उसके लाभ भारत के समाजों तक पहुँचने से पहले ही हम उससे उत्पन्न होने वाले दुष्परिणामों का और उसकी आलोचना का मुकाबला कर रहे हैं... लेकिन चाहे जो हो...आधुनिकता के गर्भ से ही दिलासा देने वाली विचारधाराएँ जन्मीं और वे ही अब मनुष्य को अधिक निराशा की गर्त तक ले आईं, यह एक त्रासद पेच है। ऐसे में उसका समाधान करने, असंगति के अहसास और अकेलेपन से उत्पन्न हो रहे शून्य को भरने के लिए क्या हमें आधुनिकता को ही तिलांजलि देनी पड़ेगी? यह तो उसे जँचने वाली बात नहीं थी। आत्मिकता आधुनिकता से दूर भागने वाली, नकारात्मक, समाज से विमुख करने वाली भी नहीं होनी चाहिए बल्कि रचनात्मक होनी चाहिए। असली सवाल यह था कि आधुनिकता के सभी मूल्य स्वीकार करके भी यह शून्य किस तरह भरा जाएगा? आधुनिकता में आत्मिकता के लिए जगह कैसे बनाई जाए?

उन्होंने सत्यकाम पर ही विषय बदलने के लिए दबाव बनाना शुरू किया। तब वर्तमान कुलपति का कार्यकाल समाप्त होने को था। जल्द ही नये कुलपति की नियुक्ति होने वाली थी और इन प्राध्यापक महोदय को कुलपति बनने में दिलचस्पी थी। सत्यकाम के कानों में यह बात पड़ी कि वे ऐसा कुछ नहीं करेंगे, जो सरकार के विरोध में हो। पल भर के लिए उसका जी किया कि उस बूढ़े को दो थप्पड़ लगाए और पूछे, 'अब क्या पाना बाक़ी रह गया है? क्या रखा है उस कुलपति पद में जिसके लिए आप ऐसा बर्ताव कर रहे हैं? आप ही नहीं, सारी दुनिया आजकल ऐसा ही बर्ताव कर रही है। क्यों हर बात का सीढ़ी की तरह इस्तेमाल किया जाता है, अपनी जगह से आगे बढ़ने के लिए? और आगे मतलब कहाँ? क्या इसी को आधुनिकता कहेंगे? यह कौन-सा ढंग है आप जैसे विचारशील लोगों का?' लेकिन उसकी पढ़ाई ने, उसके संस्कारों ने यह मार्ग बन्द कर दिया था। यह मार्ग समाज द्वारा स्वीकृत भी नहीं था। इससे भले कुछ भी नहीं होता, अलबत्ता पुलिस उसे गिरफ़्तार अवश्य करती। इसीलिए उसने ऐसा कुछ नहीं किया। बहरहाल, सत्यकाम इस घटना के बाद पूरी तरह से निराश हुआ। उसके एकाकी स्वभाव के कारण उसके सम्पर्क में ऐसा कोई नहीं था, जिसके साथ वह बात करे, जो उसे सहारा दे या उससे विचार-विनिमय करे। इसलिए उसे अनेक प्रश्न सताने लगे और वह और ज़्यादा हड़बड़ाया और निराश हुआ।

वेद, षड्दर्शन, चार्वाक, बुद्ध और जैन दर्शन से लेकर योग और पुराणों तक की भारतीय परम्परा, ग्रीकों के विचारों से लेकर प्रबोधन युग की यूरोप की विचार परम्परा, कन्फ़्यूशस की चीनी परम्परा, मध्ययुगीन अरबों की ज्ञान परम्परा से लेकर यूरोप के फूको और देरिदा जैसों के उत्तराधुनिक विचार... कैसे जिए, किसी भी दर्शन से अब इसका पता नहीं लग रहा था। क्या करे वह स्त्री, जिसे वेश्या बनना पड़ा, और फिर जो एड्स से मर गई? क्या अर्थ है आज दुनिया में बढ़ रहे असन्तोष का, हिंसा का, शोषण का? मैं यहाँ अपने जीवन का निर्माण करने की कोशिश कर रहा हूँ, उसका क्या औचित्य है? क्या करें इस नैतिकता का? आज की जटिल परिस्थिति में यह कैसे तय करें कि क्या उचित है? सात अन्धे और एक हाथी की कहानी सबसे ज़्यादा आज के दौर पर लागू होती है। सभी दृष्टियों से कोलाहल से भरा समय है यह।

वह सारी बातों से ऊब गया। दिन में जब-न-तब अपने-आप से कहने लगा, 'शिट्...ऊब गया।' लेकिन सत्यकाम की ऊब अलग थी। उसका एक रचनात्मक पक्ष था। इस ऊब ने सृजन से अपना सम्बन्ध नहीं तोड़ा था। इस कारण कुछ नवनिर्माण की सम्भावना पूरी तरह से ख़त्म नहीं हुई थीं, बल्कि और ज़्यादा बढ़ गई थी। लेकिन अगली दिशा साफ़ नहीं थी। उसमें अनेक कठिनाइयाँ थीं।

उसे अनेक शंकाओं ने घेर लिया। विषय बदलकर पीएच.डी. करने में उसका मन नहीं लग रहा था, बल्कि इस अध्ययन प्रक्रिया से ही उसकी दिलचस्पी ख़त्म हो गई थी। उसे कहीं अकेले जाकर रहने की इच्छा हो रही थी। बचपन से वैसे भी वह एकाकी था, लेकिन अब उस एकाकीपन को दिलासा देने लायक़ परिस्थिति उत्पन्न हो गई थी। शायद ऐसा करने से हाथ में कुछ आ जाएगा। सारे उत्तर न सही, कम-से-कम कुछ सुकून और निवृत्ति की सन्तुष्टि तो होगी! लेकिन अगर छात्रवृत्ति चली जाएगी तो जिएँगे कैसे? कोई नौकरी करनी पड़ेगी। इसलिए ज़मीन पर आने के लिए कई दिनों बाद जानबूझकर वह दानाबाज़ार चला गया। वहाँ वह अपनी कुछ मौसियों से मिला, जो अब तक जीवित थीं। उन्होंने उसके गालों पर हाथ फेरा, जिससे उसका कुछ ढाढ़स मिला। यल्लव्वा ने उसे सीने से ही लगा लिया तो दो मिनट छोड़ा ही नहीं। उन्हें लग रहा था, उन्होंने सुना था कि वह कोई बड़ा आदमी बन गया है। उनकी सन्तुष्टि के लिए इतना पर्याप्त था। लेकिन दूसरे ही पल उसके दिमाग़ में आया, ऐसी कैसी है इनकी सन्तुष्टि? इस दशा में भी केवल आत्मिक सन्तोष, मैं ज़्यादा पढ़-लिख गया इसलिए? मेरा क्या हाल है, इन्हें पता भी नहीं है...कैसा है ये दुर्भाग्य! उसे और ज़्यादा प्रश्न सताने लगे। उसे महसूस हुआ कि शायद भौतिक प्रश्नों के आत्मिक उत्तर नहीं होंगे। लेकिन फिर मुझ जैसे लोग करें भी तो क्या? तभी पड़ोस की कोठरी की वेश्या के बेटे से उसकी मुलाक़ात हुई। उसका नाम था रवींद्र। उसकी माँ एक रात पहले गुज़र गई थी, और उसी के अन्तिम संस्कार के लिए वह आया था। सत्यकाम के ज़हन में आया, ये संस्कार सभी के लिए एक जैसे होते हैं या वेश्याओं के लिए अलग और दर्शनशास्त्र के प्राध्यापक के लिए अलग होते हैं? और उन्हें या मुझे आज के दौर में भी उनका निर्वाह करने की इच्छा क्यों होती है?

किसी घटना से टकराने पर या बिना कुछ किये आराम से बैठे रहने पर भी ये सवाल और उसके मन का कोलाहल, दोनों बढ़ते जाते थे।

लेकिन रवीन्द्र की मुलाक़ात से सत्यकाम को एक बड़ा लाभ हुआ। रवीन्द्र ज़्यादा पढ़ा-लिखा नहीं था। लेकिन उस बस्ती के अन्य बच्चों की तरह गुंडागर्दी करने के बजाय छोटी उम्र में ही उसने नौकरी शुरू की थी। दर्शनशास्त्र उसका क्षेत्र नहीं था, लेकिन इस छोटी उम्र में भी व्यावहारिक दुनिया का उसका अनुभव काफ़ी बड़ा था। दुनियादारी, किसी से लेनदेन करने, पैसा कमाने के अलग-अलग तरीक़े अपनाने के बारे में उसकी सजगता उम्र के अनुपात में अधिक थी। सत्यकाम को बाद में इससे कुछ नफा-नुकसान हुआ, लेकिन तत्काल तो उसका लाभ ही हुआ। सत्यकाम ने क्या पढ़ाई की है और वह क्या करता है, इसकी कोई जानकारी रवीन्द्र को नहीं थी।

उसने सत्यकाम से अहम सवाल किया, "फ़िलहाल क्या कर रहे हो?"

सत्यकाम तनिक हड़बड़ाया—क्या करता हूँ मतलब? सोच-विचार करता हूँ इसलिए हड़बड़ा जाता हूँ...लेकिन तुरन्त वह होश में आया और बोला, "कुछ नहीं...नौकरी की तलाश में हूँ।"

सिगरेट जलाता हुआ रवीन्द्र बोला, "मैं एक सोसायटी में चौकीदार हूँ। उस सोसायटी में एक और चौकीदार की ज़रूरत है। वेतन अच्छा मिलता है। सोसायटी शहर से दूर है। वहाँ कोई आता-जाता नहीं, इसलिए ज़्यादा काम नहीं होता...हाँ, एक समस्या है। उन्हें ऐसे गेट के लिए आदमी चाहिए, जो सोसायटी के बिलकुल पीछे की तरफ़ है। वहाँ आसपास कोई नहीं होता, कभी-कभी पूरे दिन कोई भी नज़र नहीं आता। गेट पर चौकीदार भी एक ही होता है इसलिए सोहबत में कोई नहीं होता। पहले ही कहे देता हूँ, ज़बरदस्त अकेलापन लगता है। इसलिए उस जगह कोई नहीं टिकता...लेकिन तुम्हारे पास कोई नौकरी नहीं है, इसलिए बता रहा हूँ...थोड़े दिन यह नौकरी आजमा कर देख लो। इस बीच दूसरी नौकरी की तलाश कर लेना।'

सत्यकाम ने बिना एक पल भी सोचे रवीन्द्र के साथ जाकर वह नौकरी अपनी झोली में डाल ली। 'गार्डन ऑफ़ ईडन' सोसायटी कैसी है, हमने देखा है। सत्यकाम इस सोसायटी के एकाकी गेट पर चौबीस घंटे की शिफ़्ट के साथ चौकीदार बन गया। गेट से सटे एक छोटे-से केबिन में उसका रहने

का प्रबन्ध किया गया था। सोसायटी के प्रबन्धन की सारी बातें मानना, जो भी नज़र आए, अपना मुँह बन्द रखना, वग़ैरह सारी शर्तें उसने स्वीकार कीं। उन्हें भी यक़ीन नहीं था कि ऐसी जगह पर कोई टिकेगा। लेकिन सत्यकाम टिक गया और उन्होंने राहत की साँस ली। आपको याद होगा कि मार्च, 2018 में इसी जगह पर सत्यकाम की अगस्ति से मुलाक़ात हुई थी। तब उसकी नौकरी के ढाई साल हो चुके थे। उस फाटक पर चौबीसों घंटे एक ही चौकीदार होने के कारण उसे कुछ देर के लिए इधर-उधर टहलने की अनुमति थी। नियत समय पर सोसायटी के पिछले हिस्से में चौकसी के लिए चक्कर भी लगाना पड़ता था। इसके लिए उसे एक वॉकीटॉकी सेट भी दिया गया था।

सत्यकाम वहीं केबिन में रहने लगा। वह अब सोचने लगा, देखता हूँ, सोचना ही बन्द कर सकता हूँ या नहीं! कुछ लोगों का दावा था कि योगदर्शन के ज्ञान से और आचरण से ऐसा किया जा सकता है। इसीलिए उसने ऐसा करने का निश्चय किया। योगासन् और विपश्यना, वह भी असली विपश्यना, मतलब विपश्यना का दस दिन का कोर्स नहीं, हमेशा, दिन के चौबीसों घंटे वही स्थिति। 'आर्यमौन' कहते हैं न, वैसा, पूरा अकेला कर देने वाला मौन उस जगह सहज सुलभ था। निरन्तर अपने अस्तित्व के प्रति सजग अनुभूति। दिन के पाँच-छह घंटे योगासन और बाक़ी समय यह अनुभूति। इससे ऊपरी तौर पर उसे शान्ति मिली। उसकी देह उसके अधिकाधिक नियंत्रण में आकर अधिकाधिक स्थिर होने लगी। लेकिन भीतर से वह दहकता ही रहा। इसी दशा में, लगभग ढाई साल के पूरे एकान्तवास के बाद 2018 के मार्च महीने में उसकी अगस्ति से मुलाक़ात हुई। ऐसे अगस्ति से, जो भीतर ही नहीं बल्कि ऊपर से भी दहक रहा था, जिसका एक भी स्नायु उसके नियंत्रण में नहीं था और जिसने अत्यन्त उतावली से सही, लेकिन आधुनिकता के ख़िलाफ़ विद्रोह का झंडा ही बुलंद किया था।

आयशा

अब मैं एक और ऐसे व्यक्ति से आपको मिलाऊँगा, जिसका 'गार्डन ऑफ़ ईडन' उर्फ़ 'साईं सोसायटी' से बेहद बदक़िस्मती से और अजीबोग़रीब तरीक़े से सम्बन्ध बना। उसका यह परिचय संक्षिप्त होगा। आज के किसी भी व्यक्ति की तरह उसकी अनेक पहचानें, आईडेंटिटीज थीं। लेकिन उसकी ज़िन्दगी में कुछ ऐसा हुआ, जिस कारण मेरे द्वारा दिये जा रहे उसके 'विशिष्ट परिचय या आईडेंटिटी' के अलवा बाक़ी पहचानों का कोई अर्थ ही न रहा। कम-से-कम उसके अन्य पहचानों का औचित्य काफ़ी समय तक वह ख़ुद ही समझ न पाया।

उसका नाम था आयशा। उसके पिता का नाम सज्जाद हसन। बताने की आवश्यकता नहीं कि वे मुसलमान थे। उनकी अनेक पीढ़ियाँ मुम्बई में ही बसी थीं इसलिए उन्हें मराठी कहने में किसी तरह की आपत्ति नहीं होनी चाहिए। उनका खानदान प्रतिष्ठित था। सुना है, पाकिस्तान के संस्थापक मोहम्मद अली जिन्ना से उनका कोई रिश्ता था और जिन्ना की तरह सज्जाद हसन् और उनके पूर्वजों की दो पीढ़ियाँ वकील थीं। आयशा की माँ का नाम था कमलादेवी। कहना न होगा कि वे हिन्दू थीं—हिन्दू ब्राह्मण और राजस्थान से थीं। आयशा के माता-पिता पुणे के विख्यात आइ.एल.एस. (इंडियन लॉ सोसायटी) कॉलेज में साथ-साथ पढ़ते थे। इंग्लैंड के एक विचारक ने कहा था, "अगर आप युवावस्था में समाजवादी या वामपन्थी विचारों के नहीं हैं, तो इसका मतलब यह है कि आपके पास हृदय नहीं है और उम्र बढ़ने के बाद भी समाजवादी ही बने रहते हैं, तो इसका मतलब यह है कि आपके पास दिमाग़ नहीं है।" इस उद्‌गार के दूसरे हिस्से में कोई तथ्यांश हो या न हो, पहले हिस्से में यक़ीनन था और इन दोनों के पास हृदय थे। इसलिए कॉलेज की पढ़ाई के दौर में ही दोनों उस समय के वामपन्थी विचारों से अभिभूत हो गए थे।

कुछ हद तक यह उस दौर की महिमा थी। उसे ऐसा अन्तिम दशक मानना होगा कि अगर आपके पास हृदय है तो कम-से-कम बचपन में आप वामपन्थी विचारों के पक्षधर बन ही जाते। 1990 के बाद यानी आयशा के जन्म के आसपास सब बदल गया। बहरहाल, वे इस तरह अभिमंत्रित थे। इसके अलावा पिता नाटक में और माता-पिता दोनों मूट कोर्ट कॉम्पिटिशन, डिबेट जैसी बातों में जोश के साथ हिस्सा लेते थे। इन सभी बातों से, जैसा कि अनेकों का होता है, उनमें भी प्यार हुआ और 1984 में, यानी सिखों के संहार वाले साल उन्होंने विवाह किया। उनके विवाह का दोनों घरों ने तीखा विरोध किया और उनसे अपने रिश्ते ख़त्म किये। ऐसा नहीं है कि उस दौर में ख़ून-खराबे की ऐसी घटनाएँ होती नहीं थीं, लेकिन संस्थात्मक और सत्तारूढ दल का अधिकृत समर्थन उसे प्राप्त नहीं होता था। 2014 के बाद दक्षिणपन्थी संगठनों को यह मिलने लगा और उन्होंने 'लव जिहाद' जैसा पागलपन शुरू किया। लेकिन उस समय ऐसा माहौल नहीं था, इसलिए वे मारे नहीं गए। पर परिवार से उनका रिश्ता जो टूटा, वह हमेशा के लिए टूट गया।

युवा पति-पत्नी दोनों वकील बने। उन्होंने कुछ साल मुम्बई में नौकरी की, फिर मुम्बई में ही अपनी प्रैक्टिस शुरू की। घर वालों से किसी प्रकार का सहारा न होने के कारण पैसों की तंगी थी; स्थिरता नहीं थी। इसलिए उनके बाल-बच्चा होने में समय लग गया और, 1991 में, जब भारत की अर्थव्यवस्था का उदारीकरण हुआ, उनके बेटा हुआ। उसका नाम रखा गया कबीर। संयोग से उसी साल सज्जाद के पिता हृदयगति रुक जाने से अचानक चल बसे। सज्जाद की माँ उसके बचपन में ही चल बसी थी, इसलिए उसके भाई-बहन नहीं थे। परिवार ने चाहे उनका बहिष्कार किया हो, मगर उन्होंने अपनी वसीयत नहीं बनाई थी इसलिए और मुस्लिम पर्सनल लॉ के प्रावधानों के अनुसार उनकी जायदाद का एक बड़ा हिस्सा सज्जाद के पास आया। जायदाद काफ़ी थी। पिता की लॉ की प्रैक्टिस भी अच्छी चली थी और इससे भी महत्त्वपूर्ण बात, उनके पास विरासत से चली आई जायदाद भी भरपूर थी। इसलिए सज्जाद को मिला हिस्सा भी बहुत बड़ा था। उस साल भारत के साथ मानो उस परिवार की अर्थव्यवस्था भी मुक्त हो गई। फिर 1994 में, अगर इस साल बेंगलुरु का उर्दू विरोधी दंगा छोड़ दें, तो देश में कोई ख़ास उल्लेखनीय दंगा नहीं हुआ,

उसी साल उनके लड़की हुई। हिन्दू और मुसलमान, दोनों में खप जाए ऐसा लड़के का नाम खोजना तो कबीर के कारण आसान था, लेकिन दोनों धर्मों में चल जाए ऐसी लड़की का नाम खोजना भी भारत जैसे इतिहास सम्पन्न देश में बहुत मुश्किल नहीं हुआ। विशेष कर जयपुर से आई कमला देवी के लिए; क्योंकि जयपुर की हिन्दू, विख्यात और सुन्दरता की प्रतिरूप रानी गायत्रीदेवी का ही दूसरा नाम था आयशा, जो प्रत्यक्ष में पैगम्बर मुहम्मद की पत्नी का भी नाम था। लेकिन इस देश का इतिहास ऐसा है इसलिए, यानी हिन्दू-मुसलमानों को एक साथ जीना है इसलिए, उस परिवार का एकाकीपन किसी भी तरह से कम नहीं हुआ। क्योंकि इस देश का वर्तमान 1980 के दशक में भी उसके इतिहास से मेल न खाने वाला था और आगे भी यह एकाकीपन कम नहीं हुआ। क्योंकि 2018 तक तो वह इतिहास से और ज़्यादा कटने वाला साबित हुआ।

विशेष कर महाराष्ट्र में, आयशा नाम अधिकांशत: मुसलमानों में होने के कारण स्कूल या कॉलेज में सभी उसे मुसलमान ही समझते थे। इससे भी उसके हिस्से में अकेलापन आया था। लेकिन वह बुद्धिमान थी, स्कूली जीवन में अच्छे अंकों से पास होती थी। और, भारत में अच्छे अंक मिलना, आधी लड़ाई जीतने जैसा होता है। इससे उसका अकेलापन कुछ कम हुआ। उसे भी पुणे के आई. एल. एस. लॉ कॉलेज में दाख़िला मिला। विशाल परिवार से कट जाने, समाज में भी थोड़ी घेराबन्दी होने और बच्चों को स्वतंत्रता देने की आधुनिक धारणा के कारण यह परिवार एक-दूसरे के बहुत क़रीब था। बाहर के किसी को भी उनके भीतरी वृत्त में प्रवेश नहीं था। कुछ अपवाद छोड़ दें तो बाहर के किसी के साथ उनकी आत्मीय दोस्ती नहीं थी। वैसे यह एक सन्तुष्ट किन्तु एकाकी परिवार था।

आयशा पुणे के कॉलेज में दाख़िल हुई। पिता अमीर थे। उन्होंने लड़की को किराए के किसी कमरे में या हॉस्टल में रखने के बजाय उसके लिए एक फ़्लैट ख़रीद लिया। इसके पीछे एक व्यावहारिक सोच भी थी कि पुणे में उस इलाक़े में किया गया यह निवेश दीर्घकालीन दृष्टि से फ़ायदेमन्द रहेगा और पढ़ाई ख़त्म होने के बाद फ़्लैट किराए पर भी चढ़ाया जा सकेगा। इस तरह अकेली रहने से उसकी दोस्ती सीमित रह गई। उसके लिए उन्होंने एक छोटी पुरानी मारुति गाड़ी भी ख़रीदी थी। आयशा की पढ़ाई अंग्रेज़ी माध्यम से हुई थी और माँ

राजस्थानी होने के कारण उसकी मराठी भी जैसी-तैसी यानी बहुत अच्छी नहीं थी। इसलिए वह पिता की तरह नाटक वग़ैरह में बहुत ज़्यादा शामिल नहीं हो पाती थी। लेकिन उसके कॉलेज के बगल में ही फ़िल्म आर्काइव और फ़िल्म एंड टेलिविजन इंस्टीट्यूट ऑफ़ इंडिया जैसी सुविख्यात संस्थाएँ थीं, जिससे उसमें फ़िल्मों के प्रति बड़ी दिलचस्पी जगी। वहाँ उसने दुनिया भर की एक से बढ़कर एक अच्छी फ़िल्में देखीं और उनसे वह अभिभूत हो गई। परिवार के स्वभाव की तरह वहाँ भी उसका कोई बहुत क़रीबी मित्र या सहेली नहीं थी। फिर भी एक सहेली मिल गई थी और उसी के कारण उसका इस फ़िल्मी जगत से सम्बन्ध जुड़ गया था। इसी सहेली के कारण उसके फ़्लैट पर कुछ समय के लिए अनेक लोगों की आवाज़ाही बढ़ गई थी। देश-विदेश की एक से बढ़कर एक बढ़िया फ़िल्में देखने के बाद इसी फ़्लैट पर उन पर चर्चाएँ होती थीं। केवल उसी के पास गाड़ी होने के कारण वह, उसकी सहेली और अन्य कोई भी जब घूमने के लिए निकलते थे, तब उसकी गाड़ी का ही इस्तेमाल होता था। अपना फ़्लैट, गाड़ी होने के कारण उस पर किसी तरह की पाबन्दी नहीं थी। आयशा पर माँ-बाप का पूरा भरोसा था और वह भी उस भरोसे की कद्र करती थी। लेकिन पाबन्दियाँ न होने के लाभ तो थे ही। आयशा कॉलेज के फ़ाइनल इयर में पहुँची और उसी साल फ़िल्म इंस्टिट्यूट की उसकी वह सहेली पास-आऊट हो गई और फ़्लैट पर आवाज़ाही थम गई। लेकिन तब तक आयशा को फ़िल्मों का चस्का लग चुका था।

दूसरी तरफ़, माँ-बाप की तरह उसने भी मूट कोर्ट कम्पिटीशनों में धूम मचाना शुरू कर दिया था। जब वह थर्ड इयर में थी, उसकी पहचान रघुवीर सिंह यादव नामक एक लड़के से हुई जो उत्तर प्रदेश का था। सन् 2017 में जब वह चौथे वर्ष में थी, उनमें प्यार हो गया। भारत में अन्तरजातीय, अन्तरधर्मीय, अन्तरप्रान्तीय प्रेम-सम्बन्ध भी वंश-परम्परा से जुड़ते हैं! उनका भी ऐसा ही हुआ। आयशा के माँ-बाप के इतिहास को देखते हुए, भले ही आयशा के घर वालों को उनके प्रेम-सम्बन्धों पर आपत्ति न होती, लेकिन यादव के घर से विरोध अपेक्षित था। इसलिए उन्होंने अपने प्यार को सार्वजनिक नहीं किया था। रघुवीर आयशा के परिवार को भरोसा दिलाता रहा कि "आप चिन्ता मत कीजिए, मैं उन्हें समझाऊँगा या वक़्त आने पर उनसे अलग हो जाऊँगा।"

लेकिन उस समय जैसा देश में माहौल था उसको देखते हुए आयशा के माँ-बाप को चिन्ता हो रही थी। रघुवीर बड़ा प्यारा था लेकिन ज़रूरत से ज़्यादा गरममिज़ाज और पज़ेसिव। उस परिवार के चारों लोगों की आत्मीयता के कारण वह ख़ुद को अकेला पड़ने जैसा महसूस करता था। उसकी धारणा थी कि आयशा की ज़िन्दगी में अब उसके जैसा स्थान किसी और का नहीं होना चाहिए। इसी कारण उसके और आयशा के बीच बहस हुई थी। सज्जाद से भी उसकी कई बार तू-तू मैं-मैं हुई थी। एक बार मुम्बई से आया उसका परिवार जब लौटने लगा, तब उसने अपने भाई और पिता के गालों को चूम लिया। इससे रघुवीर बहुत परेशान हुआ और उसमें और आयशा के बीच ज़ोरदार बहस हुई। आयशा के लिए वह करना बिलकुल स्वाभाविक था, लेकिन रघुवीर ने अब तक कभी ऐसा कुछ देखा नहीं था। बाप का लड़की द्वारा चूमने की बात तो जाने दीजिए, लड़की के बड़े होने पर पिता के सामने आने या उसके सामने बैठने का भी उसके घर में रिवाज नहीं था। उसका घर और आयशा का घर मानो अलग-अलग दुनिया में जी रहे थे। इस कारण भी आयशा के पिता को उसकी चिन्ता हो रही थी। आयशा के माँ-बाप ने उसको इस ख़तरे से आगाह भी किया। वे सोच रहे थे कि हमारे घर के संस्कारों में पली-बढ़ी हमारी बेटी को रघुवीर जैसे लड़के से प्यार कैसे हो सकता है? लेकिन हम सब जानते हैं कि उदार, प्रौढ़ माता-पिता के संस्कार, उस वातावरण के नफ़ा-नुकसान वग़ैरह को खुली आँखों से देखने के बाद भी यह ज़रूरी नहीं कि बच्चों में जीवन के प्रति होशियारी और सोच-विचार से निर्णय करने की क्षमता आ जाए। ऐसे कई उदाहरण हम सभी की आँखों के सामने होंगे। ऐसे अवसरों पर कभी-कभी यह धुँधला विचार भी हमारे मन में आता है कि कहीं उदारतावादी माहौल से नुकसान तो नहीं होता है? इससे प्रौढ़ता तो नहीं आती, लेकिन आज़ादी से उपजे पेंच ही ज़्यादा परेशान करने लगते हैं। वैसे रघुवीर ग़लत चाल-चलन का लड़का नहीं था। वह अनीतिपूर्ण आचरण करने वाला या ग़ैरज़िम्मेदार भी नहीं था। लेकिन यह बात भी उतनी ही सच है कि उसकी जीवन-दृष्टि अलग थी। इस कारण आयशा के माता-पिता काफी परेशान थे, लेकिन यह समझने की प्रौढ़ता न होने के कारण या उस उम्र में शरीर के भीतर होने वाले हारमोंस के खेलों के कारण कहिए, आयशा बहुत ज़्यादा गहराई से नहीं सोचती थी।

हालाँकि बीच-बीच में चिन्ता ज़रूर करती थी। उसके माँ-बाप अलग ही चक्कर में फँसे हुए थे। वे नहीं चाहते थे कि परिवार का प्यार आयशा की ज़िन्दगी में रुकावट बने। लेकिन वे यह भी नहीं चाहते थे कि वह उनसे दूर हो जाए।

कुल मिलाकर आयशा बहुत ज़्यादा सोच-विचार करने वाली लड़की नहीं थी। उसे तो पत्नी के बजाय पार्टनर के रूप में रहना ज़्यादा पसन्द था। लेकिन रघुवीर को यह मंज़ूर नहीं था। पेंच था, लेकिन प्यार भी था; युवा उम्र थी और बिना बहुत ज़्यादा सोचे-समझे छलाँग लगाने का आयशा का स्वभाव भी था। यहाँ तक कि लॉ के फाइनल इयर में आने के बाद उसने घोषित कर दिया कि वह लॉ की प्रैक्टिस नहीं करेगी, बल्कि एफटीआई से एक्टिंग का कोर्स करेगी। उसकी इस भूमिका से उसके माता-पिता ही नहीं, बल्कि रघुवीर भी नाराज़ था। संक्षेप में, बच्चों को आज़ादी देने वाले किसी भी आधुनिक भारतीय उदारतावादी माँ-बाप की तरह आयशा के माँ-बाप को भी अनेक चिन्ताएँ थीं। इस लिहाज़ से उनका बड़ा बेटा कबीर नाक की सीध में चलने वाला निकला। 2016 में ही उसने हॉवर्ड यूनिवर्सिटी से क़ानून की ऊँची पढ़ाई पूरी की थी और उनके साथ ज्वाइन भी हो गया था।

कई बार ऐसा होते देखा गया है कि जिसे दूसरे की चिन्ता होती है, उसी के साथ कुछ अनचाहा घटित हो जाता है और जिसके लिए चिन्ता होती है, वह सुरक्षित रह जाता है। मगर विपरीत अर्थ में उस पर भी संकट आते हैं। इनके बारे में भी ऐसा ही हुआ। 2018 के अप्रैल महीने का चौथा गुरुवार। आयशा की फाइनल इयर की परीक्षा ख़त्म हुई। दूसरे दिन यानी शुक्रवार को उसके माता-पिता और भाई पुणे आने वाले थे और रघुवीर और आयशा के साथ उस रात सेलिब्रेशन कर आयशा को मुम्बई ले जाने वाले थे। इसलिए आयशा दोपहर से ही अपने पुणे के फ़्लैट में अपने परिवार की प्रतीक्षा कर रही थी। एक दिन पहले ही शाम को उसने रघुवीर को अल्टीमेटम दिया था 'अब हमारे प्यार के बारे में अपने घर में बता दो' इससे कुछ परेशान होकर वह कुछ-कुछ हड़बड़ाया भी था। उस शाम उसने रघुवीर की कायरता की खिल्ली उड़ाई थी, जिसके मूल में कुछ मज़ाक़ था और कुछ ग़ुस्सा भी। वह सोच रही थी कि कहीं मैंने बहुत ज़्यादा ग़ुस्सा तो नहीं किया? लेकिन उसे कम-से-कम अभी तो बोलना ही चाहिए न! पिता को सताने वाला डर कहीं सच तो नहीं होगा?

ऐसा ही कुछ वह सोच रही थी। अभी कुछ देर पहले उसके पिता का फ़ोन आया था कि उन्होंने खोपोली क्रॉस कर लिया है और एक-डेढ़ घंटे में वे घर पर पहुँच जाएँगे। उसका भाई गाड़ी चला रहा था। उसने भी रघुवीर को लेकर उससे थोड़ा-सा मज़ाक़ किया था। "कमॉन, कॉन्संट्रेट ऑन युवर ड्राइविंग यू रास्कल...तुम्हारा रिश्ता होने दे, देखूँगी मैं...लेकिन इसके लिए तुझे भी तो कोई पागल मिलनी चाहिए, जो तुझे पसन्द करे...।" कहकर उसने फ़ोन बन्द कर दिया था और जल्दबाज़ी में नहाने के लिए चली गई। परीक्षा के कारण कई दिनों से वह अपने बाल ठीक से धो नहीं पाई थी। आज माँ-बाप के आने से पहले उसे बाल धोने थे, वरना ये क्या हाल बना रखा है, जैसी दो-चार बातें उसे सुननी पड़तीं। वह बाल सुखाती हुई बाथरुम से बाहर आ रही थी, तभी उसे पुलिस का फ़ोन आया और उसे बताया गया कि उसके परिवार की गाड़ी का एक्सप्रेस वे पर एक्सीडेंट हो गया है। गाड़ी पलट गई है। गाड़ी में सवार सभी लोगों को तलेगाँव के सरकारी अस्पताल में भेजा जा रहा है।

उसने जल्दबाज़ी में रघुवीर को फ़ोन मिलाया और वे आयशा की ही गाड़ी से तलेगाँव पहुँचे। लेकिन वहाँ उन्हें ख़बर मिली कि अस्पताल में लाए जाने से पहले ही उसके माता-पिता और भाई तीनों की मृत्यु हो गई है। आयशा अस्पताल में ही ढह गई। थोड़े उपचार के बाद वह होश में आई। हादसे के बारे में सबको बताने का सवाल नहीं था और उसकी देह में इतनी ताक़त भी नहीं थी। उसने तुरन्त अपने माता-पिता के ऑफ़िस के जूनियर वकीलों को बताया। वे झटपट, यानी बहुत रात होने से पहले तलेगाँव पहुँचे। उन्होंने सारी गतिविधियाँ सँभालीं। पंचनामा, पोस्टमार्टम, बॉडी कब्जे में लेना, फिर पुणे के श्मशान घाट पर अन्तिम संस्कार, यह सब निबटने में पूरी रात बीत गई और दूसरा दिन भी निकल गया। यह समय कैसे बीता, आयशा को पता भी नहीं चला। वह किसी बेहोश या ड्रग्स का नशा किये व्यक्ति की तरह सभी के बीच विचरती रही।

जो लोग आए थे, वे अपने-अपने गन्तव्य को लौट गए। दूसरे दिन की रात हुई। अब केवल आयशा और रघुवीर बचे थे। डॉक्टर ने आयशा को मन स्थिर करने और नींद के लिए गोलियाँ दी थीं। फिर भी उसे नींद नहीं आ रही थी। उसका मन भी पूरी तरह से कुंठित हो गया था। उसकी देह बिलबिलाने लगी थी।

अब क्या करें? क्या सोचें, यह उसकी समझ में नहीं आ रहा था। यह रघुवीर भी कुछ समझ नहीं पा रहा था कि उसे क्या करना चाहिए? अचानक ऐसी ज़िम्मेदारी का निर्वाह करने के लिए आवश्यक प्रौढ़ता की उसकी उम्र नहीं थी, वैसा उसका स्वभाव भी नहीं था। लेकिन वह उसके बगल में बैठा रहा। आयशा अत्यन्त बेचैन थी। उसकी बेचैनी कम होने के बजाय बढ़ती ही जा रही थी। अब रघुवीर पसीना-पसीना होने लगा। उसने सोचा, थोड़ी बीयर लेंगे तो उसे ज़रा अच्छा लगेगा। उसने चार बोतल बीयर मँगाई और बिना कुछ कहे दोनों ने पी डाली। दवा की गोलियों और बीयर के मिले-जुले प्रभाव से आयशा बर्राने लगी। फिर वह रघुवीर को बाँहों में लेकर, बाहर के कमरे में, कोच पर ही सो गई। रघुवीर ने उसे उठाकर बेड पर सुलाया और वह भी थककर लेट गया। उसे नींद नहीं आ रही थी। अब यह मामला और ज़्यादा गम्भीर हो गया था। अब उसे सब कुछ अपने माँ-बाप को बताना ज़रूरी था। उसने यह सब माँ-बाप के कानों में डालने का निश्चय किया। लेकिन अब मेरी ज़िन्दगी कैसी होगी? आयशा इस सदमे से कब सँभलेगी? कभी सँभलेगी भी या नहीं? फिर मेरी ज़िन्दगी का क्या होगा? अब सारी ज़िम्मेदारी मुझ पर है—उसे बेहद अकेलापन और निराशा सताने लगी और वह थरथराने लगा। उसकी वहाँ से चले जाने की इच्छा हुई। लेकिन यह सम्भव नहीं था इसलिए आयशा की तरफ़ पीठ करके वह लेटा रहा। कुछ पलों में उसे पीछे से आयशा के शरीर का स्पर्श महसूस हुआ। उसने करवट बदली और उसकी तरफ़ चेहरा घुमाया। आयशा होश में नहीं थी, लेकिन उसने उसे कसकर अपने आगोश में ले लिया और उसके हाथ को अपने सीने पर रखकर दबाने लगी। उसकी आँखें बन्द थीं। वह अपने होशोहवास में नहीं थी। कुछ देर बाद उसने अपनी आँखें ज़रा-सी खोलीं और अपने सारे कपड़े लगभग फाड़कर उतारने लगी। कुछ पलों में वह पूरी नग्न हो गई और उसने रघुवीर को फिर से अपने आगोश में ले लिया। अब वह उसके कपड़े उतारने लगी। रघुवीर डर गया। आज के नज़रिये से देखने पर कुछ लोगों को यह अजीब लगेगा, लेकिन उस दौर में आगोश में लेने और चूमने से आगे कुछ करना उनके लिए सम्भव नहीं था। शायद इतना समय ही कभी उन्हें मिला नहीं था। शायद अकेली रहने के कारण आयशा इन बातों के प्रति सचेत थी। लेकिन अभी वह बिलकुल विपरीत बर्ताव कर रही थी।

रघुवीर ने उसे रोकने का बहुत प्रयास किया। लेकिन वह कुछ भी सुनने की मनोदशा में नहीं थी। उसे यक़ीन था कि इस दशा में वह सेक्स नहीं कर पाएगा। लेकिन उसे भी आश्चर्य हुआ। ऐसी उत्तेजना उसमें कैसे आ गई? दोनों का मानसिक दबाव मानो कुछ विशेष शारीरकि भूख उत्पन्न कर रहा था। दोनों ने अपना पहला सम्भोग किया और शान्त होकर सो गए।

दूसरे दिन सुबह तड़के आयशा की नींद खुली। कुछ समय तक उसे कुछ भी सूझ नहीं रहा था। लेकिन लग रहा था, कुछ तो भयानक ज़रूर घटित हुआ है। फिर बीते डेढ़ दिन की घटनाएँ किसी भारी बोझ की तरह उसके मन पर हावी हो गईं। उस सदमे से वह उठकर बैठ गई? तभी उसे दूसरा सदमा लगा। उसकी देह पर चीथड़ा भी नहीं था। वह पूरी तरह से नग्न थी। उसने बगल में देखा। बगल में रघुवीर भी उसी अवस्था में सोया हुआ था। क्या इसी से मैंने प्यार किया? इसी को लेकर माँ-बाप मुझे सतर्क कर रहे थे और मैं सुन नहीं रही थी? वह उद्विग्न-सी हुई। चादर को अपने इर्द-गिर्द लपेटती हुई चीखी। इससे रघुवीर भी जगकर झट से उठ बैठा। कुछ पल उसे भी उस अवस्था पर आश्चर्य हुआ। लेकिन अगले ही पल सब कुछ याद आया। रघुवीर ने उसे आगोश में लेने का, समझाने का प्रयास किया। लेकिन आयशा के मन में एक ही अर्थ लग रहा था, मेरी इस हालत का रघुवीर ने अनुचित लाभ उठाया है। कैसा भयानक नीच इनसान है ये! वह कुछ भी सुनने के लिए तैयार नहीं थी। उसने अपनी देह से लपेटी चद्दर भी फेंक दी और चीखती हुई उस पर दौड़ गई। चिल्लाती रही, "कम, फक मी...यही चाहता है न तू कुत्ते...कम फक मी।"

फिर रघुवीर अपनी ताक़त बल पर उसे गद्दे पर कसकर पकड़ते हुए रात में जो हुआ, उसे समझाने लगा। लेकिन वह कुछ भी सुनने की मनोदशा में नहीं थी। वह उसे घर से बाहर खदेड़ देने पर आमादा थी। लेकिन वह भी नहीं जा रहा था। आख़िरकार वह चादर लपेटती हुई रसोईघर में दौड़ गई। रघुवीर भी उसके पीछे-पीछे वहाँ पहुँचा। लेकिन उसके पहुँचने से पहले ही उसने बड़ी-सी छुरी उठा ली थी और उसे उसकी दिशा में तानती हुई बोली, "अब तू अगर नहीं गया तो मैं तुझे मार डालूँगी।" और यह देखकर कि वह नहीं जा रहा है, उसने वही छुरी अपनी दिशा में घुमाई और बोली, "वरना मैं ख़ुदकुशी कर लूँगी। तू निकल जा...कुत्ते...यू बास्टर्ड...डोन्ट शो मी युवर फेस...एव्हर...!"

उसका वह आवेश सच्चा था। रघुवीर पहले से परेशान था। उसका दिमाग़ और घूम गया। उसकी समझ में नहीं आ रहा था कि क्या करें? वह भी उस पर चिल्लाया। लेकिन जब वह अपना छुरी पकड़ा हाथ ऊपर ले गई, तब उसे महसूस हुआ कि अब वह छुरी उसकी पेट की तरफ़ तेज़ी से आएगी। निरूपाय होकर रघुवीर ने पीठ फेर ली और फ़्लैट के बाहर आया।

दिनभर रघुवीर ने कई बार उसे फ़ोन किये। रात होने तक जैसे-तैसे समय बिताकर वह फिर फ़्लैट पर आया। उसने काफ़ी देर बेल बजाई, लेकिन किसी ने दरवाज़ा नहीं खोला। तब वह पुलिस में गया। पुलिस ने दरवाज़ा तोड़ा। फ़्लैट खाली था। भीतर कोई नहीं था। सामान अस्त-व्यस्त बिखरा पड़ा था। घर को समेटकर कोई सामान बाहर ले गया हो, ऐसा भी नहीं लग रहा था। आयशा को जाते हुए किसी ने नहीं देखा था। उस इमारत में चौबीसों घंटों के लिए एक ही चौकीदार था, जो आधे समय जगह पर होता ही नहीं था। इसलिए इसमें कोई आश्चर्य नहीं था कि उसने उसे जाते हुए नहीं देखा हो। लेकिन सामने के पान के ठेले वाले ने बताया कि उसने दोपहर में उसकी गाड़ी को बाहर जाते हुए देखा। गाड़ी में वह थी या नहीं, यह वह यक़ीन से नहीं कह सकता था। नीचे पार्किंग स्लॉट में गाड़ी नहीं थी। साफ़ था कि वह उसी से गई होगी। लेकिन गाड़ी का नम्बर भी रघुवीर को याद नहीं आ रहा था। फिर पुलिस ने गाड़ी का ब्यौरा तमाम जगह भेजा और आयशा के लौट आने की स्थिति में पुलिस को तुरन्त सूचित करने की सूचना देकर वे चले गए।

दूसरे दिन सुबह आयशा जगी, लेकिन 'गार्डन ऑफ़ ईडन' उर्फ़ 'साईं सोसायटी' के एक फ़्लैट के कमरे में। उसने उठकर इधर-उधर देखा। वह कहाँ है, वहाँ क्या चल रहा है, उसकी कुछ भी समझ में नहीं आ रहा था। उसने आसपास देखा। पलंग के बगल में टेबल पर कुछ पैसे रखे हुए थे। वहीं उसकी पर्स पड़ी हुई थी। शराब के बोतलों की प्लास्टिक की थैली, जिसे वह कल अपने साथ लाई थी, वहीं पड़ी थी। उसकी देह पर कपड़े नहीं थे। वे इर्द-गिर्द अस्त-व्यस्त पड़े हुए थे। उसने जल्दी-जल्दी में कपड़े पहने। पहनते समय उसे धुँधला-सा याद आया कि कल रात क्या हुआ था और वह ज़ोर-ज़ोर से रोने लगी।

सत्यकाम और अगस्ति : 2

बहुत पहले हमने देखा कि सत्यकाम ने अगस्ति को कैसे समझा-बुझाकर सोसायटी के गेट से बाहर निकाला था। अगस्ति से बातें करने के बाद सत्यकाम सोच में पड़ गया था। यह आदमी उसकी बिलकुल भी समझ में नहीं आ रहा था। आज के दौर में तर्क से इस तरह कटकर जीने वाला मनुष्य शायद ही मिलता है। और सत्यकाम तो ठहरा दर्शनशास्त्र का अध्येता। तर्क से बाल की खाल निकालने में सारी शक्ति लगाने वाला। लेकिन इस सदमे से वह भी कुछ डर-सा गया। अच्छा हुआ, बला टली, यही उसकी भावना थी। लेकिन उस समय सत्यकाम ऐसी मनोस्थिति में था, जो अनेक तर्कों का इस्तेमाल कर अनेक प्रश्नों के उत्तर पाने की कोशिश करता है। इसलिए दूसरी ओर, अगस्ति से दुबारा मिलने की तीव्र उत्सुकता भी उसमें थी। सत्यकाम का यह डर यक़ीनन दैहिक नहीं था, मानसिक भी नहीं था, बल्कि अचानक कोई बौद्धिक चुनौती मिलने के बाद उसे स्वीकार करते समय मनुष्य में जो डर होता है, वैसा था। इसी कारण उत्सुकता भी इस डर का एक हिस्सा थी। ये दोनों उत्सुकताएँ इकट्ठी आने के कारण सत्यकाम अत्यन्त आतुर होकर अगस्ति की प्रतीक्षा करने लगा।

लेकिन इस बार उसे उम्मीद से ज़्यादा प्रतीक्षा करनी पड़ी। गर्मी का मौसम अब तेज़ होता जा रहा था और अगस्ति चाहे जितना प्रकृतिप्रेमी हो, लेकिन प्रकृति से इस तरह सीधे-सीधे टकराना उसके लिए सम्भव नहीं था। ऊपर से उसकी उम्र भी कम नहीं थी। गर्मी के मौसम की ख़ास बीमारियाँ इस उम्र में अधिक सताने लगती हैं। इसलिए कई दिनों तक वह आया ही नहीं। वह प्रकट हुआ सीधे एक महीने के बाद, अप्रैल के अन्त में, जब गर्मी अपने चरम की ओर जा रही थी। अब तक सत्यकाम ने अगस्ति के आने की आशा लगभग छोड़ दी थी

और वह पहले की तरह अपने योगासन् और विपश्यना की दिनचर्या में खो गया था। अगस्ति इतने दिनों बाद, अपनी आलीशान गाड़ी से, जहाँ सत्यकाम रखवाली करता था, उस गेट के सामने कुदाल, फावड़ा और खुरपी वग़ैरह सारा सामान लेकर हाज़िर हो गया। हाज़िर भी इस आवेश के साथ हुआ, मानो बीच में कोई समय गुज़रा ही नहीं। सारा सामान जैसे-तैसे उठाकर उसकी मोटी, मध्यम, ऊँची काया गेट से भीतर आई और सत्यकाम की तरफ़ एक भी नज़र डाले बिना, सीधे पिछली बार उखाड़कर लगाए गए पेड़ों की दिशा में चलने लगी। उसे अपने कृत्य की नैतिकता के प्रति ऐसा आत्मविश्वास था कि मानो उसे किसी की अनुमति की ज़रूरत ही न हो। उसके कपड़े पहले की तरह मुड़े-तुड़े ही थे। उसके पेड़ों के पास पहुँचने तक सत्यकाम को उसकी भटकती हुई आँख और गर्दन दूर से भी दिखाई दी। सत्यकाम बिना कुछ कहे गेट के पास वाले अपने स्टूल पर बैठा रहा। जब कोई अनजान बालक हमारे सामने आता है, तब उसके सलोनेपन के चलते हमें उसके पास जाने की, उसे हाथ लगाने की इच्छा होती है, लेकिन जानकार लोग बताते हैं कि हमारी चाहे लाख इच्छा हो, मगर अजनबी व्यक्ति को एकदम से ऐसा नहीं करना चाहिए। क्योंकि इससे वह बच्चा चौंककर रोने लगता है। बालक को थोड़ा समय दिया जाए तो वह अपने आप ही सामान्य होता है और जब आप उसे कोई लालच देते हो, वह ख़ुद ही आपके पास चला आता है। सत्यकाम ने कुछ दिन पहले ही अगस्ति को अनुभव किया था। उसने अगस्ति के बारे में इसी 'अनजान बालक' स्ट्रेटजी का इस्तेमाल करने का निश्चय किया। यह स्ट्रेटेजी लगभग सफल होने ही वाली थी कि कुछ विपरीत घटित हुआ और अगस्ति के मुँह से एक हल्की-सी चीख बाहर निकली।

सत्यकाम निरूपाय होकर तुरन्त उसकी दिशा में चल पड़ा। असल में, सोसायटी के माली द्वारा कतार में लगाए गए जिन पौधे को अगस्ति ने बेतरतीब कर दिया था, कुछ समय पहले सोसायटी के माली ने आकर उन्हें फिर से कतार में लगा दिया था। सत्यकाम को यह पता था। बल्कि माली ने नाराज़ होकर सत्यकाम से पूछा भी था कि 'यह किसने किया, और तुमने रोका क्यों नहीं?' लेकिन चूँकि वह माली सत्यकाम का मित्र बन गया था, उसके दसवीं में पढ़ रहे लड़के की पढ़ाई में आ रही कुछ दिक्कतें एक सप्ताह पहले ही

सत्यकाम ने दूर की थीं इसलिए सत्यकाम ने उसे कुछ समय के लिए इन बातों की अनदेखी करने की विनती की और उसने मान ली। सत्यकाम बोला, "भैया, एक सनकी लेकिन इंटरेस्टिंग आदमी आया था। उसी ने यह किया है। वह शायद दुबारा आएगा। मैंने उसे नहीं रोका, क्योंकि मुझे उससे कुछ ज़रूरी काम हैं...कुछ दिन अनदेखा कीजिए न प्लीज। सोसायटी में रिपोर्ट मत कीजिए।' और माली ने बात मान ली। लेकिन पौधे वैसे ही रखने के लिए उसने मना कर दिया। वह बोला, "ठीक है। उसे जाने दो, लेकिन पौधे अपनी जगह पर ही जाएँगे भैया...इस बीच कोई आया और देख लिया तो? मेरी ज़िम्मेदारी है यह? मुझे ही डाँट पड़ेगी! कहेंगे, कैसा माली है, जो उल्टे-सीधे पौधे लगाता है!...वह इंटरेस्टिंग आदमी या जो भी है, तुम देखो...मैं रिपोर्ट नहीं करूँगा, लेकिन ये पौधे यहाँ नहीं रहेंगे, हाँ!" और उसने सारे पौधे दुबारा सही जगह पर कतार में लगा दिये। सत्यकाम ने उसकी भी मदद की थी। लगा नहीं था कि अगस्ति के ध्यान में आ जाएगा और आ जाए तो भी और कोई चारा नहीं था। लेकिन इस समय अगस्ति की फुत्कार सुनकर सत्यकाम समझ गया कि मामला अगस्ति के ध्यान में आ गया है। और निरूपाय होकर वह उस 'पराए बालक' की दिशा में दौड़ पड़ा।

उसे देखकर अगस्ति की आँख में और ज़ोर से हरकत हुई। वह सत्यकाम से बोला, "ये किसने...किसने मतलब ये? किसने किया ये? और क्यों...और तुमने क्यों होने दिया? शिट्...कैसे होने दिया? आँ? नहीं, नहीं...मैं इतनी मेहनत से सब ठीक करता हूँ और कोई आकर ये सब मतलब...शिट्...शिट्...।"

अप्रैल की गर्मी और बढ़ती उम्र का तकाज़ा, अगस्ति की गर्दन से पसीने की धाराएँ बहने लगी थीं, जिससे वह और ज़्यादा परेशान हो गया था। सत्यकाम उसकी दिशा में दौड़ा तब उसके हाथ में पानी की बोतल थी। वह पानी पीने ही वाला था लेकिन बोतल को वैसे ही हाथ में लिए वह अगस्ति की दिशा में दौड़ पड़ा था। "लीजिए बाबूजी, पहले थोड़ा पानी पी लीजिए।" उसने अगस्ति को पानी दिया। अगस्ति निरूपाय-सा हो गया। और पल भर के लिए उसका ग़ुस्सा काफ़ूर हो गया। उसने बोतल मुँह से लगा ली। इन दो पलों के विश्राम में सत्यकाम को अवसर मिल गया। वह बोला, "बाबूजी, मैं समझ रहा हूँ, आप क्या कर रहे हैं...और यह भी समझता हूँ कि यह कितना अहम काम है...।"

उसकी बात सुनकर दो घूँटों के बीच साँस लेता हुआ अगस्ति फुत्कारा, “तुम? तुम समझते हो...क्या समझते हो? कोई कुछ नहीं समझता...कोई कुछ समझता ही नहीं है...नहीं, नहीं, ऐसा नहीं होना चाहिए दुनिया में...।”

फिर उसे पास के बेंच पर बिठाकर सत्यकाम काफ़ी कुछ बोलता रहा। वह बोल रहा था, तब अगस्ति ने उससे नज़रें मिलाए बिना कई बार सत्यकाम को रोकने की कोशिश की। वह बहुत झल्लाया। लेकिन यह सब सुनाने लगूँगा तो दर्ज़नों पन्ने उसी में ख़र्च हो जाएँगे। मैं आपसे जो साझा करना चाहता हूँ, वह बिलकुल अलग है, वही रह जाएगा। उनके बीच हुई चर्चाओं के कुछ ही मुद्दे ऐसे हैं, जो हमारे विवेचन की दृष्टि से अहम् हैं। सिर्फ़ वे मुद्दे और उनकी चर्चाओं के दरमियान अगस्ति के दार्शनिक चिन्तन के साथ-साथ मिली एक व्यावहारिक खबर—बस इतना ही आपको बताना चाहता हूँ। और इस खबर से निकला हुआ एक भयानक...लेकिन वह सब बाद में। सबसे पहले उस समय सत्यकाम ने अगस्ति से जो कहा, उसका सारसंक्षेप बताता हूँ : “आप यक़ीन नहीं करेंगे, लेकिन मैं दर्शनशास्त्र का विद्यार्थी हूँ। मैं ठीक-ठीक समझ रहा हूँ कि आप क्या कर रहे हैं। आपको यही लग रहा है न कि विज्ञान और तकनिकी के कारण आदमी मशीन बनता जा रहा है? प्रकृति में जैसा है वैसा ही आप करना चाहते हैं न? मैं सब समझता हूँ...मैंने पढ़ा है न...रोमांटिसिज़्म का दर्शन पता है मुझे भी थोड़ा-बहुत...क्यों? लेकिन बाबूजी, मैं यहाँ एक मामूली चौकीदार हूँ। ग़रीबी आदमी से क्या-क्या नहीं करवाती? सारी पढ़ाई छोड़कर नौकरी करनी पड़ी है मुझे...थोड़ा तो सोचिए... मैं चौकीदार हूँ यहाँ...मेरा काम है आपको रोकना...जो मैं नहीं कर रहा हूँ... चलो, यह बात भी ठीक है, लेकिन मैं सोसायटी को और मालिक को कैसे रोक सकता हूँ? नौकरी चली जाएगी मेरी।...लेकिन आप जो कर रहे हैं, वह भी मैं समझ सकता हूँ...मैं मदद करना चाहता हूँ आपकी। मेरे दिमाग़ में एक आईडिया है। यह सोसायटी काफ़ी बड़ी है...उसके इतने बड़े अहाते में माली ने नये सिरे से पेड़ कहाँ लगाए हैं, मुझे सब पता है...किन पेड़ों को ड्रिप इरिगेशन से जोड़ा गया है और इस वजह से किन-किन पेड़ों को पानी देने के लिए उसे उनके पास जाना नहीं पड़ता, यह भी मुझे पता है...एक काम करते हैं...जब भी आप आएँगे, मैं आपको एक नई जगह दिखाता जाऊँगा।

ऐसी जगह, जहाँ माली के तुरन्त जाने की उम्मीद न हो। इससे आपकी मेहनत ज़ाया होने की आशंका नहीं रहेगी। वहाँ के पौधे उखाड़कर आप दूसरी जगह पर लगाइए। मैं भी आपकी मदद करूँगा...प्रॉमिस...आप भी क्या-क्या करेंगे इस उम्र में...आइए चलिए...हम रोज़ बारह पौधे उखाड़ेंगे और दूसरी जगह पर लगाएँगे...मंज़ूर? चलिए...मेरे पास का सब्बल भी लेंगे साथ में...खोदने में आसानी होगी...दूसरी जगह दिखाता हूँ, चलिए...।"

इस बातचीत में लगभग आधा घंटा बीत गया। लेकिन आख़िरकार बात अगस्ति की समझ में आई। फिर सत्यकाम उसे सोसायटी की अलग सड़क पर ले गया। दोनों ने मिलकर बारह गड्ढे खोदे, फिर एक कतार में लगे बारह नये पौधों के इर्द-गिर्द की मिट्टी हटाकर उन्हें बाहर निकाला और बेतरतीबी से, यहाँ-वहाँ लगाना शुरू किया। अभी छह-आठ पौधे ही लगाए गए होंगे कि अगस्ति की ताक़त ज्वाब दे गई। उसके हाथ काँपने लगे, हाथ-पैरों पर उसका नियंत्रण कम होने लगा। इस झमेले में एक बार सब्बल उसके हाथ से फिसली और उसके नुकीले हिस्से से उसके बाएँ पैर में चोट लग गई। ख़ून बहने लगा और अगस्ति नीचे बैठ गया। सत्यकाम उसे अपने कमरे के पास ले गया। उसका ज़ख़्म धुलवाया। एक छोटे-से डिब्बे से मरहम और बैंडेज निकालकर मरहम-पट्टी की। अगस्ति तब तक पूरा निढाल हो चुका था। अप्रैल का महीना था। पसीना थकान को और बढ़ा रहा था। इस उम्र में, चोट सहने की आदत भी छूट चुकी होती है। उसका चेहरा धूप से लाल-भभूका हो गया था और वह हाँफने लगा था। यह देखकर सत्यकाम उससे बोला, "चलिए, चाय लेंगे...थोड़ा अच्छा लगेगा। ख़ूब चीनी डालता हूँ...आइए, इधर बैठिए। हाँ...बैठिए। मैं चाय बनाता हूँ...।" और वह चाय बनाने लगा। अगस्ति अब बिना कुछ कहे चुप हो गया था।

चाय बनाते-बनाते सत्यकाम ने अगस्ति को पानी में भिगोकर एक नैपकिन दिया और बोला, "लीजिए, गर्दन से लपेट लीजिए। ठंडक लगेगी...प्रकृति... प्रकृति करना ठीक है...लेकिन प्रकृति सुहाती किसे है...अजी, सामान्य मौसम भी सहा नहीं जाता हमसे, किसान जैसे-तैसे सह लेते हैं, वही बहुत हुआ... हमारा प्रकृति से प्यार दूर से, यानी सेफ डिस्टेंस रखकर...क्यों?...यह बात है सामान्य अप्रैल महीने के पुणे के सौम्य मौसम की...रौद्रावतारी मौसम की

बात तो भूल ही जाइए।" इस पर नाराज़ होकर अगस्ति ने नैपकिन कोने में फेंक दिया और बँड़ेर की तरफ़ नज़रें लगाए बिना कुछ कहे बैठा रहा। उसके गले से अजीबोग़रीब आवाज़ें आने लगीं। साफ़ था कि उसे ग़ुस्सा आया है।

चुप न रहकर सत्यकाम उससे बोला, "बाबूजी, नाराज़ हो गए क्या? ठीक है, हो जाइए नाराज़...लेकिन आपको पता भी हैं आपका क्या हो रहा है! अरे ज़रा सोचिए...क्या सचमुच आपको टेक्नोलॉजी नहीं चाहिए? अजी, यह स्वयं पेड़ लगाना भी टेक्नोलॉजी ही है। खेती भी टेक्नोलॉजी है...फिर टेक्नोलॉजी के किस चरण में आदमी मशीन बन गया? आँ? उसके पहले वाली टेक्नोलॉजी से काम चलने की बात होती, तो वह ठीक-ठीक किस दौर की...1840 ईसवी की टेक्नॉलॉजी? 1965 की? ईसापूर्व 356 की? अजी, टेक्नोलॉजी तब भी थी। क्या कहूँ...टेक्नोलॉजी में बुरा क्या है, यह भी आप जैसों को ठीक से पता नहीं होता, फिर भी आप उससे घृणा करते हैं। पिछली बार हम मिले तब आप ईश्वर को भी बुरा-भला कह रहे थे...आप इनसानों को यह भी समझ में नहीं आता कि ईश्वर क्यों ज़रूरी लगता है? लेकिन, आप उस पर अविश्वास ज़रूर दिखाएँगे। प्रकृति का सच्चा रूप आपसे सहा नहीं जाता, लेकिन फिर भी उसके पीछे पड़े रहेंगे। अजी, कितनी धाँधली है आपमें..."

चाय बन गई थी। सत्यकाम ने चाय की प्याली अगस्ति के हाथ में दी। उसे लेते हुए अगस्ति बोला, "मतलब? आँ?...सब पता है मुझे...मुझे बँधा-बँधा सा लगता है टेक्नोलॉजी के कारण, और मुक्ति...फ्रीडम चाहिए मनुष्य को...चाहिए ही चाहिएं, फ्रीडम...नहीं है फ्रीडम? हमें ही पता नहीं होता कि हम कैसे बँधे हुए हैं...क्यों? नहीं-नहीं...बिलकुल नहीं। किस दौर की टेक्नोलॉजी चलेगी, यह पूछकर बेवजह मुझे उलझन में मत डालिए...मुझे फ्री लगना चाहिए बस...।"

उसे रोकता हुआ सत्यकाम बोला, "अजी, प्रकृति का सनकीपन और मनुष्य की प्राकृतिक सीमाओं से मुक्ति दिलाने के लिए ही टेक्नोलॉजी आई है न? मनुष्य को हमेशा मुक्ति की चाह रही है। पहले प्रकृति से मुक्ति चाहेंगे। उसके लिए संस्कृति और टेक्नोलॉजी का निर्माण करेंगे और फिर कहेंगे अब हमें इससे मुक्ति चाहिए...मुझे अपना स्वाभाविक रूप ही चाहिए...बाबूजी, देखा जाए तो मनुष्य के पास जो अतिरिक्त दिमाग़ होता है, कहना न होगा कि उसी से उसकी मुक्ति चली जाती है। अजी, प्राकृतिक का मतलब क्या है?

मनुष्य सोच सकता है इसीलिए वह अलग-अलग बातें ढूँढ़ता है। तो क्या यह प्राकृतिक नहीं है? देखा जाए तो इस वक़्त हम जो जी रहे हैं, वह भी प्राकृतिक ही है...घर, सड़कें, मोबाइल सब कुछ...यहाँ तक कि पेड़ों को एक कतार में लगाना भी प्राकृतिक है! परिवेश को अपने लिए अधिकाधिक सुखदायी बनाना मनुष्य की स्वाभाविक फितरत है और उसे, थोड़ा ही सही अनुपात में साधने लायक़ दिमाग़ तो उसके पास है...यही नहीं, आसपास का जो यथार्थ है, उससे वह सन्तुष्ट नहीं होता। उसे उसमें कुछ और चाहिए होता है, इसीलिए वह उसमें कुछ जोड़ना चाहता है, फिर चाहे इससे उसे कुछ तकलीफ़ क्यों न हो... परिवेश को बदलने की इच्छा होती है उसकी...इसी से टेक्नोलॉजी का जन्म होता है। टेक्नोलॉजी का मतलब हमारे आज तक के बनाए या इकट्ठा किये गए बौद्धिक साधन, नहीं जी...सोचिए कि मनुष्य की बनाई सारी टेक्नोलॉजी समा सके ऐसा एक बहुत बड़ा म्यूज़ियम है। उसे किसी को दिखाया जाए तो क्या आप यह मानेंगे कि मनुष्य ने जो भी किया है, वह सब उसकी समझ में आ जाएगा? बिलकुल नहीं आएगा। मनुष्य की सारी यात्रा का रहस्य उसे बिलकुल समझ में नहीं आएगा...हम जिस टेक्नोलॉजी को बनाते हैं, हमारे अस्तित्व के बारे में वह अधिक बुनियादी पर्तें खोलती रहती है। उसके बारे में हमें सोचना चाहिए...हमारा अस्तित्व कैसा हो, हम उसे क्या अर्थ देते हैं, हम उसका क्या अर्थ मानते हैं, इसका दर्शन हमें हमारे द्वारा बनाई टेक्नोलॉजी से होता है। अजी, अन्वेषण ऐसे ही हवा में नहीं होते। उसके पीछे केवल हमारी ऊपरी ज़रूरतें नहीं होतीं। अपने अस्तित्व का क्या अर्थ लगाता है, ख़ुद को कैसे देखना चाहता है, आदि रहस्य इसके पीछे छिपे होते हैं। इसकी खोज करने के लिए इसकी ओर मशीनी ढंग से नहीं बल्कि दार्शनकि अन्दाज़ से देखना होगा। हमारी ज़िन्दगी को, हमारे जीवन को समझने के लिए हमारी मशीनें क्या करती हैं और क्या नहीं करती, या उन्हें हम कैसे और किस बात के लिए और किस स्तर पर इस्तेमाल करते हैं, केवल इन्हीं सवालों का उत्तर पर्याप्त नहीं है। टेक्नोलॉजी का ध्वंसक लक्षण, उसका इसेन्स, उसका सार, मूलार्थ, गर्भार्थ, आत्मा, चाहे जो कहिए...तकनीकी नहीं होता! वह अधिक गहराई में जाता है जी...उसे समझने के लिए हमें ऐसे अधिक गहरे सवालों तक जाना पड़ता है कि हम इस परिवेश को कैसे देखते हैं,

उसमें अपना क्या और कैसा स्थान बनाते हैं और कुल मिलाकर अस्तित्व के साथ हमारा रिश्ता क्या है और कैसा होना चाहिए..."

अगस्ति चकित होकर सत्यकाम का मुँह देखता रह गया। फिर उसे अहसास हुआ कि वह सत्यकाम की आँखों में आँखें डालकर देख रहा है। वह असहज हो गया। उसने तुरन्त अपनी नज़रें घुमाईं। फिर हड़बड़ाकर बोला, "मतलब? हम ये पेड़ अलग जगह पर नहीं लगाएँगे? तुम मुझे अलग जगह पर नहीं लगाने दोगे ये पेड़? क्यों? तुम्हारी बातों से मैं बस यही समझ सका कि मैं नहीं जानता कि मुझे क्या चाहिए...कुछ साल पहले मुझे पता चला कि मेरी लड़की ऑटिस्टिक है और मैंने मान लिया। उस समय जैसा लगा था, तुम्हारी बात सुनकर अभी भी कुछ वैसा ही खाली खाली महसूस हो रहा है...लेकिन भयानक खालीपन आया है...मैं पेड़ न लगाऊँ और तुम मुझे पेड़ लगाने नहीं दोगे...लेकिन इसका कारण समझ में नहीं आया...हम क्या करेंगे फिर?...क्या तुम भी जानते हो ठीक-ठीक?"

सत्यकाम ने जवाब दिया, "बाबूजी, अगर जवाब मुझे पता होता तो मैं इस सुनसान जगह पर क्यों आ बैठता, सोचता हुआ? मैं तो, बस यही जानता हूँ कि सवाल ऊपरी तौर पर जैसे दिखते हैं, उससे कई ज़्यादा गहन वे होते हैं...नहीं, हम पेड़ों की जगह ज़रूर बदलेंगे। मैं मदद करूँगा आपकी...न जाने कितने दिनों बाद मैं किसी से बात कर रहा हूँ। आप के कारण मुझे कुछ बातें समझने में मदद मिलेगी—आप मेरे तारणहार बनेंगे...हम बात करेंगे और पेड़ों को दूसरी जगह पर लगाएँगे! ठीक!" और उसने हाथ आगे बढ़ाया। दूसरे के स्पर्श से भी हमेशा दूर रहने वाले अगस्ति ने उसका हाथ अपने हाथ में ले लिया।

अगले कई दिनों तक अगस्ति आता रहा। वे दोनों पेड़ों को उखाड़कर नई जगह पर लगाते रहे। सत्यकाम बातें करता रहा। जिन मसलों पर उसे बात करनी थी, जैसे आधुनिकता का साथ छोड़े बिना उसमें आत्मिकता कैसे लाई जाए, ये एकदम उसकी अपनी बातें नहीं थीं। वे काफ़ी प्राथमिक स्तर की थीं। लेकिन टेक्नोलॉजी, प्रकृति, अस्तित्व, ईश्वर आदि का आख़िरकार अन्य सभी से सम्बन्ध होता ही है। इसलिए उसे लगता रहा कि इससे उसे कुछ हाथ ज़रूर आएगा। अनभिज्ञ मनुष्य को सामान्य स्तर का कुछ समझाते समय हमारे ही मन की अनेक बुनियादी अवधारणाओं में स्पष्टता आती जाती है, और जैसे-जैसे

उसे यह अहसास होने लगा, वैसे-वैसे वह अधिक उत्साह से बातें करने लगा। जब हम दूसरे को समझाने की स्थिति में होते हैं, तब एक विलक्षण सत्ता का एहसास होता है और वह अहसास उसे आनंद दे जाता है। उसे भी कुछ ऐसा ही महसूस हुआ और वह कुछ सहज होकर उस अहसास को सहलाने लगा। दूसरी ओर, एक और बात हुई। समझाते समय समझाने वाले व्यक्ति की धारणाओं की दरारें, सुनने वाले की समझ में नहीं आतीं, क्योंकि वह अनभिज्ञ होता है। लेकिन समझाने वाले को वे दरारें दिखाई देने लगती हैं और उसका सिर चकराने लगता है। सत्यकाम का भी ऐसा ही हुआ। इट वॉज अ हेडी मिक्श्चर।

अगस्ति शायद पहली बार ऐसी बातें सुन रहा था। वह उन्हें कितना समझ रहा था और सैद्धान्तिक अवधारणा की इस प्रस्तुति से उसे मदहोशी जैसा कितना अच्छा लग रहा था, टपकने वाले नल की आवाज़ की तरह, यह निश्चय करना भी उसके लिए कठिन हो जाता था। लेकिन बीच-बीच में वह कुछ बोलता रहा, सवाल पूछता रहा। दो ख़ब्ती इनसान एक जगह इकट्ठा हो गए थे, जिसका असर पहले कुछ दिनों तक मनचाहे ढंग से हुआ। लेकिन कुछ समय के बाद ही उनके एकसाथ आने की दुर्घटना के कारण कुछ अलग होने वाला था। उसे हम उचित समय पर देखेंगे। पेड़ों को उखाड़ते समय, उन्हें अलग गड्ढों में लगाते समय, पड़ोस के टीले पर घूमने जाते समय, चाय पीते समय वे दोनों बातें करते रहे। उनकी बातों के कुछ हिस्सों का सम्बन्ध हमारी कहानी से नहीं है लेकिन आशय से है। इसलिए अब हम उसके कुछ टुकड़े देखेंगे।

इस निर्णय के लगभग एक सप्ताह के बाद वे दोबारा मिले। उस दिन पेड़ लगाते-लगाते उनमें इस तरह बातें हुईं :

सत्यकाम ने इस प्रकार शुरुआत की: यह बात तो साफ़ है कि आपको विज्ञान, टेक्नोलॉजी, धर्म आदि को लेकर कुछ प्रॉब्लम हैं। लेकिन जैसा आप कहते हैं, वैसा यह नहीं है। यह उससे कहीं गहरा मामला है। यहाँ तक कि पश्चिम के हाइडेगर, सार्त्र, ब्रुनो लातूर, फुको से लेकर हमारे यहाँ के आशीष नन्दी, शिव विश्वनाथन, सुन्दर सुरुक्काई तक बहुतों ने इस पर बहुत सोचा है। इनमें से कुछ मैंने कल आपको बताया। लेकिन ऐसे नहीं...हम एक काम करते हैं। हम यह देखेंगे कि बिलकुल आज की नई टेक्नोलॉज़ी क्या करना चाहती है।

दो महीने पहले 'एफ 8 एनुअल ग्लोबल डेवलपर कॉन्फ्रेंस' में अपनी बात रखते समय फ़ेसबुक के मार्क जुकरबर्ग ने क्या कहा, पता है? उसने कहा, अब हम जो एप्स बनाने जा रहे हैं, उससे हम यथार्थ में कुछ अधिक जोड़ने जा रहे हैं। उसे बदल रहे हैं। प्रत्येक में हम जो कैमरा देते हैं, वह यूँ ही नहीं देते। अब हमारी बनाई इमेजेस यथार्थ से खेल खेलेंगी, संवाद करेंगी। मसलन, आपके भोजन के टेबल पर छोटी-छोटी मछलियाँ विहार कर पाएँगी और आपको ऐसा लगेगी कि वे आपकी असली 'सिरील बोल' की दाईं ओर से पीछे जाकर बाईं ओर से दोबारा बाहर आई हैं। असली पेड़ों पर वर्चुअल फूल खिलेंगे। आपकी असली कॉफी के मग से वर्चुअल भाप निकलेगी।

संक्षेप में, हम अपने परिवेश का जैसा अनुभव करते हैं, जिस तरह उससे भिड़ते हैं, परिवेश का यथार्थ जिस तरह महसूस करते हैं, उस प्रक्रिया को ही वह बदल देना चाहता है। यथार्थ को ही ऑगमेंट करना चाहता है, उसमें कुछ जोड़ना चाहता है। और वह भी 'मंडेन', ऐहिक, नीरस यथार्थ में हमारा मनचाहा मसाला डालकर।

कैसा होता होगा यह अतिरिक्त जोड़ा गया यथार्थ? उसकी शुरुआत होती है परिवेश सम्बन्धी यथार्थ के प्रति हमारी असन्तुष्टि से। हमारी वासनाओं में से सबसे बुरी वासनाओं को वह उत्तेजना प्रदान करता है। हम यथार्थ से तालमेल बनाने के बजाय; उसको ही अपनी पसन्द-नापसन्द के अनुसार बदलने पर बाध्य करते हैं। मार्क जुकरबर्ग का दावा है कि उसकी यह दृष्टि मानो कुछ अत्यन्त बुनियादी नया बता रही है। लेकिन ज़रा-सा सोचने पर पता चलता है कि ऐसा नहीं है! हमारे धर्म भी अलग से क्या कर रहे थे? यही तो कर रहे थे!

जुकरबर्ग के अनुसार हम यह यह भी सोचें कि 'हमारे आसपास न जाने कितनी वस्तुएँ ऐसी हैं जो प्रत्यक्ष में, भौतिक रूप में जैसी है, वैसी होने की ज़रूरत नहीं होती।' उसे मानो भौतिक यथार्थ के प्रति कुछ सन्देह हैं। लेकिन धर्म भी और क्या करते हैं? उनके लिए भी तो लौकिक यथार्थ माया और आत्मिक यथार्थ ही असल होता है। यह नई वर्चुअल दुनिया में ले जाने वाली टेक्नोलॉजी और सारे धर्म, दोनों को यथार्थ के प्रति कुछ सन्देह होते हैं और इसीलिए हमेशा वे हमें उसके परे की दुनिया में ले जाने के लिए उत्सुक रहते हैं।

उनका हमें हमारी देह के परे ले जाने का प्रयास उनका आग्रह होता है। हमारे शरीर के कारण उत्पन्न होने वाली सीमाओं को लाँघ जाने का होता है।

लेकिन असल में इनका साध्य क्या होता है? हम तो बस अपने निर्णय की स्वतंत्रता की बलि चढ़ाते हैं। फिर हम कर्ता नहीं रह जाते। धर्म के मामले में हम अपनी स्वतंत्रता ईश्वर को दान में दे देते हैं, और नई टेक्नोलॉजी के मामले में उनके द्वारा तैयार किये गए अनेक गैजेट्स को! हमें ऐसा करने को बाध्य करने को ये दोनों चमत्कार, जादू, नज़रबन्दी जैसे तत्वों का इस्तेमाल करते हैं। इस डिजिटल युग में ही अध्यात्म, आत्मिकता और उसे बेचने वाले अनगिनत गुरुओं वग़ैरह के पौ-बारह हैं, यह कोई संयोग नहीं है। इसके पीछे उनके बीच की समानता भी एक कारण है।

अगस्ति के ध्यान में आया कि उसने ऐसा कुछ नहीं सोचा था। फिर उसके सामने यह सवाल खड़ा हुआ कि मुझे जो लगता है, क्या वह इसी का प्रतिफल है?

अगस्ति उस दिन घर गया, लेकिन कुछ उलझन के साथ।

उस दिन के बाद जब उनकी मुलाकात हुई, गर्मी का प्रकोप और बढ़ चुका था। असल में उस दिन 'प्रकृति प्रेमियों' की इच्छा होती कि 'कुछ कोल्ड्रिंक वग़ैरह मिल जाए तो अच्छा होगा।' लेकिन सत्यकाम की कमरे पर कोल्ड्रिंक उपलब्ध होना सम्भव नहीं था। ऐसे समय चाय पीकर भी गर्मी कम हो जाती है। कोल्ड्रिंक पीने के बाद जैसा गला सूखता है, चाय से नहीं सूखता। सत्यकाम ने उसे समझाया और उन्होंने तय किया कि इस झुलसाती गर्मी में चौकीदार के कमरे में गर्मागर्म चाय की चुस्कियाँ लेते हुए बात करेंगे। वे दोनों, मानो, अब मित्र बन गए थे। अगस्ति के लिए यह सब नया था, और किसी भी नई बात के लिए जिस प्रकार उत्सुकता और सन्देह की भावनाएँ किसी के भी मन में होती हैं, उस समय दोनों के मन में वही थीं। जब प्रकृति का तप्त रूप आँखों के सामने खुल रहा होता है, ऐसे में छाँव में बैठकर चाय की चुस्कियाँ लेते-लेते धर्म और टेक्नोलॉजी के बारे में बातें करने से बढ़कर सुख और क्या हो सकता है? उस सुख का अनुभव करता हुआ सत्यकाम बोलता रहा। कुल जमा उसकी बात का सार यह था :

शारीरिक सीमाएँ मनुष्य को तकलीफ़देह लगती हैं और उससे टेक्नोलॉजी और धर्म, दोनों को लाभ होता है। यह देह, और जिस भौतिकता से वह तैयार हुई है, वह भौतिकता आख़िरकार प्रकृति के नियमों से बँधी होती हैं। इसलिए स्वभाविक रूप से हम मनचाहा, मनमाना आचरण नहीं कर सकते। ये दो बातें जो आज़ादी देने का आश्वासन देती हैं, वे मूलतः इस भौतिकता की सीमाओं से आज़ादी होती हैं। ईश्वर और स्वर्ग की अन्य मंडलियाँ आकाश में विचरते हैं। मानव ऐसा नहीं कर सकता। उसके क़दम ज़मीन पर टिके होते हैं। समय और अवकाश, ये दोनों तत्व हमारे यथार्थ और अस्तित्व के लिए, परिवेश को समझने और, उसका अनुभव करके लिए आवश्यक होते हैं। ईश्वर उसके परे है। वह सर्वसंचारी, सार्वकालिक है, भौतिकता से परे है। ईश्वर मानो डिजिटल दुनिया का पहला अवतार है जो भौतिक यथार्थ से परे है। इसीलिए शुरुआती आधुनिक पाश्चात्य वैज्ञानिक भी ऐसा मानते हैं कि ईश्वर का निवास ज्यामिति और अंकगणित में है। भौतिक यथार्थ के परे गणित और ईश्वर का ऐसा नाता मानने वालों में न्यूटन इसीलिए तो प्रमुख था।

इसी का अगला क़दम है यथार्थ में कुछ अतिरिक्त जोड़ने वाली नई टेक्नोलॉजी की धारणा। यह सही है विज्ञान परिवेश का अर्थ लगाने का प्रयास करता है, लेकिन उसका केवल वर्णन करना उसका गहरा उद्‌देश्य कभी नहीं रहा। इस ज्ञान का प्रयोग कर प्रकृति पर यथासम्भव काबू पाना, परिवेश को बदलना भी उसका एक महत्त्वपूर्ण उद्‌देश्य हमेशा से रहा है। यही गुण मनुष्य को अन्य प्राणियों से अलग करता है! इसी से तो विज्ञान से उम्मीद बँधती होती है। वैसे, इसके परे भी उसका एक हेतु था, जो टेक्नोलॉजी की तरफ़ नज़र दौड़ाने से मालूम हो जाता है—अपने लिए मनचाही प्रकृति, परिवेश का निर्माण करना! इस अर्थ में देखा जाए तो यह भी कहा जा सकता है कि विज्ञान का चरम लक्ष्य ईश्वर बनना ही है। इसी का पर्यवसान है यह नई टेक्नोलॉजी—क्लोनिंग, बायोटेक्नोलॉजी के प्रयोग से बनाया गया अन्न, आर्टिफिशियल इंटेलिजेंस, वर्चुअल रियलिटी और उसके बूते खड़ा रहने वाला अतिरिक्त ऑगमेंटेड परिवेश, जोड़ा हुआ यथार्थ।

यह सुनने के बाद अगस्ति की तकनीकी सम्बन्धी अपने विचारों के प्रति आस्था, यानी उसके प्रति घृणा की भावना और अधिक दृढ़ हो गई, जिसके कारण उसे बाद के निर्णयों में नैतिक दृष्टि से आसानी हुई। सत्यकाम सपने में

भी नहीं सोच सकता था कि वह जो बोल रहा है, उसके ऐसे भी परिणाम हो सकते हैं। उस दिन अगस्ति एक सन्तोष के साथ घर चला गया।

कुछ दिनों बाद दोनों फिर मिले, मतलब मई की 14 तारीख़ को, यानी जैसा कि हमने आरम्भ में देखा, उस घटना के तीन दिन पहले। उस दिन उन्होंने तय किया कि आज पेड़ लगाने के बजाय सोसायटी की सड़क पर टहलते हुए बातें करेंगे। और वे उस श्मशानवत्, सुनसान सोसायटी की ख़त्म न होने वाली सड़कों पर टहलते रहे। सत्यकाम के कमरे के बाहर बातें करते रहे, ऐसे में सहज ही अगस्ति की नज़र सत्यकाम के कमरे पर गई। उसे दिखाई दिया, भीतर कोई स्त्री है, दरअसल वह एक लड़की थी। लेकिन इससे पहले कि वह उसे निहारकर तसल्ली करता, वह खिड़की से ग़ायब हो चुकी थी। वह आयशा थी। वह यहाँ कैसे और क्यों आई थी, यह हम बाद में देखेंगे। लेकिन हमारी तरह अगस्ति को भी यह पता नहीं था और उसे कभी पता चलने वाला भी नहीं था। उसने पहली बार किसी और को सत्यकाम के कमरे में देखा था। उसने कुछ नहीं कहा, लेकिन एक पल के लिए वह वहीं गड़ा-सा खड़ा रह गया था। सत्यकाम ने हौले से उसकी बाँह पकड़ी और उसे कमरे से दूर, उधर ले जाने के लिए हल्का-सा ज़ोर दिया जिधर सोसायटी की सड़क पर वे टहलने वाले थे। अगस्ति कुछ नहीं बोला। वह सत्यकाम के साथ चलने लगा। कुछ पलों बाद उसने दुबारा पीछे मुड़कर कमरे की तरफ़ देखा, लेकिन वह लड़की अब खिड़की में नहीं थी। सत्यकाम बोलने लगा। उसकी बातें कुल मिलाकर ऐसी थीं :

जुकरबर्ग और धर्म के बीच एक और समानता है। मनुष्य ऐसा प्राणी है, जो ख़ुद को लेकर और अपने आसपास की दुनिया को लेकर हमेशा असन्तुष्ट रहता है। प्रकृति ने उसे अतिरिक्त दिमाग़ दिया है और उसी का यह असर है। धर्म और नई टेक्नोलॉजी, दोनों इस असन्तुष्टि के पैरों पर खड़े हैं। उनके बीच एक महत्त्वपूर्ण अन्तर यह है कि धर्म एक तरफ़ उसे इस दुनिया से परे की अलौकिक दुनिया का आश्वासन् देता है और वर्चुअल यथार्थ अपने डिजिटल खिलौनों के जरिए यहीं, इस भौतिक जीवन में भी अलौकिक दुनिया बनाने की इच्छा रखता है। धर्म स्वयं को बदलकर उस अलौकिकता की ओर ले जाने

का आश्वासन देता है और नई टेक्नोलॉजी इस दुनिया को ही बदलने का प्रयास करती है। एक और महत्त्वपूर्ण अन्तर है, वह यह कि सामाजिकता अधिकांश धर्मों में एक महत्त्वपूर्ण अंग होती है। हिन्दू धर्म में सामाजिक रूप से कुछ धर्मकार्य होते हैं। यह सच है कि हिन्दू धर्म अधिक व्यक्तिकेन्द्रित है, उसमें बिना ऐसे कृत्य किये भी व्यक्तिगत स्तर पर अलौकिकता का सन्धान किया जा सकता है, लेकिन उसमें भी सामाजिकता है। उसके उलट, यह नई टेक्नॉलॉजी ऐसी कोई माँग नहीं करती। वह स्वयं को पूर्ण रूप से व्यक्तिकेन्द्रित बनाती है। इतनी कि अनेक अवसरों पर हम एक व्यक्ति न रहकर एक न्यूमेरिकल बन जाते हैं, एक नम्बर—चाहे वह आधार कार्ड नम्बर हो, पैन कार्ड नम्बर हो, जेल का कैदी नम्बर हो या ग़रीबी रेखा के नीचे वाले लोगों के लिए जारी किये गए पीले राशन कार्ड का नम्बर...ऐसे अनेक फ़र्क़ ज़रूर हैं, लेकिन धर्म और नई टेक्नॉलॉजी में समानता ही अधिक है।

पहले पहल लगता है कि यह नई तकनीक हमें अनगिनत विकल्प देती है, अनेक बातों में से चुनने की आज़ादी देती है, लेकिन वह आज़ादी हमेशा सीमित होती है, 'अनगिनत' नहीं होती। कम्प्यूटर पर ड्राईंग बनाते समय पहले चौबीस रंगों के विकल्प होते थे, फिर पाँच सौ बारह रंगों के बने और अब तो कुछ हज़ारों के होते हैं। लेकिन फिर भी वह विकल्प असली जैसा असीम नहीं है। असल में विकल्प किन-किन बातों का देना है, उसे आप कैसे चुनेंगे, यह कैसे तय होता है...? इसमें कोई भी निर्णय आपका नहीं होता! इसी तरह उसमें वास्तविक शरीर से मुक्ति पाने का आभास होने के कारण उसमें किसी प्रकार की दैहिक व्याधियाँ नहीं होतीं। बीमारी, बुढ़ापा और दुःख की बात तो छोड़ ही दीजिए, मृत्यु जैसी वास्तविकता का भी यहाँ उल्लेख नहीं होता। ऐसा भी कुछ अटल सत्य इस मानवीय दुनिया में है, यही मानो इस आभासी यथार्थ में हम भूल जाते हैं! धर्म भी हमें या तो अमर मानता है या मरने के बाद स्वर्ग दिलाने का लालच दिखाता है। लेकिन नई तकनीकी और धर्म दोनों भूल जाते हैं कि डिजिटल दुनिया हो या अलौकिक दुनिया, उनकी धारणा के लिए भौतिक दुनिया की बुनियाद ज़रूरी है, और मृत्यु नामक सत्य से मानवीय जीवन और यथार्थ अलग हो ही नहीं सकते। हम मर्त्य मनुष्य अपनी अतृप्त इच्छाओं और असन्तुष्टियों पर विजय पाने के लिए इन दोनों का आधार लेते रहते हैं।

हम उनके हाथ की कठपुतली बनते हैं। और ऐसा बन जाने का हमें एहसास भी नहीं रह गया है। बस अब, डिजिटल नामक नया धर्म आ चुका है, जो पहले वाले धर्म से ज़्यादा घातक है क्योंकि वह हमें अधिक व्यक्तिकेन्द्रित बनाता है, ख़ुद के प्रति मोहविष्ट करता है, वी बिकम मच मोर नार्सिसिस्टिक!

इसके अलावा, इसमें इतनी तेज़ी से बदलाव हो जाते हैं कि क्या कहें! इसलिए उससे टकराते समय 'हमें मानव बने रहना है या नहीं?' यही मानो हर रोज़ हमें नये सिरे से सोचना पड़ता है। पहले की तरह, इन बातों से हमारा क्या नाता है, इसे एक बार निश्चित कर हम आज़ाद नहीं हो सकते। हम लगातार किसी न किसी नई चीज़ का सामना करते हैं, ऐसा वे आभास उत्पन्न करते हैं और हम उस चक्र में फँस जाते हैं। नये और पहले के बीच का यह एक और अन्तर है और इसकी वजह से जटिलता बढ़ती जा रही है।

पीछे एक बार मैंने आपसे कुछ कहा था, याद है? मैंने आपसे कहा था कि मनुष्य पहले प्रकृति के चंगुल से छूटने के लिए टेक्नोलॉजी, ईश्वर, संस्कृति जैसी बातों की खोज करता है। फिर उस पर इसी टेक्नोलॉजी, ईश्वर, संस्कृति से मुक्ति पाने की धुन सवार होती है। आज फिर से यह प्रश्न उपस्थित हो गया है...वर्चुअल रियलिटी से छुटकारा कैसे...अपने ही बनाए इस यथार्थ से छुटकारा कैसे...यानी असल में अपने आप से छुटकारा कैसे पाया जाए...!"

इतना कहकर सत्यकाम अचानक चुप हो गया। उसका उस दिन का कोटा ख़त्म हो गया या उसका विचार ही समाप्त हो गया? यह सब सुनते समय अगस्ति का दिमाग़ किसी यंत्र की तरह घूमने लगा था। यह ऐसा विषय था, जो उसके लिए लगभग अगम्य था, लेकिन उसमें बड़ी दिलचस्पी होने के कारण उसमें उत्सुकता पैदा हो गई। सत्यकाम की बातें कोई गूढ़-गहन रहस्य नहीं थीं। उसने इस विषय के राजनीतिक-सामाजिक पक्षों को अभी हाथ भी नहीं लगाया था। अब तक सत्यकाम ने केवल यही बताया था कि ये सारे तत्व किस तरह एक तरफ़ मनुष्य की मदद करते हैं और दूसरी तरफ़ मानवीय दमन की भी मदद करते हैं। सबको पता है, मार्क्स ने कहा था, 'धर्म अफीम की गोली है'। लेकिन इससे पहले का उसका वाक्य था, 'जिनका दमन हुआ है, धर्म उनका निःश्वास है। हृदयहीन संसार का हृदय है। आत्माविहीन यथार्थ की आत्मा है।' इस वाक्य को कोई बहुत ज़्यादा कोट नहीं करता।

इन दोनों वाक्यों का उन बातों से क्या सम्बन्ध है, जो अभी-अभी हमने कहीं; तकनीकी से रास्ते आए औद्योगीकरण के बाद बनी पूँजीवादी व्यवस्था का उससे क्या नाता है, ऐसे प्रश्नों को अभी तक स्पर्श भी नहीं किया था। लेकिन अगस्ति ने भी इतनी सैद्धान्तिकी कभी नहीं सुनी थी। आज उसे ऐसी आशा बँधने लगी थी कि आख़िरकार उसकी सारी भावनाओं को कुछ वैचारिक बुनियाद प्राप्त होगी और उसकी शंकाएँ दूर होंगी। लेकिन कहीं अब ये बातें बीच में ही तो ख़त्म नहीं हो जाएँगी, यह सोचते हुए चिन्ता से उसने सत्यकाम की तरफ़ देखा। लेकिन सत्यकाम का उसकी तरफ़ ध्यान नहीं था। वह किसी और सोच में खोया हुआ था।

दोनों चलते रहे। अगले एक मोड़ पर दाईं ओर मुड़े। वहाँ सामने नज़र पड़ने पर अगस्ति को कुछ ग़लत-सा, कुछ बेचैन-सा महसूस होने लगा। कुछ पल यह उसके ध्यान में ही नहीं आया। लेकिन कुछ ही देर में उसे इसका कारण स्पष्ट हो गया। कुछ दिन पहले उन्होंने इसी सड़क के सारे पेड़ों को उखाड़कर उल्टे-सीधे बेतरतीब लगा दिया था। लेकिन किसी ने आकर दोबारा उन्हें एक कतार में, उनके पुराने गड्ढों में ही लगा दिया था। अगस्ति की आँख और गर्दन अचानक फड़कने लगी। वह क्रुद्ध हो गया। वजह थी बीते कुछ दिनों की सैद्धान्तिक चर्चा, हालाँकि बातें उसकी बहुत ज़्यादा समझ में नहीं आती थीं, फिर भी उनमें एक नैतिक धार आ गई थी। वह चिढ़कर सत्यकाम से बोला, "ये क्या? पेड़ दुबारा अपनी पहली जगह पर कैसे पहुँचे? तुमने तो कहा था कि कोई देखने नहीं आएगा! ऐसी जगह दिखाता हूँ कि कोई दुबारा ऐसा नहीं करेगा? नहीं, नहीं...और ये क्या देख रहा हूँ? ऐसा नहीं होना चाहिए...नहीं चाहिए ऐसा मुझे...ऐसा ही है इस देश में...ऐसा ही...सब कुछ बदलेंगे...।"

बीते कुछ दिनों से शान्त हो चुका अगस्ति अब न केवल अपनी पहली वाली स्थिति में पहुँच चुका था बल्कि और ज़्यादा आक्रामक भी हो चुका था। अधिकाधिक नैतिक दुराग्रही, मॉरली हाइ हैंडेड बन चुका था। सत्यकाम अपने ही गहन विचारों में खोया हुआ था। अगस्ति के बहाने वह अपने विचारों की गुत्थी का एक तार ठीक से खोल सका था। अब यदि उस तार को उचित ढंग से बढ़ाया जाए तो कुछ अर्थपूर्ण हाथ आने की सम्भावना थी।

लेकिन अगस्ति के शोर मचाने से वह नाजुक तार टूट गया। उसके विचार मानो छलक गए और पल भर में वह रिक्त हो गया। सत्यकाम के मन में एक हल्की-सी हूक उठी। यह क्या बेवकूफी है। स्वयं भी विचारों से प्रबुद्ध बनने की कोशिश नहीं करेंगे और दूसरा कोई ऐसा करने लगे तो उसे भी नहीं करने देंगे। कितनी बातें कीं मैंने इस आदमी से। ठीक है, समझ सकता हूँ कि आदमी विचार से शान्त होता है, और यह पता चलने के बाद कि यथार्थ कितना जटिल है, हड़बड़ाता भी है। लेकिन ऐसा धींगरापन? क्या समझता है यह अपने आप को? वह ग़ुस्से में बोला, "महाशय, ऐसी ही होती है ज़िन्दगी...यथार्थ ऐसा ही होता है, वो जुकरबर्ग, वो धर्म और उससे घृणा करने वाले आप...सब इसे टालने का प्रयास करते हैं, लेकिन यथार्थ यही होता है। मानो यह एक रूपक है...ज़रा समझने की कोशिश कीजिए। एक ग्रीक मिथक है—मिथ ऑफ़ सिसिफ़स। इसमें एक आदमी को एक अभिशाप मिला होता है, अभिशाप, एक बहुत बड़ा पत्थर धकेलते हुए पहाड़ पर ले जाने का। किसलिए? उसे शिखर से लुढ़कते नीचे आता देखने के लिए। जैसे ही वह पत्थर लुढ़कता हुआ नीचे आता है, वह फिर से उसे धकेलते हुए ऊपर ले जाता है और वह पत्थर फिर लुढ़कता हुआ नीचे आने लगता है। उसको दुबारा धकेलते हुए ऊपर ले जाना...अत्यन्त नीरस ज़िन्दगी। और यही होता है प्रत्येक मनुष्य का भाग्य। पत्थर को ऊपर ले जाना, फिर वह लुढ़कता हुआ नीचे आएगा, हम फिर उसे ऊपर ले जाएँगे। आपने पेड़ों को उखाड़कर बेतरतीबी से लगाए थे। किसी और ने उन्हें उखाड़कर दोबारा मूल जगह पर कतार में लगा दिया, क्या फिर आप दुबारा उन्हें उखाड़कर उल्टे-सीधे लगाएँगे! किसलिए? दोबारा उन्हें एक कतार में लगा देखने के लिए? अर्थहीन है यह तुम दोनों का खेल। तुम दोनों एक-दूसरे को पहचानते भी नहीं, फिर भी तुम दोनों को लगता है कि तुम कुछ बहुत महान और अर्थपूर्ण कर रहे हो...एक को पेड़ों को एक सीध में लगाना सार्थक लगता है, तो दूसरे को पेड़ों को बेतरतीबी में लगाना सार्थक लगता है...इसी को कहते हैं जीवन की ॲब्सर्डिटी—बेतुकापन। असंगति। कोई अर्थ नहीं होता मानवीय जीवन में, प्रयत्नों में...किसी में...लेकिन तुमको चाहिए होता है...फिर हो जाइए तैयार और दीजिए अर्थ जीवन को और धकेलते रहिए उस पत्थर को ऊपर या लगाते रहिए पेड़...माँ के जने साले...पेड़ उखाड़ो या

झाँटें...कोई बदलाव नहीं होता इसमें...लेकिन आपको अर्थ चाहिए न। स्वयं ईश्वर बनने का लालच छूटता नहीं है न...तो फिर लो और करो ऐसा अर्थ तैयार! रँडुवे साले...आदमी को एक मिनट चैन से सोचने नहीं देंगे...गांड मारनी चाहिए तुम्हारी। मार ही देता हूँ अब...।" और लगभग चीखता हुआ वह अगस्ति पर दौड़ गया। अगस्ति भी पल भर के लिए डरा और सिमट गया। लेकिन इससे पहले कि कुछ ग़लत हो जाता, सत्यकाम होश में आया। हालाँकि उसका ग़ुस्सा शान्त होने में कुछ समय लगा। तब तक वह अगस्ति के सामने बस थरथराता हुआ खड़ा रहा।

इस समय अगस्ति को कुछ नहीं सूझ रहा था। बेशक सत्यकाम की पहले वाली बातें उसे पूरी तरह से समझ में नहीं आ रही थीं, लेकिन उनका एक धागा ज़रूर सुलझ रहा था। अभी उसने जो कुछ कहा, उसमें से तो कुछ भी उसकी समझ में नहीं आया था। लेकिन सत्यकाम को इतना ग़ुस्सा होता हुआ देखकर वह हड़बड़ा गया। चाहे इसका कारण उसका ऑटिज़्म हो या कुछ और, लेकिन दूसरों की भावनाओं, विचारों से, सह-अनुभूत होने का वह अभ्यस्त नहीं था या ऐसा करने में असमर्थ था। और उस पल उसके मन में क्या भाव उमड़ रहे हैं, यह भी उसकी ठीक से समझ में नहीं आ रहा था। लेकिन अपना ग़ुस्सा प्रकट करने के लिए वह कुछ-न-कुछ करना चाह रहा था। इसलिए अनजाने में ही वह बोल गया, "फिर कमरे में लड़कियाँ क्यों लाकर रखते हो? आँ? क्यों लाकर रखते हो? ज़िन्दगी का अगर कोई मतलब नहीं है तो लड़कियाँ किसलिए रखते हो? बकवास करते हो...ऊपर से गाली-गलौज भी करते हो...गटर के कीड़े साले...!" और सत्यकाम के जवाब की प्रतीक्षा किये बिना वह मुड़ा और टीले की दिशा में चल पड़ा।

सत्यकाम होश में आया, तब तक अगस्ति आधी ऊँचाई चढ़कर टीले के ऊपर चला गया था। सत्यकाम ने सिर झटका। उसकी समझ में नहीं आ रहा था कि वह इतना क्यों झल्लाया। बता दें उसे आयशा के बारे में? दुनिया में किसी के कैसे-कैसे दु:ख होते हैं और उनके बारे में हम न जाने क्या-क्या धारणाएँ बना लेते हैं। हम गटर के कीड़े?...गटर में क्या होता है, पता भी है मादरचो...पत्थरदिल साले, माँ के जने...लेकिन उसके ग़ुस्से का चढ़ता पारा दुबारा नीचे आ गया। अगस्ति को जो दिख पड़ा, उसने वही कहा।

इसमें उसकी क्या ग़लती है? और मैं भी इतना क्यों झल्ला रहा हूँ? उससे मैंने बात की, अपने फ़ायदे के लिए। कई दिन अकेलेपन में गुज़ारने के बाद मुझे ज़रा अलग क़िस्म का कोई चाहिए था, जो मेरी बात सुने, जो मेरे दिमाग़ को गति दे; अब वह ज़रूरत ख़त्म हुई तो मैं झल्ला रहा हूँ? उसे अपराधबोध महसूस होने लगा...बता दूँ अगस्ति को आयशा के बारे में सच-सच...लेकिन नहीं। उसकी डिग्निटी चली जाएगी...नहीं, ऐसा नहीं...लेकिन फिर इतनी झल्लाहट...बीते कितने दिनों से मैं सोच-सोचकर मन को नियंत्रित करने की कोशिश कर रहा हूँ, उसका क्या? बिलकुल पहले जैसी गालियाँ? और सीधे मिथ ऑफ़ सिसिफ़स? यह कौन-सा दर्शन है एब्सर्डिटी का? अगस्ति द्वारा लगाए पेड़ कौन और क्यों उखाड़ता है, मुझे पता है। लेकिन वह मनुष्य कोई नियति नहीं है। और ऐसे ही सभी एब्सर्ड...नहीं, हैं ही वे एब्सर्ड...तो फिर मैं क्यों झल्लाता हूँ। क्या मतलब है इस समय झल्लाने का? मतलब, मैं भी उसे सबकी तरह चाहता हूँ...नहीं, मुझे ऐसा नहीं करना चाहिए था। यह सच है कि अगस्ति के कारण मेरे विचारों का तार टूट गया है, लेकिन यह भी सच है कि इसी के कारण वह इस तरह झरझर-झरझर खुलने भी लगा था। नहीं, ऐसा नहीं होना चाहिए...यह सोचने के बाद वह तेज़ी से अगस्ति के पीछे चलने लगा।

जब तक वह अगस्ति के करीब पहुँचता, वह टीले के माथे पर पहुँच चुका था। सत्यकाम ने अगस्ति से बिलकुल तहेदिल से कहा, "आइ एम सॉरी, रियली सॉरी...।" और अपने पास की पानी की बोतल उसे दी। अगस्ति ने पानी का एक घूँट भरा। धूप में टीले पर चढ़ने और भावनात्मक उद्रेक के कारण अगस्ति की साँस फूल गई थी। वह नीचे बैठ गया। काफ़ी देर कोई कुछ नहीं बोला। दोनों की कुछ बोलने की इच्छा हो रही थी, लेकिन क्या कहें, यह नहीं सूझ रहा था। टीले के उस पार रेल की पटरी दिखाई दे रही थी। उस पर एक रेलगाड़ी धड़धड़ाती हुई चली गई। आँखों से ओझल होने तक दोनों उसकी तरफ़ देखते रहे। इस तरफ़ पूरी सोसायटी का विहंगम दृश्य दिखाई दे रहा था, उसकी तरफ़ अगस्ति की नज़र मुड़ी और अचानक उसका ध्यान सोसायटी के तीन नम्बर गेट से भीतर जा रही एक गाड़ी की तरफ़ गया। वह नीले-पीले रंग की ऑडी थी जो अन्य गाड़ियों से बहुत अलग और आसानी

से पहचान में आने वाली थी। वह गाड़ी अगस्ति के फ़्लैट के ऊपर रहने वाले प्रभुणे परिवार की, गणपति के माँ-बाप की थी। अगस्ति चुप्पी तोड़ते हुए बोल पड़ा, "गणपति...यहाँ...?"

सत्यकाम की कुछ भी समझ में नहीं आया। वह बोला, "गणपति? अरे नहीं, सोसायटी में साईं बाबा का मन्दिर है।"

अगस्ति हाथ हिलाता हुआ बोला, "वो गणपति नहीं जी, गणपति नाम का लड़का...।"

सत्यकाम ने सोचा, शायद अगस्ति पागल हो गया है। धूप, टीला और अगस्ति की कुल जमा हालत का यह असर होगा। लेकिन तब तक अगस्ति ने सोसायटी के अहाते में एक ख़ास इमारत के सामने खड़ी ऑडी दिखाते हुए सत्यकाम को गणपति और उसके माता-पिता के बारे में, उनके उसकी इमारत में ऊपरी मंजिल पर रहने और गणपति के विचित्र बर्ताव के बारे में संक्षेप में बताया। सत्यकाम को हँसी आई। वह बोला, "चार साल के लड़के का नाम गणपति! ब्राव्हो...मैंने देखा है उसे और उसके माँ-बाप को भी। अजी, उन्होंने यहाँ एक फ़्लैट किराए पर लिया है। वे रोज़ सुबह आते हैं यहाँ। डेढ़ साल से आ रहे हैं। लगता है, आज ज़रा देर हो गई। रात में दुबारा आते हैं। कभी-कभी जब मैं उस इलाक़े में घूमता हूँ, तब वे मुझे दिखाई देते हैं। पहले पहल उनको देखकर मैं सलाम करता था। लेकिन मेरे सलाम के बाद वे हाथ भी नहीं हिलाते थे, मानो मैं उनके लिए हूँ ही नहीं। फिर मैंने भी सलाम करना बन्द कर दिया। रोज़ सुबह जब वे यहाँ आते हैं, तब उनके साथ लड़का, शायद आपका गणपति, होता है। वे उसे छोड़कर जाते हैं। फिर देर रात उसको लेने के लिए आते हैं...मैंने कभी बहुत ज़्यादा ध्यान नहीं दिया उनकी तरफ़। गाड़ी ज़रा अलग है, बस इसीलिए ध्यान में रह जाती है...।"

उसके इतना बोलने तक अगस्ति की भवें सिकुड़ गईं। उसने पूछा, "लड़के को दिनभर यहीं छोड़ जाते हैं? किसके पास? आँ...मतलब देखभाल कौन करता है उसकी?...ये शिशुघर है क्या? या उसके दादा-दादी रहते हैं यहाँ? कौन रहता है उस फ़्लैट में? कौन है वहाँ? नहीं, नहीं...कौन देखभाल करता है उसकी?"

सत्यकाम भी सोच में पड़ गया। बोला, "नहीं, देखा तो नहीं कभी किसी को वहाँ...लेकिन मैं कभी-कभी उस ओर जाता हूँ तो संयोग से दिखाई दे जाते हैं वे। हमेशा नहीं दिखते। चौकसी के लिए मुझे उधर चक्कर लगाना पड़ता है, इस कारण कम-से-कम दिख तो जाते हैं, वरना दिखते भी नहीं। क्योंकि वे केवल गणपति को छोड़ने के लिए आते हैं। सुबह का मेरा चक्कर और उनके आने का समय कई बार मिल जाता है इसलिए दिखाई देते हैं, बस...।"

अगस्ति अचानक भड़क गया और बोला, "अरे, लेकिन वो उस लड़के को अकेले कहाँ छोड़ते हैं, इस पर कुछ सोचेगा या नहीं तू? आँ? नहीं सोचगा? इतना छोटा लड़का रोता है, चिल्लाता है, उसे कोई कहीं छोड़कर चला जाता है...नहीं-नहीं...उसके आसपास के लोगों की कोई नैतिक ज़िम्मेदारी...?"

सत्यकाम भी सोचने लगा कि इतनी-सी बात मेरे दिमाग़ में क्यों नहीं आई। वह बोला, 'अजी, आपका ये गणपति ऐसा बर्ताव करता है, मुझे क्या पता? ...और पहली बात, यहाँ ज़्यादा लोग आते ही नहीं, जो आते हैं, सारे अजीबोग़रीब होते हैं। जो भी दिखाई दे, हमें मुँह पर ताला लगाए रखना होता है। चुप रहना शर्त ही है हमारी नौकरी की। काफ़ी कुछ चलता रहता है इस सोसायटी में...बड़े-बड़े लोगों के अलावा किसी को पता न चले, ऐसी मीटिंगें होती हैं। बिलकुल शरद पवार से लेकर नितिन गडकरी तक, अम्बानी से लेकर सचिन तेंदुलकर और अमिताभ बच्चन तक सभी लोग आते हैं। एक-दूसरे से मिलते हैं। कौन आया, किससे मिला...यह जानना हमारा काम नहीं। अमीरों की बातें...हमारा काम है आने वाले के पास आईडेंटिटी कार्ड और सोसायटी का मेम्बरशिप कार्ड चेक करना, बस...इनसे भी शुरू में दो-चार बार माँगा था मैंने ...लेकिन बाद में परिचय होने के बाद भी माँगें तो तिलमिला जाते हैं... काले शीशे वाली बड़ी-बड़ी गाड़ियों से आते हैं। भीतर बच्चा बैठा रो रहा है, कैसे पता चलेगा! फॉर ऑल यू नो, जब वे बाहर जाते हैं, गाड़ी में गणपति होता भी होगा...मुझे दिखता नहीं होगा...इतना नहीं देख सकते...।"

अगस्ति बिलकुल उतावला हो रहा था। उसकी बाईं आँख और गर्दन ज़ोर-ज़ोर से ट्विच होने लगे थे। सत्यकाम से बोला, "चलो, वहाँ चलते हैं, चलो, जल्दी चलो...उनके जाने से पहले पहुँच जाना चाहिए...पहुँचना ही चाहिए...नहीं-नहीं...चलो जल्दी।"

अगस्ति की दशा देखकर सत्यकाम तुरन्त उठा और दोनों अगस्ति की रफ़्तार से टीले से नीचे उतरने लगे। फिर उस इमारत के सामने गए जहाँ गाड़ी खड़ी थी। लेकिन वे पहुँचे ही रहे थे कि वह गाड़ी उनके सामने से तेज़ी से निकल गई। भीतर गणपति के माँ-बाप बैठे थे, लेकिन गणपति दिखाई नहीं दे रहा था। बाहर से देखने पर ऐसा लगा, गणपति की माँ हाथ से इशारे करती हुई मोबाइल पर किसी से ज़ोर-ज़ोर से बातें कर रही है। उसका बाप भी हँड्स ऑफ़ ईयर फ़ोन पर किसी के साथ बातें कर रहा था। अगस्ति की तरफ़ उनका ध्यान भी नहीं गया। उन्हें जाता हुआ देखकर अगस्ति ने एक लम्बी साँस छोड़ी, फिर पड़ोस की उस इमारत की तरफ़ देखा। उस मरघट जैसी सोसायटी की वह इमारत अन्य इमारतों की तरह अपडेट, यूरोपीय लगने वाले डिजाइन की और अच्छी तरह से व्यवस्थित थी और उसमें आदमी जात के घूमने की कोई निशानी नहीं दिख रही थी। एक भी बाल्कनी में किसे के कपड़े नहीं सूख रहे थे, किसी भी फ़्लैट में काम वाली औरतों का आना-जाना भी दिखाई नहीं दे रहा था। वह सोसायटी मानो अतियथार्थ के अवकाश में ही मौजूद थी।

अगस्ति ने इमारत की तरफ़ हाथ से इशारा करते हुए पूछा, "यहाँ फ़्लैट है उनका? कौन-सी मंजिल पर? पिछली तरफ़ या सामने?"

सत्यकाम कुछ पल बिना कुछ कहे कमर पर हाथ रखे बारी-बारी से अगस्ति की तरफ़ और उस इमारत की तरफ़ देखता चुपचाप खड़ा रहा। फिर उसने पूछा, "सरनेम क्या है उनका?"

अगस्ति याद करने लगा। कुछ पल यूँ ही गुज़र गए। वह दो-एक पल लड़खड़ाया, फिर बोला, "प्रभुणे...उनका नाम है प्रभुणे।"

नाम पता चलने के बाद सत्यकाम कुछ दूर चला गया। उसने अपनी कमर से लटक रहा वॉकीटॉकी का हैंडसेट निकाला और कुछ पल उसमें बात की। फिर पास आकर बोला, "बारहवीं मंजिल पर 1208 नम्बर का फ़्लैट है उनका। मतलब, सामने की तरफ़ ही है उनका फ़्लैट।"

यह सुनकर अगस्ति बिना आगा-पीछा देखे सीधे लिफ़्ट की तरफ़ चल पड़ा। लेकिन अब उसे रोकता हुआ सत्यकाम बोला, "अरे बाबूजी, ऐसा नहीं कर सकते...मेरी नौकरी चली जाएगी...चलिए, वो अपना देख लेंगे।

मैं निकालता हूँ जानकारी दूसरे चौकीदार से...और आप घर जाने पर बात कीजिए न उनसे...चलिए।"

सत्यकाम ने अगस्ति का हाथ पकड़ा और उसे चलाने के लिए तनिक खींचा। लेकिन अगस्ति मानो ज़िद पर अड़ गया था। उसने पूरी शक्ति के साथ अपना हाथ छुड़ा लिया और बोला, "नहीं...गणपति क्या करता है, यह देखे बिना मैं हिलूँगा नहीं यहाँ से...नहीं, नहीं...बिलकुल नहीं हिलूँगा। उसका रात का, सुबह का रोना मुझसे सहा नहीं जाता...लेकिन तुमने उसे सुना तो...नहीं... आइ वोंट लीव दिस प्लेस विदाउट लुकिंग इन टू दी मैटर...नो।"

सत्यकाम को भी यह अपराधबोध सताने लगा कि उस लड़के के बारे में उसे कुछ सोचना चाहिए था। सचमुच, क्या करता होगा वह लड़का दिनभर अकेला यहाँ? या होता ही नहीं वह यहाँ, और होता होगा गाड़ी में पीछे लेटा... इसलिए मुझे दिखाई नहीं देता होगा? लेकिन उसके बारे में मेरा कुछ भी न सोचना भी ग़लत है। कुछ समय पहले जब वह दार्शनिक चिन्तक की तरह बात कर रहा, तब उन दोनों के रिश्ते का केन्द्र सत्यकाम था। लेकिन अब सत्यकाम को महसूस होनेवाले अपराधबोध और अगस्ति की तीव्र भावनाओं के दबाव के कारण वह सत्ताकेंद्र अगस्ति की तरफ़ खिसक गया था। इसलिए अगस्ति की माँग झट् से ठुकराना भी उसके लिए मुश्किल हो रहा था। और अब उसमें भी उत्सुकता जाग गई थी। इन सारे फ़्लैटों की एक-एक चाभी देखभाल या इमर्जेंसी के लिए सिक्युरिटी के पास दी गई थी। लेकिन इस तरह मालिक को बिना बताए, उसकी अनुपस्थिति में बेवजह उस चाभी से दरवाज़ा खोलना, नौकरी को ख़तरे में डालना था। भीतर लड़का न हो तो किसी को पता नहीं चलेगा, लेकिन भीतर लड़का और और कोई हो तो? नौकरी पर पानी। सत्यकाम सोच में पड़ गया। लेकिन अगस्ति कुछ भी सुनने की मनोदशा में नहीं था।

सत्यकाम को एक उपाय सूझा। बोला, "हम एक काम करते हैं। हम इसके पड़ोस की इमारत की बारहवीं मंजिल पर एक खाली फ़्लैट में जाएँगे। मैं यक़ीन के साथ कह सकता हूँ कि इस इमारत के सारे फ़्लैट खाली हैं। इसलिए किसी को कुछ पता नहीं चलेगा। अगर पर्दे सरकाए नहीं गए होंगे तो हमें गणपति के फ़्लैट का सब कुछ दिखेगा...सब कुछ दिखता है इस नई इमारत से...एक मिनट रुको, मैं चाभी लेकर आता हूँ।

अधिकांश फ़्लैट खाली हैं यहाँ; कभी किसी काम से कोई फ़्लैट खोलना पड़े तो असुविधा न हो इसलिए चाभियों का एक सेट सिक्योरिटी के पास रखने का नियम है...अभी आता हूँ चाभियाँ लेकर..." वह जाने के लिए मुड़ा, लेकिन तुरन्त पीछे मुड़ते हुए बोला, "लेकिन तब तक आप कुछ भी उल्टा-सीधा नहीं करेंगे, प्लीज...सभी तरफ़ अलार्म लगे हुए हैं, जो सीधे पुलिस थाने में बज उठते हैं। दुनिया रोती रहती है प्राइवेसी के लिए आजकल, लेकिन सिक्योरिटी की भीषण चिन्ता में पड़ी रहती है...किससे सिक्योरिटी? ऐसी ही सिक्योरिटी की ज़रूरत वाले दूसरे लोगों से...उलझन ही है ये...कल मैं उसी के बारे में बात करने वाला था...महत्त्वपूर्ण मसला है हमारी इस बहस का...बहरहाल... मेरे आने तक कुछ मत कीजिए, प्लीज...ज़रा समय लगेगा मुझे...मेन गेट पर चाभियाँ होती हैं। वो ज़रा दूर है।" और वह उस फाटक की दिशा में चलने लगा।

उसके जाते ही अगस्ति तेज़ी से लिफ़्ट के पास गया। इमारत में कोई नहीं रहता था इसलिए वह खाली थी। वह बारहवीं मंजिल पर पहुँचा। उसने 1208 नम्बर ढूँढ़ निकाला। उस पर प्रभुणे के नाम की तख़्ती लगी थी। वह बेल बजाने के लिए आगे बढ़ा लेकिन तभी उसका ध्यान दरवाज़े की कुंडी की तरफ़ गया। वहाँ बड़ा-सा ताला लगा हुआ था। इसका अर्थ उसकी समझ में नहीं आ रहा था। मतलब? गणपति के माँ-बाप उसे वहाँ छोड़कर नहीं गए थे? या उसे किसी और फ़्लैट में किसी और के पास छोड़ा गया था? लेकिन सोचने के लिए समय नहीं था। वह तुरन्त लिफ़्ट में घुसा और नीचे आया। इमारत के बाहर पहुँचा। सत्यकाम नहीं आया था, यह देखकर उसने लम्बी साँस छोड़ी और उसकी प्रतीक्षा करता खड़ा रहा। उसे बहुत देर प्रतीक्षा नहीं करनी पड़ी। वह सत्यकाम से यह कहना चाह रहा था कि अब हमें ऊपर जाने की ज़रूरत ही नहीं है, क्योंकि गणपति के फ़्लैट में ताला लगा है, भीतर कोई नहीं होगा। लेकिन उसे पक्का यक़ीन था कि अचानक उसकी दिलचस्पी कम हुई देखकर सत्यकाम को शक हो जाएगा। इसलिए बिना कुछ कहे वह सामने की तरफ़ चल पड़ा।

सत्यकाम चाभियों का बहुत बड़ा गुच्छा ले आया था। बोला, "चलिए। आसपास की तीनों इमारतों के फ़्लैट की चाभियाँ हैं। बहुत देर तक नहीं रखी जा सकतीं। जल्दी चलिए।"

दोनों पड़ोस की इमारत की बारहवीं मंजिल के फ़्लैट में गए। उन्होंने गणपति के फ़्लैट की तरफ़ देखा। उसमें इस तरफ़ के पर्दे खुले थे। यह फ़्लैट की उत्तर की दिशा थी। सत्यकाम को लगा, वहाँ से धूप भीतर न आने के कारण सारे पर्दे खुले रखे गए होंगे। उन्हें आरपार दिखाई दे रहा था। गणपति वहाँ नहीं होगा, यही सोचकर अगस्ति ने कुछ अनुत्साह से उधर देखा। लेकिन उसे जो दिखाई दिया, उससे वह चकित हो गया। सत्यकाम की दशा भी अलग नहीं थी। सामने के फ़्लैट में बाहर के कमरों के बीच की दीवार हटाई गई थी। इससे एक बहुत बड़ा हॉल तैयार हो गया था, जो अलग-अलग इलेक्ट्रॉनिक गैजेट से भरा था। उसमें दो महाविशाल आकार के टीवी स्क्रीन थे। दो कम्प्यूटर थे, और मुख्य बात, अनेक इलेक्ट्रॉनिक गैजेट्स इर्द-गिर्द बिखरे पड़े थे। इतनी दूर से सब कुछ साफ़-साफ़ समझ में नहीं आ रहा था। लेकिन यह दिख रहा था कि इस सारे पसारे के बीच गणपति कानों में हेडफ़ोन लगाए हाथ के गैजेट पर ज़ोर-ज़ोर से कुछ हरकत करता हुआ बैठा है। उसने सिर पर हेलमेट जैसा कुछ पहना था। लेकिन दो इमारतों के बीच का फ़ासला काफ़ी होने के कारण कुछ भी ठीक से दिखाई नहीं दे रहा था। वह ज़ोर-ज़ोर से कुछ कर रहा था। बीच-बीच में चिल्लाता भी होगा। लेकिन ठीक-ठीक क्या कर रहा है, कुछ भी समझ में नहीं आ रहा था।

दोनों एक-दूसरे से बिना कुछ कहे कुछ देर वह दृश्य देखते रहे। फिर अगस्ति बोला, "ये क्या है?...क्या कर रहा है ये लड़का अकेला यहाँ?...मैं तो कुछ भी समझ नहीं पा रहा हूँ...नहीं...ठीक से दिखाई नहीं देता यहाँ से, इतनी दूर से...।"

सत्यकाम बोला, "अजी, वो शायद वी.आर. यानी वर्चुअल रियलिटी गेम्स खेल रहा है।"

अगस्ति बोल पड़ा, "ओह। मैंने सुना है, देखा है, लेकिन टीवी के विज्ञापनों में। लेकिन ये दिनभर यही करता है?...माय गॉड...और दिखता भी नहीं ठीक-ठीक यहाँ से...हम उसके फ़्लैट में एक मिनट के लिए...।"

उसके वाक्य पूरा होने से पहले ही सत्यकाम बोला, "नहीं। ये सम्भव नहीं है। मैंने इतना किया, बस...आप उसके माँ-बाप को जानते हैं। वो आपकी इमारत में ही रहते हैं...आप आमने-सामने बात कीजिए न उनसे।"

अगस्ति परेशान होकर बोला, "उनसे बात करना सम्भव नहीं है...झगड़ा हो गया है न मेरा...लेकिन कुछ-न-कुछ करना ही होगा...उसका रोना सहा नहीं जाता मुझसे...नहीं-नहीं...लेकिन यहाँ से भी कुछ ठीक से दिखता नहीं।"

इसी बीच सत्यकाम का वॉकीटॉकी बज उठा। सत्यकाम ने उठाया। कुछ पल उधर वाले की बातें सुनकर सत्यकाम बोला, 'अभी आया। पास ही हूँ। एक मिनट में पहुँचता हूँ।' और अगस्ति की तरफ़ मुड़कर बोला, "चलिए, मेरे गेट के पास कोई आया है। उसे वहाँ से गाड़ी भीतर लानी है। मुझे तुरन्त जाना होगा।"

अगस्ति का चेहरा उतर गया। फिर उसे कुछ सूझा। बोला, "तुम हो आओ। मैं ज़रा देखता हूँ, ये क्या कर रहा है। पाँच मिनट में आओगे न तुम? मैं देखता हूँ तब तक...देखें तो सही कि ये क्या करता है...मतलब...।"

सत्यकाम से मना करते नहीं बना। उसका काम केवल गेट खोलना था। लेकिन साथ ही उसे यह सावधानी भी बरतनी थी कि उसके साथ वाले बाहरी आदमी को कोई न देखे। वह बोला, "मैं अभी आया। लेकिन इधर-उधर कहीं मत जाइए। यहीं रुकिए।" और तुरन्त बाहर निकल गया।

अगस्ति दोबारा देखने लगा। उसे ठीक से कुछ भी दिखाई नहीं दे रहा था। लेकिन गणपति उसी जगह यथावत था। फिर वह पल भर के लिए पीछे मुड़ा और शायद पीछे टेबल पर रखा कुछ गपागप खा गया। अगस्ति की समझ में नहीं आ रहा कि क्या हो रहा है। उसे उसके माता-पिता दिनभर इस तरह बन्द कर देते हैं? फिर वह करता क्या है? चाहे जो हो, भीतर जाकर देखना चाहिए। लेकिन इस समय यह सम्भव नहीं था। उसका ध्यान उस खिड़की की सिल की तरफ़ गया। सत्यकाम जाते-जाते चाभियों का गुच्छा वहीं सिल पर रख गया था। उन चाभियों में फ़्लैट नम्बर, इमारतों के नाम वग़ैरह के सिस्टमैटिक टैग लगे हुए थे। फिर बिना आगा-पीछा सोचे उसने उसी गति से गणपति के फ़्लैट की चाभी ढूँढ़ निकाली और उसे चाभियों के गुच्छे से अलग किया। उस गुच्छे में इतनी सारी चाभियाँ थीं कि ठीक से देखे बिना किसी के ध्यान में भी नहीं आता कि उससे एक-दो चाभियाँ ग़ायब हैं। चाभी को उसने अपने जेब के हवाले कर दिया। इतना होने तक सत्यकाम लौट आया।

दोनों ने दोबारा उस फ़्लैट की तरफ़ ध्यान से देखा, लेकिन नया कुछ भी दिखाई नहीं दिया। गणपति पूरी एकाग्रता से उनकी तरफ़ पीठ किये बैठा था। एक बात सही थी कि वह हमेशा की तरह रो या चिल्ला नहीं रहा था। ख़ुश लग रहा था।

सत्यकाम अगस्ति से बोला, "चलिए...अब मुझे ये चाबियाँ लौटानी चाहिए। तीन इमारतों की चाबियाँ हैं। किसी को ज़रूरत पड़ गई तो हो-हल्ला मच जाएगा।"

बिना कुछ बोले दोनों नीचे उतरे। नीचे आने के बाद अगस्ति बोला, "मैं चलता हूँ अपने हमेशा के गेट से। पहले ही देर हो गई है।"

सत्यकाम ने घड़ी में देखा। काफ़ी देर हो गई थी। उसने जवाब दिया, "ठीक है...लेकिन उसके माँ-बाप से बात करनी चाहिए आपको। कहीं कुछ तो ग़लत तो नहीं हो रहा है? गणपति ख़ुद बाहर क्यों नहीं आता दरवाज़ा खोलकर? अब तो इतना बड़ा हो गया है वह...शायद कुछ मामूली एक्सप्लेनेशन होगा। भीतर उसके साथ उसकी दादी या दादा भी हो सकते हैं...हम यूँ ही...लेकिन फिर भी आप एक बार उनसे बात कर लीजिए। मैं जानता हूँ कि आपका झगड़ा हो गया है, लेकिन इतना छोटा बच्चा...मतलब...आइ थिंक यू शुड गेट इट क्लियर्ड...।"

अगस्ति ने गर्दन हिलाई और चलने लगा। अपने स्वभाव के अनुसार झूठ बोलना या किसी से कुछ छिपाना उसके लिए बहुत मुश्किल होता था। अभी भी उसके लिए यह छिपाना भारी पड़ रहा था कि उसने चाबी छिपाई है। इसलिए वह तुरन्त मुड़ा और अपनी गाड़ी की तरफ़ चल पड़ा। गाड़ी के पास पहुँचने तक उसका निर्णय पक्का हो गया था। वह मन-ही-मन बोला, "दो-तीन दिन जाने दो। तुरन्त गड़बड़ करना ठीक नहीं...मैं उस फ़्लैट में जाकर पता लगाकर ही रहूँगा...देखूँगा मैं। उसे कैद करके रखते हैं! क्या करता है वो! इतना-सा सलोना गणपति...नालायक़ साले...बच्चों को नेचर में खेलने जाना चाहिए इस उम्र में। ठीक है, माना कि नेचर नहीं है शहर में, लेकिन कम-से-कम ग्राउंड पर तो जाना ही चाहिए। मैं पता करता हूँ... दो-तीन दिन गुजरने दो।"

गणपति

अब समय के हिसाब से पीछे जाकर कुछ कहना चाहिए। समय और अवकाश, अजीब बातें हैं। जैनियों के अनुसार जिसमें वस्तुएँ समाती हैं, वह अवकाश है और जिसमें घटनाएँ समाती हैं, वह समय है। स्वाभाविक रूप से अवकाश में एक समय में अनेक बातें समा सकती हैं। लेकिन एक ही समय में उसी अवकाश में अनेक घटनाएँ नहीं समा सकतीं। इसलिए एक समय पर हुई घटनाएँ बयान करते समय उन्हें एक के बाद एक रखना पड़ता है। यहाँ तो हम सिर्फ़ एक समयावच्छेद से हुई बातों को एक के बाद एक क्रम से देखने के बजाय समय के हिसाब से पहले हुई बात को बाद की बात के बाद देखने वाले हैं। इसका दूसरा कारण यह है कि कोई बात जब होती है, उसी समय उसका अर्थ खुलने के बजाय बाद में जो होता है, उससे अधिक खुल जाता है। मसलन, हमने पहले प्रकरण में सत्यकाम और अगस्ति के बीच जो चर्चा देखी, उसे पहले समझे बिना अब मुझे जो कहना है, उसका अर्थ खुलने वाला नहीं है। इसलिए आपसे क्षमा चाहते हुए समय के हिसाब से इस तरह उलटे-सीधे जाने की अनुमति चाहता हूँ।

1947 के बाद, यानी भारत की स्वाधीनता से लेकर 2018 तक का भारत का इतिहास देखें तो, मेरे हिसाब से उसके चार चरण बनते हैं। जिनका वैश्विक इतिहास के चरणों से भी कोई नाता है। दो-चार साल इधर-उधर। वे दौर इस तरह हैं—

1. सन् 1947 से 1975 तक का स्वातंत्र्योत्तर दौर। इसका वैश्विक इतिहास से नाता यह है कि दो साल पहले दूसरा विश्वयुद्ध समाप्त हुआ और यूरोप में पुनर्रचना का दौर शुरू हुआ। यूरोपीय उपनिवेशवाद में कमी आई, अनेक नई विचारधाराएँ आईं। इसी तरह यह दौर शीत युद्ध का

अगले तीन दिन वह प्रतीक्षा करता रहा। एक ओर उसकी आँखों के सामने लगातार पीठ किये बैठा गणपति तैर रहा था। और दूसरी ओर, अनेक दिनों से बोले जा रहे सत्यकाम के शब्द कानों में गूँज रहे थे। ऐसा खेल करते हैं धर्म और तकनीकी हमारे साथ? हम खिलौने बन जाते हैं इन सब के? और इस तरह कोई अर्थ नहीं होता हमारी ज़िन्दगी में? हम पेड़ लगाएँ और कोई आकर उन्हें उखाड़कर दोबारा उन्हें उनकी पहली वाली जगह पर ले जाएँ? लगातार? रिडिक्युलस...इतना भी अर्थ नहीं मेरे जीवन में? और मृत्यु का क्या? क्या वो है इसीलिए अर्थ नहीं है ज़िन्दगी में? ऐसा क्यों? बल्कि उसी के कारण तो जीने का कोई मतलब है...मृत्यु किसे, कैसे, कौन लाता है, इसका तो मतलब होता है न? नहीं, अर्थ होना ही चाहिए...मुझे चाहिए अर्थ अपनी ज़िन्दगी का... और मेरी मृत्यु का भी...नहीं-नहीं...अर्थ चाहिए ही चाहिए।

भी है जो विश्व की सत्ता अमेरिका और रूस में विभाजित होने के बाद शुरू हुआ था।

2. सन् 1975 से 1991 तक का आपात् कालोत्तर दौर। स्वयं को इतिहासोत्तर समझने वाली नई पीढ़ी के कुछ लोगों को शायद पता न हो। लेकिन 1975 में तत्कालीन प्रधानमंत्री श्रीमती इंदिरा गांधी ने आपात्काल घोषित किया और अपने देश की राजनीति हमेशा के लिए बदल गई। विश्व राजनीति की दृष्टि से इस दौर ने 1979 में मार्गरेट थैचर के ब्रिटेन की प्रधानमंत्री बनने और 1981 में रोनाल्ड रेगन के अमेरिका के राष्ट्रपति बनने के कारण भी कुछ बदलाव ला दिये।
3. सन् 1991 से 2014 तक का उदारीकरणोत्तर दौर जिसने भारत की आर्थिक सहित समूची वैचारिकी के स्वरूप को ही बदल दिया। विश्व राजनीति में सोवियत रूस के पतन के कारण यह बदलाव चर्चित रहा और उसके बाद दुनिया की द्विध्रुवात्मक संरचना समाप्त हुई और वैश्वीकरण के साथ उसका लगभग सीधा मैच हो गया।
4. सन् 2014 के बाद का मोदी दौर। यह दौर फिलहाल यानी मैं जब उपन्यास लिख रहा हूँ, और खुल रहा है। इसलिए इसमें ठीक-ठीक क्या होगा, मैं नहीं जानता। लेकिन अभी क्या हो रहा है, इसकी थाह ज़रूर ली जा सकती है। इसी दौर में उत्पन्न हुई तकनीकी, और धर्म के साथ उसकी समानता को लेकर हमने सत्यकाम और अगस्ति को बात करते हुए देखा है। विश्व राजनीति में यह दौर अमेरिका में ट्रम्प के राष्ट्रपति बनने, ब्रिटन का यूरोपियन यूनियन से अलग हो जाने और कुल मिलाकर दक्षिणपन्थी, लोकालुभावन और बहुसंख्यकवादी राजनीति के अच्छे दिन के साथ नज़र आता है। इस दौर में धर्म का स्वरूप भी कुछ बदल गया है। वह और ज़्यादा कमोडिफाइड हो गया है। जैसा कि हमने देखा, तकनीकी एक महत्त्वपूर्ण चरण पर पहुँच चुकी है। उसमें बुनियादी पैरेडाइम शिफ़्ट कहने लायक़ परिवर्तन हुए हैं, वह तेज़ रफ़्तार से आम लोगों तक पहुँच रही है। यह तो सत्यकाम ने भी कहा था और उसकी बात महत्त्वपूर्ण भी है लेकिन सत्यकाम ने जिसके बारे में बताया था उसमें भी पहले के मुकाबले काफ़ी अधिक बुनियादी अन्तर आ चुका है।

यह जमाना उसी से निकला है जिसके बारे में उसने कहा था, लेकिन उसके मुकाबले इस जमाने के आयाम काफ़ी बढ़ गए हैं। जैसे, अब सोशल मीडिया से राजनीति चलाने का, फ़ेक न्यूज़ फैलाने का, और सोशल मीडिया के बेचेहरा होने का ज़माना है, इसी कारण यह 'पोस्ट ट्रूथ'—सत्योत्तर यथार्थ—का ज़माना है, जिसमें यथार्थ के वैचारिक बोध की अपेक्षा—चाहे वह व्यक्तिनिष्ठ हो या वस्तुनिष्ठ, भावनाओं के उद्रेक को महत्त्व दिया जा रहा है, वैश्वीकरण के सारे लाभ 'बूर्ज्वा' दल के द्वारा लूटने के बाद, अब उसी वैश्वीकरण के विरुद्ध पूरज़ोर ढंग से राष्ट्रीय भावनाओं को, राष्ट्रवाद जैसी हिंसक और संकीर्ण अवधारणा को खाद डालने का ज़माना है, महाभारत के दौर में इंटरनेट की मौजूदगी की कहानी को सच की तरह स्थापित करने, बल्कि जिन्हें हमने विचारपूर्वक त्याग दिया है, ऐसी अनेक बातों को पुनर्स्थापित करने का ज़माना है! दुनिया के पास-पास आ जाने के कारण विरोधाभासी बातें यानी अकेलापन के बहुत ज़्यादा बढ़ जाने का ज़माना है। दुनिया के सपाट हो जाने के कारण सभी प्रकार की खाइयों और विषमताओं के बढ़ने का ज़माना है। 2018 से पहले के दस-पन्द्रह सालों में टेक्नोलॉजी में जितने बदलाव हुए और उससे आम आदमी के जीवन में जितने बदलाव हुए, उतने इससे पहले के सौ सालों में भी नहीं हुए थे। सामाजिक विचारों को, मनुष्य की भावनाओं को और कुल मिलाकर संस्कृति को इन बदलावों से तालमेल बनाने का समुचित अवसर नहीं मिला और अब कभी मिलेगा भी नहीं, ये दोनों बातें जिस समय स्पष्ट हो गईं, वह ज़माना भी यही है।

ऐसे दौर में, ठीक 2014 में ही गणपति का जन्म हुआ। मतलब, एक बालक का जन्म हुआ, जिसका नाम उसके माता-पिता के द्वारा गणपति रखा गया। इसलिए वह इस तरह मोदी-उत्तर, डिजिटलोत्तर पीढ़ी का प्रतिनिधि है। इस पीढ़ी का क्या होगा, यह भविष्यवाणी करना कम-से-कम मेरी अल्पमति के लिए मुमकिन नहीं है। यह किसी के लिए मुमकिन नहीं है, दरअसल जो बदलाव हो रहे हैं, वे इतने बुनियादी, सर्वव्यापी और तेज़ रफ़्तार से हो रहे हैं कि मुझे लगता है, इसका भविष्य बताने का दावा किसी को नहीं करना चाहिए।

गार्डन ऑफ़ ईडन उर्फ़ साईं सोसायटी

अगर कोई करता है तो मैं उसे अनदेखा करता हूँ, यहाँ इतना ही दर्ज कर आगे बढ़ता हूँ। मैं केवल अपनी बातों के सन्दर्भ में, उनका अर्थ स्पष्ट करने के लिए गणपति की ज़िन्दगी के पहले चार वर्षों की जो घटनाएँ मुझे महत्त्वपूर्ण लगती हैं, उनके बारे में संक्षेप में बताता हूँ।

गणपति के माता-पिता, दोनों उच्चशिक्षित थे। पिता का नाम रणजीत और माँ का नाम मेनका था। रणजीत वित्त क्षेत्र की मल्टीनेशनल सिटी बैंक में, और मेनका एक सॉफ़्टवेयर कम्पनी में बतौर सॉफ़्टवेयर डिजाइनर कार्यरत थी। दोनों मराठी थे, लेकिन उनके पूर्वज मराठा सरदार होलकर के साथ उत्तर चले गए थे और कई पीढ़ियों से मध्यप्रदेश के इन्दौर शहर में रह रहे थे। उनका विवाह गणपति के जन्म से आठ साल पहले हुआ था। विवाह के समय उम्र के हिसाब से वे कुछ अधिक वयस्क थे और विवाह के बाद भी उन्हें बाल-बच्चा होने में कुछ विलम्ब हुआ था। इन दोनों बातों की वज़ह थी उनकी कार्य-व्यवस्था, जो नौकरी के कार्यों के अलावा किसी और बात के लिए समय ही नहीं देती थी। उनका विवाह उस तरीक़े से माँ-बाप द्वारा तय किया गया था जिसे 'अँरेंज मैरेज' कहते हैं। इसका एक कारण था, उस अवसर का न मिल पाना, जिसकी प्यार में पड़ने के लिए ज़रूरत होती है, उसका न होना। दूसरा कारण था, उस सामाजिक व्यवस्था का आज भी पर्याप्त अभाव जिसमें भारत में कॉलेज जीवन के अलावा प्यार में पड़ने का अवसर मिलने की सम्भावना हो सकती है। इन दोनों बातों के लिए ये दोनों कुछ नहीं कर सकते थे। दोनों विवश थे। उनका किसी से प्यार नहीं हुआ था। लेकिन शारीरिक आवश्यकताओं और सामाजिक-दबाव से कौन बच सकता है, और इसलिए उन्होंने कुछ अनिच्छा से ही विवाह किया था।

रणजीत सुबह लगभग ग्यारह बजे काम पर चला जाता था और रात में डेढ़-दो तक लौटता था। मेनका का काम शाम के छह बजे के बाद शुरू होता था, क्योंकि उनके अधिकांश क्लाइंट अमेरिका में थे, और वह सुबह छह बजे लौटती थी। दोनों को अपने-अपने दफ़्तर में बढ़िया भोजन मिलता था, मनोरंजन के लिए टेबल टेनिस खेलने का प्रबन्ध था, (मेनका के दफ़्तर में तो बिजली के लाइट वाला बास्केटबॉल कोर्ट भी था।) उनके जन्मदिन और विवाह की वर्षगाँठ दफ़्तर में बड़ा-सा केक लाकर याद से मनाए जाते थे।

दफ़्तर की ओर से पिकनिक का टूर भी होता था। सब अच्छा चल रहा था, बस, समय नहीं था। कम्पनियों ने यह सब देकर बदले में उन्हें ख़रीद ही लिया था। दोनों हमेशा न केवल ऊबे हुए, बल्कि बहुत ज़्यादा थके हुए भी होते थे। यह हाल आज की तारीख़ में केवल आईटी में काम करने वालों का नहीं है, बल्कि शहर में हर कहीं काम करने वाली मंडली का है। उनको समय पूरा नहीं पड़ता था और वे थके हुए होते थे। बहरहाल, दोनों का यह वैवाहिक जीवन यूँ तो ठीक चल रहा था, लेकिन एक-दूसरे के लिए या घर के लिए उनके पास समय नहीं बचता था। ऐसे में समय की एडजस्टमेंट को लेकर उनके बीच हमेशा तू तू-मैं-मैं चलती रहती थी। उनका विवाह कम्प्यूटर बाबा नामक एक बाबा के आशीर्वाद से हुआ था इसलिए जब कभी तू तू-मैं मैं होती, वह बाबा बीच-बचाव करने का काम करता था। मेनका के माता-पिता उसके परम भक्त थे।

यहाँ कम्प्यूटर बाबा के बारे में कुछ बातें बताना उचित होगा। उन्हें यह नाम इसलिए मिला, क्योंकि उठते-बैठते, सोते-जागते, खाते-पीते या अन्य कोई भी शारीरिक उपक्रम करते समय, यानी हमेशा वे अपना लैपटॉप अपने पास रखते थे। उसमें देखकर ही वे अनेक प्रश्नों के उत्तर देते थे। बहरहाल, समाज की अलग-अलग जातियों की दुश्मनी मिटाने के उनके प्रयास अहम थे। उनके भक्तों में सभी जातियों के लोग थे, लेकिन विशेष रूप से, पिछड़ी जाति के लोग उनमें ज़्यादा थे। इस कारण एक बड़ा वोट बैंक उनके कब्ज़े में था और इसी वजह से राजनीतिक हलक़े में उनका बड़ा स्थान था। धनवानों की कई मंडलियाँ उनकी भक्त थीं। बाद में, 2018 में अपनी पुरानी भारतीय परम्पराओं का सम्मान करने की नीति के तहत मध्यप्रदेश की भाजपा सरकार ने उन्हें राज्य मंत्री का दर्ज़ा भी दिया। अन्य बाबाओं से वे इस मामले में विशिष्ट थे कि वे अहिंसा के समर्थक थे, और सचमुच थे। उनके पास किसी प्रकार की सेना नहीं थी। मेनका के माता-पिता को इस बात पर विशेष गर्व था। संक्षेप में, उनका सामाजिक, आत्मिक, आर्थिक और राजनीतिक अस्तित्व जटिल था। कम्प्यूटर बाबा के बारे में मैं और ज़्यादा लिखना नहीं चाहता। ऐसे बाबाओं के बारे में सतही व्यंग्य में काफ़ी कुछ लिखा जा चुका है, और ऐसा करना उचित भी है। लेकिन मेरा अनुभव यह कहता है कि ऐसा करने से कुछ भी नहीं होता।

मुख्य बात यह है कि मुझे ही उसमें दिलचस्पी नहीं है। इस फ़ेनॉमिना के पीछे की सैद्धान्तिक बातों को लेकर सत्यकाम द्वारा किया गया विवेचन हमने देखा है, जो ज़्यादातर मुझे मंज़ूर है। इसलिए हमारी कहानी के प्रसंग में व्यावहारिक दृष्टि से बाबा का जो ज़िक्र आया है, हम वही देखेंगे और आगे बढ़ेंगे।

रणजीत और मेनका का विवाह और उसके बाद उन्हें समझाने-बुझाने में बाबा की भूमिका के बारे में मैंने पहले ऊपर बताया है। 2013 के आसपास दोनों के माता-पिता ने आग्रह करना शुरू किया कि उन्हें अब बच्चा होना चाहिए। अब नहीं हुआ तो बहुत देर हो जाएगी। रणजीत और मेनका इसके लिए तैयार नहीं थे। उन्हें अपनी-अपनी नौकरी से पैसा ख़ूब मिल रहा था, लेकिन उनकी यह नौकरी स्थायी नहीं थी। दुनिया भर में आई मन्दी भी अभी तक ख़त्म नहीं हुई थी। ऐसे में बच्चे के झंझट से करियर पर बुरा असर पड़ने का डर था। आख़िरकार मेनका के माता-पिता उन्हें कम्प्यूटर बाबा के पास ले गए। बाबा ने दोनों को समझाया कि 'अब उन्हें बच्चा हो जाना चाहिए।' रणजीत यूँ तो बाबा का भक्त नहीं था। मतलब, इस मामले में उसकी कोई भूमिका नहीं थी। कभी-कभी वह उनका मज़ाक़ भी उड़ाता था, लेकिन उनकी बात मानता भी था। इसके लिए उपयोग या सुभीता सबसे अहम था और करियर के अलावा किसी और बात के लिए बेवजह पंगा लेने और समय बर्बाद करने के लिए वह तैयार नहीं था। इसलिए बिना किसी शिकायत के वह बाबा के पास जाता था, उनकी बातें सुनता था, लेकिन दिल से उसमें उलझता नहीं था। उनके झगड़े का एक कारण उसका यही स्वभाव था और उनके झगड़ों का निपटारा भी उसके इस स्वभाव के सहारे होता था।

बच्चे को लेकर एक ख़ास उलझन यह थी कि रणजीत पहले से ही बच्चा चाहता था, लेकिन मेनका नहीं चाहती थी। दरअसल बच्चे से रणजीत के करियर में कोई बाधा नहीं आती, जबकि मेनका के करियर में आ सकती थी। लेकिन बाबा पर उसकी पूरी आस्था थी। जिसके चलते वह विवश हुई और रणजीत का काम बन गया। चूँकि मेनका ने यह निर्णय बहुत ख़ुशी से स्वीकार नहीं किया था। इसलिए उसने इसका ग़ुस्सा अन्य बातों पर उतारना शुरू किया और जब किसी बात का ग़ुस्सा किसी अन्य बात पर उतारा जाता है, तब रिश्ता अत्यन्त जटिल हो जाता है। उनके रिश्ते में भी यही हुआ।

लेकिन मुख्य बात यह है कि उनके बच्चा हुआ, जिसे रणजीत ने ख़ुशी से और मेनका ने अनिच्छा से स्वीकार कर लिया।

बच्चे का नाम गणपति रखा जाए, यह भी बाबा ने ही बताया। लेकिन यहाँ मामला ज़रा उल्टा हो गया। मतलब, किसी को भी यह लग सकता है कि आज के ज़माने में बच्चे का नाम ज़रा अलग होना चाहिए था। लेकिन बाबा पर मेनका की आस्था थी। इसलिए उसने बड़ी ख़ुशी से यह नाम स्वीकार कर लिया। हालाँकि रणजीत 'रुद्रदामन' या 'भारद्वाज' या 'भृगुदेव' जैसे अर्थात 'गणपति' से अधिक आधुनिक ढंग का नाम रखना चाहता था। लेकिन चूँकि बाबा के कारण ही यह बच्चा हुआ था, इसलिए भुनभुनाते हुए उसने यह नाम स्वीकार कर लिया। हालाँकि इसको लेकर दोनों में बहुत झगड़े हुए। इस तरह गणपति का जन्म माँ-बाप के झगड़े को बढ़ाने वाला साबित हुआ। इसी बीच मेनका को जो डर सता रहा था, वह सच हो गया। उसकी नौकरी चली गई। यह संयोग था या और कुछ, यह पता चलने का कोई उपाय नहीं था। क्योंकि आज भी कोई मालिक साफ़-साफ़ यह कारण नहीं दे सकता कि 'तुम्हें बच्चा हुआ है इसलिए तुम्हें नौकरी से बरख़ास्त किया जाता है।' इसलिए उन्होंने बस यही कारण दिया कि 'कम्पनी को आपकी सेवाओं की ज़रूरत नहीं है। हमारे कांट्रेक्ट की शर्तों के अनुसार हम आपको काम से बरख़ास्त करते हैं।' यह बरख़ास्तगी भी रणजीत नामक पुरुष के लिए कुछ अनुकूल साबित हुई। क्योंकि रणजीत और मेनका, दोनों की माँओं ने पहले ही बता दिया था कि 'शुरुआती दो महीनों के अलावा हम बच्चे की देखभाल के लिए नहीं आ सकतीं।' रणजीत की माँ व्यस्त अर्थ-विशेषज्ञ थी, और मेनका की माँ लेखिका होने के कारण और ज़्यादा व्यस्त रहती थी। ऐसे में अगर मेनका की नौकरी नहीं जाती, तो जिसे बच्चे की चाह थी, उसकी यानी रणजीत की बहुत ज़्यादा खींचातानी हो जाती। एक तो उसे मेनका जैसी थोड़े स्वतंत्र सोच की पत्नी मिली थी। ऊपर से गणपति ऐसे दौर में जन्मा था, जिसमें दोनों की आमदनी के बिना, चाहे वह कितनी भी ज़्यादा हो, ज़रूरतें पूरी हो ही नहीं सकती थीं। इसलिए कुछ अनुपात में उसे स्त्री-पुरुष समानता को स्वीकार करना ज़रूरी हो गया था। इसलिए बच्चा तो है, लेकिन पत्नी की नौकरी भी है वाली स्थिति रणजीत के लिए आसमान से गिरे, खजूर में अटके जैसी हो जाती।

मेनका की नौकरी चले जाने से आमदनी घट जाने का मलाल ज़रूर था, लेकिन कम-से-कम खजूर में अटकने से वह बच गया था। इन घटनाओं से उसे अच्छा महसूस हुआ, लेकिन झगड़े बढ़ गए।

दोनों के पास मध्यम दर्जे की दो गाड़ियाँ थीं। लेकिन मेनका की इच्छा थी कि उनकी एक बड़ी आलीशान गाड़ी भी हो। कम्प्यूटर बाबा ने उनके इस विवाद का समाधान सुझाया कि मेनका की इच्छा पूरी की जाए। दोनों की मिलाकर ही नहीं, एक की भी आमदनी देखी जाए तो भारत के 'पर कैपिटा इनकम' की तुलना में काफ़ी ज़्यादा थी, लेकिन ऑडी जैसे ब्रांड की गाड़ी ख़रीदने के लिए वह पर्याप्त नहीं थी। नौकरी में भी वे दोनों मध्यम दर्जे पर कहे जा सकते थे। इतनी जल्दी मैनेजमेंट कैडर में जाने की उनकी सम्भावना नहीं थी। लेकिन सपना था और उसी ख़ास गाड़ी का था। इसीलिए उनकी यह सारी जद्दोजहद चल रही थी। बीच का रास्ता निकालते हुए उन्होंने एक पुरानी ऑडी ख़रीदी। इसके लिए भी उन्हें कर्ज लेना पड़ा। उसमें भी वह विशिष्ट ढंग से नीली-पीली रँगी होने के कारण तनिक ख़ास थी। कुछ दिन अच्छे बीते। लेकिन किसी भी बात से सुकून मिले, ऐसी स्थिति नहीं थी। इसलिए कुछ ही दिनों में मेनका ने घोषित किया कि, 'बच्चा एक साल का होने के बाद मैं दोबारा काम शुरू करूँगी।' तब तक घटी हुई आमदनी की आँच रणजीत को भी झुलसाने लगी थी। जिस 'स्टैंडर्ड ऑफ़ लिविंग' की उन्हें आदत हो गई थी, वह नीचे लुढ़क चला था। सिर पर गाड़ी का कर्ज़ था। बच्चे के जन्म के कारण ज़रूरतें भी बढ़ गई थीं। और मौजूदा स्थिति में उसकी नौकरी की भी कहाँ गारंटी थी? आज कि आर्थिक चिन्ता करोड़पति को परेशान करती है, ये ज़माना ऐसा है। ऐसे में इस चिन्ता में ये दोनों दुबला जाते, तो इसमें उनका क्या दोष? इसलिए मेनका भी बहुत ज़्यादा विरोध नहीं किया। तभी रणजीत का पुणे में तबादला हो गया। सबको पता है कि पुणे में आईटी का बहुत बड़ा हब है। इसलिए मेनका को भी जल्द ही अपनी धमकी साकार करने का अवसर मिल गया। उसे भी नई नौकरी मिल गई। नौकरी नई होने के कारण काम के घंटे पहले से ज़्यादा था और टेंशन भी। इस कारण तनाव और झगड़े बढ़ गए। और कोई उपाय नहीं था।

कुछ समय तक एक अलग घर में रहने के बाद, लगभग डेढ़ साल पहले उन्होंने अगस्ति की इमारत में उसके फ़्लैट के ऊपर का फ़्लैट किराए पर लिया और हमारी कथा की दृष्टि से यह सब, विशेष कर गणपति का अस्तित्व और व्यक्तित्व महत्त्वपूर्ण बन गया। हमने देखा है कि इमारत में अगस्ति का किसी से बहुत ज़्यादा सम्पर्क नहीं था। ऊपर से यह नई जोड़ी। उसमें भी युवा और नई तकनीकी के मुरीद! अगस्ति ने उन्हें कैसे दूर रखा होगा, यह समझना मुश्किल नहीं है। उनके आने-जाने का समय भी अजीब था। इसलिए लिफ़्ट में या पार्किंग में कहीं भी मुलाक़ात की सम्भावना भी कम थी।

अगस्ति की इमारत की बनावट भी कुछ अलग थी। उसमें नीचे से लेकर ऊपर प्रत्येक मंजिल पर एक-एक कमरा कम होता गया था। यानी इमारत किसी पिरामिड जैसी बनी थी। इसलिए प्रत्येक मंजिल पर एक कमरे की जगह ऐसी थी जिसमें ऊपर कमरे के बजाय निचली मंजिल का छज्जा पड़ता था। पिरामिड जैसी इस बनावट के कारण ऊपर की मंजिल के एक कमरे की खिड़की से निचली मंजिल के छज्जे पर चल रही गतिविधि साफ़-साफ़ दिखाई देती थी। इसके विपरीत, निचली मंजिल के छज्जे से ऊपर वाली मंजिल के कमरे की सारी आवाज़ें सुनाई देती थीं। प्रभुणे मंडली के आते ही अगस्ति को पहली बार गणपति का रोना सुनाई पड़ा? और बाद में उसके माँ-बाप के झगड़े की आवाज़ें। इससे वह व्यथित हुआ, विशेष कर बच्चे के रोने से। जैसे कि हमने पहले देखा है, उसे कुछ विशिष्ट आवाज़ों से परेशानी होती थीं। उनमें से एक थी छोटे बच्चों के रोने की आवाज़। फिर भी उसने अपने आप को रोका। लेकिन बाद में गणपति रोज़-रोज़ रोने लगा। वह रात में देर से लौटने पर रोता, सुबह उठने पर रोता, नहाने के समय तो बहुत ज़्यादा रोता। उसके पिता की, यानी रणजीत की आवाज़ पतली-सी थी, इसलिए उसकी बातें भी सुनाई देती थीं। गणपति रोता और रणजीत उसे बार-बार पुचकारता, "अरे गणपति...मत रो...क्यों रो रहे हो तुम? क्या हुआ तुम्हें? रोना मत, हाँ!" अगस्ति का बाप उस पर जिस तरह झल्लाता था, गणपति के माता-पिता गणपति उस पर इस तरह झल्लाते नहीं थे। वे बस यही कहते और आपस में ही झगड़ते। कभी-कभी जब वे झगड़ने लगते, तब गणपति हँसने लगता। यह माजरा अगस्ति की समझ में नहीं आ रहा था और गणपति का रोना भी सहा नहीं जा रहा था। फिर वह जानबूझकर छज्जे पर

जाकर कुछ साफ़-साफ़ सुनने की कोशिश करने लगा। वैसे बहुत ज़्यादा उसकी समझ में नहीं आता था, लेकिन एक-दो बार उसे महसूस हुआ कि गणपति कह रहा है कि 'मुझे डर लगता है...मुझे डर लगता है' और इस पर रणजीत और मेनका बारी-बारी उससे पूछ रहे हैं, "अरे गणपति...किस बात से डर लग रहा है तुम्हें...आँ? यहाँ क्या है डरने जैसा? डरना नहीं, हाँ!" ऐसा लगा, मानो उनमें और गणपति में कोई कम्युनिकेशन ही नहीं है। मानो उनकी समझ में नहीं आ रहा था कि इस बच्चे का क्या करें। इससे अगस्ति और ज़्यादा बेचैन हो गया। उसने कई बार सोचा कि ऊपर जाएँ और उनसे सीधे पूछें। लेकिन इतना ज़्यादा सामाजिक सम्पर्क उसके स्वास्थ्य के लिए अनुकूल नहीं था। कभी न कभी अपने आप उनसे मुलाक़ात होगी तब पूछेंगे, यही सोचते हुए उसने टाल दिया और रोने की आवाज़ आने पर बस बेचैन होता रहा। वह आवाज़ कानों में न पड़े इसलिए वह जल्दी सोने की कोशिश करने लगा। सुबह जल्दी नहाने लगा, ताकि ऊपर के बाथरूम से आती आवाज़ों से बच सके।

एक दिन आख़िरकार उनकी मुलाक़ात हो ही गई। रविवार का दिन था इसलिए गणपति के माता-पिता गणपति समेत घर पर ही थे। असल में उस दिन लिफ़्ट बन्द हो गई थी और सभी को सीढ़ियों से ही आना-जाना पड़ रहा था। अगस्ति ब्रेड लाने के लिए बाहर गया था। लौटकर जब वह ऊपर जाने के लिए सीढ़ियाँ चढ़ने लगा, तभी उसे गणपति का रोना सुनाई दिया। प्रभुणे परिवार भी सीढ़ियाँ चढ़ रहा था और रो रहे गणपति की गति से चढ़ने के कारण उन्हें समय लग रहा था। अगस्ति उन तक पहुँचा, तब पहली बार उनसे मुलाक़ात हुई। गणपति अत्यन्त सलोना बालक था। उसके बाल काले-काले और घुँघराले थे। उसने आगे चल रहे अपने बाप का हाथ पकड़ा था और दूसरे हाथ का अँगूठा मुँह में डालकर एक सुर में रो रहा था। उसका बाप गोरा-चिट्टा और मोटा था। माँ, यानी मेनका चाहे अप्सरा जैसी सुन्दर न हो, मगर अत्यन्त आकर्षक थी। उसके बाल भी गणपति जैसे ही काले और घुँघराले थे। उसने अपने बालों को छोटा किया था, लेकिन घुँघरालेपन के कारण उसके चेहरे के इर्द-गिर्द बालों की मेहराब बनने से उसका चेहरा बहुत निखर उठा था। उसकी आँखें एक-दूसरे से कुछ फ़ासले पर थीं, इसलिए उसके व्यक्तित्व के बारे में जिसे इंट्रिग कहते हैं ऐसा ही कुछ आकर्षण तैयार होता था।

ठीक से देखने के बाद अगस्ति के ध्यान में आया कि गणपति की आँखें भी उसी की तरह हैं। यानी वह मातृमुखी था। मेनका हमेशा स्लीवलेस टॉप पहनती थी। लेकिन सबसे अहम बात यह थी कि मेनका लम्बी थी और उसका कद विशेष कमनीय था। इतना कि किसी को भी विश्वास न हो कि उसका एक बच्चा है। जीन्स से ख़ास कर उसके नितंब बहुत आकर्षक लगते थे। उस समय वे सीढ़ियाँ चढ़ रहे थे इसलिए अगस्ति को पहली बार उनका नीचे की ओर से ही दर्शन हुआ। अनेकानेक सालों बाद उसमें कुछ विशिष्ट भावनाएँ उमड़ आईं। किसी भी सामाजिक सम्पर्क से असहज होने वाले अगस्ति के मन में अचानक उमड़ी इन भावनाओं के चलते वह बहुत बेचैन-सा हो आया।

तभी मेनका ने पीछे मुड़कर अगस्ति की ओर देखा और बोल पड़ी, "ओह सॉरी...आपका रास्ता रोक लिया...लेकिन अच्छा हुआ हमारी मुलाक़ात हो गई। आप...आप ही थे न जहाज़ पर? पड़ोसी काका बता रहे थे...हाऊ एक्साइटिंग! मुझे कितना अच्छा लगता इस तरह जीना!...मैं आऊँगी एक बार आपसे मिलने...।" फिर गणपति की तरफ़ मुड़कर बोली, "चलो चलो, गणपति जल्दी चलो। अंकल को रास्ता दो...कमॉन...शी...आइ एम सो टायर्ड।" यह सुनकर अगस्ति का बचाखुचा धीरज भी जवाब दे गया।

गणपति रो रहा था। उसका अँगूठा उसके मुँह में था, जिसे उसके बाप ने एक हल्की-सी चपत लगाते हुए बाहर निकाला। तब तक वे सीढ़ियों के एक लैंडिंग पर आ गए थे इसलिए अब अगस्ति को गणपति ठीक से दिख रहा था। उसने उसे ठीक से देखा। गणपति भी उसकी तरफ़ देख रहा था। गणपति पल भर के लिए अजीब ढंग मुस्कुराया और तुरन्त अपना अँगूठा मुँह में डालकर दोबारा रोने लगा। अगस्ति को उसका हँसना और रोना कुछ अजीब लगा, लेकिन कैसा, उसकी समझ में नहीं आया। उसके बारे में सोचने के लिए उसे समय ही नहीं मिला। क्योंकि उस लैंडिंग पर एक फ़्लैट का बाहरी जाली का दरवाज़ा आधा-सा खुला था। उसके बगल से गुज़रने के लिए काफ़ी जगह थी, लेकिन गणपति उस जगह से जाने के बजाय उस दरवाज़े में ही लड़खड़ाया। मेनका बोली, "अरे सँभलकर बेटा।' इस पर उखड़ता हुआ रणजीत बोला, 'वो भी क्या करेगा?...उसके डॉक्टर ने क्या कहा है...प्रोप्रिओसेप्शन नहीं है उसे...हो जाएगा शायद कुछ दिनों में डिवेलप, तब तक ऐसा ही होगा।'

मेनका भी झल्लाकर बोली, 'ओ, आइ नो दैट...अब सबके सामने किसलिए... शिट्...चल रे।" और गणपति का हाथ पकड़कर उसका मार्गदर्शन करती हुई आगे निकली। अगस्ति की कुछ भी समझ में नहीं आया। लेकिन वह शब्द उसने याद रखा—प्रोप्रिओसेप्शन। तभी अगस्ति का फ़्लैट आया और बिना उन्हें बाय किये, झट से दरवाज़ा खोलकर वह भीतर चला गया।

उसने तुरन्त इंटरनेट पर गूगल कर प्रोप्रिओसेप्शन शब्द का अर्थ देखा, जो इस प्रकार था : perception governed by proprioception, as awareness of the position of one's body—यानी आँखों या अन्य संवेदनाओं की मदद के बिना यह जानना कि हमारा शरीर किस स्थिति में है। उसने इसके बारे में और जानकारी निकाली, जो संक्षेप में इस प्रकार थी: धीरे-धीरे हमें अपने शरीर का ही नहीं बल्कि उन यथार्थ अलग-अलग वस्तुओं के आकार या अवस्था का अन्दाज़ होने लगता है, जो हमेशा हमारे इर्द-गिर्द रहती हैं। मसलन, हमने अपना हाथ कंधे से उठाया है या नहीं, यह हमारी बहुत जल्द समझ में आता है, लेकिन वह हाथ हमारे शरीर के ठीक काटकोन में है या ज़मीन से समान्तर है, यह बिना देखे अभ्यास से ही समझ में आने लगता है। हम आड़े लेटे हैं, बैठे हैं या खड़े हैं, हमारी आँखें बन्द होने के बावजूद हमें पता चलता है। शरीर ही नहीं बल्कि गाड़ी चलाने का अभ्यास होने के बाद ही हमें यह ठीक-ठीक पता चलता है कि अमुक इतनी जगह से गाड़ी निकल पाएगी या नहीं। क्या गणपति में इसी भावना की कमी थी? क्यों? उसकी कुछ समझ में नहीं आ रहा था।

गणपति का रोना थम ही नहीं रहा था। रात में कभी उसके सोने के बाद वह थमता तो भी अगस्ति के कानों में गूँजता रहता। फिर उसने सोसायटी के सेक्रेटरी से शिकायत की। भारत में अमूमन किसी को आवाज़ से बहुत ज़्यादा परेशानी नहीं होती इसलिए गणपति के रोने से अगस्ति के अलावा और किसी को परेशानी नहीं होती थी। अगस्ति का छज्जा जिस तरह प्रभुणे फैमिली के लिविंग रूम के नीचे था, वैसा बाक़ी लोगों का नहीं था इसलिए भी बाक़ी लोगों को आवाज़ से उतनी परेशानी नहीं होती थी। और सबसे अहम बात, सोसायटी में अगस्ति एक सनकी आदमी के रूप में ख्याति प्राप्त कर चुका था। इसलिए उसके शिकायत को रद्दी की टोकरी दिखाई गई थी। इससे अगस्ति और ज़्यादा परेशान हुआ।

अगले सालभर में गणपति से अगस्ति की मुलाक़ात कई बार हुई। हर बार अगस्ति ने गणपति का रोते हुए ही देखा। हँसता हुआ चेहरा शायद ही कभी देखा। उसकी माँ से आँखें मिलाए बिना अगस्ति उसकी तरफ़ देखकर हँसा और हर बार उसके सीने से मिश्रित भावनाओं की हूक उठी। वह प्रभुणे फैमिली को यथासम्भव टालने लगा। एक दिन उसे यह रहस्य भी पता चला कि गणपति का रोना और क्वचित हँसना भी उसे विचित्र क्यों लगता है। उसने निदान किया कि गणपति का रोना और हँसना भी उसकी आँखों तक पहुँचता नहीं है इसलिए वह न केवल विचित्र बल्कि कुछ-कुछ अतिमानवीय भी लगता है। लेकिन इसके बाद वह और ज़्यादा बेचैन हो गया। उसने अपने घर के दरवाज़े-खिड़कियाँ ठीक से बन्द करना शुरू किया। छज्जे का दरवाज़ा तो वह खोलता ही नहीं था। इसी छज्जे से उसे थोड़ी-बहुत प्रकृति के दर्शन होते थे। उससे भी वह वंचित हो गया। फिर ज़ब्त न होकर उसने एक बार प्रभुणे की नीले-पीले रंग वाली गाड़ी के दो पहियों की हवा निकाल दी। लेकिन नैतिक बातों में विशेष संवेदनाक्षम अगस्ति को उस कृत्य की अनैतिकता अधिक परेशान कर गई और प्रभुणे परिवार को कहीं पता न चले, इस डर से वह व्याकुल होने लगा। कुछ समय बाद वह इन सारी बातों का कुछ-कुछ अभ्यस्त हो गया। लेकिन गणपति के अस्तित्व में ही कुछ अप्राकृतिक है, ऐसी उसकी भावना बनने लगी और वह और ज़्यादा बेचैन हो गया।

इसी साल-डेढ़ साल में रणजीत और मेनका की चिन्ता भी बढ़ गई कि उनकी नौकरी बरक़रार रहेगी और उन्हें ख़ूब पैसे मिलेंगे और पर्याप्त मिलेंगे। हालाँकि इसके लिए कोई ठोस कारण नहीं था। लेकिन वे ऐसे सिस्टम में काम कर रहे थे, जिसमें ऐसी चिन्ता होती ही है। या जैसे कि मैंने शुरू में कहा, ज़माना ही ऐसा था। इसलिए उनके काम के घंटे, झगड़ों की संख्या, उसकी हिंसकता, और गणपति का रोना, सब बढ़ चुका था। अगस्ति और ज़्यादा उतावला हो गया था। उसी दशा में एक बार उसकी प्रभुणे फैमिली से लिफ़्ट में मुलाक़ात हुई। उस समय भी गणपति का अँगूठा मुँह में था और वह रो रहा था। रणजीत ने झल्लाकर मेनका से कुछ कहा; पति-पत्नी में झगड़ा शुरू हुआ और इस पर गणपति हँसने लगा। उसके हँसते ही पति-पत्नी का झगड़ा रुक गया और गणपति दोबारा रोने लगा। उस समय चुपचाप न रहकर अगस्ति उन्हीं पर चिल्लाने लगा।

कुछ देर वे अवाक् हुए और फिर वे भी चिल्लाने लगे। यह देखकर गणपति हँसने लगा। उसकी हँसी तब भी उसकी आँखों तक पहुँच नहीं रही थी। वह क्या बोल रहा है और क्या सुन रहा है, यह भी अगस्ति की समझ में नहीं आ रहा था। उसके फ़्लैट की मंजिल आने तक की कुछ ही पलों की यह चीख-पुकार। लेकिन इससे अगस्ति पूरा ध्वस्त हो गया। अपने फ़्लैट का दरवाज़ा ज़ोर से बन्द कर वह भीतर गया और चार दिनों के बाद 'गार्डन ऑफ़ ईडन' सोसायटी के पेड़ उखाड़कर दोबारा लगाने के लिए ही बाहर निकला। वह अब किसी पास की जगह या टीले पर नहीं जाना चाहता था। वह कहीं दूर जाना चाहता था, लेकिन दूर कहाँ जाए? फिर उसे कई साल पहले मुम्बई से लौटते समय देखी यह सोसायटी याद आई। फिर उसकी सत्यकाम से हुई मुलाक़ात, वहाँ गणपति कैसे रह रहा था, यह इतिहास आप जानते हैं।

इस पूरे दौर में प्रभुणे फैमिली के तीनों सदस्य अगस्ति के ऊपर वाले फ़्लैट में अकेले-अकेले जीते रहे। 'गार्डन ऑफ़ ईडन' में गणपति को देखने के बाद अगले दो दिन अगस्ति ने ग़ज़ब की बेचैनी में गुज़ारे। तीसरे दिन, 17 मई, 2018 की, सुबह वह रात की बेहद अशान्त नींद से उठा ज़रूर, लेकिन मन ही मन कुछ निश्चय करने के बाद।

आयशा और सत्यकाम

दूसरे दिन सुबह आयशा जब जगी, तब वह 'गार्डन ऑफ़ ईडन' उर्फ़ 'साईं सोसायटी' के फ़्लैट के एक कमरे में थी। उसने उठकर इधर-उधर देखा। वह कहाँ है, क्या चल रहा है, उसकी कुछ समझ में नहीं आ रहा था। उसने बगल में देखा, पलंग के पास टेबल पर कुछ पैसे रखे हुए थे। सामने के टेबल पर उसकी पर्स थी। कल उसके द्वारा लाई गई शराब की बोतलों से भरी काली प्लास्टिक की थैली थी। उसकी देह पर कपड़े नहीं थे—वे इधर-उधर बिखरे पड़े थे। उसने जल्दी से उठकर कपड़े पहने। पहनते समय उसे धुँधला-सा याद आया कि कल रात क्या हुआ था और वह फफक-फफककर रोने लगी। उसे जो याद आया था, वह धुँधला-सा था, टुकड़ा-टुकड़ा था। उसमें पूर्णता नहीं थी। लेकिन कुल मिलाकर उसका अर्थ इस प्रकार लग रहा था :

रघुवीर के जाने के बाद काफ़ी देर तक वह रसोई घर में उसी हालत में बैठी रही। फिर ज़मीन पर लेट गई और वहीं सो गई होगी। जगने के बाद उसे सब याद आया। यह कहना मुश्किल है कि जो उसे याद आया, उसकी गम्भीरता का भी उसे एहसास हुआ होगा। असली होश उसे अब भी नहीं आया था। उसे बस इतना ही याद आया था कि जब वह जगी, तब शाम होने को थी। उसने कपड़े पहने और गाड़ी में बैठी। अपने क्रेडिट कार्ड से उसने शराब की बोतलें ख़रीदीं। फिर गाड़ी लेकर मुम्बई जाने वाली सड़क पर गई। उधर क्यों? शायद माता-पिता के पास मुम्बई जाने की आदत हो। दूसरी बात, जिस जगह दुर्घटना हुई थी, जिस जगह उसकी माँ, पिता और भाई आख़िरी बार ज़िन्दा हालत में थे, उस जगह पर जाने की भी उसकी इच्छा हुई हो। तीसरा कारण, वह एकान्त चाहती थी। मतलब उसे अपने आसपास कोई भी नहीं चाहिए था, और ऐसा माहौल उस एक्सप्रेस वे पर अनेक जगहों पर होता है।

शायद यह भी उसके दिमाग़ में आया हो कि पुणे-मुम्बई के हाइवे पर पुणे के पास दिखने वाली एक सुनसान-सी सोसायटी है, जहाँ उसे मनचाहा एकान्त निश्चित ही मिल सकेगा। जो भी हो, वह उस दिशा में चल पड़ी और 'गार्डन ऑफ़ ईडन' उर्फ़ 'साईं सोसायटी' की तरफ़ आई। उस जगह पर एकान्त तो था ही, लेकिन वह काफी कुछ श्मशान से मिलता-जुलता भी था। श्मशान। ऐसी जगह जहाँ उसने अपने माता-पिता की देह को अन्तिम बार देखा था। गाड़ी को उसने सोसायटी की तरफ़ मोड़ा। अँधेरा घिरने लगा था। गाड़ी को उसने सोसायटी के आने से पहले ही पार्क किया। गाड़ी से उतरी। सोसायटी के उस सर्विस रोड पर कोई नहीं था। पूरी तरह से सन्नाटा था। और वह सड़क के किनारे बैठकर शराब पीने लगी।

आधा घंटा बीत गया होगा। तब तक वह शराब की एक बोतल साफ़ कर चुकी थी। आगे उसे कुछ भी साफ़-साफ़ याद नहीं आ रहा था। लेकिन उसे यह याद था कि सोसायटी के चौकीदार ने आकर उससे कुछ बात की थी। उसका चेहरा भी साफ़-साफ़ उसकी आँखों के सामने तैर रहा था। थोड़ी देर बाद वह और किसी को ले आया था। उन दोनों ने उसे उस आदमी की गाड़ी में डाला और सोसायटी में ले गए, यह भी उसे धुँधला-सा याद आ रहा था। लेकिन उस आदमी का चेहरा उसे याद नहीं था और उसके बाद का तो कुछ भी याद नहीं था। उसने पर्स खोलकर देखा। उसका सब कुछ अपनी जगह पर था...फिर टेबल पर ये पैसे? उस आदमी ने मेरे लिए रख छोड़े हैं? वेश्या समझकर?' उसे शिद्दत से अपने माँ-बाप की याद आई और वह फफक-फफककर रोने लगी। इतना कि वह साँस भी नहीं ले पा रही थी। उसने सोचा, यादों के कारण, रोने के कारण साँस ही घुट रही है, काश मैं मर जाती! लेकिन ऐसा नहीं होता। दुनिया में ऐसा नहीं होता। बहुत हुआ तो लोग मूर्च्छित हो जाते हैं। वह भी मूर्च्छित हो गई और ज़मीन पर गिर पड़ी। थोड़ी देर बाद उसकी मूर्च्छा टूटी और जो कुछ हुआ उसकी धुँधली यादों के एक महाकाय गोले के कारण उसकी साँसें दुबारा घुटने लगीं। वह ज़मीन से रेंगती हुई पलंग के पास पड़ी शराब की बोतलों की थैली की तरफ़ सरकी। यह देखकर कि उसमें कुछ बोतलें अभी भी हैं, उसने राहत की साँस ली और एक बोतल निकालकर मुँह से लगा लिया।

थोड़ी देर बाद उसके शरीर में कुछ ताक़त आई। शराब ने उस पर बहुत ज़्यादा असर नहीं किया था, लेकिन उसकी भावनाओं में एक अलग ही, कुछ-कुछ सहनीय, सुस्ती-सी आ गई थी। तभी चाभी से फ़्लैट का दरवाज़ा खोलने की आवाज़ आई और वही चौकीदार भीतर आया, जो कल उसे मिला था। वह हड़बड़ाहट में कुछ ठीक होकर बैठी, लेकिन इससे ज़्यादा कुछ करने लायक़ या असल में क्या चल रहा है, यह समझने लायक़ होश और ताक़त उसमें नहीं थी।

यहाँ इस कथा की धारा से थोड़ा दूर जाकर 'गार्डन ऑफ़ ईडन' उर्फ़ 'साईं सोसायटी' के बारे में पाठकों को कुछ और जानकारी देना ज़रूरी है। इस सोसायटी के अधिकांश फ़्लैट खाली क्यों होते थे और उनकी चाभियाँ चौकीदार के पास क्यों होती थी, यह हमने देखा है। महानगरों के पास ऐसी खाली जगहें अनेक ग़ैरक़ानूनी करतूतों के लिए अभयारण्य होती हैं। यह सोसायटी भी इसकी अपवाद नहीं थी। सोसायटी के मेन गेट पर रखवाली करने वाले चौकीदार ने ही, बिलकुल अपवादस्वरूप इस्तेमाल किये जाने वाले फ़्लैट का, जिसमें इक्का-दुक्का कुछ फर्नीचर होता था, वेश्याओं के लिए इस्तेमाल करना शुरू किया था। ये वेश्याएँ यक़ीनन दानाबाज़ार की वेश्याओं से अलग होती थीं। वे ऊँची सोसायटी की कॉलगर्ल होती थीं। उनके ग्राहक भी ऐसी ही ऊँची सोसायटी के होते थे। इन चौकीदारों का बॉस था रवीन्द्र। वही रवीन्द्र, जिसने सत्यकाम को इस सोसायटी में नौकरी दिलवाई थी। रवीन्द्र जब स्कूल में था, तब स्कूल जाने के बजाय वह दानाबाज़ार के दलाल गुंडों के साथ आवारागर्दी करता फिरता था। 'शोषित विकास' संस्था के निर्देशक दिवेकरजी ने उस गन्दगी से बाहर निकलने के लिए रवीन्द्र को यह नौकरी दिलवाई थी। लेकिन उसने अपने पुराने अनुभव के सहारे सोसायटी में यह अलग ही उपक्रम शुरू किया था और यह फ़ायदेमन्द भी था। उसके धन्धे अधिकांशतः ऊँची सोसायटी के लोग ही ग्राहक होते थे, सो उसको दानाबाज़ार की तरह पुलिस वालों का डर भी नहीं था।

इसी रवीन्द्र ने कल रात आयशा को उसका पहला 'ग्राहक' दिलवाया था। लड़की बिलकुल कमसिन और कोमल थी। इसलिए उसकी अच्छी कमाई हुई थी। यह लड़की ख़ुद चलकर उसके पास आई थी। उसे लगा, मानो साईं बाबा उस पर मेहरबान हैं। वह चाभी से दरवाज़ा खोलकर भीतर आया और

स्पष्ट उजाले में उसने आयशा को ग़ौर से देखा। आयशा बहुत कुछ समझने की स्थिति में नहीं थी, फिर भी सहज स्वभाव से वह कुछ सिमट गई। वह जो कुछ कह रहा था, उसमें से तत्काल उसकी समझ में बहुत-कुछ नहीं आया। पहले उसने उसे धमकाया। बोला, "लड़की, इस सोसायटी में धन्धा करना है तो इस तरह सड़क पर गाड़ी के बाहर खड़े रहकर ख़ुद नहीं कर सकती। चौकीदार हूँ इसलिए ऐसा होने से रोकना अपुन की ड्यूटी है। लेकिन क़ायदे से करोगी तो मैं ग्राहक भी दिला सकता हूँ और बढ़िया वेल फर्निश्ड फ़्लैट भी खोलकर दे सकता हूँ...क्यों सड़क पर या गाड़ी में ऐसा धन्धा करने का? और वो भी तुम जैसी पढ़ी-लिखी अच्छे घर की लड़की? हमारे थ्रू जाओगी तो पैसा भी ज़्यादा मिलेगा, ऊपर से पुलिस का झंझट भी नहीं...देखो, सोचो। लेकिन अगर मंज़ूर न हो तो पहले यहाँ से खिसको...बोरिया-बिस्तर समेटो... दो मील के इलाक़े में दिखाई नहीं देना, वरना पुलिस के हवाले कर दूँगा... समझी?...हाँ...सोचो...ट्रायल दो चाहे तो...आज की रात के लिए एकदम टॉप क्लास ग्राहक है अपुन के पास...सोचकर बताओ। तैयार होकर नीचे आओ आधे घंटे में। मैं इन्तज़ार करता हूँ...समझीं? ज़रा ठीक से तैयार होकर आओ। और शराब बन्द करो अब। शाम के ग्राहक के साथ पीने के लिए टंकी ज़रा खाली रखो...और ये अरेंजमेंट मंज़ूर नहीं हो तो खिसकने का सोचो...आधे घंटे से ऊपर यहाँ दिखाई दी तो सीधे पुलिस चौकी...क्यों? आओ नीचे तैयार होकर!" और वह चला गया।

आधे घंटे बाद भी जब वह नीचे नहीं आई, तब उसने नीचे से ही उसका नाम ले-लेकर चिल्लाना शुरू किया। सुनकर वह डर गई और तुरन्त नीचे उतरने लगी। उसका रंग-ढंग अभी भी पहले जैसा ही था। बस उसने और थोड़ी शराब पी रखी थी। वह नीचे पहुँची। रवीन्द्र इमारत के सामने एक बेंच पर बैठा था और सत्यकाम उससे बतियाता हुआ उसके सामने खड़ा था। अब तक शराब आयशा पर अच्छा-ख़ासा असर कर चुकी थी। उसे मतली हो रही थी। सिर भी चकरा रहा था। रवीन्द्र ने हाथ के इशारे से उसे बुलाया और अपने पास बिठाया। उसके पास बैठते ही आयशा के मुँह से शराब का तेज़ भभका उसके नाक से टकराया और उसका सिर घूम गया। उसे थप्पड़ लगाते हुए वह चिल्लाया, "ए राँड...इस तरह कौन सोएगा तेरे साथ?

आँ?...सुबह-सुबह पीती है? झापड़ लगाकर अभी उतारता हूँ तेरी...एक मिनट में सीधी करता हूँ तुझे...।"

उसके ऐसा कहने पर वह ज़ोर-ज़ोर से हँसने लगी। इस पर रवीन्द्र ने उसे एक झन्नाटेदार थप्पड़ लगा दिया। उसे देखकर सत्यकाम वहाँ से खिसकने लगा, लेकिन फिर कुछ फ़ासले पर जाकर इस प्रसंग से चकित हो वहीं रुक गया। उसे पता था कि सोसायटी के अहाते में ऐसे कांड चलते रहते हैं। लेकिन वह उनमें शामिल नहीं होता था। आने वाली लड़कियाँ दबे पाँव आती थीं और इसी तरह चली जाती थीं। ऐसा तमाशा नहीं करती थीं। पल भर के लिए उसे लगा, यह हिंसा रोकनी चाहिए। लेकिन इस धन्धे में हिंसा आम थी, यह उसने भी अनुभव किया था। उसे इसमें पड़ना नहीं था। फिर भी यह लड़की उसे अलग लग रही थी। इसीलिए उसके क़दम वहाँ से हिल नहीं रहे थे।

रवीन्द्र ने आयशा को दो-चार थप्पड़ लगाए लेकिन हाथों से अपना चेहरा ढँककर ख़ुद को बचाने का भी होश उसको नहीं था। वह ऐसी बातों की अभ्यस्त ही नहीं थी और ऊपर से ऐसी भयानक स्थिति। वह चीखी भी नहीं। बस बैठी रही। उसके गाल लाल हो गए थे, उन पर रवीन्द्र की उँगलियों के निशान छप गए थे। थोड़ी देर बाद गर्दन ऊपर उठाती हुई वह बोली, "ऊब गई हूँ...!" और दुबारा अपना सिर नीचे झुका लिया।

यह सुनकर सत्यकाम अचानक उबल पड़ा और ज़ोर से बोला, "तू? तू ऊब गई रंडी?' उसे एकदम से इस तरह झल्लाया देखकर रवीन्द्र भी भौचक हो गया। उसने उसका हाथ पकड़ा। लेकिन उसे झिड़ककर सत्यकाम आयशा के पास आया। उसने उसके बाल पकड़कर उसका सिर ऊपर किया और किसी भरभराती आती उल्टी की तरह बोलने लगा, 'तेरी जैसी रंडियाँ ही बदनाम करती हैं इस धन्धे को और फिर चलाती हैं आन्दोलन कि इस धन्धे को क़ानूनी बना दो, हमें वेश्या के बजाय सेक्स वर्कर कहो। ठीक है...धन्धा क़ानूनी होना चाहिए, लेकिन वह तुम जैसी रंडियों के लिए नहीं...सारी रंडियाँ अपनी मर्ज़ी से इस धन्धे में नहीं आतीं, तुम्हारी तरह...कुछ मेरी माँ जैसी होती हैं। जिनके बाप ही बेच देते हैं उन्हें...और मेरी माँ जैसी औरतें बस अपना जिस्म बेचती हैं! तुम्हारी जैसी औरतें यहीं नहीं रुकतीं...तुम क्या-क्या बेचने के लिए खड़ी रहती हो यहाँ?...और तुम ऊब रही हो? जब चाहो ऊब जाती हो? क्यों?

सुभीता होता है इसलिए? फिर आती ही क्यों हो बहनचो...रंडी हो तुम...सेक्स वर्कर तो वो औरतें हैं, जो अपने और अपने परिवार के पेट की भूख मिटाने के लिए गलीज मर्दों की भूख मिटाती हैं। उन औरतों की भूख चार निवाले से मिट जाती है, लेकिन तुम्हारी भूख ही अलग है। कभी मिटती ही नहीं...लेकिन चार निवाले मिलने के बाद भी क्या छोड़ सकती हैं वो ये धन्धा? नहीं...तुम भी नहीं छोड़ सकोगी। यह धन्धा छोड़ नहीं सकते...अब पता चलेगा...अतिसुख भी काटने लगता है तुमको...ऊब जाती हो तुम मादरचो...तो फिर जाओ न पुलिस में या सरकार के पास। कहो उनसे कि छुड़ाओ हमें। फिर पता चलेगा कि कैसे पुलिस और नेता ही इस कारोबार में गले तक डूबे हुए हैं...तुम्हें डॉक्टर, इंजीनियर, वकील, आर्किटेक्ट, अध्यापक, मज़दूर, दार्शनिक नहीं बनना है। तुम्हें इसी सबसे पुराने धन्धे में आना है न? ख़ुद को सेक्स वर्कर कहलवाना है न? सारे सुख क़दमों में लोट रहे हैं, फिर भी? आँ? तो फिर लो अब... तू वेश्या ही है...जो बाक़ी बचेंगी, वे बनेंगी सेक्स वर्कर...रांड साली, रांड... ऊब जाती है! और फिर वो असली रंडियाँ क्या करें...!"

जब वह बोल रहा था, तभी आयशा रोते-रोते बीच में ही ज़ोर-ज़ोर से हँसने लगी थी। उसकी बातें यहाँ तक आते-आते वह ज़ोर से चीखकर रोने लगी। फिर उसकी तरफ़ लपकी और उसे थप्पड़ मारने के लिए हाथ बढ़ाया, लेकिन सत्यकाम ने उसका हाथ पकड़ लिया। तभी वह बेहोश हो गई और उसके हाथ बेजान-से झूल गए। सत्यकाम द्वारा उसका हाथ पकड़ना उसे सँभालने के काम आया। वह सत्यकाम पर ही ढह गई।

सत्यकाम ने उसे ज़मीन पर फिसलने दिया। वह वहीं पड़ी रही। स बीच सत्यकाम और रवीन्द्र के बीच कुछ बातें हुईं। सत्यकाम उससे बोला, "भाई, ये लड़की ज़रा अलग दिखती है, इसे छोड़ दो।"

इस पर रवीन्द्र हिकारत के स्वर में बोला, "कोई अलग नहीं है। सारी रंडियाँ ऐसी ही होती हैं...ये नाटक ज़्यादा करती हैं...तुम जाओ अपने काम पर...मैं देखता हूँ इसे...ए, उठ!" और उसने अपनी लात से उसे ठेलना शुरू किया।

लेकिन सत्यकाम को यक़ीनन कुछ अलग महसूस हो रहा था। उसने रवीन्द्र को रोका और फिर दोनों के बीच आयशा को लेकर बातें होने लगीं। नीमबेहोशी में भी आयशा को महसूस हुआ कि वहाँ हो रही बातचीत में

कम-से-कम एक आवाज़ ऐसी है, जो झल्लाने वाली, ग़लत लाभ उठाने वाली या लालची नहीं है, बल्कि चिन्तित है। उसका असर हो या न हो, सारी भावनाएँ मन में कैद करना वैसे भी उसके लिए असम्भव था। शराब का असर तो था ही, नीमबेहोशी का भी था। उसी दशा में वह भड़भड़ाती हुई बोलने लगी। उसमें काफी कुछ बेतरतीब था। फिर भी वह इतना स्पष्ट था कि सुनने वाले को कम-से-कम यह अहसास तो हो ही जाता कि बीते कुछ दिनों में आयशा की ज़िन्दगी में क्या कुछ घटित हुआ है। सत्यकाम ने रवीन्द्र के मुँह पर हाथ रखकर उसे बात करने से रोका और ध्यान से आयशा का बर्राना सुनने लगा। काफ़ी देर तक वह उसी अवस्था में बोलती रही। फिर उसे महसूस हुआ कि कोई उसे उठाकर कहीं और ले जा रहा है, एक पलंग पर रख रहा है। वह ख़ुद पर गुज़रे प्रसंग के बारे में बार-बार वही-वही बातें कहने लगी। पलंग पर लिटाये जाने के बाद उसे लगा, किसी ने उसके माथे पर दिलासे का हाथ रखा है और वह उस हाथ को पकड़कर फफक-फफककर रोने लगी। थोड़ी देर बाद वह थोड़ी शान्त हुई और काफ़ी देर तक पड़ी रही। थोड़ा राहत पाने से वह नीमबेहोशी से जाग गई। अब वह काफ़ी होश में आ गई थी। उसके दिमाग़ की सुस्ती दूर हो गई थी और उसमें थोड़ी स्पष्टता आ गई थी।

उसने आँखें खोलकर देखा। उसके ध्यान में आया कि वह एक छोटे-से कमरे में है। बाद में उसे पता चला कि वह कमरा सत्यकाम का है। कमरा मामूली ही था, उसमें सामान भी बहुत कम थे, लेकिन जो कुछ था, साफ़ और करीने से रखा हुआ था। उसने घबराकर अपने आप को टटोला। उसके सारे कपड़े देह पर यथास्थान थे, ऊपर से एक पतली-सी चदर ओढ़ाई गई थी। उसने दोबारा कमरे में नज़र दौड़ाई। उसके ध्यान में आया कि खिड़की के पास सलाखों से सिर सटाए सत्यकाम खड़ा है, बाहर देखता हुआ। उससे उठा नहीं जा रहा था। वह लेटी रही। फिर उसने ग़ौर से उसकी तरफ़ देखा—सत्यकाम के कन्धे हिल रहे थे। वह मन-ही-मन रो रहा होगा। आयशा चौंकी। उसकी साँसें भी ज़रा तेज़ हो गईं। उसकी साँसों की आवाज़ से सत्यकाम अपनी तन्द्रा से जग गया। उसने अपनी आँखें पोंछीं और कोने में रखे मटके के पास जाकर उसके लिए पानी का गिलास ले आया और उसके पास की कुर्सी पर बैठ गया। आयशा को देखकर उसे अपनी माँ की याद हो आई और

वह भावविह्वल हो गया; मानो सुरक्षित दुनिया से बाहर आकर प्रतिष्ठित हो गया हो। उसकी आँखों में दुबारा आँसू आ गए। वह धीमी आवाज़ में बोला, "सॉरी...आइ एम रियली सॉरी...आइ डिड नॉट नो...मुझे पता नहीं था...लेकिन अब आप चिन्ता मत कीजिए...यहाँ आप सेफ़ हैं।"

उसकी बातें और उसके चेहरे के सम्मानित भाव देखकर आयशा स्थिर हुई। उसकी देह में जो अस्वभाविक जोश भर गया था, वह ख़त्म हुआ और वह दोबारा नींद के हवाले हो गई।

वह बीच-बीच में जग रही थी और उसे उल्टियाँ हो रही थीं। उसका सारा काम, सारी देखभाल सत्यकाम कर रहा था। वह उसे पानी लाकर देता था, उसके जगे रहने पर हर समय उसके लिए कुछ-न-कुछ बोलता था। यह कुछ घंटे चला या कुछ दिन, आयशा को कुछ पता नहीं चला। वह उसे गीता, बौद्ध-दर्शन और योगसूत्र की अनेक कहानियाँ समझा रहा था। उसकी बातों में तड़प थी, लेकिन तब भी एक तटस्थता थी। मानो, वह जो कुछ कह रहा था, उसे ख़ुद ही उस पर यक़ीन न हो। इसके बावजूद उसमें एक दृढ़ लय थी, जो सुकून पहुँचाती थी। धीरे-धीरे दो बेहोशियों के बीच की जागृति में उसकी बातों से वह भी फैलने लगी। उसे सब कुछ समझ में नहीं आ रहा था। सच पूछो तो कुछ भी नहीं। कठिन था यह। ऊपर से उसकी स्थिति भी ऐसी नहीं थी कि वह कुछ समझ सके। बीच-बीच में वह बेहोश हो जाती थी। फिर भी वह जो कुछ बोल रहा था, वह कुछ समय के लिए उसे सुकून पहुँचा रहा था। वह उसे समग्रता में समझा रहा था—अविद्या क्या है, मनुष्य के दुखी होने के पीछे यह अविद्या, यानी जीवन सम्बन्धी, अस्तित्व सम्बन्धी, और विश्व सम्बन्धी मनुष्य की ग़लत धारणाएँ, किस प्रकार कारण बनती है, जीवन अनित्य कैसे होता है, और ऐसा है तो मृत्यु का क्या अर्थ रह जाता है, आदि-आदि। वह पूरी शिद्दत से समझा रहा था। और वह उन बातों की लय से, उसके समझाने के सुर से और उसकी बातों के सहज समझ में आने लायक़ कुछ वाक्यों से धीरे-धीरे शान्त हो रही थी।

आख़िरकार उसकी आवाज़ में बहुत ज़्यादा थकान झलकने लगी। अब वह अच्छी-ख़ासी जग गई थी। अब भी वह बोल ही रहा था, लेकिन उसका ध्यान आयशा की तरफ़ नहीं था। मानो अब वह ख़ुद के लिए ही बोल रहा था।

वह बोला, "मैंने जो कहा है, वो सच है या झूठ, मैं नहीं जानता, लेकिन मुझे न जाने कितने दिनों से लग रहा है कि ये सब बेमतलब है...और यह मैं तुम्हें क्यों बता रहा हूँ...ग़लत ही है यह। मान लो कि हम अविद्या के अधीन हैं और इस कारण संसार का असली रूप हमारे सामने उजागर नहीं होता है...पल भर के लिए यह मान लेंगे...लेकिन इस बात का क्या प्रमाण है कि उसके उजागर होने से मनुष्य की सारी परेशानियाँ दूर हो जाएँगी? अविद्या के मिट जाने पर हमें दिखाई देने वाले असली विश्व में दु:ख नहीं होगा, यह कैसे मानें? ऐसा क्यों होता होगा? कोई महान मनुष्य कहता है इसलिए? उसे धोखा नहीं हुआ होगा, इसका क्या प्रमाण है? धोखा हो जाने से दु:ख का चले जाना ठीक होगा या मनुष्य के सत्य को पाने के प्रयास जारी रहेंगे?...कुछ नहीं...ऐसा कुछ भी नहीं!...दुनिया ही अर्थहीन है। एब्सर्ड—बेतुकी। फिर मैंने जो कहा, उन शब्दों का क्या अर्थ होगा?...इसलिए अब यह कहने का छद्म मैं रोक देता हूँ...मुझसे सहा नहीं जाता है यह...मैं कृष्ण, बुद्ध, पतंजलि... कोई नहीं हूँ। मुझे उनका वो सब पसन्द भी नहीं है...मैं विवश हूँ क्योंकि मेरे आधुनिकता के संस्कार अमिट हैं। मुझे उनका सब कुछ पसन्द हो, यह चाहत होने के बावजूद मुझे उनका सब कुछ पसन्द नहीं। मैं श्रद्धावान बन ही नहीं सकता...मुझे किसी बात पर विश्वास ही नहीं होता, और विश्वास हो, यह भी मुझे स्वीकार नहीं है...मुझे किसी बात पर विश्वास नहीं है, इस पर भी मेरा विश्वास नहीं...मैं आधुनिक हूँ, मैं तर्कनिष्ठ हूँ...लेकिन मुझे मार्क्स या फूको भी पूरे नहीं लगते...मैं तुमसे क्या कहता, सिवा इसके कि सब कुछ अर्थहीन है? ॲब्सर्ड...लेकिन इसी वजह से शून्यवादी बनकर भी कोई लाभ नहीं होता...मैंने वो भी करके देखा है। एब्सर्डिटी से होने वाला असन्तोष शून्यवाद से दोहरा हो जाता है...मन ही नहीं, बल्कि शरीर भी बिलबिलाने लगता है उससे...चाहे जितने योगासन् कीजिए...सभी से गुज़रा हूँ मैं...फिर प्रश्न रह जाता है केवल डिग्निटी का, आत्मसम्मान का...मैं मनुष्य हूँ, यह तो भूल नहीं सकते...तुमसे मिलने से पहले मैं मानवीय ज़िन्दगी की अलग-अलग जटिलताओं के बारे में, इर्द-गिर्द जो कुछ परोसा गया है उसके में सोच रहा था। जिस भौतिक परिवेश पर मेरा नियंत्रण नहीं है, उससे कैसे भिड़े, इसके बारे में। अपनी क्षमता के अनुसार...इसलिए मैं तुम पर पहले झल्लाया।

लेकिन तुमसे मुलाक़ात होने के बाद...इस परिवेश की जटिलता क्यों ख़त्म नहीं होती...हमें कुल मिलाकर काफ़ी कुछ ध्यान में आया है, ऐसा लगना भी कितना ग़लत होता है...नये-नये पेंच कैसे उभरते हैं इसका अहसास हुआ... इसमें से कितना हमारे बस के बाहर है, इसका अहसास हुआ...नियति, प्रारब्ध कुछ भी कहो...वो सब, आत्मसम्मान बनाए रखकर स्वीकार करना कैसे सीखना चाहिए इसका अहसास हुआ...और उससे अधिक...फिर एक बार महसूस हुआ कि आख़िर में तो मरना ही है। ऐसा नहीं है कि इन दोनों बातों का मुझे एहसास नहीं था! लेकिन तुमसे मिलकर वह अधिक तीव्र हो गया...थप्पड़ की तरह ये दोनों बातें मुझ पर हावी हो गईं...उनमें से दूसरी हैं मौत...मौत से कैसे टकराऊँ?...एक ही चीज़ सम्भव है...मौत समेत सब कुछ...सारी असंगति को डिग्निटी से सहना...आत्मसम्मान बनाए रखना... सहने की शक्ति प्राप्त करना...

मतलब, भौतिकता को मैं दोयम नहीं मानता...अपनी कृति को और सामाजिक व्यवस्था को लेकर विचारों को कम नहीं समझता...और भी... ध्यान रखना...आधुनिकता का धिक्कार भी नहीं करता...आधुनिकता भी केवल तकनीकी में नहीं होती...केवल शास्त्रीय विवेक या तर्कबुद्धि में भी नहीं होती... वह इनसान-इनसान के रिश्ते जिस प्रकार बनाना चाहती है, वहाँ उसकी आत्मा बसती है। और आधुनिकता की यह आत्मा मुझे प्रिय है। उसका नाता सभी स्थानों, वैश्विक अनुपातों से है; जहाँ प्रत्येक व्यक्ति को आज़ादी है, और जो उसके जन्म पर आधारित नहीं है; जहाँ प्रत्येक व्यक्ति के आत्मसम्मान और गरिमा का बुनियादी स्थान है। एब्सर्डिटी हो या न हो, जीना तो होता ही है न...और केवल आधुनिकता में ही प्रत्येक व्यक्ति को खिलने के लिए और मुक्त होने के लिए अवसर मिलता है...इसीलिए, चाहे जो हो, मैं आधुनिकता को छोड़ नहीं सकता...इसीलिए इन दोनों अर्थों में गरिमा से यह सहना... इसके लिए स्वयं पर नियंत्रण प्राप्त करना पड़ता है। इसीलिए योगासन् और योग काम आता है...लेकिन फिर मन में आने लगता है, कहीं डिग्निटी भी एक बहाना तो नहीं? किससे सही जाती है मृत्यु?...मुझसे सही जाएगी कभी? आधुनिकता की सन्देह की प्रवृत्ति घुट्टी में मिली है...नहीं, मैं तुम्हें और उलझन में डालना नहीं चाहता। सभी पहलुओं से बात नहीं करना चाहता।

फिर भी गरिमा ही जवाब है फ़िलहाल मेरे पास...बस यही एकमात्र आधार... और उसे प्राप्त करना आसान नहीं है।"

वह रुका, उसने आयशा के माथे पर आश्वस्ती का हाथ रखा और खड़ा होकर खिड़की से बाहर देखने लगा। उसके कन्धे योगासन की किसी मुद्रा की तरह तनने के बावजूद मानो झुके हुए थे। लेकिन अब वह रो नहीं रहा था।

उसकी देह की स्थिरता, उसकी आवाज़ की सच्चाई और सबसे अहम उसका इतना सम्मानित होना, यह सब बड़ा दिलासा देने वाला था। आयशा को नींद आ गई, वह काफ़ी देर तक सोई रही। उनके बीच विश्वास का रिश्ता बन गया और जब पूरी दुनिया ही अर्थहीन हो चुकी थी, ऐसे में उसका मूल्य अपरम्पार बन गया था। दोनों के लिए। उन्हें बहुत जल्द एक-दूसरे के इस सहारे की अधिक तीव्रता से आवश्यकता पड़ने वाली थी।

अगले तीन-एक सप्ताह आयशा वहीं रही। दो सप्ताह तक उसे उल्टियाँ ही होती रहीं। वह जैसे-तैसे ही खा-पी पा रही थी। इस दौरान सत्यकाम अगस्ति से भी मिलता-भिड़ता रहा। अगस्ति और आयशा, दोनों मानो सत्यकाम के यथार्थ के दो भिन्न स्तर थे। सत्यकाम इन दोनों स्तरों पर उसे सता रहे सैद्धान्तिक प्रश्न और जीवन के अपने बोध को जाँच-परख रहा था, और थकता भी जाता था। सत्यकाम का मनचाहा अकेलापन इस उठापटक में नष्ट हो गया था; लेकिन इसका उसे दुःख नहीं था, इसके बजाय कुछ सन्तोष ही महसूस कर रहा था। दूसरे के सुख में ही नहीं, बल्कि दुःख में सम्मिलित होने से भी कहीं ऐसा तो नहीं होता, यह सवाल उसे सताने लगा।

एक रात पहले

अब मैं बिलकुल संक्षेप में बताना चाहता हूँ कि 16 मई, 2018 की रात उन लोगों की स्थिति क्या थी। हालाँकि इससे कोई बड़ा फ़र्क़ नहीं पड़ता। क्योंकि उनमें से किसी को पता नहीं था कि दूसरे दिन क्या होने वाला है। और सपने के बारे में कहें, तो यह भी एक बहुत बड़ी उलझन है। लगभग डेढ़ सौ साल पहले, यानी जिस दौर में आधुनिकता की तमाम शाखाएँ फूट रही थीं, तभी फ्रायड नामक एक डॉक्टर ने सपनों का अर्थ खोलकर समझाना शुरू किया और सारी दुनिया दंग रह गई। मनोविज्ञान नामक आधुनिक विज्ञान की नींव पड़ गई। यह बात अलग है कि कुछ लोग आज भी इसे विज्ञान नहीं मानते। लेकिन उस समय, यही सभी यही मान रहे थे कि मन के अन्तरंग के बारे में डॉक्टर फ्रायड जो कहेंगे, वही सही है, लगभग एक सदी के बाद उसमें भारी अन्तर आ गया और यह विचार प्रभावी हो गया कि डॉक्टर फ्रायड ने जो कुछ कहा, वो सब ग़लत है। बाद में बीच का रास्ता निकाला गया। मेरे हिसाब से यदि वह विज्ञान है तो उसका पर्याप्त विकास होना अभी बाक़ी है। फिर भी, किसी समय कोई व्यक्ति किस मानसिकता में उसे नींद में कुछ सपने आए या नहीं आदि के आधार पर उसके व्यक्तित्व की कुछ गुत्थियाँ सुलझती ही हैं। इसलिए मैंने सोचा कि उसके बारे में बिलकुल संक्षेप में कुछ कहना चाहिए।

सत्यकाम के कमरे पर आने के बाद दो सप्ताह से भी अधिक समय तक आयशा की एक भी रात ऐसी नहीं गुज़री, जिसमें वह चौंककर न उठी हो। हर बार वह उठती और रोने लगती। उसके सारे क़रीबी, उसकी सारी दुनिया ही मानो एक पल में ख़त्म हो गई थी। भीषण सिटपिटाहट के अलावा उसकी समझ में कुछ नहीं आ रहा था।

वह दिनभर लेटी ही रहती। बेहोशी में ही रहती। उन दिनों, दिन में भी उसे कुछ सपने आते थे। लेकिन 16 मई की रात को पहली बार उसे ऐसी नींद आई, जिसमें उसे एक बार भी नहीं उठना पड़ा।

उसने दो सपने देखे। एक सपना ऐसा था : वह जो भी चीज़ उठाती थी, वह नीचे गिर जाती थी। वह उसे हाथ में पकड़कर रख ही नहीं पा रही थी। फिर चाहे गिलास हो, टूथब्रश हो, पेन हो या पुस्तक। जो भी चीज़ उठाती, वह नीचे गिर जाती। गिरने के बाद न टूटने वाली चीज़ें, जैसे टूथब्रश, टूट जातीं, और टूटने वालीं वस्तुएँ, जैसे काँच के गिलास, न टूटतीं, और न पलटतीं। सपने में कुछ समय बाद उसके हाथ की ताक़त इतनी क्षीण हो जाती कि कोई चीज़ उठाना तो दूर, पकड़े रखना भी मुश्किल होने लगता। फिर न जाने कितने घंटे वह उन्हें उठाने का बस प्रयास करती रहती।

उसने दूसरा सपना देखा : उसे अत्यन्त ताजगी और फुर्ती महसूस हो रही है। वह गुनगुनाती हुई उठती है। हवा शीतल है। उसकी देह से मानो प्राकृतिक ख़ुशबू आ रही है। वह चकित हो जाती है कि उसकी हथेली को उसकी अपनी ही बाँहों का स्पर्श कितना मुलायम लग रहा है। फिर वह सपने में ही जाग उठती है। उसे महसूस होता है कि असल में वह बेहद थकान और पसीने की दुर्गन्ध से भरी हुई है। उसकी त्वचा अब खुरदरी हो गई है।

जिस समय आयशा ने यह सपना देखा, उस समय 17 तारीख़ की सुबह हो रही थी। सपना ख़त्म हो गया और वह सचमुच उठ बैठी। लेकिन सपने में वह पहले ही जग गई थी। इसलिए कुछ समय उलझन में फँसी रही।

सत्यकाम भी उन दो सप्ताहों में ठीक से सो नहीं पाया था। उसके कमरे में उसके पलंग पर आयशा सो रही थी इसलिए वह बाहर सो रहा था। बाहर मई महीने की गर्मी और मच्छर। ऐसे में उसका एक कान हमेशा आयशा की तरफ़ लगा रहता था। उसने भी उस रात दो सपने देखे।

पहला सपना : उसे जल्दबाज़ी में कहीं जाना है, लेकिन रिक्शा ही नहीं मिल रहा है। वह सुनसान सड़क पर खड़ा है और रिक़्शे का नामोनिशान नहीं। फिर उसके ध्यान में आता है कि उसने चप्पल ही नहीं पहनी है। वह दोबारा घर आता है लेकिन चप्पल नहीं मिलती। महत्त्वपूर्ण जगह पर जाने में

देर हो रही है इसलिए वह बहुत ज़्यादा बेचैन है। वह दो अलग जोड़ों में से एक-एक चप्पल पहनकर बाहर आता है। बाहर आते-आते अपने आप वह एक बड़े कमरे में पहुँच जाता है। उसे इस बात का पता ही नहीं चलता कि उसे वहीं पहुँचना था या कहीं और? उस कमरे में अनेक औरतें बैठी हुई हैं। केवल औरतें, और वो भी सास-बहू वाली सीरियल जैसी। सभी की सभी। दर्ज़नों। एक जैसी दिखने वाली। सिर से पैर तक बनी-ठनी, सच-झूठ चाहे जो हो, लेकिन छिपकली के पेट जैसा गोरा रंग और गदबदी। उनके वैक्सिंग किये हाथ-पैर। उसे चारों तरफ़ से उनके मुलायम स्पर्श का भान होने लगता है। होता ही रहता है।

दूसरा सपना उसने बिलकुल तड़के देखा। और यह सपना वह पहली बार नहीं देख रहा था। यह सपना उसे बार-बार आता था और इतना यथार्थ लगता था कि आमतौर पर उसके बाद वह जग ही जाता था। इस सपने में उसे चार लोग उठाकर एक लकड़ी के ताबूत में रखते हैं। वह जिन्दा है और जाग रहा है। लेकिन कोई प्रतिकार नहीं कर पाता। फिर उस ताबूत का ढक्कन बन्द किया जाता है। भीतर पूरा अँधेरा। उसे हिलने-डुलने के लिए भी जगह नहीं है। उसका दम घुटने लगता है, वह पगलाने लगता है और हमेशा की तरह जग जाता है। बाहर 17 की सुबह हो चुकी होती है।

गणपति कभी सोता नहीं था। दरअसल सोते समय भी उसकी आँखें खुली रहती थीं। यह बात पता होने के कारण जब उसका हिलना-डुलना रुक जाता, तब उसके माता-पिता मान लेते थे कि वह सो गया है, भले ही उसकी आँखें खुली हों। उस दिन भी ऐसा ही हुआ। यानी उसकी आँखें रात भर खुली ही थीं। इसलिए किसी को पता नहीं चला कि वह सोया है या नहीं। हालाँकि थोड़ी देर के लिए तो वह सोया ही होगा क्योंकि जब वह जग गया तब तुरन्त रोने लायक़ तरोताजा हो गया था। लेकिन उसे एक भी सपना नहीं आया। इससे एक तार्किक निष्कर्ष यह निकाला जा सकता है कि आँखें खुली रखकर सोने वाले मनुष्य को सपने नहीं आते, फिर चाहे वह जाग रहा हो या सो रहा हो।

विभाकर जैसे ही भी बिस्तर पर पीठ टेकता था, उसे तुरन्त नींद आ जाती थी। उस रात भी उसे ऐसी नींद आई। बाहरी आवाज़ों से उसे कोई परेशानी नहीं होती थी। यह गूँगा-बहरा होने का एक और लाभ था। उसे एक सपना हमेशा आता रहा, युवावस्था से लेकर उसके बुढ़ापे तक। वही सपना उसने उस रात भी देखा। वह कुछ अद्भुत सुन्दर नग्न स्त्रियों के साथ है। उनका पूरा शरीर अद्भुत है। लेकिन उनकी जाँघें मोटी और विशेष सुन्दर हैं। ऐसी दो जँघाओं के बीच विभाकर के हाथ और अदृश्य ही हो जाते हैं। दूर-दूर तक ख़ामोशी। मानो कोई मूक फ़िल्म। फिर ऐसी जंघाओं वाली अनेक स्त्रियाओं के संग वह सम्भोग करता है। विभाकर 17 तारीख़ को उठा तब वह रेलगाड़ी में था। क्योंकि वह इन्दौर से पुणे के लिए चल पड़ा था। उसकी पत्नी ऐन समय बुख़ार से बीमार हो गई थी इसलिए वह अकेला ही सफ़र कर रहा था। वह रेलगाड़ी में हमेशा की तरह प्रसन्न मन से उठा। सुबह तड़के ही पुणे स्टेशन पहुँचा।

अन्यों की तरह अगस्ति को भी दूसरे दिन ठीक-ठीक क्या होने वाला है, इसका कोई अनुमान नहीं था। लेकिन उसने एक बात को अंजाम देने का निश्चय किया था। और वह बात थी, उस फ़्लैट में जाना, जहाँ गणपति को उसके माँ-बाप रखते थे। इस उत्तेजना के कारण वह ठीक से सो भी नहीं पाया।

फिर भी उसने एक सपना देखा। पेसिफ़िक के एक सुनसान द्वीप पर उसका जहाज़ रुका है और दूसरे ग्रह के कुछ लोग, एलियन, जो इनसानों जैसे दिखते हैं, आए हैं। सपने में भी उसे इस बात पर आश्चर्य हुआ कि ये एलियन इनसानों जैसे ही क्यों दिखते हैं। वे किसी को मारने का षड्यंत्र रच रहे हैं। किसे? समूची मानव प्रजाति को? प्रकृति को? लेकिन ऐसा नहीं लगा। क्योंकि उनकी हरकतें और चेहरों के भाव मज़ेदार हैं। वे हिंसक हैं लेकिन मानो वास्तविक नहीं हैं। मानो कुछ खेल खेल रहे हों। रात-भर अगस्ति बार-बार चौंककर जागता रहा और उसे यही सपना बार-बार आता रहा।

नर्सबेन को कभी सुकून से नींद आती थी, कभी नहीं। इसे उसने स्वीकार ही किया था। लेकिन उस दिन उसे गहरी नींद आ गई थी।

उसने भी सपना देखा : वह नौ महीनों की प्रेग्नेंट है...और उसका प्रसव होता है। केवल प्रसव दर्द ही नहीं बल्कि बच्चे का योनि से बाहर आना, ख़ास कर उसका सिर बाहर आना उसे महसूस होता है। अपने नवजात शिशु को हाथों में लेने के बाद उस एक दिन के शिशु की त्वचा का रूई से भी अधिक अनुपम, मुलायम स्पर्श उसे महसूस होता है। जब वह उसके सिर को हाथ लगाती है, उसके कोमल बाल उसकी हथेली को गुदगुदी कर जाते हैं। उसके गद्दे के पास एक पत्थर है। उस पत्थर से वह उस शिशु का सिर तोड़ देती है। शिशु मर जाता है। उसके ख़ून के छोटे-छोटे धब्बे उसकी देह पर होते हैं। उसका नन्हापन देखकर वह चकित होती है। उसका स्पर्श उसे महसूस होता है। वह हाथ और योनि धोकर लौटती है लेकिन फिर दोबारा पेट से! दोबारा प्रसव। फिर योनि से बाहर आने वाले शिशु के सिर का स्पर्श। दोबारा प्रसव का दर्द। फिर उसका मुलायम स्पर्श, उसकी कोमल प्राकृतिक देह की गन्ध। फिर उसका सिर पत्थर से क्षत-विक्षत कर देना। अपनी योनि और हाथ-पैर धोकर आना। फिर से गर्भवती बनना। फिर से उसके योनि से बाहर आते उसके सिर का...लगातार जारी रहता है...कई बार...बार-बार... बिना आवाज़ के...

रात में नर्सबेन की नींद एक बार भी नहीं खुली। लेकिन जब इस सपने के कारण वह उठी, तब न केवल मानसिक, बल्कि दैहिक स्तर पर भी बहुत थक चुकी थी। लेकिन उसका उठना ज़रूरी था। क्योंकि उसी रात उसकी परिचित एक ग़रीब स्त्री ससून सार्वजनिक अस्पताल में दाख़िल हो गई थी और डॉक्टरों की माने तो सुबह देर तक उसके प्रसव की सम्भावना थी। वह स्त्री नर्सबेन को अपने सहारे के लिए अपने पास चाहती थी। उसने नर्सबेन से कई बार विनती की थी। नर्सबेन उठकर नहाने के लिए चली गई। यूँ तो वैसे भी वह नहाती, लेकिन इस सपने का ऐसा असर था कि तुरन्त नहाना और भी ज़रूरी लगा।

17 मई, 2018

17 मई, 2018 के पहले वाले दो-एक सालों में इतने दंगे हुए कि उनका हिसाब रखना भी मुश्किल है। असल बात यह थी कि ये दंगे पहले वाले दंगों से अलग थे। उनमें कुछ अन्तर हम पहले के कुछ प्रकरणों में देख चुके हैं। पहले जो दंगे होते थे, वे भी सारे-के-सारे स्वतःस्फूर्त नहीं होते थे, अनेक दंगे कराए जाते थे। लेकिन उसमें हो रही हिंसा उचित है, ऐसा माहौल कभी नहीं बनाया जाता था। आज के दौर में ऐसा माहौल बनाया जाता है, और यह एक महत्त्वपूर्ण अन्तर है। इसके लिए नेताओं के भड़काऊ भाषण या सोशल मीडिया के सन्देश, इस दौर का एक विशेष लक्षण बन गया था। बुद्धि का आह्वान कर सत्य की तलाश करने का प्रयास करने के बजाय भावनाओं को भड़काकर, बेचेहरा मीडिया का इस्तेमाल कर, सत्य की 'निर्मिति' करने का, 'असत्य को सत्य के रूप में' स्थापित करने का दौर दुनिया भर में शुरू हो गया था। इसमें भारत अपवाद कैसे हो सकता था। और यहाँ तो सामाजिक विविधता के चलते जटिलता और भी ज़्यादा है। इसलिए लोगों के मन में उलझन पैदा करना, उन्हें हिंसा के लिए उकसाना और भी आसान था। कुछ हिंसाएँ नैतिक दृष्टि से उचित होती हैं, ऐसा मानने का, ऐसा ज़ोरदार प्रचार करने का यह दौर था।

दूसरी ओर यह वही दौर था, जहाँ दुनिया के परस्पर क़रीब आ जाने के कारण मनुष्य-मनुष्य के बीच संवाद समाप्त होने के कगार पर पहुँच गया। ये दोनों बातें एक-दूसरे से सम्बद्ध थीं। लेकिन उनके सैद्धान्तिक विवेचन में जाना हमारा काम नहीं है। हालाँकि इस विषय के बारें में सत्यकाम के कुछ विचार हमने पहले ही देखें हैं। और इसी आधार पर इसका ज़िक्र हो चुका है कि इन सारी गतिविधियों में कितनी इकाइयाँ अपनी भूमिकाएँ निभाती हैं।

इसके लिए मुझे अनेक संयोगों का सहारा लेना पड़ा। लेकिन जिस साध्य के लिए मैंने यह सहारा लिया, उसके लिए एक और संयोग स्वीकार करना पड़ेगा और इसके लिए प्रिय पाठक, मैं आपका सहयोग चाहता हूँ। मैं इस दौर की घटनाएँ बताना चाहता हूँ। वे जिस सामाजिक पृष्ठभूमि में घटित हुईं, उनकी ओर आपका ध्यान खींचने के उद्‌देश्य से ही मैंने यह निवेदन किया है। अब प्रत्यक्ष घटनाओं की ओर आते हैं।

पहली घटना का एक किरदार था अगस्ति। 2018 की 17 मई की सुबह लगभग नौ बजे वह 'गार्डन ऑफ़ ईडन' उर्फ़ 'साईं सोसायटी' के उस गेट के पीछे दाख़िल हुआ, जिसकी सुरक्षा की ज़िम्मेदारी सत्यकाम की थी। हमने देखा है, सत्यकाम ख़ास समय पर सुरक्षा के लिए सोसायटी के विशेष इलाक़े में नियमित गश्त लगाता था। यह उसके काम का हिस्सा था। अब तक अगस्ति को यह पूरी जानकारी मिल चुकी थी सत्यकाम किस समय और किस हिस्से में गश्त लगाता है और सोसायटी की अन्दरूनी संरचना से भी वह परिचित हो गया था। वह गेट के पास पहुँचा और सत्यकाम के राऊंड पर जाने के बाद गेट से भीतर आया। उसने आदतन गेट के पास वाले कमरे की तरफ़ देखा। उसे लगा, उसकी खिड़की से कोई उसकी तरफ़ देख रहा है। उसे थोड़ा धक्का लगा। लेकिन दूसरे ही पल वह व्यक्ति खिड़की से ग़ायब हो गया। हम जानते हैं कि वह आयशा थी, लेकिन अगस्ति यह बात नहीं जानता था। वह कौन हो सकता है? लेकिन दूसरे ही पल उसने वह विचार अपने मन से निकाल दिया। उस व्यक्ति ने उसे रोका तो नहीं न? बस, बहुत हुआ...ही कुडंट केयर लेस।

जिस इमारत की बारहवीं मंजिल के फ़्लैट में गणपति को बन्द कर उसके माता-पिता काम पर चले जाते थे, उस बिल्डिंग की ओर सावधानी से और दबे पाँव वह सरकने लगा। उसकी उम्मीद के अनुरूप सोसायटी के सारे भीतरी रास्ते सुनसान थे। उसे न किसी ने देखा और न किसी ने रोका। वह इमारत में प्रविष्ट हुआ और बारहवीं मंजिल पर पहुँचा। फिर उसने तीन दिन पहले चुराई चाभी से उस फ़्लैट का दरवाज़ा खोला।

उसे डर लग रहा था कि वह दरवाज़ा खोलकर भीतर जाए और ठीक उसी समय गणपति वहाँ न हो! या इससे भी ख़तरनाक, गणपति के साथ उसकी

माँ या अन्य कोई हो! लेकिन ऐसा नहीं हुआ। कुछ दिन पहले उन्होंने सामने की इमारत के फ़्लैट से जो देखा था, बिलकुल वही दृश्य उसकी आँखों के सामने था। फ़्लैट में गणपति अकेला था। उसने सिर पर हेल्मेट जैसा कुछ पहना था। उसकी आँखों पर बड़े गॉगल लगे हुए थे। उसके हाथ में कुछ इलेक्ट्रॉनिक आयुध थे और वह सामने के टीवी स्क्रीन में देखता हुआ बेहद एक्साइटेड होकर कुछ बटन दबा रहा था। खेलते समय लगातार आगे-पीछे डोल रहा था। जैसे कि अगस्ति ने पहले देखा था, उसके सामने दो महाकाय टीवी स्क्रीन थे। दो-तीन लैपटॉप और एक डेक्सटॉप कम्प्यूटर। इलेक्ट्रॉनिक गैजेट्स इर्द-गिर्द पड़े हुए थे। कमरे में आने पर उसकी समझ में आया कि वह ठीक-ठीक क्या कर रहा था। ये सारे गैजेट वर्चुअल रियलिटी की निर्मिति कर खेल खेलने के लिए बनाए गए थे। उसमें उस समय के अत्याधुनिक 360 डिग्री वाले vision 120 frames per second का निर्माण करने वाले 5.7" OLED screens, 3d audio built in mic, DUALSHOK wireless controller, PlayStation move motion controller, PS VR aim controller, stereoscopic visor, joysticks, VR headsets, 3D trackers, data gloves, 4 speakers, steering wheel, aircraft Yoke जैसे अनेक गैजेट्स थे। कमरे के दूसरे कोने में एक टेबल था। उस पर पॉपकॉर्न, चिप्स, बर्गर, पावभाजी, वडापाव, दूध की बोतल, सब्ज़ी-रोटी ऐसी अनेक बातें सजी हुई थीं। इन सबके बीच चार साल के गणपति को बन्द कर उसके माता-पिता दिनभर काम पर चले जाते थे।

17 मई की सुबह तड़के नर्सबेन जल्दी से नहाकर अस्पताल जाने के लिए चल पड़ी। तभी बिलकुल बुड्ढा हो चुका बांगी अनवर उससे बोला, "बेटा, सँभलके जाना। आज दोनों तरफ़ से विरोध-प्रदर्शन के जुलूस निकलने वाले हैं...पुणे में ज़्यादातर कुछ होता नहीं...लेकिन फिर भी...सँभलके रहना... अल्लाह करे सब ठीक हो।"

यह स्थिति बलात्कार की एक घटना के कारण पैदा हुई। हुआ यों कि देश के एक इलाक़े में एक 'ख़ास' धर्म के लोगों ने दूसरे 'ख़ास' धर्म के लोगों को परेशान करने के लिए या उन्हें अपने इलाक़े से भगाने के लिए उस

दूसरे 'ख़ास' धर्म से आने वाली आठ साल की एक बच्ची का बर्बरता से और बार-बार बलात्कार कर क़त्ल कर दिया था। इस घटना का कइयों ने विरोध किया था। लेकिन कुछ लोगों को इसका असली जवाब देना था। इन लोगों ने तय किया कि हम भी प्रतिपक्ष के साथ ऐसा ही करेंगे, और उन्होंने पहले 'ख़ास' धर्म की सात साल की एक बच्ची पर वैसे ही अत्याचार किये। फिर प्रतिशोध-बलात्कार का ऐसे सिलसिला देश भर में शुरू हुआ। उन छोटी बच्चियों की देह मानो एक निर्जीव रणभूमि बन गई। तुम लोग मनुष्य कहलाने लायक़ नहीं हो तो हम उससे भी ज़्यादा नालायक़ हैं, ऐसी प्रतिस्पर्धा शुरू हुई। ऐसी प्रतिस्पर्धाओं का ही तो यह ज़माना है और देश के अधिसंख्य लोगों की चरमपन्थी सोच के समर्थन में और बहुसंख्यकों को कट्टरपन्थी बनाकर आतंकवाद शुरू करने के समर्थन में अक्सर यही कारण पेश किया जाता है—'वो करते हैं तो चलता है, फिर हम क्यों न करें?' बहरहाल, एक दिन पुणे में भी ऐसा बलात्कार हुआ था और उसके समर्थन में, हाँ, मेरे लिखने में कोई ग़लती नहीं हुई है, मैं 'बलात्कार के समर्थन में' ही कह रहा हूँ; 2018 तक स्थितियाँ यहाँ तक बिगड़ चुकी थीं कि बलात्कारों के समर्थन में प्रदर्शन होने लगे थे और इसके विरोध में भी, इस तरह दोनों दलों द्वारा 17 मई को विरोध-प्रदर्शन का जुलूस निकाला जाने वाला गया था। हालाँकि पुणे शहर का इतिहास ऐसा नहीं था कि यहाँ कुछ भीषण होता, लेकिन यह इतिहास के ही काफ़ी हद तक अर्थहीन हो जाने का ज़माना था। इसलिए अनवर की बातों में दम था। नर्सबेन इतनी जल्दबाज़ी में थी कि बात सुनी-अनसुनी कर वह घर से बाहर निकली। उस दिन गर्मी के कारण उसने हिज़ाब नहीं पहना था। लेकिन जल्दी के बावजूद उसने माथे पर सिन्दूर का टीका ज़रूर लगाया था। उसका अनुभव था कि पुणे के अस्पतालों में और अन्यत्र भी इससे लाभ होता है।

एक गर्भवती स्त्री के अनुरोध पर वह ससून नामक सरकारी अस्पताल की तरफ़ चल पड़ी थी। जब वह वहाँ पहुँची, तब वह स्त्री बिलकुल प्रसव के कगार पर थी। उसकी गर्भजल की थैली फट चुकी थी; अंग्रेज़ी में जिसे 'वॉटर ब्रेक' होना कहते हैं, ऐसा ही कुछ हुआ था। और वह प्रसव के अन्तिम चरण में, डिलीवरी के ड्राई फेस में थी। अब बहुत प्रतीक्षा करना बेकार था। लेकिन भारत के सरकारी अस्पतालों में डॉक्टर और मरीज़ का अनुपात इतना विषम

होता है कि उसकी तरफ़ ध्यान देने के लिए किसी के पास समय नहीं था। नर्सबेन ने चद्दर के नीचे झाँककर अनुमान लगाया। शिशु का सिर, अंग्रेज़ी में जिसे क्राउन कहते हैं, दिखाई नहीं दे रहा था। वह डॉक्टर नहीं थी लेकिन एक प्रशिक्षित नर्स ज़रूर थी। वह समझ गई कि शिशु का सिर निचली तरफ़ नहीं है। उसे सन्देह हुआ कि शिशु शायद फँस गया है। ऐसे में अधिक प्रतीक्षा करना बेकार था। नर्सबेन ने फिर दौड़-धप कर, हो-हल्ला मचाकर डॉक्टर को आने के लिए बाध्य किया। डॉक्टर दूसरा मरीज़ छोड़कर चला आया। नर्सबेन का शक सही निकला। इसलिए समय पर सीजेरियन ऑपरेशन का निर्णय लिया जा सका। ऑपरेशन समाप्त होते-होते दोपहर के बारह बज चुके थे। माँ-शिशु सुरक्षित हैं और अब वहाँ उसकी ज़रूरत नहीं है, यह देखकर नर्सबेन अस्पताल से चल पड़ी। अस्पताल से बाहर आते ही उसे बस मिल गई। लेकिन बस में बेहिसाब भीड़ थी। बैठने के लिए जगह नहीं थी। सुबह से ही उसे थकान महसूस हो रही थी। ऊपर से गर्मी और अस्पताल की दौड़-धूप। वह थक चुकी थी, लेकिन खड़े रहने की अलावा और कोई उपाय नहीं था। तभी एक घनी दाढ़ी वाले, मुसलमान लग रहे वयस्क सज्जन ने उठकर उसके लिए जगह बना दी। उसकी उम्र देखते हुए उसने 'नहीं, नहीं' कर मना कर दिया। वह ठीक से बोल नहीं पा रहा था, लेकिन नर्सबेन से बैठने का आग्रह कर रहा था। उनका यह आदान-प्रदान देखकर सामने का एक युवक शर्मिन्दा हुआ और उसने उठकर अपनी जगह उसे दे दी। अब दोनों आमने-सामने बैठे और एक-दूसरे की तरफ़ देखकर मुस्कुराए।

गणपति उस वर्चुअल रियलिटी में इस कदर खोया हुआ था कि उसे पता भी नहीं चला कि अगस्ति भीतर आया है। अगस्ति ने पूरा फ़्लैट घूमकर तसल्ली कर ली कि भीतर कोई नहीं है। फिर कुछ समय तक वह देखता रहा कि गणपति वास्तव में क्या कर रहा है। गणपति बिलकुल मुग्ध होकर खेल रहा था। फिर अगस्ति ने दरवाज़ों को ज़ोर से झटका। गणपति ने एक पल के लिए आँखों का वाइजर हटाकर उसकी तरफ़ देखा और दोबारा उसे चढ़ाकर खेलने लगा। पल भर के लिए अगस्ति को लगा कि वह वस्तुत: अस्तित्व में है ही नहीं। कम-से-कम गणपति के लिए। यह भावना उसे अत्यन्त बेचैन कर गई।

कुछ दिन पहले सत्यकाम कह रहा था कि जीवन असंगत है। लेकिन अब तो उसे महसूस हो रहा था कि वह जीवन दरअसल अस्तित्व में ही नहीं है। अगस्ति ने यह विचार मन से झटक दिया और देखने लगा कि गणपति कैसे खेल रहा है। लेकिन बाहर से देखकर समझ में नहीं आ रहा था कि गणपति को उस वाइजर से क्या दिखाई देता होगा। फिर उसने आसपास बिखरे अलग-अलग गेम के, सॉफ़्टवेयर के ब्रोशर पढ़ने शुरू किये। गणपति को इन बातों से कोई लेना-देना नहीं था। समय-समय पर गणपति आसपास पड़े गैजेट्स में से कोई मनचाहा गैजेट उठाकर अभ्यस्त ढंग से बदलता था। जब मन करता तब टेबल पर रखे व्यंजन गपागप मुँह में ठूँस लेता था, बस यही था उसका विराम। उसके हिसाब से वह अकेला था। वह राजा था और बाक़ी कुछ भी अस्तित्व में नहीं था।

इसी तरह तीन-एक घंटे बीत गए। अगस्ति ब्रोशर पढ़ता रहा, ख़ुद भी एकाध खेल का अनुभव लेता रहा और बीच-बीच में काफ़ी देर तक गणपति की तरफ़ देखता रहा। उसे गणपति अलग ही महसूस होने लगा। सोचने के बाद इसका कारण उसके ध्यान में आया। गणपति बहुत ख़ुश था। एक बार भी नहीं रोया था। उसका दायाँ अँगूठा उसके मुँह में नहीं था। एक बार भी उसने नहीं कहा था कि 'मुझे डर लग रहा है'। इतना ही नहीं, खेल में दूसरों पर गोलियाँ बरसाते समय या उनके द्वारा चलाई गईं गोलियों से बचते समय एक बार भी वह लड़खड़ाया नहीं था। मतलब साफ़ था कि वर्चुअल दुनिया में उसे प्रोप्रिओसेप्शन की परेशानी नहीं हो रही थी! मतलब, यथार्थ को ऑगमेंट किये बिना, उसको संवर्धित किये बिना गणपति अब जी ही नहीं सकता था। बिलकुल प्रोप्रिओसेप्शन जैसी प्रतिक्षिप्त क्रियाओं के स्तर पर भी नहीं जी सकता था। फिर अगस्ति को सत्यकाम की बातों का कुछ अर्थ ठीक से ध्यान में आया। कम-से-कम उसने अपने लिए उसका एक अर्थ लगा लिया। उसके ध्यान में आया कि गणपति यथार्थ का ही निर्माण कर रहा है, प्रकृति का ही निर्माण कर रहा है। फिर उसे गणपति पर बहुत ग़ुस्सा आया। एक पल के लिए उसमें हिंसक इच्छा जगी कि गणगति को मार डालें, लेकिन उसने अपने आप को रोका।

17 मई की सुबह विभाकर अत्यन्त प्रसन्न मनोदशा में पुणे स्टेशन पर रेलगाड़ी से उतरा। उसका भांजा उसे लेने के लिए प्लेटफ़ार्म पर आया था। विभाकर उसकी तरफ़ देखकर हमेशा की तरह खुले दिल से मुस्कुराया। उन्होंने एक-दूसरे को गले लगाया। उनकी अन्तिम मुलाक़ात तीन महीने पहले मुम्बई में डॉक्यूमेंट्री के प्रदर्शन के समय हुई थी। उस समय विभाकर ने छोटी दाढ़ी रखी थी। अपनी आदत के अनुसार उसने कुछ प्रयोग कर अब मुसलमानों की तरह घनी, लहराती हुई दाढ़ी बढ़ा ली थी। इस पर भांजे ने उसकी चुटकी भी ली। लेकिन उस पर भी विभाकर नि:शब्द किन्तु दिल खोलकर मुस्कुराया था! अचानक बुख़ार हो जाने के कारण विभाकर की पत्नी पुणे नहीं आ सकी थी। वह क्यों नहीं आई, भांजे ने पूछा और वजह पता चलने के बाद अफ़सोस भी जताया। इसके बाद दोनों विभाकर के भांजे की बहन, यानी विभाकर की भांजी के घर पर चले गए।

उस समय भांजे की माँ यानी विभाकर की मौसेरी बहन अपनी लड़की के पास पुणे में ही रहती थी। वह काफ़ी बूढ़ी हो जाने के कारण कमरे से बाहर भी नहीं निकलती थी। ऐसी उम्र में स्वाभाविक रूप से बहन-भाई नम आँखों से एक-दूसरे से मिले। नाश्ता होने के बाद विभाकर और उसका भांजा जल्दी-जल्दी तैयार हो गए, क्योंकि उस दिन डॉक्यूमेंट्री का प्रदर्शन सुबह जल्दी रखा गया था। यह प्रदर्शन जानबूझकर गूँगे-बहरे बच्चों के एक स्कूल में रखा गया था। इसके पीछे योजना यह थी कि प्रदर्शन स्कूल बन्द होने से पहले ख़त्म हो जाए, ताकि अन्यों के साथ-साथ स्कूल के बच्चे भी उसे देख सके।

प्रदर्शन बढ़िया हुआ। डॉक्यूमेंट्री ख़त्म होने के बाद विभाकर को स्टेज पर बुलाया गया और उसका सम्मान किया गया। खड़े होकर और तालियों की गूँज से उसका अभिनन्दन किया गया। गूँगे-बहरे बच्चों ने तालियाँ बजाने के बजाय अपने हाथ ऊपर कर पंजे हिलाकर उसका अभिनन्दन किया। यह देखकर विभाकर ने अन्य लोगों से तालियाँ बजाने के बजाय वैसा ही करने का आह्वान किया और पूरा सभागार न जाने कितनी देर खड़े रहकर और हाथ ऊपर कर पंजा हिलाता रहा, मूक अभिनन्दन करता रहा। विभाकर की ज़िन्दगी का एक और सुनहरा दिन खुल रहा था।

विभाकर का साला पुणे में ही था। वह कैंसर से बीमार था और अन्तिम घड़ियाँ गिन रहा था। विभाकर को उससे मिलने की तीव्र इच्छा हो रही थी। उसका घर शहर के दूसरे छोर पर था। 'मैं तुम्हें वहाँ ले चलता हूँ', विभाकर के भांजे ने कई बार सुझाया, लेकिन 'मैं अकेले सफ़र कर सकता हूँ, मुझे अन्य किसी की मदद की ज़रूरत नहीं है' इस बात पर विभाकर को गर्व था। ऊपर से अभी-अभी डॉक्यूमेंट्री का प्रदर्शन होने और प्रशंसा में तालियों की गड़गड़ाहट मिल जाने से वह बहुत जोश में था। उसी मनोदशा में उसने भांजे की सहायता लेने से मना कर दिया। फिर भांजे ने उसे उचित बस में बिठा दिया और वह अपनी बहन के घर चला गया।

दो स्टॉप के बाद बस में बहुत भीड़ हो गई और एक मुसलमान लगने वाली अधेड़ उम्र की स्त्री उसके पास आकर खड़ी हो गई। वह बहुत थकी हुई लग रही थी। विभाकर झट से उठा और उसने उसके बैठने के लिए जगह बना दी। लेकिन उस स्त्री ने मना कर दिया। लेकिन तभी सामने बैठे एक युवक ने उठकर अपनी जगह उसे दे दी। दोनों आमने-सामने बैठे और एक-दूसरे की तरफ़ देखकर मुस्कुराए। उसने उसे 'थैंक यू' कहा, लेकिन वह बस बाहर की ओर देखता रहा और कुछ देर बाद उसकी तरफ़ देखकर मुस्कुराया। उसकी यह प्रतिक्रिया पल भर के लिए नर्सबेन की समझ में नहीं आई। लेकिन तभी बाहर एक बड़ी आवाज़ हुई और अन्य लोगों ने चौंककर उधर देखा, लेकिन विभाकर ने ऐसा नहीं किया, इससे नर्सबेन के ध्यान में आया कि वह शायद गूँगा-बहरा है।

इतना होने तक विभाकर ने अपनी गोद में रखी कई रबर बैंडों से बन्द की गई लाल रंग की थैली खोली, उसमें से एक और छोटी थैली बाहर निकाली। उस थैली में शक्करपारे थे। उसने वे नर्सबेन को देना चाहे। उसने शुरू में तकल्लुफ से मना कर दिया। फिर वह अपने टूटी-फूटी तरीक़े से बोला, "पतनी...मेरी पतनी...शकरपारे...बहुत अच्छी बना...लो...न...लो...बहुत अच्छा।" अब नर्सबेन ने शक्करपारे ले लिए। उसने भी दो शक्करपारे मुँह में डाले और बगल में बैठे दूसरे आदमी को भी देने चाहे। लेकिन उस आदमी ने लेने से मना कर दिया। इसी बीच उसकी गोद की थैली नीचे गिर गई और उससे एक किताब बाहर निकली। नर्सबेन ने उसे उठाया। वह हनुमान चालीसा थी।

नीचे झुककर थैली ऊपर उठाते समय उसकी क़मीज़ गर्दन के पास ज़रा हट गई और उसकी जनेऊ साफ़-साफ़ दिखाई देने लगी। उसने तुरन्त क़मीज़ ठीक कर जनेऊ को भीतर डाल दिया। इन दो बातों से नर्सबेन और उस आदमी के ध्यान में आया कि चाहे उसकी दाढ़ी मुसलमानों जैसी हो, लेकिन आदमी हिन्दू है। फिर दो बातें और हुईं। एक तो नर्सबेन ने वह किताब उठाकर उसके हाथ में दे दी और पास बैठे उस आदमी ने भी शक्करपारे ले लिये। विभाकर उसकी तरफ़ देखकर प्रसन्नता से मुस्कुराया और नर्सबेन को दोबारा शक्करपारे देते हुए उसने पूछा, "आप...कहाँ रहती हैं? कहाँ से आईं?...घर पर कौन-कौन?"

फिर ठीक से मराठी या हिन्दी न बोल पाने वाला गूँगा-बहरा विभाकर और थोड़ी-बहुत मराठी बोल पाने वाली नर्सबेन, जिसे अपना नाम भी याद नहीं था, के बीच आत्मीय गपशप शुरू हुई। वे बातें कर रहे थे, तभी अचानक एक झटके से गाड़ी रुक गई। काफ़ी हो-हल्ला भी सुनाई देने लगा। विभाकर को कुछ भी सुनाई नहीं दे रहा था। वह तो केवल 'बस क्यों रुकी' यही सोचकर मुस्कुराया और नर्सबेन की तरफ़ देखते हुए प्रश्नार्थक मुद्रा में हाथ हिलाया। लेकिन नर्सबेन का उसकी तरफ़ ध्यान नहीं था। वह डर के मारे बाहर देख रही थी। लोग जल्दबाज़ी में बस छोड़कर उतरने लगे थे। नर्सबेन ने सामने देखा, ड्राइवर भी अपने दरवाज़े से नीचे छलाँग लगा रहा था। उसे स्थिति का अनुमान हो गया। उसने बिना कुछ कहे विभाकर का हाथ पकड़ा और उसे खींचती हुई बस दरवाज़े से बाहर निकलने के प्रयासों में जुट गई। अब विभाकर के भी ध्यान में आया कि कुछ तो गड़बड़ है। लेकिन कल की घटना उसे मालूम नहीं थी इसलिए क्या हो रहा है, उसकी कुछ समझ में नहीं आ रहा था। उसे पुणे की कोई जानकारी नहीं थी। इसलिए उसे पता नहीं चला कि बस उस समय दो समाजों के ऐसे मध्यबिन्दु वाले इलाक़े से गुज़र रही थी, जहाँ दंगे के विस्फोट की आशंका हमेशा बनी होती है। दोनों उतरने लगे, लेकिन उसी समय दाईं ओर से पहला पत्थर बस से आकर टकराया और उनके पास की काँच टूट गई।

कमरे का माहौल अत्यन्त दर्दभरा था। वह कमरा मानो एक कारागार था। बाहर नहीं जाया जा सकता था। इसलिए नहीं, बल्कि इसलिए कि वहाँ ऐसा

भाव उभर रहा था कि आप वहाँ रखे गए गैजेट्स के ग़ुलाम हैं। अगस्ति के रोंगटे खड़े हो गए। उसे अत्यन्त क्लस्ट्रोफोबिक महसूस होने लगा। उसकी साँसें घुटने लगीं। वह सोच ही नहीं पा रहा था। मन दोबारा पटरी पर लौटे इसलिए उसने फिर एक बार सारे ब्रोशर देखे। उसके ध्यान में आया कि ये सारे गेम या तो मारपीट के या युद्ध के थे। एके-47 से दुश्मन को मारना, बड़ी तोपों से शत्रु के हवाई जहाज़ को गिराना, अपने हवाई जहाज़ से शत्रु के अड्डे पर बम गिराकर उन्हें ध्वस्त करना, इस तरह हिंसक गेम थे। दुनिया को मित्र और शत्रु के रूप में सीधे-सीधे विभाजित करने वाले, आज के यथार्थ से मेल खाते और उसे बढ़ावा देने वाले, और ऑगमेंट करने वाले थे या गति से सम्बन्धित थे। उसके कुछ गेम के नाम थे, कॉल ऑफ़ ड्यूटी, मेडल ऑफ़ ऑनर, वॉरक्राफ़्ट, ॲसॅसिन्स क्रीड। इनमें से पहले दो गेम दूसरे और तीसरे विश्वयुद्ध, हाँ, यहाँ भी छपाई की ग़लती नहीं है, तीसरा विश्वयुद्ध ही उन गेम के निर्माताओं ने लिखा था, की पृष्ठभूमि पर आधारित थे, और तीसरा पुराने ज़माने के तलवार आदि शस्त्रों के इस्तेमाल पर। सभी में शत्रु का ख़ात्मा, देशप्रेम, पौरुष और मानवीय शौर्य अभिप्रेत था। अधिकांश गेम ऐसे ही थे। कुछ अतितेज़ रफ़्तार वाले वाहनों के रेस वाले गेम भी थे। स्पर्धात्मक तेज़ रेस मानो आज के यथार्थ का ही रूपक था। अगस्ति का ग़ुस्सा दोबारा उफन आया। छोटा गणपति इन सभी से समरस हो गया था, उनका अभिन्न अंग बन गया था। उसे क़ैद कर देने का यह असर था। चाहे जो हो, लेकिन अगस्ति की दृष्टि से यह अत्यन्त भयंकर था। वह दृश्य भी उससे सहा नहीं जा रहा था। कुछ-न-कुछ करना ज़रूरी था।

उसने गणपति के पास जाकर उसके शरीर पर लदे सारे गैजेट्स के आभूषण ज़बरदस्ती उतारे। गणपति तैश के साथ प्रतिकार करने लगा। ज़ोर से रोने लगा। लेकिन चार साल के बच्चे का प्रतिकार कितना हो सकता है? केवल ताक़त के ज़ोर पर वह गणपति की गठरी बनाकर उसे इमारत से बाहर ले आया। अब कोई देखे तो भी कोई परवाह नहीं, ऐसा उसने सोच लिया था। फिर वह गणपति को उन पेड़ों के पास ले गया, जो उसने बेतरतीब-से लगाए थे। गणपति हाथ-पैर चला रहा था। गणपति में अगस्ति को चोट पहुँचाने लायक़ ताक़त ज़रूर थी। क्योंकि उसका हाथ-पैर चलाना ऐसा था, मानो कोई पागल बेकाबू हो गया हो।

लेकिन अगस्ति भी ज़िद पर उतर आया था। उसने उसे एक पेड़ के पास घास पर रखा। उसकी हथेली को ज़बरदस्ती उस पेड़ के तने पर, पत्तियों पर फेरा। फिर ज़रा-सी घास उखाड़कर गणपति के नाक के पास ले गया। लेकिन गणपति यह भी समझ नहीं पा रहा था कि वह उसे घास की गन्ध महसूस कराना चाहता है। घास में गन्ध होती है, उसे सूँघने में मज़ा आता है, शायद उसे पता ही नहीं था। क्या चल रहा है, उसकी कुछ भी समझ में नहीं आ रहा था। यह सब होने के बाद बस यही हुआ कि गणपति ने अपना रोना कुछ समय के लिए रोका। वह भयानक डरी हुई और खोयी हुई नज़रों से इधर-उधर और अगस्ति की तरफ़ देखने लगा। अगस्ति ने उसे समझाने की कोशिश की। लेकिन अगस्ति पहले से ही किसी से सम्पर्क करने के मामले में कमज़ोर था। इसलिए गणपति जिस खोयी हुई नज़रों से उसकी तरफ़ देख रहा था, उससे मानो वह दिग्मूढ़ हो गया। मानो उसकी आवाज़ ही चली गई। कुछ पल दोनों इसी तरह—एक-दूसरे से कटे, मानो अलग-अलग दुनिया में जीने वाले, एक बूढ़ा और एक बालक एक-दूसरे की तरफ़ देखते रहे। फिर अचानक मुँह खोलकर बिलकुल दबी आवाज़ में गणपति बोला, "डर लगता है...मुझे बहुत डर लगता है।" और वह दोबारा रोने लगा।

उसकी तरफ़ देखकर अगस्ति के मन में असीम करुणा उमड़ आई। यह भावना वैसे उसके लिए नई थी। इसलिए उसका अर्थ उसकी समझ में नहीं आ रहा था। लेकिन उसके ध्यान में आया कि अब यहाँ बैठे रहने से कोई फ़ायदा नहीं है। उस सुनसान सोसायटी में बहुत देर तक औरों की नज़रों से बचे रहना सम्भव नहीं था। अगस्ति गणपति की गठरी उठाकर दोबारा फ़्लैट में आया। उसे नीचे रखते ही उसका रोना थम गया। वह दौड़ता हुआ भीतर गया और उसने अपने मनचाहे गैजेट शरीर पर लगाकर खेलना शुरू किया और डोलने भी लगा। मानो, इस बीच जो कुछ हुआ, वह अतियथार्थ था, सपना था और अब वह यथार्थ में लौट आया था। यह देखकर अगस्ति का मन और दिमाग़ अनगिनत भावों से भर आया। एक पल में उसकी आँखों के सामने गणपति के माँ-बाप, उसके सामने बैठा गणपति, सभी की प्रतिमाएँ किसी किताब के पन्ने पलटने की तरह खुलती चली गईं। उसे जो लग रहा था, वह सुसंगत नहीं था। लेकिन उसके मन में सामान्यत: ऐसे ही भाव आ रहे थे कि आज की दुनिया

इसी तरह के मनुष्यों से भरी जा रही है। कैसे हैं ये लोग? इन्हें इनसान भी कैसे कहें? ये ऐसे लोग हैं, जिनमें कोई आशय नहीं है, कोई चेतना नहीं है। ये तो केवल कंकाल हैं, जिनमें आत्मा या सत्व ही नहीं है। उनमें संवेदनाएँ ही नहीं बची हैं...इस अर्थ में देखें तो वे ज़िन्दा ही नहीं हैं। उसने गणपति की तरफ़ देखा। इतना-सा चार साल का बच्चा। उसका ऐसा कुछ हो, यह उसने स्वयं तय नहीं किया। किसी और ने यह उसके लिए तय कर डाला है और मानो उसकी आत्मा और सत्व ही निकाल लिया है। इस सोच के कारण अगस्ति के मन में गणपति के प्रति अपरम्पार करुणा का भाव उमड़ आया।

विभाकर और नर्सबेन बस से उतर ही रहे थे कि दाईं ओर से पहला पत्थर आकर बस से टकराया और उनके पास का काँच टूट गया। विभाकर ने नर्सबेन की तरफ़ मुड़कर देखा। डरावने हालात थे। उसका चेहरा इतना बदल गया था कि अलग से पहचाना भी न जाता। उसका रूपान्तरण मानो मृत्यु के मुखौटे में हो गया था। विभाकर की कुछ भी समझ में नहीं आ रहा था। नर्सबेन उसका हाथ पकड़कर उसे खींचती हुई ले जाने लगी। उसने डरकर अपना हाथ छुड़ा लिया। वह एक जगह पर खड़ा रहकर इधर-उधर देखता हुआ अनुमान लगाने लगा। वे मुख्य सड़क पर थे। सड़क के पास दाईं ओर उसे एक गली का मुहाना नज़र आया। गली शान्त लग रही थी। उस गली की तरफ़ इशारा करता हुआ वह नर्सबेन से बोला, "इधर...इधर...गली में...कोई नहीं है...चलो, चलो...जल्दी!"

नर्सबेन को भी बात जँच गई। वे दोनों दौड़ते हुए उस गली में घुसे। गली में घुसने के बाद उनके ध्यान में आया कि वह गली आख़िर में बन्द हो गई है, और गली के बीच हथियारबन्द युवकों की एक टोली आपस में बौखलाई हुई बहस कर रही है। टोली मुसलमानों की है, नर्सबेन तुरन्त भाँप गई। उसने विभाकर का हाथ पकड़ा और पूरा ज़ोर लगाकर उसे रोका। वह ऐसा क्यों कर रही है, विभाकर समझ नहीं पा रहा था। नर्सबेन को पता था कि चाहे उसकी दाढ़ी मुसलमानी हो, मगर ये युवक इससे धोखे में नहीं आएँगे, वे उसका पैंट उतारकर तसल्ली करेंगे। जब वह अहमदाबाद में थी, तब उसने सुना था कि 'दंगा शुरू हो जाए तो ऐसा कीजिए' की सूचनाएँ उनके इलाक़े

के मुसलमान युवकों को दी जाती थीं। ऐसा हुआ तो विभाकर यक़ीनन मारा जाएगा, उसके ध्यान में आया। वह जी-जान से उसे खींचती हुई बाहर ले आई। उसने भी बहुत ज़्यादा प्रतिकार नहीं किया। एक तो उसकी समझ में नहीं आ रहा था कि क्या हो रहा है। उसे किसी प्रकार की आवाज़ें सुनाई नहीं दे रही थीं इसलिए वह कुछ समझ नहीं पा रहा था। लेकिन नर्सबेन उसका भला चाहती है, उसे पुणे की अच्छी जानकारी है, इतना तो वह समझ गया था। इसलिए चुपचाप उसके पीछे दौड़ पड़ा।

लेकिन अब क्या करें, अगस्ति की समझ में नहीं आ रहा था। वहाँ से चले जाएँ? बिना कुछ किये? उसकी कुछ समझ में नहीं आ रहा था। वह अपनी भावनाओं को भी ठीक से पहचान नहीं पा रहा था। उससे वहाँ से दूर भी नहीं जाया जा रहा था और यह भी समझ में नहीं आ रहा था कि अपनी भावनाओं पर काबू कैसे पाएँ। फिर यूँ ही वह ब्रोशर दोबारा देखने लगा। उसके ध्यान में आया कि हर गेम में अलग-अलग लेबल होते हैं। असल में, हर गेम में अलग-अलग चरण, स्टेज है। जैसे, ब्रीजी, इजी, मीडियम, हार्ड, एक्सपर्ट और फिर उनमें भी लेबल। उन्हें पार करने के बाद अन्तिम विजय, शत्रु का नाश, मोक्ष। उसे सत्यकाम की बातों में आए आध्यात्मिक प्रगति के चरण याद आए। यम, नियम, आसन, प्राणायाम, प्रत्याहार, धारणा, ध्यान, समाधि। इनमें अन्तर है, लेकिन ठीक-ठीक क्या अन्तर है? सचमुच है भी या नहीं? उसे अहसास हुआ कि इसका जवाब उसे ख़ुद नहीं मिलेगा। तो क्या मुझे हमेशा सत्यकाम की मदद लेनी पड़ेगी? गणपति नामक पहेली सुलझ जाएगी? फिर किसी के ऐसे चरणों में जाने पर क्या होता है, इसे लेकर सत्यकाम की बात उसे याद आई। सत्यकाम ने कहा था, "ऐसा होने पर मनुष्य उसी में व्यग्र हो जाते हैं। उन्हें कुछ गन्तव्य प्राप्त करने का आभास होता है और वे उसी में खो जाते हैं। फिर विद्रोह की सम्भावना ही नहीं रहती।" अगस्ति के ध्यान में आया कि ऐसा है तो जीवन का आशय खोए हुए लोग इस तरह जीने से मना कर, विद्रोह कर, कुछ सार्थक विचार खोजेंगे, ऐसी सम्भावना ही नहीं रहती। बाहर से ही कोई कुछ करे तो करे...यह मुझे ही करना चाहिए...लेकिन क्या? और मेरी ज़िन्दगी में भी कोई अर्थ नहीं है।

लेकिन फिर भी चार साल का एक लड़का महीनों से ऐसी कैदी की दशा में खेलता बैठा है...यथार्थ से पूरी तरह से कटकर? इस तरह वह और कितने साल करेगा? और बड़ा होने पर किस तरह का मनुष्य बनेगा? और ऐसे लोगों से भरी दुनिया कैसी होगी? ज़िन्दगी का कोई अर्थ नहीं होता इसलिए यह करना क्षम्य हो? फिर पहले कई दिनों तक सत्यकाम ने जो कहा था, वे शब्द उसके कानों में गूँजने लगे। इस तरह खिलवाड़ करते हैं धर्म और आज की तकनीकी हमारे साथ? खिलौने बन जाते हैं हम उन सबके? और ऐसा कोई अर्थ नहीं होता हमारी ज़िन्दगी का? हम पेड़ लगाएँ और अन्य कोई उन्हें उखाड़कर दुबारा उनकी मूल जगह पर ले जाए? लगातार? रिडिक्युलस... इतना भी अर्थ नहीं मेरी ज़िन्दगी का? और मृत्यु का क्या? वह है इसीलिए अर्थ ही न हो ज़िन्दगी का? ऐसा क्यों? बल्कि इसी कारण तो ज़िन्दगी का अर्थ है...मृत्यु किसे, क्यों, कैसे, कौन लाता है, इसका भी तो कोई अर्थ होता है न? नहीं, अर्थ होना ही चाहिए...मुझे चाहिए अर्थ अपनी जिन्दगी का... नहीं, नहीं...अर्थ चाहिए ही!'

इन सारी बातों की भयानकता मानो उसके दिमाग़ को कुतरकर खाने लगी। नहीं...ज़िन्दगी का अर्थ न हो तो उसे मैं प्राप्त कर लूँगा...उसका बढ़िया तरीक़ा मुझे सूझा है...यानी मृत्यु को ही सार्थक बना देना! अब मैं मृत्यु को सार्थक बना दूँगा! अब ज़्यादा सोचना ख़त्म। बहुत ज़्यादा सोचने से मनुष्य कुछ करने से रह जाता है और अर्थ का लोप हो जाता है। ऐसी अर्थहीनता मैं नहीं आने दूँगा। अब मेरे मन में ग़ुस्सा नहीं है। अब मैं जो भी करूँगा, वह मात्र करुणा भाव से। किसी के और अपने जीवन को भी सार्थक बनाने के लिए। नहीं... यही नहीं...कुल मिलाकर जीवन नामक अवधारणा को सार्थक बनाने के लिए और मानवता का आशय और उसकी आत्मा को बरक़रार रखने के लिए। बेचारे छोटे-से गणपति का मैं ऐसा कुछ भयानक होने नहीं दूँगा। नहीं...नहीं... ऐसा मैं होने नहीं दूँगा।

फिर वह किसी मदहोशी की दशा में उठा। उम्मीद के मुताबिक उसे भीतरी कमरे में एक बड़ा तकिया मिल गया। उसे लेकर वह बाहर आया। गणपति के पास जाकर उसने उसके शरीर पर लदे सारे गैजेट फिर एक बार नोंचकर हटा दिये। कुछ भी समझ में न आने के कारण गणपति भी स्तब्ध रहा।

फिर गणपति को रोने के लिए समय दिये बिना केवल एक पल के लिए उसने उसकी आँखों में देखा और वह तकिया उसके मुँह पर दबा दिया। गणपति ने इसके ख़िलाफ़ कोई प्रतिवाद नहीं किया, जिस हद तक उस नन्ही जान के लिए सम्भव था, वह भी नहीं। मानो इस यथार्थ से, उसे ऑगमेंट किये बिना कैसे टकराए, इसका जन्मजात ज्ञान उसके पास था ही नहीं। अगस्ति ने गणपति को मार डाला। गणपति बिना कोई प्रतिकार किये मर गया। एक नैतिक काम करने का सन्तोष अगस्ति के चेहरे पर था। अचानक किसी भयानक घुटन भरी जगह से बाहर निकल आने की भावना उसके मन में थी।

किसी दूसरे के स्पर्श से भी परहेज़ करने वाला अगस्ति गणपति का शव अपनी गोद में लेकर बैठ गया। उसे अपने सीने से लगा लिया। उसके अनजाने, उसकी लड़की जब छोटी थी, उस समय उसका स्पर्श जैसा महसूस होता था, वह उसे याद आया। फिर उसने गणपति की उँगलियों को अपने हाथ में लेकर सहलाया। गणपति का मुँह खोलकर उसका दाएँ हाथ का अँगूठा उसके मुँह में दिया। अगस्ति ने पहले भी शव देखे थे। लेकिन इतना नन्हा-सा शव। मानो गुड्डा ही हो। उसे लगा गुड्डे-गुड़िया के विवाह जैसी गुड्डे की यह मृत्यु? लेकिन यह गुड्डा जीवित था कुछ पल पहले। मैंने ठीक-ठीक क्या किया, जिससे यह शव बन गया। लेकिन पहले भी वह जो कुछ था, उसे जीवित कैसे कहा जा सकता है? यंत्र भी कहीं जीवित होता है? जीवित और मृत यंत्र में इतना अन्तर आ जाता है, जितना जीवित और मृत गणपति में है? कितना अन्तर आया है उनके बीच! ये इतनी सारी उँगलियाँ...हाथ और पैर...ऐसी ये जान...नहीं शव...

फिर अगस्ति अपने आप से बुदबुदाया, 'ऊब गया।' इतना अकेलापन उसने इससे पहले कभी महसूस नहीं किया था। उसमें वह शान्त नहीं बल्कि ठंडा हो गया।

कुछ देर बाद उसे महसूस हुआ कि गणपति का शव ठंडा पड़ता जा रहा है। फिर गणपति के शव को ज़मीन पर रखकर अगस्ति उठा और फ़्लैट से बाहर निकल गया। दोपहर के दो बज चुके थे। मई महीने का सूरज सिर पर आ चुका था। अगस्ति पहले से पसीना-पसीना हो गया था। वह पसीना अब उस धूप में सूखने लगा और उसे अपनी देह चिपचिपी महसूस होने लगी।

अब क्या करना है, उसके दिमाग़ में स्पष्ट था। वह टीले की दिशा में चल पड़ा। टीले पर चढ़कर वह दूसरी तरफ़ उतर गया और जहाँ रेल की पटरियों के आसपास किसी के होने की सम्भावना नहीं थी, उस तरफ़ जाने लगा। उसने बीच में ही सामने देखा। दूसरी ओर से एक स्त्री उसी की दिशा में चलती चली आ रही थी। इर्द-गिर्द मनुष्य प्राणी का नामोनिशान नहीं है, ऐसी जगह मिलने पर वह रुका। वह स्त्री भी वहीं आकर रुकी। उसने देखा, उस स्त्री की साड़ी और पल्लू सामने की तरफ़ से ख़ून से सने हुए हैं।

नर्सबेन और विभाकर दूसरी दिशा में भागे, लेकिन कुछ देर में विभाकर को बुढ़ापे के कारण थकान होने लगी। उसने नर्सबेन का हाथ पकड़कर उसे रोका। लेकिन उसे पता था कि वहाँ रुकना ख़तरे से भरा है इसलिए वह उसे खींचती रही। उनकी आपस में ऐसी खींचातानी चल रही थी, तभी दाईं ओर की गली से हिन्दू लोगों की टोली उनकी तरफ़ दौड़ती हुई आई। वे ज़ोर-ज़ोर से चिल्ला रहे थे। उनकी आवाज़ें विभाकर को सुनाई नहीं दे रही थीं और उनकी तरफ़ उसकी पीठ होने के कारण वे लोग उसे दिखाई भी नहीं दे रहे थे। उन्हें देखकर नर्सबेन ने विभाकर को और ज़ोर से खींचना शुरू किया, लेकिन वह अपनी जगह से हिल ही नहीं रहा था। कुछ ही पलों में वह टोली उनके पास आ पहुँची। उनके हाथ में लाठियाँ, हॉकी स्टिक और लोहे की सलाखें थीं। उन्होंने विभाकर और नर्सबेन को घेर लिया।

माथे के सिन्दूर के कारण नर्सबेन हिन्दू और विभाकर अपनी दाढ़ी के कारण मुसलमान लग रहा था। वे एक-दूसरे को खींच रहे थे, इसलिए बाहर से देखने वालों को यही लग रहा था कि उनमें कुछ छीनाछपटी हो रही है। टोली ने इसका अपने हिसाब से निष्कर्ष निकाला और विभाकर को देखकर उनमें से एक चिल्लाया, "ए मादरचो...कटवे...हिन्दू औरत को दबोचता है...इस उम्र में? दिखाता हूँ तुझे भडुवे...पाकिस्तान ही भेजता हूँ तेरी लाश बहनचो...।"

लेकिन वह क्या बोल रहा है, विभाकर को कुछ सुनाई नहीं दे रहा था। वह बस नर्सबेन का हाथ खींचता रहा। उस हथियारबन्द हिन्दू टोली को देखकर नर्सबेन की तो मानो घिग्घी ही बँध गई थी। वह कुछ कहना चाह रही थी लेकिन उसके मुँह से एक शब्द भी नहीं फूट रहा था। टोली के पास समय नहीं था।

उसने लाठियों और लोहे की सलाखों से विभाकर पर हमला किया। नर्सबेन बस शरीर सिकोड़कर खड़ी रही। जो होना था, वह कुछ पलों में घटित हो गया और टोली आगे बढ़ गई। विभाकर लहूलुहान दशा में पड़ा हुआ था और नर्सबेन बर्फ़-सी जमी, बगल में खड़ी थी। कुछ देर वह वैसी ही खड़ी-खड़ी विभाकर की तरफ़ देखती रही। फिर मानो बेजान-सी होकर उसके पास ही ढह गई। लेकिन तुरन्त उठते हुए उसने उसकी तरफ़ देखा। उसके ध्यान में आया विभाकर के सिर पर ज़बरदस्त चोट लगी है और उससे ख़ून छलछलाकर बह रहा है। उसने उसका सिर अपनी गोद में लिया और बहते ख़ून को रोकने की कोशिश करने लगी। लेकिन उसके ध्यान में आया कि यह असम्भव है। शायद उसके बाद भी वह पल भर के लिए जीवित था क्योंकि उसने उसकी तरफ़ देखा और उसकी गोद में सिर छुपाने की क्षीण कोशिश की और अपनी आँखें भींच लीं। उसने उसकी नाड़ी देखी लेकिन तब तक उसके प्राण उसे छोड़कर चले गए थे।

उसका सिर अपनी गोद में लिए कुछ देर वह वैसी ही बैठी रही। फिर उसने उसके सिर को अपने सीने से लगा लिया। लेकिन उसकी अन्तिम नज़र उसे जलाती रही। मानो वह उससे पूछ रही थी, "मैं हिन्दू हूँ, तुमने उनको बताया क्यों नहीं?"

वह जानती थी कि उसने ऐसा करने की कोशिश की थी। लेकिन उस समय उसके मुँह से एक भी शब्द बाहर नहीं निकला था। फिर भी उसका मन अपराधबोध से भर गया। उसकी आँखों के सामने सोलह साल पहले की अहमदाबाद की घटनाओं के चित्र नाचने लगे। अनेक सालों तक जिन्हें बड़ी मेहनत से उसने मन के बाहर धकेल दिया था, वे दोगुने जोश के साथ दुबारा लौट आए थे। उसे लगा, अब वह पागल हो जाएगी। वह बुदबुदाई, "ऊब गई हूँ...बहुत...।"

कुछ देर बाद उसे महसूस हुआ कि विभाकर का शव ठंडा पड़ता जा रहा है। उसके जीवन में अब सही मायने में प्रगाढ़ और अन्तिम चुप्पी फैल गई। उसका ऊर्जा से भरा हुआ बातूनी चेहरा निस्तेज़ हो गया। पल भर में यह महसूस होने लगा कि यह जीवित मनुष्य नहीं है बल्कि शव है। उसके चेहरे की तरफ़ देखकर उस स्थिति में भी नर्सबेन के ज़ेहन में ख़याल आया कि मरने

के बाद शरीर में ठीक-ठीक क्या बदलाव होता है? कुछ पल वह भ्रमित होकर बैठी रही। फिर विभाकर का सिर ज़मीन पर रखकर उठी और चलने लगी। उसकी बस यही समझ में आ रहा था कि उसे बहुत दूर चले जाना है। दंगा भी थोड़ा शान्त हो गया था। पुलिस की सीटियाँ सुनाई दे रही थीं। वह चलती रही। कुछ देर बाद सीटियों की आवाज़ें सुनाई देना भी बन्द हो गईं। उसे बहुत दूर जाना था। बहुत देर चलने के बाद रास्ते में एक मेट्रो स्टेशन आया। उस नीमबेहोशी में भी उसने सोचा होगा कि पैदल चलने के बजाय मेट्रो से अधिक दूर जा सकेगी। चाहे जिस कारण हो, वह मेट्रो में सवार हुई और अन्तिम स्टॉप पर उतर गई। अन्तिम स्टॉप 'गार्डन ऑफ़ ईडन' सोसायटी का था।

उसे पास से गुज़रती रेलगाड़ी की आवाज़ सुनाई दी। उसी पल वह होश में आई और एक पल में उसे स्पष्ट हो गया कि अब क्या करना है। वह पटरियों की दिशा में चल पड़ी। पटरियाँ पास ही थीं। फिर पटरियों के जहाँ निर्जन है, वहाँ आने तक वह पटरियों से चलती रही। ऐसी जगह आने के बाद उसने देखा कि इर्द-गिर्द बस्ती तो नहीं है, लेकिन एक बूढ़ा और मोटा-सा आदमी दूसरी दिशा से चलकर पहुँचा और पटरियों के किनारे खड़ा हो गया। उसकी आँखें और गर्दन लगातार अस्थिर हो रहे थे।

अब क्या करें इस उलझन में फँसकर नर्सबेन पटरियों के किनारे जमी-सी खड़ी रही।

उपसंहार

17 मई, 2018 से पहले वाले सप्ताह में सत्यकाम हर रोज़ शाम को आयशा को लेकर टीले पर जाने लगा था। आयशा अभी भी उससे ज़्यादा बात नहीं करती थी। सत्यकाम भी बहुत कम बोलता था। लेकिन उस शान्त माहौल में, बाहरी प्राकृतिक ख़ुशबू और स्पर्श का सामना करना उसे अच्छा लग रहा था।

उस दिन उस तपती दोपहर के बाद बरसात हुई थी। मिट्टी की सुगन्ध से माहौल अभिमंत्रित हो गया था। पीली पड़ चुकी घास पीले उजाले में दमक रही थी और पैरों के नीचे की मिट्टी दोबारा जीवित होने के लिए लालायित हो उठी थी। विरल लेकिन पूरे टीले पर फैले पेड़ों के मन में बरसात के जल से नई उमंगें खिल उठी थीं। मृत्यु तो है ही, लेकिन वह ऐसा दिन था, जब लगता है कि जीवन भी शाश्वत और निरन्तर है।

17 मई, 2018 की शाम सत्यकाम और आयशा दोनों टीले पर गए। टीले पर चढ़ते समय पहली बार आयशा ने सत्यकाम का हाथ अपने हाथों में लिया। दोनों आश्वासित हुए। उसी पल उनके मन प्रकृति द्वारा रचे 'आशा' के खेल से एकाकार होने लगे। दोनों ऊपर तक गए। बरसात के बाद मन्द हवा बह रही थी। दोनों ने अपना-अपना सीना उस हवा से भर लिया और आसपास नज़र फेरी।

सत्यकाम का ध्यान रेल की पटरियों की तरफ़ गया। उसे पटरियों के दोनों ओर दो व्यक्ति, एक बूढ़ा पुरुष और एक स्त्री, जो बहुत बूढ़ी नहीं किन्तु अधेड़ उम्र की थी, खड़े नज़र आए। उस जगह पर, उनका इस तरह खड़े रहना उसे कुछ अजीब था। उसने आयशा का ध्यान उनकी तरफ़ खींचा। उन्हें देखकर उसके माथे पर भी सवालिया सलवटें उभरीं। सत्यकाम को कुछ शक हुआ। उसने दोबारा बारीकी से उनकी तरफ़ देखा और बोला, "अरे, यह तो अगस्ति

लग रहा है...यह यहाँ क्या...?" और वह और तसल्ली करने के लिए आगे जाने लगा। उसकी नज़र उन दोनों पर स्थिर हो गई।

तभी रेलगाड़ी की सीटी सुनाई थी। सत्यकाम ने चौंककर दाहिनी तरफ़ देखा। एक रेलगाड़ी उसी दिशा से धड़धड़ाती हुई आ रही थी। उसने अपनी नज़रें पटरियों के पास उन दोनों की तरफ़ मोड़ीं। उन दोनों ने भी सीटी सुनी होगी। क्योंकि वे चौंके थे और तनकर खड़े हो गए थे। फिर उन दोनों ने एक-दूसरे की तरफ़ देखा। कुछ पल ऐसे ही देखते रहे। फिर उन्होंने एक-दूसरे के हाथ पकड़े और वे पटरियों के बीच एक-दूसरे से चिपककर खड़े हो गए। आधुनिकता से उत्पन्न हुई निजता की भावना पर शायद सहयोग की आदिम प्रेरणा ने विजय पा ली थी।

एक पल में सत्यकाम के दिमाग़ की बत्ती जल उठी। वह पागल की तरह चिल्लाता हुआ, अगस्ति को पुकारता हुआ उस दिशा में दौड़ने लगा। आयशा भी समझ गई होगी। वह भी उसके पीछे दौड़ती हुई टीले से उतरने लगीं।

मनुष्य को लगता है कि उसकी गति बहुत सीमित है। इसीलिए उसने यंत्र बनाए हैं और उस दिन यह भी साबित हुआ कि इसमें वह सफल भी हुआ है। सत्यकाम चाहे प्राणों की बाज़ी लगाता हुआ दौड़ता गया हो, लेकिन रेलगाड़ी ने सहज ही उसे पीछे छोड़ दिया। सत्यकाम काफ़ी नज़दीक पहुँच गया था। उसे यक़ीन हो गया था कि उन दोनों में से एक अगस्ति है। उसने पूरी शक्ति से अगस्ति को अन्तिम बार पुकारा। रेलगाड़ी की आवाज़ और उसके ड्राइवर द्वारा तैश से बजाये जा रहे भोंपू की आवाज़ में उसकी आवाज़ ख़ुद उसे भी सुनाई नहीं दे रही थी।

उसकी आँखें फैल गईं। उनके सामने एक-दूसरे का हाथ पकड़े उन दोनों को कुचलती और चारों दिशाओं में उनकी धज्जियाँ उड़ाती हुई रेलगाड़ी आगे बढ़ गई।

सत्यकाम अपनी ही जगह पर जम गया। हाँफती हुई उसके बगल में आकर खड़ी आयशा सामने का दृश्य देखकर नीचे ढह गई। बीते कुछ दिनों से उसके मन में पनपा उत्साह मानो एक पल में नष्ट हो गया। सत्यकाम भी घुटनों के बल बैठा और फिर वज्रासन लगाकर उसने आँखें भींच लीं। कुछ देर बाद उसने अधोमुख वीरासन किया। सिर ज़मीन पर टेककर हाथ यथासम्भव लम्बे करते हुए आँखें भींचे बैठा लरहा।

आयशा को जैसे-तैसे सँभालते हुए सत्यकाम 'गार्डन ऑफ़ ईडन' में लौट आया, तब तक सोसायटी के अहाते में पुलिस आ चुकी थी। गणपति के क़त्ल का समाचार उसे मिल गया। सब कुछ सत्यकाम के ध्यान में आ गया।

वह आयशा को अपने कमरे के सामने बेंच पर बिठाकर ख़ुद भी उसकी बगल में बैठ गया। आयशा अब तक होश में आ चुकी थी। उसके ध्यान में आया था कि जिन्होंने ख़ुदकुशी की थी, उनमें से कम-से-कम एक को तो सत्यकाम पहचानता था। उसने उसका हाथ अपने हाथ में लिया। कुछ देर वह वैसा ही बैठा रहा और फिर बोला, "ऊब गया...आयशा...मैं ऊब गया हूँ।"

आयशा ने उसका हाथ पकड़ा हुआ था। अब आयशा का हाथ अपने हाथ में लेकर उसने उसे उठाया और उसे साथ लेकर वह सोसायटी के दरवाज़े से बाहर निकला। दोनों एक-दूसरे के सहारे सोसायटी से बाहर जाने वाली सड़क पर चलने लगे।

गणपति का क़त्ल हुआ था। क़त्ल किसने किया, कम-से-कम उपन्यास के प्रकाशित होने तक तो यह राज़ नहीं खुला था।

विभाकर का दंगे में मारा गया। एक हिन्दू मनुष्य को हिन्दू-समाज ने ही मार डाला। यह कैसे सम्भव है, इसे लेकर काफ़ी विवाद हुआ। सच को झूठ और झूठ को सच साबित किया गया। लेकिन इस उपन्यास के प्रकाशित होने तक विवाद ख़त्म नहीं हुआ था।

अगस्ति और नर्सबेन ने ख़ुदकुशी की। लेकिन उनके शव इतने छिन्न-भिन्न हो चुके थे कि शव ठीक-ठीक किसके थे, उपन्यास के प्रकाशित होने तक यह भी साबित नहीं हुआ।

सत्यकाम और आयशा भी उपन्यास के प्रकाशित होने तक किसी को नज़र नहीं आये।

इस प्रकरण से पहले जो कुछ मैंने लिखा है, वह उन छह पात्रों का इतिहास है, जो मुझे पक्का पता था। इस प्रकरण में मैंने जो लिखा, वह मेरी कल्पना का नतीजा है। आज मुझे जो यथार्थ दिखाई देता है, उसी का परिणाम है यह।

सन् 1624 में, आधुनिकता के बिलकुल आरम्भ में अंग्रेज़ी कवि जॉन डन ने एक जगह लिखा है, "नो मैन इज एन आइलैंड। मनुष्य किसी द्वीप की तरह स्वतंत्र, विछिन्न नहीं होता।" उसके ये शब्द अमर हो गए क्योंकि उसमें कुछ मात्रा में तथ्य था और कुछ मात्रा में आशावाद। कवि के इस कथन को चार सौ साल पूरे हो रहे हैं। चार सौ सालों के इस सफ़र के बाद आज इन दो इकाइयों में से कौन-सी इकाई प्रबल है और उसके बाद कौन-सी अधिक प्रबल होनी चाहिए, इसे सुनिश्चित करने का अधिकार यक़ीनन हर किसी को है।

इस उपन्यास का समापन कैसे हो, इस बारे में भी अलग-अलग राय हो सकती है, बल्कि मेरी तो इच्छा है कि होनी चाहिए। आपको यह समापन ठीक लगे तो ठीक, न लगे तो भी मुझे ठीक ही लगेगा। क्योंकि कुछ उपन्यासों का समापन नहीं होता, नहीं होना चाहिए।